웃는 늑대

이 도서의 국립중앙도서관 출판시도서목록(CIP)은
e-CIP 홈페이지(http://www.nl.go.kr/cip.php)에서 이용하실 수 있습니다.
(CIP제어번호: CIP2010004111)

세계문학전집
060

津島佑子 : 笑いオオカミ

웃는 늑대

쓰시마 유코 장편소설

김훈아 옮김

문학동네

차례

메이지 31년(1898년) 도쿄 가메이도에 있는 대나무 도매상 집에서 태어난 히라이와 요네키치 씨는 어릴 적 유모에게 다키자와 바킨*의 작품에 대한 이야기를 듣고 자랐다. 그중에서도 『친세쓰유미하리즈키(椿說弓張月)』의 주인공 미나모토노 다메토모가 늑대 두 마리에게 '야마오(山雄)'와 '노카제(野風)'라는 이름을 붙여주고 데리고 다녔다는 이야기에 크게 감동해, 서른이 넘은 어른이 되어 조선산 늑대 여섯 마리와 만주산 늑대 한 마리, 그리고 몽골산 늑대 두 마리를 집에서 기르기 시작했다고 한다. 히라이와 요네키치 씨는 그 밖에도 자칼 두 마리와 곰, 사향고양이, 하이에나 등의 야생동물을 길렀는데, 그보다

* 滝沢馬琴, 1767~1848, 에도 시대의 일본 작가.

훨씬 전에는 개를 길렀다고 한다. 그는 '일본견보존회'에 참가하면서 '견과생태연구소'를 만들었으며 '동물문학회'를 주관하며 개에 관한 많은 저서를 남겼는데, 쇼와 56년(1981년)에는 『늑대, 그 생태와 역사』(이케다쇼텐)를 간행하기에 이르렀다.

히라이와 씨는 직접 늑대를 사육한 경험을 근거로 늑대가 지극히 애정이 깊고 총명하며 길들이기 쉬운 동물이라고 기술하고 있다.

"그 녀석들은 모두 개처럼 귀를 쫑긋 세운 채 꼬리를 치거나 몸을 비비며, 기쁠 때는 바닥을 뒹굴고, 때로는 코끝을 세우고 내 얼굴을 핥았다. 뿐만 아니라 극도로 감격할 때면 오줌을 싸기도 했다."

"나는 그 녀석들 중 한 마리를 산책할 때 데리고 다녔는데, 줄을 풀어놓아도 결코 멀리 가는 일이 없었다. 어떤 냄새에 집착하게 되면 오히려 그곳을 떠나지 않으려 해서 애를 먹었다. 그럴 때면 나는 그 녀석을 어린아이처럼 안고 땀을 뻘뻘 흘리며 돌아와야 했고, 늑대는 내 팔에 안겨 기분 좋게 잠들었다."

"또 녀석들은 내가 외출하려는 낌새를 눈치채면 주위를 돌며 소란을 떨었다. 그리고 내가 길모퉁이를 돌아 모습을 감추면 꼭 긴 울음소리를 내어 나를 감동하게 했다."

그렇다고는 하나 늑대는 몸놀림이 대단히 가볍고 민첩한데다 턱과 이가 놀라울 정도로 발달해 있어 개처럼 간단히 사육할 수는 없다. 물면 한순간에 상대의 뼈를 부숴버리는 힘이 있다고 히라이와 씨는 경고한다.

"늑대의 특징은 턱을 앞으로 내밀고 입은 위로 향한 채 길게 우는 것인데, 이는 넓은 들판에서 무리를 부르기 위한 것이다. 울음소리는 대부분 "아오—" 하는 긴 소프라노로 시작해 이어서 "아오, 아오, 아오" 하는 알토를 몇 번 되풀이한다. 마지막은 베이스의 짧은 "오—"로 끝맺는다. 낭랑한 미성이다."

또한 히라이와 씨는 늑대의 달리는 속도에 대해 미국의 탐험가 앤드루스의 『몽골평원 횡단』에 등장하는 기록을 인용하고 있다. 앤드루스는 1918년 우데부터 외몽골의 토시에트한에 이르는 지역에서 늑대를 발견하고 자동차로 추적을 시도했다.

"그때 늑대 한 마리가 갑자기 초원의 언덕 위에 모습을 드러냈다. 늑대는 잠시 우리를 바라보다가 종종거리며 편안한 속도로 달리기 시작했다. 지면이 매끄럽고 단단해서 우리가 탄 자동차는 **시속 64킬로미터**로 달리고 있었다. 잠시 후, 우리는 (늑대에게) 따라붙어 **5킬로미터 정도** 늑대와 멋진 경주를 펼쳤다.

늑대는 유유히 잰걸음으로 달리다가 문득 멈춰 서서 신기하다는 듯이 우리 자동차를 돌아보기도 했다. 그렇지만 몇 분 후, 그 호기심이 위험을 초래할지도 모른다는 것을 깨달은 듯 전속력으로 달리기 시작했다. 자동차가 달리기에 더할 나위 없이 좋은 길이어서 우리는 **시속 64킬로미터** 정도로 달렸다. 늑대는 **시속 48킬로미터** 이상으로는 달리지 못했다고 생각한다. 우리 중 한 사람이 자동차 밖으로 몸을 내밀고 재빨리 한 발 쏘자, 늑대는 순식간에 몸을 돌려 각도를 틀었다. 자동차가 그쪽으로 방향을 트는 사이, 300미터 정도 거리가 벌어지고 말았다. 다시 따라붙기는 했지만, 오르막인데다 땅이 심하게 울퉁불퉁했다. 늑대는 지쳤는지 언덕 위에 서서 고개를 떨어뜨리고 옆구리를 크게 불룩거렸다. 하지만 놀랍게도 자동차가 출발하기 전에 다시 바람처럼 달려나갔다. 마지막 5킬로미터를 추적한 다음 우리는 돌멩이투성이인 평원에 이르렀다. 그러자 늑대는 본능적으로 바위 사이로 몸을 숨겨 우리의 추적을 따돌렸다. 늑대는 단 한 번의 비명도 지르지 않고 당당히 싸워 20킬로미터에 달하는 경주에서 승리한 것이다."(우치야마 겐지 옮김)

문학작품 중에서는 톨스토이의 『전쟁과 평화』 중 늑대 사냥 장면에 등장하는 모습을 "조금의 과장도 없는, 있는 그대로의 늑대의 모습"이라고 높이 평가했다. 그 사냥에는 백삼십 마리의 개와 스무 명의 말을 탄 몰이꾼이 참가하고 있다.

"늑대 한 마리가 **몸을 가볍게 흔들며 조심스럽게** 덤불을 향해 다가왔다. 덩치가 엄청난 개 한 마리가 그물을 뚫고 옆쪽에서 늑대를 겨냥해 질풍처럼 달려나갔다. 늑대는 어색한 표정으로 걸음을 멈추더니 커다란 얼굴을 개 쪽으로 돌렸다. 그리고 역시 **가볍게 몸을 흔들면서 깡충깡충 두 번 뛰더니 굵은 꼬리를 흔들며** 덤불 속으로 숨어버렸다."

"늑대 입에 막대를 끼우고 마치 재갈을 물리듯 가죽 끈으로 동여맨 다음, 네 발 또한 단단히 묶었다. (늑대 사냥에 참가한) 몰이꾼과 구경꾼들이 모두 늑대를 보려고 다가갔다. 늑대는 고개를 떨어뜨린 채 자신을 둘러싼 사람들과 개들을 **유리 같은 커다란 눈으로 바라보았다**. 몸을 건드릴 때마다 묶인 다리를 움찔거리며 **매섭지만 동시에 순박한 눈초리로** 사람들을 바라보았다."(고딕체 부분은 히라이와 씨가 강조한 것)

한편, 일본늑대의 모습에 대해서는 니시무라 하쿠우(西村白烏) 작 『엔카기담(煙霞綺談)』(1773년)의 한 구절을 소개하고 있다.

"(나고야 미카와의) 히로노 산중에서는 늑대와 마주치는 일이 잦았으나 산중에 사는 사람들에게는 익숙한 일이었기 때문에 그다지 두려워하지 않았다. 이쪽에서 수를 쓰지 않는 한 먼저 사람을 무는 일은 없었다고 한다. 간혹 산길에서 늑대와 마주쳐 어찌할까 하고 발을 멈추지만, 늑대는 마치 사람을 보지 못한 듯 걸음을 멈추지 않고 어슬렁어슬렁 다가온다. 할 수 없이 길을 비켜주면 자기가 가고자 하는 길로 유유히, 자취도 없이 사라진다."

한편 늑대로 인한 피해로 골치를 썩는 목축국가와는 달리, 생선과 곡물이 주식인 일본에서는 논밭을 엉망으로 만드는 멧돼지를 퇴치해주는 늑대를 오히려 고마운 수호신으로 여겨왔다. 후루카와 고쇼켄(古川古松軒)의 『동유잡기(東遊雜記)』(1788년의 기행문)에는 지금의 미야기 현 도메 군 도와초를 여행한 기록이 남아 있다.

"이곳은 늑대가 많은 지역이라서 오이누카와라(狼河原)라 불렸다고 한다. (중략) 이 주변은 사슴들이 내려와 논밭을 망치는 일이 많아 늑대가 있는 것을 다행으로 여기기 때문인지 지금의 주고쿠(中國) 지방 사람들처럼 늑대를 두려워하지 않았다. 한밤중에 늑대와 마주치면 '늑대님, 모쪼록 사슴을 전부 쫓아주십시오' 하고 공손히 절을 하고 지나갔다고 한다."

하지만 그 무렵부터 외부에서 들어온 광견병이 급격히 퍼져 개를 비롯해 늑대, 여우, 너구리에게 전염이 되더니 소와 말에까지 퍼지게 되었다. 『엔카기담』에는 다음과 같은 기록이 있다.

"병든 늑대들은 마치 새처럼 날뛰더니, 사람을 보면 물기 시작했다. 또한 순식간에 수십 리를 오갔다."

이처럼 늑대가 사람을 해치는 피해가 속출하자, 일본인들도 점차 늑대를 무서운 동물로 인식하게 되었다. 늑대에게 광견병이 빠르게 전파된 것에 대해 히라이와 씨는 "모두 그들의 집단생활 때문"이라고 말한다.

'위험한 맹수'로 간주되기 시작한 늑대가 "당시 눈부신 발전을 보이던 총기 사냥의 대상이 된 것은 피할 수 없는 일이었다." 총기의 발달은 동시에 사슴 등 늑대의 먹이를 급격히 감소시켰다. 산림개발 또한 늑대들이 세력범위를 잃는 원인이 되었다. 나아가 "집개들과의 접촉으로 전염성이 강한 역병(디스템퍼)이 만연했던 것도 커다란 타격이었다."

"1900년경 산간에서 생활하던 많은 사람들이 당시 늑대들 사이에 전염병이 만연한 것에 대해 이야기했다. 그들은 늑대의 시체와 병으로 기력을 잃고 어슬렁거리는 늑대들을 자주 보았다."

이렇게 일본늑대는 그 수가 급격히 줄어들게 되었다. 1905년(메이지 38년) 나라 현 요시노 군 오가와무라(지금의 히가시요시노무라) 와시가구치에서 미국인 맬컴 앤더슨이 현지 사냥꾼에게 턱없이 싼 값인 8엔 50전을 주고 죽은 늑대 한 마리를 사들였다. 그것이 '일본늑대에 관한 마지막' 기록으로 이후 일본늑대는 멸종했다고 선포되었다. 그 마지막 일본늑대의 두개골과 가죽은 지금 대영박물관에 보존되어 있다고 한다. 앤더슨은 런던동물학회와 대영박물관이 기획한 동아시아동물학탐험대원으로 일본에 온 스물다섯 살의 젊은 동물학자였다.

앤더슨의 통역 겸 조수로 일했던, 당시 제일고등학교 3학년생 가나이 기요시는 1939년 만주생물학회회보에 다음과 같이 보고했다.

"그것이 일본에서 채집된 마지막 늑대가 되리라고는 당시로서는 상상도 못 했다. 앤더슨과 내가 예리한 칼로 늑대 가죽을 벗기는 모습을 사냥꾼 세 명이 담배를 피우며 바라보았다. 늑대의 배가 약간 푸른빛을 띠며 부패하기 시작한 것으로 미루어보아 수일 전에 잡은 것 같았다."

그때 앤더슨은 사슴 가죽을 4엔 45전에, 산양 두 마리를 9엔 50전에, 멧돼지를 3엔 50전에 사들였고, 그 밖에도 너구리, 족제비, 날다람쥐, 하늘다람쥐, 다람쥐 등을 구입했다고 한다.

그후에도 극히 소수의 일본늑대가 어딘가에 살아 있었을 가능성은 있으나, 논문이나 신문 등에 실린 '생존설'은 모두 잘못된 정보였다. 1933년 야나기다 구니오 씨는「요시노인에게 보내는 서신, 늑대의 행방」이라는 논문에서 일본늑대의 잔존 가능성에 대해 언급했다. 그 논문을 토대로 기시다 히데오 씨가 실시한 조사 보고서인「일본늑대 이야기」를 시작으로 1978년 미에 현 오다이 산맥에서 늑대를 보았다는 보고에 이르기까지 총 26건을 하나하나 면밀히 조사했으나, 모두 들개나 여우, 너구리 혹은 '순회동물원'에서 사들인 조선늑대, 시베리아늑대였다고 히라이와 씨는 결론짓고 있다. 1935년 미나카타 구마구스(南方熊楠) 옹이 히라이와 씨에게 보낸 편지에는 "메이지 43년까지는 와카야마 현 니시무로 군 심산에 늑대가 생존했지만 최근에는 보았다는 사람이 전혀 없고, 오 년 전(즉, 1930년경) 야마토 국경을 오가며 벌채하던 사람이 두 마리를 본 적이 있다고 했다"고 기록되어 있으나 그 또한 전해들은 이야기일 뿐이어서 늑대의 생존을 증명할 수는 없다.

"결국 메이지 38년(1905년) 이후 일본늑대가 생존했다는 확실한 증거는 전혀 없다. 상당한 시간이 지난 지금까지 한 마리도 발견되지 않았다는 것은, 유감스럽지만 역시 일본늑대가 멸종되었다는 증거라고 보지 않을 수 없다."

일본늑대보다 몸집이 큰 대륙늑대와 같은 종류인 홋카이도의 에조늑대는 일본늑대보다 발이 빠른데, 1889년경 멸종한 것으로 보인다. "에조늑대는 1877년 이후 인위적으로 엄청난 박해를 당했다."

과거 아이누*들은 늑대를 "워세 카무이(짖는 신)"라 부르며 외경의 대상으로 여겼다. 처음에는 일본인들이 늑대들의 '주식'인 사슴을 닥치는 대로 포획하는 바람에 늑대들이 가축인 말을 노리게 되어 니갓푸와 히다카에 있는 목장들이 피해를 입었다. 이후 늑대는 홋카이도 개발에 커다란 장애물로 간주되어, 당시 홋카이도 개척사**에 교사로 재직 중이던 미국인 에드윈 던의 제안으로 독약이 든 먹이를 놓게 되었다. 그 조치를 위해 일본 전역에서 청산 스트리크닌을 사들였을 뿐 아니라 샌프란시스코에까지 주문했다고 한다. 또한 늑대를 포획하면 상금을 주는 제도도 만들었다. 모두 천오백삼십구 마리에 대해 상금을 주었다고 기록되어 있으나, 실제로는 훨씬 더 많은 늑대가 포획되었음은 말할 필요도 없을 것이다. 1889년 늑대가 거의 전멸되었다는 판단하에 상금제도는 폐지되었다. 그해에 "하코다테 지역에서 서른다섯 마리, 삿포로 지역에서 네 마리가 발견되었다는 신문기사가 있으나, 그것을 마지막으로 거대한 에조늑대(카니스 루푸스 렉스Canis

* 일본의 홋카이도와 러시아의 사할린, 쿠릴 열도 등에 분포하는 소수민족.

** 메이지 초기에 북방과 그 부속도서의 행정 · 개척을 관장했던 관청.

Lupus Rex, 즉 '늑대의 왕'이라는 뜻의 학명)는 자취를 감추고 말았다. 단, 1896년 하코다테 시의 마쓰시타라는 모피상이 수출품으로 늑대가죽 몇 장을 다루었다고 전해진다."

그러나 서유럽에서 늑대는 이보다 훨씬 이른 시기에 멸종되었다. 1680년에는 스코틀랜드에서, 1710년에는 아일랜드, 19세기 초에는 덴마크와 네덜란드, 벨기에, 프랑스, 스위스 등에서 늑대가 속속 자취를 감추었고, 1916년경에는 독일에서도 사라졌다. 현재는 스페인 서북 산간지역과 이탈리아의 아펜니노 산맥, 발칸 반도의 산간지역에 적은 수가 남아 있다. 금세기 들어 북아메리카에서도 급속히 수가 줄기 시작해 몸집이 큰 회색늑대는 캐나다 중부, 로키 산맥, 래브라도 배핀 섬, 캐나다 동쪽 해안에 있는 알렉산더 군도, 미국 미네소타 주 동북부에 조금 서식할 뿐이다. 또 몸집이 작은 편인 빨간늑대는 루이지애나 주 해안 100킬로미터 이내 지역에 서식하고 있다. 몸집이 중간 정도인 조선늑대도 대단히 희귀한 존재가 되었다. 러시아에서는 남쪽 카프카스 산맥과 시베리아의 툰드라 지대, 바이칼 호 서안 등에 지금도 많은 늑대가 서식하고 있다고 한다. 중국에도 적지 않은 수의 늑대가 서식하고 있다(1981년 현재 히라이와 씨의 보고).

유럽에서는 왜 그렇게 이른 시기에 늑대가 멸종되었을까? 히라이와 씨에 따르면, 예로부터 양이나 소 등의 가축을 기르던 사람들에게 늑대가 '해로운 동물'로 인식되었기 때문이라고 한다. 그들은 늑대를 '인류의 적'으로 생각하여 두려워했고, 총과 독약, 덫, 수류탄 등 각종 수단으로 박해를 했다는 것이다. 15세기에는 사람을 잡아먹는 늑대 '쿠르토' (프랑스어로 '짧은 꼬리'라는 뜻)가 이끄는 늑대 무리가 파리에 출몰해 노트르담 사원 앞 광장에서 수도사들을 덮쳐 먹어치운 사건이 있었고, 18세기에는 프랑스 남부 제보당 지역을 쑥대밭으로 만든 거대한 늑대 '라 베트'(프랑스어로 '도깨비'라는 뜻) 사건이 있었다. 막대한 상금을 걸고 대사제가 나서서 그 괴물을 물리쳐달라고 기도하며 대대적인 소탕작전을 벌이기도 했다. 워낙 늑대를 두려워하던 곳에서 그런 사건이 일어나자 공포가 증폭되어 신화를 낳은 것이리라.

히라이와 씨는 프랑스의 저술가 피에르 가스카르의 문장을 인용한다.

"제보당 늑대의 모습을 정확히 묘사할 수 있는 사람은 한 사람도 없다. 많은 사람이 그린 그림들이 서로 전혀 달랐는데, 그것이 서로 충돌하기는커녕 오히려 추악한 면들만 모여 모질고 사나운 야수의 모습으로 강조되고 변모되었다. 완전히 괴물의 모습이 되고 만 것이다."
(피에르 가스카르, 『늑대들과의 협정』)

이윽고 목축이 산업화되면서 괴물에 대한 공포에 경제적 손실이라는 인식이 더해지면서 늑대 퇴치는 더욱 대대적이고 잔인하게 이뤄졌다. 1949년 북유럽 라플란드에서 있었던 늑대 사냥의 경우, 썰매에 경기관총을 고정시키고 늑대를 몰아내는 장소에 지뢰를 설치했으며, 군 비행기와 무선부대가 연락을 담당했다고 한다. 하지만 겨우 두세 마리를 잡는 데 그쳤다. "이는 늑대에 관한 이야기가 얼마나 과장되어 전해지는지를 입증한다." 늑대 울음소리에 두려움이 증폭되어 두세 마리의 울음소리를 수십 마리의 울음소리로 착각하는 경우도 많다고 한다.

그렇게 늑대가 유럽과 일본열도에서 자취를 감춘 뒤, 늑대에 대한 전설만이 남아 굳어져갔다. 늑대를 본 적이 없는 일본 아이들도 『빨간 두건』이나 『늑대와 일곱 마리 새끼 양』 같은 유럽 동화에 친숙해져 '악역'인 늑대를 그대로 받아들이게 되었다.

일본늑대가 완전히 멸종된 것은 1905년이다. 그해에 러일전쟁이 끝났고, 삼십 년쯤 지난 후 일본은 중일전쟁과 태평양전쟁을 겪고 1945년 무조건 항복함으로써 전쟁이 끝났다. 일본늑대의 자취는 여전히 찾아볼 수 없으나, 주인을 잃은 개들이 들개가 되어 폐허가 된 도시를 돌아다니게 되었다.

1
시작하는 이야기

옛날 어느 적에 아버지와 아들이 있었다.

회색의 직사각형 돌들로 둘러싸인 땅바닥 한구석에 낙엽을 모으고 그 속에 몸을 묻으면, 땅 밑의 습기와 함께 곰팡이와 진흙 냄새가 피어올랐다. 그 탁한 냄새가 아이와 아버지의 냄새였다.

예를 들면 이런 기억.

아이는 만 네 살이었다. 아직 글자를 읽을 줄 몰랐다. 그래서 돌로 된 울타리 안쪽 기둥에 새겨진 한자의 뜻에는 관심 없이 파인 글자 속에 흙이나 낙엽을 메우며 놀았다. 돌기둥은 나무들 사이에 얼마든지 있었다.

작은 나무와 큰 나무들이 집단을 이루어 늘 수런거렸다. 그 소리들 틈으로 갖가지 새의 울음소리가 들려왔다. 저녁 새. 아침 새. 이른 아침에 까마귀 떼가 요란한 소리를 내며 어딘가로 날아가면, 작은 새들이 서로를 부르는 듯한 울음소리를 내며 나뭇가지에서 돌이나 땅 위로 내려앉아 아이의 손에 닿을 정도로 가까이 다가오기도 했다. 하지만 네 살 난 아이는 작은 새 한 마리 잡지 못했다. 한번은 아버지가 몸집이 큰 새—비둘기였을 것이다—를 두 손으로 잡았다. 아이는 새보다 아버지의 커다란 손에 감탄했다. 아버지는 곧바로 새를 모닥불에 구워 아이에게 주었다. 질긴 힘줄투성이였고 고기는 조금밖에 없었다. 아이는 오랫동안 고기를 씹고, 뼈를 입 안에 넣고 빨았다.

아이는 배고픔에 익숙했다. 뭔가 먹을 만한 것을 발견하면 일단은 입으로 가져갔다. 흙이나 낙엽도 예외는 아니었다. 돌기둥을 덮고 있는 이끼와 낙엽 뒤에 몸을 웅크리고 있는 벌레들도. 그 때문이었을까, 아이는 늘 설사를 했다. 그것은 아버지도 마찬가지였다. 아버지가 바지를 내리고 변을 볼 때면 나팔 소리 같은 소리가 나고 엉덩이 밑에서는 하얀 김이 올라왔다.

이런 기억도 있다.

흙길이 사방으로 뻗어 있다. 좁은 길도 있고 넓은 길도 있다. 아침 햇살을 받아 길 여기저기가 날카롭게 빛나고 있다. 아이는 그 빛나는 것들을 모아 손바닥 위에 올려놓았다. 그러자 그것은 금방 물로 변하고 말았다. 깜짝 놀라 입속에 넣어보았다. 혀끝이 깨물린 것처럼 아팠다. 아이는 지면의 반짝이는 것을 밟아보았다. 아이의 몸에 낙엽보다 확실하고 예민한 감촉이 전해졌다. 아이는 그것이 즐거웠다. 아이는 소리 내어 웃으며 주변의 서릿발을 밟기 시작했다. 일 년 중 가장 추운 때였다. 하지만 한밤중의 추위와 어둠의 깊이를 아이는 깨닫지 못했다. 언제나 안개 같은 졸음에 갇혀 있었기 때문일까. 몸을 감쌀 담요가 있었기 때문일까. 담요가 볼에 닿으면 따끔따끔 아팠다. 아이는 잠을 자면서 항상 담요의 구멍 난 곳과 실이 풀린 가장자리를 손가락 끝으로 만지작거렸다. 거기에서도 아이와 아버지 냄새가 났다.

이런 기억도 있다. 어째서 어린 시절의 세세한 부분들을 기억하고 있는 걸까. 스스로도 묘한 기분이 들 때가 있다.

눈이 올 때가 있었다. 물론 비가 올 때도.

빗소리가 기억난다. 나무들의 술렁임이 어느새 생생하고 떠들썩한 소리로 변하고, 비는 돌과 낙엽에 부딪히며 그것들을 적셨다. 이윽고 물소리는 하나의 덩어리가 되어 아이의 눈과 귀를 빨아들였다. 쭉 뻗은 길에 개울이 생기고, 아이와 아버지가 걸을 때마다 물이 튀어오르는 소리가 뒤따라왔다.

눈에는 소리가 없었다. 하지만 아픔이 있었다. 눈은 모든 것을 감추어버렸다. 작은 돌멩이들도 모습을 감추었다. 눈 속을 걷다가 돌멩이에 부딪혀 피를 흘린 적도 있다. 아이는 놀라서 상처난 곳과 눈을 번갈아 바라보았다.

아이는 눈을 녹이는 자기 오줌 색깔을 넋을 잃고 바라보았다. 선명한 노란색이었다.

시내와 달리 묘지에는 오래도록 눈이 남아 있었다. 딱딱하게 얼어붙은 눈 표면이 아이의 튼 손을 유리 파편처럼 찢어놓았다.

이런 기억들이 있다. 하지만 눈이 묘지 전체를 하얗게 뒤덮은 모습은 생각나지 않는다. 그 새하얀 모습에 놀랐던 기억은 있다. 눈이나 비가 오는 저녁에는 묘지를 떠나 시내 어딘가로 기어들어가 잠을 잤을지도 모른다. 지하도나 공중변소, 남의 집 마루 밑 같은 곳 말이다.

당시에는 그런 곳에서 밤을 보내는 사람들이 적지 않았다. 집을 잃은 사람들, 집을 버린 사람들이 곳곳에 살고 있었다. 아이와 아버지도 그런 사람들에 속했다. 하지만 아버지는 시내보다 묘지에서 자는 것을 더 좋아했다. 그랬을 거라고 아이는 생각한다. 하지만 그 이유는 분명치가 않다. 시내 지하도에서 잠을 자던 사람들도 아침이 되면 주검이 되어 있는 일이 부지기수였다. 네 살 난 아이도 그런 시체들이 실려나가는 것을 본 적이 있다.

하지만 그들은 묘지에서 잠을 잤는데도 왜 죽지 않았을까. 아이와 아버지는 마치 시체처럼 살았다고 해야 할까. 시내에서 잠을 자면 경찰들에게 번번이 쫓겨다녔다. 그렇게 붙들린 남자들은 강제로 트럭에 실려 어딘가에 수용되어 있다가 홋카이도의 탄광으로 보내진다는 이야기도 들렸다. 아버지는 그것이 두려웠을까. 부모와 떨어진 아이들도 수용소에 갇히게 된다. 어차피 반년 후 아버지가 쓰러지는 바람에 아이는 시설로 보내지게 되었지만.

아버지는 야위었다. 입을 벌려 이야기하는 일도 거의 없었다. 늘 졸린 듯 어깨를 구부리고 다리를 끌며 걸었다.

아이에게는 그 정도의 기억밖에 없다.

아버지는 몸을 움직이는 일을 할 수가 없었다. 게다가 네 살 난 아이가 딸려 있었다. 조금 있으면 아이는 구두닦이나 담배꽁초 줍는 일을 혼자서 할 수 있을 터였다. 아버지는 그것을 기대하고 있었을까. 그때까지만 버티면 된다고 생각하고 노점에서 허드렛일을 하거나 구걸을 하고 좀도둑 흉내를 냈을지도 모른다.

아니면 아버지는 그저 아이와 함께 묘지에서 죽을 날만 기다리고 있었을까. 천천히 죽어가고 싶다, 아버지는 그것만 바라고 있었다. 묘지야말로 그러기에 가장 적합한 곳이 아닌가.

한때는 도쿄 어딘가에 집이 있고 어머니도 있던 시절이 있었을까. 아버지는 그것들을 잃었음을 증명하는 서류를 가지고 있었다. 나중에 시설의 직원이 알아본 결과 허위 증명서라고 결론이 났다. 하지만 아이에게 그것은 의지할 수 있는 소중한 근거임이 틀림없었다. 그 증명서를 토대로 아이는 자기가 태어난 집과 가족을 만들어냈다. 낡았지만 적당한 크기의 아늑한 집. 널빤지로 둘러싸인 작은 마당이 있는. 마당에 놓인 커다란 대야에서는 아기 적의 자신이 물놀이를 하고 있고, 동그란 얼굴의 어머니가 자기 몸을 씻겨주고 있다. 주위에서 놀고 있는 아이들은 형과 누나다. 툇마루에서는 아버지가 하얀 고양이를 품에 안은 채 귀 청소를 하고 있다. 그러던 어느 날 하늘에서 불덩이가 쏟아져 담장이 타고, 집이 타고, 어머니와 형과 누나, 고양이도 몽땅 불에 타 땅 위에서 사라지고 말았다.

"물론 공상에 지나지 않지만, 늘 그런 공상에 빠져 위로를 받았어.

그래서 그 공상도 그리워……"

과거의 아이가 열심히 이야기를 계속했다. 열두 살 소녀에게 일방적으로. 소년의 기억이 소녀의 몸속으로 들어가 그 안에서 생생하게 움직이기 시작했다. 세일러복을 입고 앞머리에 핀을 꽂은 소녀의 이마에서 엷은 솜털이 황금색으로 빛났다. 볼이 통통한 것이 아직 어린 아이다. 소녀는 무거운 가죽가방을 옆에 놓고 가방의 금속 장식을 가끔 손가락으로 만지작거린다.

소녀와 소년이 앉아 있는 곳은 고쿄* 가까이에 있는 커다란 신사의 참배길에 있는 찻집 앞이다. 소년은 거기서 오렌지주스 두 병을 사와 한 병을 소녀에게 건넸다. 이제 만 열일곱 살이 된 소년은 낡은 검정 학생 바지에 주름투성이 와이셔츠를 입고 있다. 소년은 짧게 깎은 머리와 햇볕에 그을린 얼굴에 내성적인 미소를 띠며 낮은 소리로 이야기를 이어간다. 입 언저리에는 드문드문 수염이 나 있다.

저녁 무렵의 신사는 인적이 드물었다. 국화 문양이 그려진 본전 앞의 커다란 문은 이미 닫혔다. 참배길 양쪽에는 벚나무가 늘어서 있고, 어린잎들 사이에 화려한 색의 플라스틱 초롱들이 매달려 있다. 그 밑의 자갈길을 달려가는 동네 아이들, 참배길 중간에 서 있는 동상을 올려다보는 젊은 남녀, 하루의 마지막 봉사로 참배길을 대빗자루로 쓸고 있는 노인의 모습이 보인다. 빨간 융단을 깔아놓은 찻집에서 주위에 물을 뿌리기 시작했다. 그 물소리에 놀라 비둘기 떼가 일제히 날아올랐다가 금세 다시 내려앉는다. 찻집 앞에 펴놓은 평상에는 회색 비

---

* 皇居, 천황이 사는 곳.

둘기 똥이 말라붙어 있다.

"……시베리아."

소년의 작은 목소리.

"시베리아?"

소녀가 묻자 소년은 고개를 끄덕이며 소녀에게 미소를 보낸다. 소녀도 영문을 모른 채 미소를 짓는다.

"……오랫동안 거기가 시베리아라고 생각했어. 바보 같은 이야기지만."

소녀는 미간을 약간 좁히며 소년을 바라보았다.

초등학교 때였다. '시베리아'에서 돌아왔다는 사람들이 당시 아이 주변에도 있었다. 그 사람들은 한 시간이고 두 시간이고 시베리아에 대해 이야기했다. 아이 귀에는 농담으로밖에 들리지 않는 '하라쇼'나 '다와이' 같은 러시아어를 섞어가면서. 허기와 추위, 질병 그리고 눈과 얼음 이야기.

그런 이야기를 듣는 동안 아이는 '시베리아'가 어릴 적 아버지와 둘이서 밤을 보내던 그곳일지도 모른다는 생각을 하기에 이르렀다. '시베리아'라는 단어의 울림이 기억 속에 남아 있는 돌과 흙의 감촉과 무척이나 잘 어울리는 것 같았다. 이미 아버지가 세상을 떠난 뒤였기에 그것은 아버지에 대한 그리움을 담은 계명과 같은 지명이기도 했다. 아버지와 함께 곰팡내 나는 낙엽과 담요를 덮고 자던 곳. 그곳이 아이에게는 아버지를 대신했다.

'시베리아'—'시베리아'는 한없이 펼쳐졌다. 얼마나 넓은지 네 살 난 아이로서는 상상도 할 수 없을 정도였다. 하지만 진짜 시베리아와는 달리 그곳에는 러시아 말을 하는 러시아인도 없었고, 철조망으로 된 담장도 없었다. 개가 끄는 썰매도 없었고, 순록이나 늑대가 뛰어다니지도 않았다. 그곳은 시베리아에서 아득히 멀리 떨어진 도쿄 한복판에 있는 낡은 도영(都營) 묘지 중 한 곳일 뿐이었다. 아이는 중학생 무렵 마지못해 그 사실을 인정했다. 묘지를 나와 큰길을 조금만 걸으면 이케부쿠로라는, 사람들이 북적거리는 거리가 나온다.

중학생이 된 아이는 처음으로 혼자 그 묘지를 찾아갔다. 아버지와 아이에 관련된 서류에 그 묘지 이름이 무심히 적혀 있었다. 그리운 마음은 들지 않았다. 정말로 여길까, 하는 당혹스러움이 앞섰다. 그래도 몇몇 묘비는 눈에 익숙한 것 같기도 했다. 하나같이 평범하고 작은 묘비로 변해 있었다. 훨씬 넓은 곳이라 생각했는데, 묘들이 무뚝뚝한 표정으로 갑갑하고 비좁게 늘어서 있을 뿐이었다. 조금 큰 묘지를 들여다보고, 거기서 아버지와 끌어안고 잠든 어린아이의 모습을 그려보았다. 아무리 낙엽을 그러모으고 담요로 몸을 감쌌다 해도 어떻게 매일 밤 이런 곳에서 잠을 잘 수 있었을까. 그것도 한겨울에. 아이는 마치 남의 일처럼 어이없어하다가 굴욕적인 느낌이 들어 서둘러 그곳을 빠져나왔다.

그렇다고는 하지만 네 살 난 아이에게 그곳은 이름도 없고 지도와도 상관없는, 지상 어느 곳보다 친근한 곳이었다. 아이는 그곳에서 세상에 태어난 것이나 다름없었다. 중학생으로 자란 아이는 자기가 찾아간 도영 묘지를 잊기로 했다. 자기가 살고 있는 도쿄라는 도시에서 그 부분만 잘라내버렸다. 그리고 네 살 난 자기가 아버지와 함께 지내던 곳을 다시 소중하고 주의 깊게 간직하기 시작했다. 먼지를 떨어내고 부드러운 천으로 닦았다. 어디를 가든 지니고 다녔고 잠을 잘 때도 가슴에 안고 잤다. 그것은 닦으면 닦을수록 빛을 더했고, 네 살 난 아이가 지금도 그 빛 속에 살아 있는 것처럼 즐거운 모습으로 되살아났다.

네 살 난 아이는 그곳이 좋았다. 살아 있는 사람 냄새가 나지 않는 곳. 아이는 차가운 돌 냄새를 좋아했다. 돌에는 여러 가지 냄새가 있었다. 검정 돌 냄새, 하얀 돌 냄새, 초록색을 띤 돌 냄새, 새로 옮겨온 표면이 반질반질한 돌 냄새, 이끼가 낀 돌 냄새.

특이한 모양의 돌들도 있었다. 낙엽 모양, 높이 솟은 탑 모양, 십자가 모양, 덤불 속에 웅크린 달걀처럼 둥근 모양, 그저 평평하기만 한 모양, 창문이 달린 집 모양.

빡빡머리를 한 사람이 양손을 가슴에 모으고 커다란 꽃 위에 서 있는 모습이 새겨진 돌도 있었다.

쓰러져 낙엽에 덮인 돌도 있었다.

아이는 특히 달걀 모양의 돌이 마음에 들었다. 위에 올라가 뛰어내리기 딱 좋은 높이였다.

그곳에서는 개나 고양이를 거의 볼 수 없었다. 동물들은 먹이를 구할 수 없는 곳에는 가까이 가지 않는다. 그래도 다리를 저는 개나 눈이 찌그러진 개, 피부병으로 털이 빠진 개가 그곳에 몸을 숨길 때도 있었다. 비틀거리며 걷는 고양이를 밟을 뻔한 적도 있었다.

어느 밤, 낯선 소리가 묘지에 울려퍼졌다. 개구리 소리 같기도 하고 바람 소리 같기도 했다.

아버지에게 물어봤지만 대답해주지 않았다. 날이 새 하늘이 밝아오자 그 소리는 사라졌다. 아이는 근처의 묘비들 사이를 살펴보았다. 덤불 속도 들여다보았다. 돌과 돌 사이에 진흙 묻은 신문지에 돌돌 말린 뭔가가 있었다. 찢어진 신문지 사이로 갓난아기의 손과 발이 삐져나와 있었다. 얼굴도 반 정도 보였다. 하얀 얼굴이 잠들어 있었다. 아이는 갓난아기의 창백한 손발을 손가락 끝으로 찔러보았다. 그러자 아기의 몸이 얼핏 흔들린 것도 같았다. 아기는 너무나 작아서 사람 같지가 않았다.

아이는 갓난아기를 발견했다고 아버지에게 말했다. 그런데 울지를 않아.

아버지는 아이의 말을 흘려버리고 여느 때처럼 아이의 손을 끌고 시내로 나갔다. 저녁에 돌아와보니 아기는 신문지째로 없어졌다. 개나 까마귀가 와서 덮쳤다면 신문지나 뼈 정도는 남아 있을 것이다. 그러나 아무리 찾아봐도 작은 손가락 하나 찾을 수 없었다.

갓난아기가 아니라 훨씬 더 큰 사람을 본 적도 있었다. 아이와 아버지처럼 그 묘지 어딘가에 잠자리를 정한 듯한 노인이었다. 아직 젊은 여자들도 있었다. 학생복을 입은 중학생도 있었고 군복을 입은 남자도 있었다. 넓게 쭉 뻗은 길을 걷다보면 갑자기 묘비 뒤에서 사람이 나타나 긴장된 눈으로 서로 바라보다가 잠시 후 눈길을 거두고 각자 가던 쪽으로 발걸음을 옮겼다. 지금 막 만난 사람은 잊어버리고.

네 살 난 아이도 그런 규칙이 이미 몸에 배어 있었다. 자기 말고도 묘지에 사는 사람들이 있다는 걸 알았지만, 그들은 그림자에 지나지 않는 존재여서 그곳은 아무도 없는 것과 마찬가지였다. 그곳은 언제나 아이와 아버지만의 장소였다.

날카로운 여자 목소리에 잠이 깬 밤도 있었다. 처음에는 밤새의 울음소리라고 생각했다. 그래서 아이는 조금 겁이 났다. 그 새된 소리는 하늘 위로 퍼졌다가 아이의 몸을 향해 날카롭게 떨어졌다. 아이는 눈을 뜨고 낙엽과 담요에서 몸을 일으켰다. 달이 밝은 밤이었다. 보름달이었을까. 마치 꿈속의 풍경처럼 나무와 묘비들이 어렴풋이 떠올라 있었다.

아이는 날카로운 소리에 이끌려 어렴풋한 묘지 안을 돌아다니기 시작했다. 소리는 하나가 아니었다. 두 소리가 서로 부딪치기도 하고 겹치기도 했다. 짧은 간격으로 끊어졌다가 튀어오르기도 하고, 비비 꼬이다가 덧없이 사라지기도 했다. 커다란 나무 발치에 있는 남자와 여자를 발견할 때까지, 아이는 그 소리가 여자들의 소리라고는 생각지도 못했다. 새나 동물 소리라고 믿었던 것도 아니었지만.

여자는 둘이었을까. 그들은 흙 위에 배를 깔고 누워 있었다. 희뿌연 긴 다리가 몇 개나 굼실거리고 있었다. 아이는 나무 곁에 우두커니 선 채 졸린 눈을 반쯤 뜨고 여자들의 소리에 귀를 기울였다. 웃음소리인지 비명인지 구별이 되지 않았다. 여자들의 몸 위에 남자들의 검은 형체가 보였다. 남자들의 하얀 엉덩이가 움직였다. 여자들의 소리가 한층 높아졌고 남자들은 입을 꾹 다물었다. 여자들이 웃고, 소리치고, 신음하고, 기묘하게도 노래까지 부르기 시작했다.

소녀는 빈 주스 병을 두 손으로 들고 소년의 마른 입술을 바라보았다. 얼굴이 달아올랐지만 그래도 고개를 숙이지는 않았다. 열일곱 살의 소년은 이제 막 중학생이 된 소녀에게는 충분히 어른처럼 보였다. 어른들의 이야기에는 알 수 없는 부분들이 있다. 그러면서도 왠지 알 것 같기도 하다. 소녀는 만원 전차 안에서 자신의 목면 팬티를 더듬던 낯모르는 남자 어른의 손가락을 떠올렸다. 그 손가락이 팬티 속까지 들어오려고 했다. 아직 초등학생이었던 소녀는 몸을 비틀어 그 손가락으로부터 도망쳤다. 울면서 전차에서 내린 적도 있다. 공원에는 바지 앞섶을 내리고 서 있는 남자도 있었다.

세상에는 그런 부분들이 가려져 있다. 하지만 소녀도 그런 조짐을 이미 감지하고 있었다. 아무리 도망치려 해도 거기서 도망치기 어렵다는 것도.

소녀는 소년의 입에서 어떤 이야기가 나와도 움츠러들지 않고 계속 들었다. 모든 이야기가 어딘가 미심쩍긴 했지만 그래도 어쨌든 믿으려 했다. 소년이 자기를 싫어하지 않았으면 하는 마음 때문에. 소년에 대한 두려움에 지지 않으려는 마음 때문에.

소녀가 초등학생 때, 학교 1층에 있는 변소가 베니어판으로 봉쇄되었다. 근처 초등학교 변소에서 여자아이 한 명이 외부에서 들어온 남자에게 살해되었던 것이다. 폭행을 당한 후에 살해되었다는 말을 듣고, 소녀는 남자가 그 여자아이를 때리고 걷어찬 거라 생각했다. 하지만 어른들의 말투에서 뭔가 다른 일이 일어났음을 알아차렸다. 변소라는 곳에 그 비밀이 숨겨져 있는 것 같았다. 문을 닫고 혼자서 팬티를 내려야 하는 장소. 하지만 그 이상은 알 수가 없었다. 베니어판으로 막힌 1층 변소가 소녀는 두려웠다. 아무도 들어갈 수 없게 된 변소는 전기가 들어오지 않았고, 이윽고 먼지가 쌓이고 거미가 집을 짓고 작은 벌레들이 수를 더해갔다. 그 어둠 어딘가에 살해당한 여자아이가 쓰러져 있다. 조금씩 무너져가는 작은 주검. 귀를 기울이면 베니어판 저편에서 여자아이의 울음소리도 들려왔다.

소녀는 그런 두려움과 소년에 대한 두려움을 구분하지 못한다. 자기 심장의 고동 소리가 소년의 귀에도 들리는 것 같아 안절부절못한다. 그래서 소녀는 소년에게 미소를 보낸다.

소년은 가볍게 고개를 끄덕이고 주스를 다 마신 다음 이야기를 계속한다. 가장 중요한 마지막 이야기다.

그날 밤에도 이상한 소리가 들렸다.

묘지는 여느 밤보다 조용했고 나뭇잎들은 모두 얼어붙은 것 같았다. 그런 인상이 남아 있다. 어쩌면 그날 밤 아이는 사람 소리에 잠이 깬 것이 아니라 추위 때문에 눈을 뜬 것인지도 모른다. 조금 떨어진 곳에서 아버지가 작은 모닥불을 피워놓고 몸에 담요를 두르고 있었다. 아이도 담요를 끌고 아버지 곁으로 갔다. 그리고 이내 알아차렸다. 느릿하고 낮게 퍼지는 목소리. 들개의 울음소리와 비슷했다. 상처를 입은 들개들이 괴로워하며 슬퍼하고 있다.

아이는 아버지의 얼굴을 쳐다보았다. 아버지는 눈을 감고 있었다. 아이도 눈을 감고 잠을 자려고 했다. 하지만 잠시 후, 아이는 눈을 뜨고 자리에서 일어났다. 상처 입은 들개는 한 마리가 아닌 것 같았다. 아이는 몸에 담요를 두른 채 걷기 시작했다. 묘비도 나무도 얼음처럼 투명했다. 집 모양으로 생긴 커다란 묘비 앞에 들개가 아닌 사람 세 명의 그림자가 보였다. 세 사람은 각기 다른 방향으로 누워 있었다. 아이는 조금 실망스러웠다. 술 취한 사람들한테는 관심이 없었다. 아이는 아버지가 있는 곳으로 돌아가려 했다. 그런데 세 사람이 내는 소리가 아이를 다시 끌어당겼다. 막 숨이 끊어지려는 듯한 소리였다. 한 남자는 조용했고, 또다른 남자는 가늘게 피리 같은 소리를 내고 있었다. 나머지 한 사람은 여자였다. 여자는 낮은 신음 소리를 내며 몸을 꿈틀거리고 있었다.

아이는 주의 깊게 세 그림자 곁으로 조금씩 다가갔다. 그림자가 갑자기 몸을 일으키고 소리라도 지르면 바로 도망칠 태세로. 그러는 사이 또다른 한 남자도 조용해졌다. 번득이는 뭔가가 주위를 뒤덮고 있었다. 아이는 그 냄새를 맡았고 금세 그것이 피 냄새라는 것을 알았다. 사람의 피 냄새도 동물이나 새의 피 냄새와 똑같다. 피 냄새에 아이는 식욕을 느꼈다. 들개들은 피 냄새를 좋아하며 아무리 멀리 떨어져 있어도 그 냄새를 맡을 수 있다. 조금 있으면 들개들이 모여들어 기뻐 날뛰며 사람들을 먹기 시작할 것이다.

아이는 아버지 곁으로 가 두 남자가 죽어 있고 한 여자도 곧 죽을 것 같다고 전했다. 마지못해 잠에서 깨어난 아버지가 신음 소리를 내며 아이를 노려보았다. 그리고 한숨을 내쉬고는 모닥불에서 불이 붙은 마른 나뭇가지 하나를 빼들고 일어섰다.

아이는 몰랐지만 이미 아침이 다가오고 있었다.

아버지는 하늘이 완전히 밝아올 때까지 아이와 함께 불을 밝히며 시체 두 구와 여자를 들개들로부터 지켰다. 그리고 묘지 밖으로 나와 여자가 묘지에서 죽어가고 있다고 파출소 순사에게 전했다. 내친김에 전하듯 시체 두 구도 있다고 덧붙였다. 아버지는 가능하면 그런 일을 하지 않으려고 했다. 섣불리 파출소에 얼굴을 내밀었다가는 제 목을 조르는 꼴이 된다. 묘지에서 사는 일은 표면적으로는 금지돼 있었다. 아버지는 망설였지만 살 수 있을지도 모르는 여자를 못 본 척할 수는 없었다. 게다가 시체 두 구까지 있었다. 아버지는 자신이 잠자리로 정한 묘지에 애착을 갖고 있었다. 묘지만큼 청결한 곳도 없다고 믿고 있었다. 그곳이 더럽혀지는 것이 싫었는지도 모른다. 아이는 그렇게 생각했다.

아버지는 파출소에 신고를 하고, 틈을 보아 아이의 손목을 잡고 그곳을 빠져나왔다. 더는 경찰과 같이 있을 생각은 없었다. 그후 아버지와 아이는 경찰에 발각되는 것을 피해 오랫동안 묘지에 가지 않았다. 그러고 나서 다시 묘지에서 밤을 보내기 시작했다. 아버지도 아이도 아무 일 없었던 것처럼 낙엽과 담요를 덮고 묘비 앞에서 잠을 잤다. 아이는 묘지에서 자는 데 이미 익숙해 있었다.

그 세 구의 시체—여자는 아직 살아 있었지만—가 도대체 누구의 시체였는지 찾아볼 생각이 든 건 아이가 중학생이 되고 나서였다. 적어도 두 구의 시체가 발견되었으니 신문에도 보도가 되었을 것이 틀림없었다. 언제인지도 대강은 알고 있었다. 아이가 아직 네 살이던 해의 겨울이다.

아이는 구립도서관에 가서 당시의 신문기사를 살펴보았다. 무슨 일이 있었는지 처음으로 알게 되었다. 원하던 신문기사도 찾았다. 아이가 예상한 것보다 훨씬 큰 기사였다. 제일 먼저 죽은 남자가 당시 이름이 알려지기 시작한 화가였기 때문인 듯했다. 아이는 전혀 들어본 적이 없는 이름이었지만. 커다란 사진이 아이의 눈에 들어왔다. 그날 밤 아이가 혼자서 거닐었던 커다란 묘지가 아이를 바라보고 있었다. 그리움에 몸이 달아올랐다. 아이가 기억하고 있는 그대로의 풍경이 거기에 있었다. 어둡고 불분명한 사진. 그 어렴풋한 어둠을 본 기억이 있다. 자신의 기억들이 사실이었음을 처음으로 확인한 아이는 그때까지 혼자서 안고 있던 불안이 사라지는 것을 느꼈다. 모든 것이 정말로 있었던 일이라고 지금까지 인생에서 만났던 사람들에게 돌아다니며 알리고 싶었다.

아이는 소중한 그 기사를 몰래 잘라냈다. 나쁜 짓이라는 건 알고 있었지만 사정에 따라서는 어쩔 수 없을 때도 있다. 아버지와 함께 지냈던 묘지의 사진은 그 사진 하나밖에 없었던 것이다. 아이의 눈에는 거기에 아버지가 찍혀 있는 것처럼 보였다. 네 살 난 자기 모습도 보였다. 나무들의 술렁임, 돌의 냄새도 전해져오는 것만 같았다.

묘지 사진 옆에는 거기서 죽은 세 사람의 얼굴 사진이 실려 있었다. 아이의 기억에는 없는 얼굴이었지만, 그 사람들의 몸을 자기가 끝까지 지켜보았기 때문인지 친근감이 느껴졌다. 막 죽음을 맞이한 몸과 이제 죽음을 맞이하려는 몸. 그리고 세 사람의 몸에서 흐른 엄청난 양의 피 냄새. 신문기사에는 세 사람이 어떤 인물들인지 상당히 구체적으로 적혀 있었다. 여자는 화가의 애인으로 당시 임신한 상태였다. 또 한 남자는 시베리아 수용소에서 풀려난 퇴역군인으로 여자의 남편이었다. 남자는 자기 아내를 화가에게 빼앗긴 것을 알고 두 사람의 뒤를 따라다녔다. 그날 밤 세 사람은 삼각관계에 지쳐 술에 취한 채 묘지로 잘못 들어왔고, 여자의 남편이 갖고 있던 칼로 동반자살을 꾀했다. 화가에게는 가정이 있었고 어린 두 자녀도 있었다.

아이는 기사 속에서 '시베리아'라는 지명을 발견하고 한숨을 내쉬었다. 그래서 이런 일이 벌어진 거라고 생각했다. 세 사람과 자기의 관계를 새삼 느끼지 않을 수 없었다. 늘 세 사람의 사진을 들여다보다 보니, 그들이 어떻게 웃고 이야기하고 울었는지도 상상할 수 있게 되었다. 아이는 그 세 사람에게 말을 걸고, 그들의 이야기에 귀를 기울였다.

'그렇구나, 네가 그때의 그 아이로구나. 정말 조그만 아이였는데 이렇게 자랐구나……'

'그런 일을 겪게 돼서 지금까지 사는 데 많이 힘들었지? 네가 우리처럼 시시한 죽음을 맞지 않아 정말 다행이야. 그때에 비하면 세상도 많이 변해서 이제 버터나 달걀 같은 건 얼마든지 구할 수가 있다면서? 네 아버지도 참 안되셨다.'

'무엇 때문에 사는가 하는 생각 따윈 하지 않는 게 좋아. 나도 시베리아에서 죽었더라면 좋았을걸 애써 일본까지 돌아와서 이렇게 죽다니 너무 한심해서 기가 막힌다. 그렇지만 말이다, 인생이란 건 원래 그 정도밖에 안 되는가보다. 맘 편히 살렴, 알겠지?……'

"이거 봐, 이게 그 신문기사야. 물론 이미 알고 있겠지만."

소년은 갈아입을 옷과 도시락 등이 들어 있는 천 주머니에서 두 개로 접은 골판지를 꺼냈다. 네 모서리와 접힌 부분에 회색 헝겊이 꼼꼼하게 덧대어 있었고, 펼치니 양쪽에 신문기사가 붙어 있었다. 소녀는 순간적으로 신문기사에서 눈을 돌린 뒤 힘없이 고개를 숙이고는 소년의 얼굴을 노려보았다.

"이런 건 버릴 것이지. 바보같이."

소년과 마찬가지로 소녀도 이삼 년 전에 그 기사를 찾은 적이 있다. 그때 소녀는 기사를 제대로 읽지도 않고 신문 축쇄판을 덮어버리고 말았다. 그 기사가 커다랗게 언급하고 있는 이름은 소녀의 아버지였고, 세 얼굴 중 가장 크게 실린 것도 소녀의 아버지였다. 소녀는 후회스럽고 두려운 마음에 서둘러 그곳에서 도망쳤다. 다시 그곳에 가고 싶지 않았다.

"……나한테 그런 말을 해도 되나?"

소년은 신문기사를 천천히 천 주머니에 집어넣으며 한숨을 섞어 중얼거리다 소녀를 보고 미소지었다.

"그런 말을 하면 안 되지. 네 아버지잖아?"

소녀는 눈물을 흘리는 대신 미소로 소년에게 답했다. 소년의 말을 거스를 수가 없다. 이제는 도망칠 수도 없다. 신사의 참배길은 이미 어두워져서 큰길을 달리는 전차의 눈부신 불빛이 신사의 나무 저편까지 깜박거리다가 사라졌다.

"자, 이제 슬슬 갈까? 배고프다."

소년이 일어나자 소녀도 책가방을 들고 일어났다. 바람이 불자 쌀쌀했다. 소녀는 소년과 나란히 걸었다. 소년은 소녀보다 10센티미터쯤 키가 컸다. 소녀는 배고픔보다 요의가 절실했지만 그것을 소년에게 어떻게 전달해야 할지 몰랐다. 소녀는 신중하게, 하지만 소년에게 처지지 않도록 잰걸음으로 자갈길을 걸었다. 소녀의 가죽구두가 딱딱한 소리를 냈지만, 소년의 운동화는 거의 소리가 나지 않았다.

2
출발!

그날 밤 집에 돌아갈 마음을 먹었다면 충분히 갈 수 있었다. 하지만 나는 그러지 않았다.

둘 다 무척 배가 고팠기 때문에 신사 근처에 있는 대중음식점에 들어가 나는 오야코돈을 먹고 그 사람은 가쓰돈을 먹었다. 나도 그도 순식간에 그릇을 비웠지만 뭔가 부족한 느낌이었다.

"뭐 좀더 먹을까?"

그 사람이 묻는 게 기뻐 나는 얼른 웃어 보였다. 나는 외식이 처음이었다. 외식이라면 백화점 식당에서 어머니가 아이스크림을 사준 것이 전부였다. 은쟁반에 웨이퍼를 곁들인 아이스크림. 지방의 교육자 집안에서 자란 어머니에게는 외식이라는 개념이 아예 없었다. 그리고 어쩌면 내게 외식을 할 기회를 줬을지도 모를 아버지는 이미 오래전에 죽고 말았다. '오야코돈'*이라는 이름도 그때 처음 알았다. 누가 그런 재미난 이름을 생각해냈을까. 나도 모르게 큰 소리로 웃고 말았다. 세상은 따분한 곳이라고만 생각했는데, 제법 묘한 데도 있는 것 같다. '타닌돈'**이라는 음식이 있다는 것도 그가 가르쳐주었다.

그 사람이 메밀국수 일 인분을 더 주문해 그것을 둘이서 나누어 먹었다. 쟁반에 나온 메밀국수는 나도 잘 아는 음식이었다. 어머니가 가끔 집에서 만들었기 때문이다.

겨우 배가 부른 그가 차를 마시며 중얼거렸다.

"자, 이제 어떡한다."

순간, 심장이 묘하게 뛰기 시작했다. 나는 주저하며 식당 벽에 걸린 시계를 바라보았다. 벌써 여덟시가 지났다. 그리고 내 손목시계를 들여다보았다. 손목시계가 십 분 빨랐다. 늘 지각을 하는 내가 일부러 시곗바늘을 돌려놓은 것이다. 그 사람 손목에는 시계가 없었다. 지금까지 아무도 사준 사람이 없었을 거야, 라는 생각이 든 나는 시계를 세일러복 커프스 안으로 감추었다. 중학교 입학 선물로 어머니가 사준 손목시계였다. 아직 어린 나는 그것을 자랑스럽게 여기고 있었다.

지금 집에 돌아가면 어머니가 꾸중을 하시며 이 시간까지 뭘 했냐고 엄히 물으실 게 뻔했다. 하지만 나는 아무런 대답도 할 수 없을 것이다. 사실대로 이야기할 수도 없고 거짓말을 할 수도 없다. 그러고 보니 내일은 한자 쪽지시험이 있는 날이다. 거기까지 생각이 미치자

---

* 親子丼, 닭고기와 계란을 얹은 덮밥으로, '부모자식 덮밥'이라는 뜻이다.

** 親子丼, 계란에 쇠고기나 돼지고기를 얹은 덮밥으로, '타인 덮밥'이라는 뜻이다.

될 대로 되라는 기분이 되고 말았다.

나는 그 사람에게 물었다.

"그쪽은 어디로 갈 건데?"

그 사람이 머리를 긁적이며 대답했다.

"아직 정한 건 아니지만, 일단 우에노로 가서 적당한 야간열차가 있으면 그거라도 탈까 해. 나, 밤기차를 한번 타보고 싶었거든. 유키코도 같이 갈래?"

나는 마음이 놓여 고개를 끄덕였다.

야간열차를 탄다는 게 여행을 떠나는 것과 같다는 것까지는 생각지 못했다(하지만 어디론가 멀리 가는 것이라는 것 정도는 알고 있었다). 그렇다면 일단 어머니에게 전화를 해야지, 하고 생각했다. 하지만 결국 나는 그날 밤 어머니에게 연락할 기회를 놓쳤고—놓쳤다기보다는 잊고 있었다—, 다음 날 어머니는 학교에 찾아가 의논한 뒤 경찰서로 향했다. 그러니까 우리의 '여행'이 그렇게 떠들썩한 사건이 된 것은 내 부주의 탓이었다. 그 사람이 그 사실을 알고 있었는지 나는 지금도 알 수가 없다. 한때 신문에서 유괴범이라고 떠들어댔던 그 사람의 소식을 나는 모른다. 그후 우리 집은 이사를 갔고 나는 학교를 옮겼다. 하지만 이름까지 바꾸지는 않았으니 찾으려면 얼마든지 찾을 수 있었을 텐데, 그 사람은 두 번 다시 내 앞에 나타나지 않았다. 그렇게 사십 년이 지났다. 이제는 길에서 마주친다 해도 둘 다 알아보지 못할 것이다. 그러므로 나는 그 '여행'이 사실이었다는 것을 믿기 힘들게 되고 말았다.

일본이 전쟁에서 진 직후, 여자아이들이 유괴당하는 사건이 빈번히 일어났다. 살해당하는 경우도 적지 않았다. 그 기억이 아직 세상에 짙은 그림자를 드리우던 시절이었다. 나도 많은 이야기를 들었다. 열 명이 넘는 젊은 여자를 차례차례 죽인 남자, 소녀를 끌고 다니다 결국 산속에서 죽인 청년, 백화점에서 영화관에서 강에서 발견된 여자들의 시체, 지하도에 공원에 바닷가에 유기된 소녀들. 나는 그런 이야기들을 어느새 내 이야기로 만들어버린 건지도 모른다.

내가 중학생이 되던 그해, 쇼와 34년(1959년) 봄, 도쿄의 주요 도로에는 아직 도덴(都電)이라 불리는 노면전차가 달리고 있었다. 도쿄타워가 완성되고, 새로 발행된 1만 엔짜리 지폐를 어머니가 보여준 것도 그때쯤이 아니었을까. 일본의 남극관측대가 버리고 온 개가 남극에 살아 있어, 그것이 아이들 사이에 화제가 되기도 했다. 그리고 사람들의 왕래가 많은 곳에서는 상이군인이라 불리는 남자들의 모습을 아직 많이 볼 수 있던 시절이기도 했다.

5월 말의 그날 저녁, 우리는 그렇게 우에노 역으로 향했다.

물론 우리는 그날 처음 만난 것이 아니었다. 나는 처음 만난 사람과 '여행'을 떠나도 좋다고 생각할 만큼 대책 없는 성격이 아니었고, 그도 그렇게 대담한 소년은 아니었다.

4월 중순, 그러니까 그때로부터 한 달도 더 전인 어느 일요일, 내가 집 근처 책방에서 여자아이들이 보는 잡지를 사서 돌아오는데 대문 앞에 처음 보는 소년이 서 있었다. 벚꽃은 이미 졌고 햇살이 뜨거운 오후였다. 소년이 입은 학생복은 먼지로 지저분했고 닳아서 반질거렸다. 운동화만은 새것 같았다. 4월이니까, 하고 나는 생각했다. 갓 입학식을 마친 나도 어머니가 준비해준 새것들에 둘러싸여 있었다. 일본 곳곳에 비슷한 아이들이 어슬렁거리고 있을 때였다. 내 추측 대로 그 사람 운동화도 선물로 받은 것이라는 걸 나중에 알았다. 단, 입학 선물이 아니라 오랫동안 신세를 진 시설에서 독립한 기념으로.

처음 보는 소년은 몸집이 특별히 크지 않았고, 표정에는 어딘지 내성적이고 미숙한 느낌이 남아 있었다. 동그랗고 속눈썹이 긴 눈이 개의 눈을 닮은 것 같았다. 그래서 나는 아무런 경계심 없이 멍하니 문패를 바라보고 있는 소년에게 말을 걸었다. 어머니를 찾아온 손님일 거라고 생각했던 것이다. 어머니가 고등학교 선생님이었기 때문에 가끔 제자들이 찾아오는 일이 있었다. 또 아버지가 화가였기 때문에 그림을 공부하는 학생들이 몰려올 때도 있었다.

나는 그 사람에게 물었다.

"우리 어머니한테 볼일이 있으세요?"

그 사람은 무척이나 놀랐는지 몸을 떨며 한동안 아무 말도 못하고 내 얼굴을 바라보았다. 나는 부끄러워져 다시 한번 물었다.

"저…… 우리 집에 무슨 볼일이라도?"

"아아."

그 사람이 겨우 입을 열었다.

"혹시 유키코 맞아요?…… 분명히 유키코라는 이름이었던 것 같은데."

나는 기분이 나빴지만, 내 이름이 틀림없었기 때문에 일단 고개를 끄덕였다.

"역시 그렇구나. 얼굴이 하나도 안 변했네."

그 사람이 속눈썹이 긴 눈을 가늘게 뜨고 나를 보며 웃었다.

일곱 살 때의 내 얼굴과 비교해서 한 말이었다. 자초지종을 몰랐던 나는 더욱 기분이 나빠져서 몸을 조금 옆으로 비켰다. 여차하면 그의 옆을 빠져나가 대문으로 뛰어들 생각이었다. 내가 겁을 먹고 있는 게 그에게도 한눈에 보였던 모양이다.

"전에 만났을 때 나도 지금의 유키코하고 똑같은 열두 살이었어…… 뭐, 그 이후로도 별로 안 변했겠지만."

그 사람은 눈을 내리깔고 짐짓 중얼거렸다. 나는 그에게 물어보지 않을 수 없었다.

"저기…… 전에 우리 만난 적 있어요?"

그 사람이 쑥스러움을 감추려는 듯 웃으며 고개를 끄덕였다.

"하지만 유키코 어머니한테 꾸중만 듣고 금방 쫓겨났지. '과거'보다 '미래'를 위해 열심히 공부하라고 하셨어. 굉장히 무서운 어머니더라. 나는 어머니란 게 어떤 건지 잘 몰라서 이런 건가, 하고 깜짝 놀랐어. 네 어머니는 '과거'에 대해서는 듣고 싶지도 않고, 듣는다 해도 아무런 도움이 안 된다고 말씀하셨지."

정말이지 어머니다운 말씀이라고 생각한 나는 낯모르는 소년에 대한 두려움을 잊고 말았다. 그렇다면 어머니는 이 사람에게 '은인'이 되는 건가? 그렇게 해서 이 사람의 '미래'가 펼쳐졌다는 흔해빠진 이야기? 하고 제멋대로 상상했다.

"그래서 열심히 공부를 하셨어요?"

"설마. 난 학교라는 곳이랑 별로 안 맞아서…… 손재주가 조금 있고 책 읽는 건 잘하지만."

"책을 읽는다고요?"

"시설에 있는 아이들한테 책을 읽어주는 게 내 특기 같은 거지. 하지만 어른들이 읽는 책은 읽은 적이 없어."

나는 조금 실망스러운 마음으로 그 사람의 자랑스러워하는 듯한 얼굴을 다시 바라보았다.

"흠, 그런데 듣고 싶지 않다고 한 그 '과거'는 뭔데요?"

나는 별생각 없이 물었다. 어머니와 열두 살 소년 사이에 도대체 무슨 대화가 오갔을까.

내 질문에 그 사람은 골똘히 생각에 잠겼다. 미간을 좁히고 시선을 내리깐 다음, 머리를 긁적이며 분명치 않은 소리로 대답했다.

"난…… 난 묘지에 있었거든."

"묘지?"

놀란 내가 묻자, 그 사람은 겨우 안심이 되었는지 고개를 크게 끄덕였다.

"……그때 저는 그 묘지에 있었어요."

열두 살의 그는 현기증을 느끼며 어머니에게 이야기를 시작했다고 했다. 대사는 모두 꼼꼼히 연습을 마쳤고—종이에 몇 번이나 적어가면서—, 무슨 말을 들어도 흥분하거나 엉겁결에 엉뚱한 말을 입 밖에 내지 않을 자신이 있었는데, 막상 어머니 앞에 서자 극도의 긴장감으로 입이 얼어붙고 볼 언저리가 경련을 일으켜 그 자리에 주저앉아 울어버리고 싶은 충동이 일었다고 했다.

"……그래요, 그때 저는 아버지와 함께 소시가야 도영 묘지에 살고 있었어요. 집도 없고 우리 둘뿐이었는데 아버지는 병이 들었죠. 그리고 우리는 우연히 묘지에서 아주머니의 남편과 다른 두 사람이 쓰러져 있는 것을 발견했고 할 수 없이 파출소에 신고를 했어요. 그러느라 우리는 한동안 묘지에서 지낼 수가 없었어요. 그후 아버지는 병원에 실려가 돌아가셨고, 저는 시설에 들어갔어요. 덕분에 이렇게 자랐지요."

열두 살 소년은 석회와 황토 등을 개어 만든 현관 바닥에 똑바로 서 있었다. 어머니는 마루에 무릎을 꿇고 앉아 소년의 얼굴을 바라보며 전신을 점검하기 시작했다. 그해 봄의 나처럼, 소년이었던 그 사람도 헐렁헐렁한 새 교복 바지를 입고 머리에는 맞지도 않는 큰 학생모를 써 챙이 눈가를 가리고 있었다. 더운 여름날이었다. 이마에 땀이 흘러내리고, 코끝에 땀방울이 맺혀 떨어지고, 싸구려 화학섬유로 된 하얀 셔츠도 땀으로 투명해졌다. 어머니는 그런 소년을 태연하게 지켜보았다. 옛날식으로 뒤로 틀어올린 머리, 낡은 회색 원피스—원피스라기에는 간단한 옷. 앗팟파라고 불리기도 했다—. 민소매 원피스에서 뻗어나온 두 팔이 너무나 가늘고 하얘서 마치 뼈처럼 보여 소년은 조금 무서웠다.

잠시 후, 어머니는 소년에게 일단 마루에 앉으라고 하고 안쪽으로 모습을 감추더니, 미지근한 보리차를 가지고 나왔다. 그 뒤에서 아이 둘이 얼굴을 내밀었다. 한 명은 일곱 살짜리 여자아이, 다른 한 명은 여자아이보다 어려 보이는, 풍선처럼 살이 찐 남자아이였다. 어머니가 오른손으로 두 아이를 내치자, 아이들은 이번에는 현관 쪽으로 와서 유리로 된 미닫이문 옆에 쭈그리고 앉았다. 소년이 열린 미닫이문

쪽으로 얼굴을 돌릴 때마다 아이들은 얼른 고개를 숙이고 땅 위의 개미를 쫓는 척했다. 둘 다 게타를 신고 하얀 속옷만 걸치고 있었다. 너무 여러 번 빨아 형태를 제대로 알 수 없는 속치마—어머니의 수제품—와 러닝셔츠였다. 엊그제까지만 해도 그 아이들처럼 어린아이였던 소년은 아이들에게 가능한 한 친근한 미소를 보냈다. 적어도 저 아이들은 아버지를 모른다고 생각한 것이다.

남천나무 가지가 아이들 머리 위에서 반짝였고, 개—당시 두 마리를 키우고 있었다—짖는 소리가 들렸다. 보리차를 마시던 소년은 만족스러움에 다시 눈물이 날 것만 같았다. 자기가 정말로 이 집을 찾아왔다는 것이 믿기지 않았다. 주소를 알고 난 후에도 얼마나 오랫동안 고민했던가. 자기가 이 집을 방문할 자격이 있는지 어떤지도 판단이 서지 않았다. 의논할 사람도 아무도 없었다. 하지만 어쨌든 한 번은 찾아오고 싶었다. 그리고 자기와 그 가족과의 관계를 전하고 싶었다. 관계를 확인하고 싶었다. 그 이상은 아무것도 바라지 않았다. 그러므로 소녀의 어머니가 "네가 네 살 때의 일이잖니? 이젠 잊어버리는 것이 좋겠다. 나도 잊었단다. '과거'는 '과거'일 뿐이야. 일부러 여기까지 와줘서 고맙구나. 너도 이제 개운하겠지. 그러니 말끔히 잊어버리렴, 알겠지?" 하고 냉정한 목소리로 말해도 조금도 슬프지 않았다. 어리석은 사람만이 '과거'에 연연한다는 것을 열두 살의 소년도 납득하고 있었다. 소년 자신도 죽은 아버지 때문에 울어본 적이 한 번도 없었다.

우리 집 현관에 소년이 머무른 건 채 한 시간도 되지 않았기 때문에, 현관 밖에서 안쪽을 들여다보고 있었다던 일곱 살의 내 머릿속에는 소년의 모습이 남아 있지 않았다. 나보다 세 살 위인 오빠는 아기 때 앓은 병으로 머리회전이 둔해져버렸기 때문에 물론 아무것도 기억하지 못할 것이다. 하지만 어머니는 분명 잊지 않았을 것이다. 열일곱 살이 된 그 사람이 그날 다시 어머니 앞에 나타났다면, 어머니는 금방 얼굴색을 바꾸고 쫓아버렸을까. '그렇게 이야기했는데 정말 어리석구나!' 하고 꾸짖으면서.

하지만 열일곱 살의 그 사람은 결국 어머니를 만나지 않고 돌아갔고 나도 어머니에게 그 사람을 만났다는 말을 하지 않았기 때문에, 어머니의 반응을 직접 확인할 기회는 없어지고 말았다. 나중에 나와 그 사람이 '여행'을 했다는 것을 알게 된 후에도 어머니는 아무 말도 하지 않았다. 옆에서 내 얼굴을 살피듯 바라볼 뿐이었다. 나와 얼굴을 정면으로 마주하게 되면, 어머니는 황급히 얼굴을 돌렸다. 그리고 아무 말도 없이 이사 준비를 시작했다. 사실은 나를 어디 외국 학교에라도 보내고 싶었는지도 모른다. 나를 '과거'로부터 완전히 떼어놓기 위해. 하지만 당시는 보통 아이들이 혼자서 자유롭게 외국에 갈 수 있는 시절도 아니었고, 1달러가 360엔이나 하던 시절이었다.

열일곱 살이 된 그 사람도 자신의 두번째 방문이 어머니를 실망시킬 거라는 사실을 잘 알고 있었다. 그래서 그날은 자기가 어떤 사람인지를 알린 다음 바로 돌아가려 했다.

"올봄에 겨우 독립을 했고, 왠지 그리운 마음이 들어서 찾아왔지만 역시 오는 게 아니었어. 세상에 일가친척이라고는 아무도 없어서 그만…… 지금 반성하고 있어. 그렇지만 유키코를 만나서 기뻤다. 동생도 잘 있니?"

"……죽었어요. 쭉 아팠거든요. 그리고 동생이 아니라 오빠예요."

그 사람은 고개를 숙이고 내게 들리지 않는 소리로 뭐라고 중얼거린 뒤 이렇게 말했다.

"그럼 가볼게. 어머니한테 잘해드려라. 혼자가 되면 쓸쓸한 법이니까…… 아, 미안, 잊어버리고 있었다. 내 이름은 니시다 미쓰오라고 해."

자기 이름이 '니시다 미쓰오'라는 그의 말을 내가 그대로 믿었던 것은 아니다. 오 년 전의 이야기, 십삼 년 전의 이야기라는 것도 그 사람이 꾸며낸 건지도 모른다. 아버지에 관한 사건을 어디선가 알게 되어 반쯤 장난으로 우리 집에 와본 것인지도 몰랐다. 아버지가 죽었을 때 신문에는 기사가 상당히 크게 실렸고, 그후에도 신문사에서 '전후의 혼란'을 상징하는 사건으로 꼽아 가끔 '유족의 근황'을 취재하러 오기도 했다. 어머니가 '과거'와 완전히 단절하고 싶어했던 것은 그런 성가신 일들이 있었기 때문이다. 그 탓에 나도 고분고분하지 못한 아이로 자랐다.

'니시다 미쓰오'가 하는 이야기 따위 내가 믿을 것 같아? 나는 그렇게 생각하면서도 동시에 그 의심쩍음에 마음이 끌렸다. 정체를 알 수 없는 그가 싫지 않았다. 두렵지만 내가 알지 못하는 아버지의 세계를 들여다보고 싶은 마음과 비슷했다.

그로부터 삼 주쯤 지난 뒤, 나는 다시 '니시다 미쓰오'와 만났다. 그때도 어머니에게 이야기하지 않았다.

'미쓰오'는 집 근처 전차 정거장에 서 있었다. 학교가 끝나고 돌아오던 나는 전차 정거장에 '미쓰오'가 서 있는 것을 보았다. 하지만 나는 스스로 생각해도 놀라울 정도로 아무렇지도 않았다.

"어머, 어떻게 된 거예요?"

교복을 입은 내가 묻자 '미쓰오'는 얼굴을 붉혔다. '미쓰오'는 예전과 변함없는 차림새였다.

"아, 그러니까, 이 근처에 잠시 볼일이 있어서…… 유키코가 전차로 학교에 다닐까 생각하고 있었는데, 정말로 전차에서 내려서 깜짝 놀랐어. 항상 이렇게 늦게 하교하니? 힘들겠다. 학교가 멀어?"

나는 고개를 끄덕이며 학교 이름과 장소를 '미쓰오'에게 말해주었다. 그때 내가 경계심이 너무 없었던 걸까. '미쓰오'에게 아무것도 가르쳐주지 않았다면 우리가 '여행'을 떠날 일도 없었을 것이다.

나는 아직 익숙지 않았던 여학교의 낡고 어두운 교사(校舍)와 수녀인 선생님들, 전교생이 올리는 미사와 아침저녁으로 되풀이되는 기도와 성가 그리고 도시락을 먹을 때 스피커를 통해 들려오는 성녀들에 대한 신기한 이야기 등에 대해 '미쓰오'에게 불평하듯 털어놓았다. 엄격하고 정말 싫은 학교라고 실컷 흉을 보았지만, 실은 어머니의 바람에 따라 시험까지 치르고 들어간 사립 여학교를 '미쓰오'에게 자랑하고 싶었는지도 모른다. '고아 미쓰오'는 모르겠지만 세상에는 수업료가 그렇게나 비싼 이상한 학교도 있다고. '미쓰오'는 그런 내게 반발심이나 적의를 느꼈던 것일까. 그랬을지도 모르고 아무런 감정 없이 그냥 흘려들었을지도 모른다. 이 주 후 교문 앞에서 내가 나오기를 기다린 것은 그저 '문득 떠오른 생각'이었는지도 모른다. '미쓰오' 자신도 알 수 없었을 것이다.

우리는 십오 분 정도 서서 이야기를 나누었다. '미쓰오'와 헤어지기 전에 나는 문득 마음에 걸려 물어보았다.

"저기, 혹시 우리 집에 들를까 망설였던 거 아니에요?"

"아니야, 그렇지 않아. 그냥 우연이라니까."

'미쓰오'는 당황스러워하며 햇볕에 그을린 얼굴을 붉혔다.

"오늘은 일요일도 아닌데, 일을 쉬어요?"

내 말투가 상당히 건방지고 당돌했던 게 틀림없다. '미쓰오'의 얼굴이 더욱 빨개졌다.

"시간이 불규칙한 일이어서 오늘은 회사 기숙사에 가서 잠만 자면 돼……"

"흐음, 저기, 그런데 옛날에 묘지에서 살았다고 했죠?…… 밤에 무섭지 않았어요?"

'미쓰오'는 여전히 붉어진 얼굴로 고개를 저으며 낮은 소리로 중얼거렸다.

"무섭기도 하고 아니기도 하고…… 나중에 기회가 있으면 이야기를 해도 좋겠지만…… 오늘을 안 되겠다. 그럼 잘 있어."

그리고 '미쓰오'는 서둘러 자리를 떠났다. 나는 집을 향해 걷기 시작했다. 묘지에 대한 이야기는 좀더 신중하게 꺼내야 했던 걸까 하고 조금 후회스러웠지만, 일단 안심이 되기도 했다. '미쓰오'는 화를 내지 않았다. 사실은 묘지에 대한 이야기를 더 듣고 싶었다.

사실 '미쓰오'와 처음 만난 후로 나는 그 이야기를 잊을 수가 없었다. 묘지에서 살았다는 아버지와 아이의 모습은 그 무렵 내 꿈속에 막연히 나타났다가 사라지곤 했다. 그 아버지는 온몸에 털이 난 히말라야 눈사나이(雪男) 같기도 했고, 『귀 없는 호이치』*에 나오는 헤이케의 망령 같기도 했다. 그 곁에는 어찌 된 일인지 새까맣고 작은 사내아이가 벌거벗은 채로 항상 따라다녔다. 아이는 울고 있을 때도 있었고 웃고 있을 때도 있었다. 그 부자는 집에서 놀고 있는 내게 눈길도 주지 않고 내 곁을 조용히 스쳐지나갔다. 전차에 탄 내 앞을 혹은 교실에 있는 내 앞을 슬며시 지나갔다. 하지만 내가 알아채고 돌아보면 홀연 모습을 감추고 말았다. 나는 슬펐다. 눈물이 볼을 타고 흘러내렸다……

"유키코!…… 여기, 여기야!"

'미쓰오'의 목소리가 들렸다.

아침부터 하늘이 어둡고 5월에서 갑자기 3월로 돌아간 것처럼 추운 날이었다. '미쓰오'는 어깨에 천 주머니를 메고 교문 맞은편에 있는 작은 병원 앞에 서 있었다. '미쓰오'는 마치 둘이서 미리 약속이라도 한 듯 교문을 나오는 나를 보며 가볍게 손을 흔들었다. 그래서 나는 놀라는 것도 잊어버리고 하굣길의 아이들 무리에서 빠져나와 웃으며 '미쓰오'에게 달려갔다.

"……여기서 쭉 기다린 거야?"

'미쓰오'는 아무 대답도 없이, 지켜보는 아이들에게 등을 돌리고는 병원 옆길로 걷기 시작했다. 나도 그 뒤를 따라 걸었다. 그때 내가 무슨 생각을 했는지는 기억이 나지 않는다. 아마도 해방감을 느꼈을 것

---

* 에도 시대에 원령에게 귀가 잘려나간 맹인 비파 연주자 이야기.

이다. 하굣길의 우울한 세일러복 무리에서 나 한 사람만을 구해주는 누군가가 있다면 그게 '미쓰오'든 누구든 대개는 크게 기뻐하고 감사할 것이다. 그 사람이 고등학생이나 대학생 정도의 젊은 남자라면 더욱 그렇다. 세일러복 무리는 젊은 남자가 마중을 나와준 특별한 한 사람에게 선망의 눈초리를 보냈다. 아, 나도 저렇게 기다려주는 사람이 있다면 얼마나 좋을까! 그런 시선들을 의식하며 나는 '미쓰오'를 따라 걷기 시작했다.

새로운 중학교에서 얌전하게 하루를 보내고 나면 나는 늘 지쳐 있었다. 전차에서 졸면서 겨우 집에 도착한 뒤 꾸벅꾸벅 졸면서 어머니가 차려주신 저녁을 먹고, 선잠에 빠진 채 다음날을 위해 숙제를 하고, 목욕을 하면서 욕조 안에서도 졸았다. 그런 졸린 하루하루를 단조롭게 되풀이하고 있었다. 끊임없는 졸음에 빠져 있는 내 머릿속에는 학교에서 배우기 시작한 영어 단어들—HOUSE, GIRL, BOY, FLOWER, WHITE 등—사이로 '우리를 죄에서 구하소서, 우리의 죄를 용서하소서' '하늘 천사 노랫소리 울려퍼져, 글로리아 인 엑셀시스 데오!' 같은 매일 기도하고 노래하는 말들이 흐느적흐느적 찾아들었다. 전교 미사에서 부르는 라틴어 노래가 새소리처럼 그 위로 내려앉았다. '퀴 톨리스 페카타 문디 미세레레 노비스' '탄툼 에르고 사크라멘툼……'

그리고 이따금씩, 묘지에 사는 부자가 날 돌아보려고도 하지 않고 내 머릿속을 조용히 지나갔다.

하지만 그날 '미쓰오'가 나타남으로써 나의 그런 반복되던 매일도 끝이 났다.

우리는 잠시 주택가를 걸어 큰길로 나온 뒤 고쿄 안쪽에 있는 해자를 따라 걸었다. 작은 어린이 놀이터에서 '미쓰오'는—아직 미성년이지만—담배를 피우고 나는 그네를 탔다. 오랜만에 그네를 타니 기분이 좋았다. 그리고 우리 둘은 정글짐에 올라갔다. '미쓰오'는 땅 위를 걸을 때보다 가볍고 자유롭게 몸을 움직여 꼭대기로 올라가서는 외쳤다.

"야호! 아켈라!"

그때 나는 아직 '아켈라'가 무엇인지 알지 못했다. 굳이 '미쓰오'에게 묻지도 않았다. 정글짐이 서툰 나는 봉에서 봉으로 이동하는 데 온 신경을 집중해야 했다.

우리는 놀이터에서 뻗은 길을 따라 걷다가 노면전차 선로를 건너 구단 언덕에 있는 신사에 도착했다. 중학교 입학식 날, 나는 어머니와 함께 그곳을 산책했다. 어머니는 얼굴을 찌푸리며 이런 곳은 정말 싫어, 정말 안 좋은 곳이야, 하고 중얼거리면서도 신기한 듯 경내를 둘러보았다. 커다란 도리이*와 본전. '미쓰오'와 나는 본전을 참배하지 않았다. 본전 뒤로 돌아가 작은 정원을 거닐며 매화나무 숲을 빠져나가 러일전쟁인지 그보다 훨씬 전의 전쟁인지에서 사용했던 오래된 대포의 울퉁불퉁한 표면을 만져보고 다시 본전 앞으로 나왔다. 정문 앞에는 상이군인들이 늘어서 있었다. 그들은 철제 의수로 아코디언을 연주하거나, 양쪽 다리를 잃은 모습으로 가만히 고개를 숙이고 있다가 신사에 참배하러 온 사람들에게 돈을 구걸했다. 그 옆에서는 학생

---

* 鳥居, 신사 입구에 세워진 커다란 기둥 형태의 문.

복을 입은 청년들이 일장기가 그려진 띠를 머리에 두른 채 확성기에 대고 연설을 하고 있었다. 비둘기 떼가 일제히 날아오르며 바람을 일으키기도 했다. 하지만 저녁 무렵이 되어 커다란 정문이 닫히자 갑자기 사람들의 모습이 드물어지고 자갈을 깐 참배길도 조용해졌다. 우리는 찻집에서 쉬기로 했다. 해가 지면서 기온이 떨어지고, 다리도 아팠다.

'미쓰오'는 그날 취직한 후 처음으로 휴가를 받았다고 했다. 그것도 단순한 휴가가 아니라 골든 위크* 때 일한 대신 받은 휴가라서 일주일이나 된다고 했다. '미쓰오'는 중학교를 졸업하면서 모아놓은 돈도 있어서 이참에 여행을 떠날 생각이라고 천진난만한 얼굴로 웃으며 말했다. 가지고 있는 짐 속에는 갈아입을 옷도 챙겨넣었다고 했다.

"지금까지 여행이라는 걸 거의 해본 적이 없어. 중학교 때 수학여행도 못 갔고. 시설에서 나를 특별히 주간 중학교에 보내줬는데, 수학여행까지 가겠다고 말할 수가 없었지. 나는 낮에 학교에 가는 대신 매일 시설에서 아이들을 돌봤고, 중학교를 졸업하고 나서는 그대로 시설에 머물면서 사무를 도와 월급도 조금 받았지만 놀 시간은 없었어."

'미쓰오'의 설명에 나는 미소를 띠며 고개를 끄덕여 보였다. 무슨 말을 해야 좋을지 몰랐다. 동정의 말을 하기도 힘들었지만 '미쓰오'의 고생—고아의 힘든 인생!—에 대해 찬탄할 마음도 없었다. 나는 여전히 어디까지가 진짜일까 의심하고 있었다.

내가 말했다.

---

* 4월 말에서 5월 초에 이르는 황금연휴.

"나는 가족이 있지만 그래도 여행은 못 해봤어. 초등학교 때 닛코에 가본 게 전부야. 어머니 고향하고. '진짜 여행'은 책에서 읽었을 뿐이야."

그때 내 머릿속에 『눈의 여왕』의 젤다가 떠올랐다. 얼음 궁전에 갇힌 친구 카이를 구하기 위한 젤다의 여행. 도중에 산적에게 붙잡히지만 산적의 딸의 도움으로 순록을 타고 도망치는, 멀고 추운 나라로 가는 여행. 진짜 여행.

우리는 그날 밤 아홉시경 우에노 역에 도착했다. 역 구내에는 지방에서 온 노인들과 어린아이를 거느린 어머니, 지방으로 돌아가려는 교복 차림의 중학생들, 도쿄에서 출발하는 고등학생과 젊은이들이 지친 얼굴로 쭈그리고 앉아 있었다. 짐 위에 얼굴을 얹고 잠든 사람도 있었다. 아기의 울음소리가 울려퍼지고, 여기저기서 비명 같은 소리가 일어나고, 역내방송이 머리 위로 쏟아져내렸다.

나는 입을 벌리고 천장을 올려다보았다. 돔 모양의 높은 천장이 부옇게 보였다.

"여긴 숨이 막힐 것 같아. 이상한 냄새도 나고. 지금 생각이 났는데, 아주 오래전에 여기 온 적이 있어. 초등학교 때 사회 과목 견학으로 지하철을 타러 왔었어."

나는 왼쪽 저편에 있는 어두운 계단 입구를 가리키며 '미쓰오'에게 속삭였다. '미쓰오'는 아무 말도 없이 잠시 주위를 둘러보다가 내 쪽을 보고는 갑자기 얼굴을 찌푸리며 말했다.

"표를 사기 전에 우선 옷부터 사는 게 좋겠다. 그런 차림을 하고 있으면 너무 눈에 띄어. 아직 가게 문을 안 닫았을 테니까 잠깐 가보자."

그러고는 역사 바깥으로 걷기 시작했다. 나는 당황하여 그의 뒤를 쫓아가며 말했다.

"하지만 나 지금 30엔밖에 없어서 아무것도 못 사. 사실은 기차표도 못 살 거야. 그러니까 그냥 이대로 가면 안 될까?"

'미쓰오'가 나를 돌아보며 쓴웃음을 지었다.

"잘 봐, 지금 네 옷차림은 가출한 여자애 그 자체야. 걱정 없어. 30엔밖에 없는 누구랑은 달리 난 부자거든. 하지만 내가 아는 곳은 헌 옷을 파는 데뿐이라 새 옷은 무리야."

나는 안심하고 고개를 끄덕였다. '미쓰오' 말대로 세일러복에 책가방을 들고 여행을 떠날 수는 없었다.

우리는 역사 정면이 아닌 측면 출구를 통해 밖으로 나왔다. 갑자기 어두워져 앞이 잘 보이지 않았다. 어두운 그림자 속에 거무스름한 남자들이 멍하니 벽에 기대어 서 있었다. 웅크리고 앉아 담배를 피우는 남자도 있었다. 남자들은 내가 지나갈 때마다 새 교복을 입은 나를 무표정하게 바라보았다(그랬던 것 같았다). 머리 위로 철길이 깔려 있어서 열차가 지나갈 때마다 남자들의 그림자와 내 몸, 갓을 씌우지 않은 희미한 전등 불빛이 흔들렸다. 역 구내에 감돌던 기묘한 냄새가 바람에 남겨진 연기처럼 헐거운 소용돌이를 일으키며 층층이 고여 있었다.

겁을 먹은 나는 오른손으로 '미쓰오'의 벨트를 붙잡고는 주위의 누구와도 눈을 마주치지 않으려고 고개를 숙인 채 걸었다. '미쓰오'는 그곳이 익숙한 듯 낮에 산책을 할 때와 똑같이 개의치 않고 걸었다.

가드레일 밑으로 나오자 작은 노점들이 늘어서 있었다. 각각의 노점에서는 아세틸렌 등의 불꽃이 검은 연기를 뿜어내어 눈이 따가웠다. 그 앞을 술에 취한 남자와 여자들이 칠칠치 못한 모습으로 걷다가 끌어안기도 하고 큰 소리를 지르기도 했다. 땅바닥에 앉아 울면서 토하는 남자도 있었다. 노점 주인들은 대개 여자였고 개중에는 아이들도 있었다. 술과 음식이 있었고, 낡은 잡지나 헌 옷, 필기도구, 가방, 속옷, 소쿠리 등 온갖 물건들이 다 있었다. 속옷을 파는 리어카 위에 아기가 새근새근 잠들어 있었다. 물론 아기는 파는 물건이 아니었다. 나는 신문지를 몸에 두르고 구걸하는 노인을 하마터면 걷어찰 뻔했다. 길은 쓰레기투성이였는데, 그 쓰레기 속에서 무엇을 고르는지 울퉁불퉁한 양동이에 뭔가를 계속 주워모으는 사람들도 있었다. 술 취한 사람들이 큰 소리로 노래를 부르고, 시골에서 갓 올라온 듯한 노인이 어찌할 바를 모르고 우두커니 서 있었다. 밤중인데도 선글라스를 끼고 알로하셔츠를 입은 남자들이 무서운 얼굴로 지나갔다. 누군가 사주지 않을까 하고 꽃을 들고 돌아다니는 소녀도 있었다. 어쩌면 나보다 더 어린지도 모른다. 그리고 대체 그런 곳에서 뭘 하고 있는지 어린아이들이 누더기 차림에 맨발로 뛰어다녔다.

신주쿠나 우에노에는 아직도 무서운 곳이 남아 있으니 낮에도 절대로 가서는 안 된다고 한 어머니의 말이 떠올랐다. 시부야나 이케부쿠로 같은 데는 말할 것도 없고, 라는 분위기였다(아이스크림을 사먹었던 백화점은 니혼바시에 있었다. 니혼바시는 안전한 곳이었을까?) 오빠가 아직 살아 있을 때, 어머니의 고향에서 올라온 열일고여덟 살쯤 된 처녀들이 집안일을 도왔다. 그중에 수미 언니라는 처녀는 밤에 양재를 배우러 다니다가 노는 데 맛을 들여 화려한 옷을 차려입고 쏘다니다가 밤늦게 돌아와 어머니에게 꾸중을 듣곤 했다. 결국 수미 언니는 다시 시골로 내려갔다. 얼굴이 동그란 수미 언니는 그때 최신 유행이었던 낙하산 같은 치마에 머리에는 예쁜 리본을 달고 콧노래를 부르며 바로 이런 밤거리를 돌아다녔는지도 모른다. 그러다가 선글라스를 낀 인상 나쁜 남자에게 붙들렸던 걸까.

'미쓰오'가 겨우 걸음을 멈췄다. 노점이기는 하지만 창고와 연결되어 있고 안에는 작은 방도 있는 비교적 커다란 가게였다. 노점 위쪽과 삼면 벽에는 남성용 점퍼에서 화려한 색의 아동복까지 옷들이 빈틈없이 걸려 있었다. 진주군에게서 흘러나온 물건으로 보이는 '청바지'도 사이즈별로 잔뜩 쌓여 있었다.

"잘 있었어요?"

'미쓰오'가 여주인에게 친근하게 인사를 건네고는 곁에 있는 나를 가리키며 말했다.

"이 아이에게 맞을 만한 옷 좀 챙겨줘요. 여자애 옷 같지 않은 게 좋을 것 같아. 바지하고 셔츠, 그리고 점퍼하고 모자도 있으면 좋겠죠. 참, 주머니 같은 게 있으면 그것도 줘요. 짐을 넣어야 하니까."

나에게는 아무 말도 하지 않았다. 내 의견 같은 건 아무도 기대하지 않았다. 노점 주인은 몸집이 큰 여자였다. 머리는 허옜지만 살이 쪄서인지 주근깨투성이의 얼굴이 어머니보다 젊어 보였다. 여자는 아무 말 없이 아세틸렌 등 불빛 너머로 삼십 초쯤 나를 바라보더니 큰 소리로 혀를 찼다. 그러고는 빠른 손놀림으로 산더미처럼 쌓인 옷 중에서 갈색 바지 한 벌을 골라냈다. 벽에 걸려 있던 빛바랜 초록색 셔츠와 감색 점퍼 그리고 꽤나 지저분한 야구모자도 함께 내렸다. 그 능란한 솜씨가 내 눈에는 더없이 천박해 보였다. 여자는 그것들을 한데 모아 천 한 장을 드리운 등 뒤의 작은 방에 던져넣고는 턱짓으로 나를 재촉했다. 나는 그 뜻을 알 수가 없어서 '미쓰오'의 얼굴을 바라보았다.

"저기 가서 입어봐. 너무 크거나 작으면 곤란하잖아."

나는 고개를 끄덕였다. '미쓰오'는 재미있다는 듯 헌 옷들을 하나하나 들어보고는 다시 내려놓았다. '미쓰오'의 곁에서 떨어지는 게 불안했지만, 나는 결심을 하고 노점 안으로 들어갔다. 여자가 칸막이용 천을 오른손으로 들어올리고 왼손으로 내 책가방을 가리키며 낮은 목소리로 말했다.

"그건 여기."

여자의 까칠한 목소리에 나는 나도 모르게 여자의 살지고 커다란 얼굴을 돌아보았다. 그리고 여자의 말뜻을 겨우 알아차리고, 책가방을 발밑에 내려놓고 구두를 벗은 뒤 칸막이 안으로 들어갔다. 칸막이 안에는 전등이 없었기 때문에 어둠에 눈이 익숙해질 때까지 잠시 기다려야 했다. 칸막이 바로 밑에 여자가 던져놓은 옷이 조금씩 보이기 시작했다. 칸막이 안은 두 팔을 벌리면 천을 드리운 좌우의 벽에 손가락이 닿을 정도로 좁았고, 곰팡내와 장뇌(樟腦) 냄새가 강해서 코와 목이 근질근질했다. 벽과 천장에 작은 구멍이 나 있는지 바깥의 외등과 아세틸렌 등 불빛이 벌레의 불빛처럼 여기저기서 깜박였다. 주위에는 끈으로 묶은 헌 옷 더미가 쌓여 있고, 천장에는 유카타* 같은 것

* 목욕 후 또는 여름철에 평상복으로 입는 무명 홑옷.

이 몇 장이나 걸려 있었다. 나는 손을 더듬어 먼저 세일러복을 벗고, 바지의 앞뒤를 확인한 다음 신중하게 발을 끼워넣었다. 그리고 속치마 위에 셔츠를 입었다. 하나같이 엄청 컸다. 셔츠 단추를 모두 채운 다음 소매를 네 번 걷어올리고, 바짓단도 세 번 접어올리고 벨트로 허리를 조였다. 그런 다음 점퍼와 야구모자 그리고 아까 입고 있던 교복 윗도리와 치마를 안고 밖으로 나왔다. 숨이 막혀 더는 그곳에 있을 수가 없었다. 밖으로 나오니 이번에는 아세틸렌 등 불빛이 눈이 부셔 얼굴을 찡그렸다.

'미쓰오'가 큰 소리로 웃으며 말했다.

"빨리도 변신했네. 흐음, 모자도 써봐. 잘 어울린다."

옆에 있던 여자가 내가 안고 있던 옷들을 빼앗더니 점퍼와 야구모자만 건네주고 교복을 창고 안으로 던져넣었다.

"저기, 아니에요. 그건 제가 가지고 갈 거예요."

나는 놀라서 말했다. 내가 허리를 구부리고 가지러 들어가려 하자 여자가 내 어깨를 붙잡았다.

"잘 보관하고 있을게, 아가씨."

뜻밖에도 여자는 웃는 얼굴로 상냥하게 말하고는 피우던 담배를 다시 입에 물었다.

"유키코, 그건 짐이 돼서 못 가지고 가. 여기서 맡아준다고 하니까 나중에 찾으러 오면 돼. 그런 갑갑한 옷보다 지금 입고 있는 옷이 훨씬 더 멋있다고."

나는 일단 납득하고 '미쓰오' 곁으로 다가가 작은 소리로 물었다.

"그럼 책가방도?"

"당연하지. 설마 저걸 들고 다닐 생각은 아니지?…… 됐다, 이걸로 준비 오케이. 아줌마, 고마워요. 또 올게요."

'미쓰오'는 오른손을 들어 군인들처럼 경례를 한 뒤 성큼성큼 걷기 시작했다.

"조심해라."

여자의 맵싸한 목소리가 우리 뒤를 쫓아왔다. 나를 걱정해서 하는 말 같기도 했지만, 얼굴이 익은 '미쓰오'에게 한 가벼운 인사말이었는지도 모른다.

역시 나는 세상물정 모르는 어린애에 지나지 않았을까. 나는 그 세일러복과 책가방을 다시 찾지 못했다. '미쓰오'가 나를 위해 사준 헌 옷은 다 합해도 아주 싼 값이었을 것이다. 내 세일러복과 책가방을 팔아서 얻은 차액은 내가 모르는 사이에 자기 주머니에 집어넣은 것 같았다. 그 돈이 얼마쯤일지는 상상이 가지 않지만—기껏해야 100엔 정도가 아니었을까—'여행'을 떠나면 돈이 들게 마련이니 '미쓰오'는 조금이라도 자금을 늘리고 싶었을 것이다. 나도 '여행' 도중에 막연하나마 그런 냄새를 맡기 시작했다. 하지만 겨우 30엔을 가지고 여행을 떠난 나로서는 주눅이 들어서 '미쓰오'에게 새삼 물어볼 수도 없었다. '미쓰오'가 정말로 부자일 리는 없으니까.

하지만 그 노점에서 나는 '미쓰오'의 설명을 곧이곧대로 믿었다. '미쓰오'가 비록 헌 옷이기는 하지만 없는 돈을 몽땅 털어 나에게 옷을 사주었다고 고마워하고, 내 교복과 가방을 맡아준다는 정체불명의 여자에게도 감사했다. 교복과 가방은 모두 비싼 물건이었고 새것이나 다름없었다. 가방에는 복잡한 문양의 금빛 학교 기장이 반짝였고, 교복은 학교에서 지정한 양장점에 가서 치수를 재서 만든 것이었다. 소매와 깃에 달린 하얀 테이프는 테이프라기보다 특별히 제작한 두꺼운 끈 같은 것이었다. 가방 안에는 그날 수업에 필요한 교과서와 노트, 필통 그리고 도시락이 들어 있었다. 나는 그날 밤 그 물건들과 작별을 고하고 말았다.

우리는 다시 우에노 역으로 갔다. 낡은 옷으로 '변장'해서인지 돌아가는 길에는 주변 사람들과 눈이 마주쳐도 떨리지 않았다. 역에는 여전히 사람들이 많았다. 모두 열차를 기다리고 있었을까. 더러는 며칠째 누군가 마중 나오기를 기다리는 것처럼 보이는 사람들도 있었다. 그들은 펼쳐놓은 신문지 위에 드러누워 있었다. 주변에는 천 보따리가 쌓여 있고, 먹고 난 음식 찌꺼기들이 흩어져 있었다. 수학여행 온 학생들도 반은 자기 배낭이나 가방에 기대어 잠을 자고 있었다.

밤 열시가 되었다. 우리는 역 구내 한가운데에 붙어 있는 시간표를 보고 매표소로 향했다.

"……일단 북쪽으로 가보자."

'미쓰오'가 혼잣말처럼 말했다. 나는 주저 없이 고개를 끄덕였다. 어디로 가든 나에게는 마찬가지였다. 어서 밤기차를 타고 싶었다.

"후쿠시마 3등석. 학생 하나, 어린이 하나."

'미쓰오'가 창구에 대고 말하고는 직원의 요구에 따라 학생증을 내밀고 돈을 지불했다. '어린이'는 말할 것도 없이 나였다. '미쓰오'는 돈을 건넴과 동시에 던지듯 내민 표 두 장을 가슴 주머니에 넣고 창구를 나오며 흐뭇한 듯 말했다.

"중학교 때의 학생증을 유용하게 사용했어. 유키코는 초등학생이야, 잊어버리지 마. 그리고 어디까지 갈지는 기차를 타고 나서 정하면 돼. 후쿠시마까지 사두면, 그 전에 내리든 아오모리까지 가든 별 차이가 없어. 이런 지혜는 중요하지. 이른바 '정글의 법칙'이라는 거야. 이런 법칙들이 꽤 도움이 된다고."

의미를 알 수는 없었지만 나는 순순히 고개를 끄덕였다. 나는 길게 끌리는 바짓단을 고쳐 접고 야구모자를 다시 썼다. 모자는 크기가 내 머리에 딱 맞았지만 챙 부분에 기름이 배어 있어서 잘못 만지면 손에 까만 기름과 악취가 달라붙었다. 그래도 '변장'을 한 이상 모자를 꼭 써야 한다고 생각해 꾹 참기로 했다. 옷에서는 장뇌 냄새가 올라오고 어쩐지 담배와 아세틸렌 냄새도 나는 것 같았다. 자세히 보니 점퍼의 소매 한쪽이 타버렸고 오른쪽 주머니는 떨어지고 없었다. 바지에는 갖가지 색의 작은 얼룩들이 튀어 있었다. 그런 바지에 가죽으로 된 새 구두는 아무리 봐도 기묘하기 짝이 없었다.

개찰구 위쪽에는 흰색의 발차 시간 안내판이 옆으로 길게 달려 있었다. 그 바로 앞에 몇 개나 되는 긴 플랫폼이 있었고, 플랫폼 사이사이에는 막다른 선로가 먼지 속에 가라앉아 있었다. 우리는 가장자리에 있는 플랫폼으로 가서 3등 열차 승강구를 찾았다. 이미 긴 줄이 늘어서 있었다. 거기에서도 역 구내와 마찬가지로 모두 신문지를 펼치고 그 위에 앉아 있었다. 커다란 상자를 어깨에 메고 도시락을 팔러 다니는 남자들도 있었다. 하지만 그 시간에 도시락을 살 사람은 별로 없다고 판단했는지 손님을 부르려고도 하지 않았다. 우리는 긴 줄 뒤에 가서 다른 사람들처럼 쭈그리고 앉았다. 그렇게 앉은 지 오 분도 되기 전에 플랫폼에 앉아 있던 사람들이 일제히 일어났다. 열차가 들어온 것이다. 석탄 냄새와 함께 커다랗고 거무스름한 열차가 위압적인 소리를 한숨처럼 내쉬며 눈앞을 지나가다가 마지막으로 커다란 소리를 길게 뿜어내며 멈췄다. 곧바로 승차가 시작되었다. 길게 늘어서 있던 줄은 무시되었다. 어떤 사람은 일행의 이름을 부르고 어떤 사람은 자기 짐을 몸 앞으로 내밀며 허둥지둥 열차 안으로 올라갔다. 아이가 울기 시작하고, 누군가의 짐이 떨어져 싸움이 시작됐다. 하지만 그 소란도 금방 끝이 나고 차내는 어느새 만원이 되었다.

"쯧쯧, 한심한 사람들이군."

'미쓰오'는 입에 담배를 문 채 중얼거리고는 일부러 여유로운 발걸음으로—내게는 그렇게 보였다—승강구로 다가가 우선 나를 올려보내고 자기도 열차에 올라탔다. 물론 빈자리는 없었다. '미쓰오'는 우리가 올라탄 차량을 지나 다음 차량 승강구 발판에 자기 짐을 내려놓고 그 위에 앉았다. 이미 열 사람 정도가 그곳에 자리를 잡고 있었다.

"유키코도 빨리 앉아. 뻔뻔스러운 사람들뿐이라 꾸물거리고 있다가는 자리를 뺏긴다고."

'미쓰오'의 말에 나도 보라색 천 주머니를 바닥에 깔고 앉았다. 낡은 이불 천을 기워 만든 듯한 삼베 주머니 속에는 교복 주머니에 들어 있던 손수건과 휴지 그리고 '미쓰오'가 역에서 주운 신문지가 들어 있었다. 나는 '미쓰오'를 따라 다리를 앞으로 해서 세운 다음 두 팔로 무릎을 안았다. 내 앞에는 같은 자세로 잠이 든 아주머니가 있었다. 그 밖에 어린아이를 데리고 있는 여자, 꽃무늬 원피스에 분홍색 카디건을 걸친 젊은 여자도 있었다. 알아듣기 힘든 시골말로 농담을 주고받는 남자 네 명은 술을 마시고 탔는지 이미 벌겋게 달아오른 얼굴로 위스키를 돌려가며 마시고 있었다. 키가 작은 노인과 그의 동행인 학생복 차림의 빡빡머리 소년도 있었다.

"괜찮냐? 졸리면 나한테 기대고 자도 돼."

"익숙해서 아무렇지도 않아. 시골 외가댁에 갈 때 대개 이랬거든."

사실은 두 번인가 만원열차에서 밀려나 발판에 신문지를 깔고 앉은 게 전부였지만 나는 그렇게 대답했다.

"시골 어딘데?"

"고후. 아마 주오 선으로 갈걸?"

어른들 손에 들려 열차의 창을 통해 차 안으로 들어갔던 일이 떠올랐다. 역시 고후에 갈 때였을까. 오줌이 마려웠지만 화장실에 갈 수가 없었다. 그때도 사람들의 손에서 손으로 건네져 창밖으로 몸을 내밀고 팬티를 벗었었다. 두 살쯤이었을까. 정말로 그런 일이 있었을까, 하고 기억을 떠올리면 창밖으로 몸을 내밀었을 때 엉덩이에 와 닿던 차가운 바람의 감촉이 되살아난다. 그래서 금방 진짜라고 믿고 말았지만 어머니에게 그 이야기를 들은 적은 없다. 그때는 집에 돌아가면 물어봐야겠다고 생각했다. 물론 집에 돌아갔을 때는 그럴 경황도 없었고 나도 곧 잊어버렸지만.

"음, 이건 주오 선하고는 달라. 북쪽으로 쭉 가는 거야. 계속 북쪽으로 가서 시베리아까지 가면 좋을 텐데. 그러면 얼마든지 참고 타고 갈 텐데 말이야."

갑자기 출발을 알리는 요란한 경적이 울렸다. 하늘 멀리 퍼지는 기적 소리가 그 뒤를 잇고, 열차가 흔들리더니 조금씩 움직이기 시작했다. 바깥세상과의 이별을 아쉬워하는 사람은 아무도 없었다.

'미쓰오'는 크게 숨을 들이마시고는 다시 내쉬었다. 무척 긴장해 있는 것 같았다.

"아아, 드디어 출발이다."

"응."

나도 갑자기 불안해져서 플랫폼으로 뛰어내리고 싶었다. 하지만 이미 늦었다. 이제 어떻게 되는 걸까. 내 옆에는 어머니가 아닌 '미쓰오'가 있었다. 이 사람은 누굴까. 불안한 마음에 갑자기 눈물이 났다. 나는 '미쓰오'에게 눈물을 감추기 위해 이마를 무릎에 대고 눈을 감았다. 그 귓가에 대고 '미쓰오'가 속삭였다.

"그런데 유키코는 이제 남자아이로 변장했으니까 다른 이름을 한번 생각해볼까? 이제 막 사내아이가 된 '모글리'는 어때? 유키코도 알지? 『정글북』에 나오는 아이. 그러면 나도 '아켈라'로 이름을 바꿀게. 예전부터 그렇게 불리고 싶었어. 멋있잖아."

나는 눈물을 몸속으로 밀어넣고 얼굴을 들어 '미쓰오'에게 물었다.

"'모글리'는 나도 생각나지만 '아켈라'는 뭐야?"

"뭐야, '아켈라'를 몰라? 늑대들의 보스, '정글의 법칙' 그 자체인 고독한 제왕 있잖아. 그 제왕이 자기가 지배하는 늑대 무리에 인간의 아이 '모글리'를 받아들인 거라고. 내가 그렇게 대단하진 않지만 나에게는 유키코를 지켜야 할 책임이 있잖아. 아버지, 오빠, 선생님, 그런 것들을 통틀어 나는 리더고 유키코는 '견습생'이니까 '아켈라'와 '모글리'라는 이름이 제격일 것 같은데."

기쁜 듯 이야기하는 '미쓰오'에 이끌려 나도 웃으며 말했다.

"그렇다면 나는 뱀을 할래. 머리가 엄청 좋은 뱀 말이야. 아마 이름이 '카'였지? '모글리'보다 '카'가 좋아."

"마음은 알겠는데 그건 안 돼. 우리는 같은 무리 속에 있어야 하니까. '아켈라'와 '카'는 정글 속의 무리이긴 하지만 서로 다른 무리야. 우리는…… 말하자면 친척이야. 일반적인 이야기로 하면 나는 형이고 유키코는 남동생이 되는 거지. 그러니까 유키코는 '모글리'가 되어야 해."

쑥스러운지 '미쓰오'의 얼굴이 빨개졌다. 나도 달리 친척이 없다는 것을 떠올리고 얼굴을 붉히며 고개를 크게 끄덕였다.

아오모리 행 밤기차가 속도를 올렸고 바퀴 소리도 그만큼 요란해졌다. 나는 몸을 일으켜 창가로 다가가 밖을 내다보았다. 색색의 불빛들이 창 저편으로 흘러가고 있었다.

나, 그러니까 '모글리'가 '미쓰오', 아니, '아켈라' 곁으로 돌아가 다시 자리에 앉아서는 중얼거렸다.

"……왠지 좀 이상하지만 그래도 좋아. 이 열차도 진짜네."

그러고는 하품을 했다.

"그래, 진짜인 것 같다."

'아켈라'도 하품을 하며 말했다.

그렇게 우리는 그날 밤부터 '아켈라'와 '모글리'가 되었다. 정확히 말하면 밤 열한시 조금 전이었다.

3
'정글의 법칙'

'아켈라'의 세계는 매우 단순했다. 그리고 현기증이 날 만큼 복잡하기도 했다. 그날 밤 '아켈라'는 자신이 아켈라가 된 것에 우선 만족했다. 회색 늑대들의 위엄 있는 우두머리 아켈라. '정글의 법칙'의 권자인 아켈라. 늑대들의 회의는 아켈라의 멋진 울음으로 시작된다. 법칙을 잊지 마라. 늑대들이여, 조심하라!

아켈라 앞에 불려나와, 늑대의 무리로 인정할지 심판받게 된 벌거벗은 인간의 아이, 작은 개구리 같은 모글리. 초라하게도 인간 아이의 몸에는 털도 없고 꼬리도 없다. 코와 귀는 늑대의 만분의 일만큼도 움직이지 않는다. 발톱과 이도 여리디여려 적에 대항할 만한 무기가 되지 못했다. 그리고 무엇보다 가엾은 것은 성장이 너무나 늦어 반년이 지났는데도 아직 제대로 걷지 못하는 갓난아기라는 점이다. 정말이지 아무런 힘도 없고 경계할 줄도 모르는, 개구리는커녕 송사리처럼 연약하고 작아 공격할 마음조차 들지 않는, 어쩔 수 없이 당분간은 지켜줘야 할 것 같은 마음이 들게 하는 인간의 아이. 힘겨루기에서 양쪽이 너무 차이가 나면 진정 용기 있는 자는 나약한 자를 가엾게 여기는 법이다. 무리의 권리는 가장 약한 자의 권리—이것도 '정글의 법칙' 중 하나다.

하지만 실제로는 심각한 문제가 있었다. 언제까지 아켈라가 모글리에게 우위를 유지할 수 있을까. 모글리의 성장이 늦다는 것은 인간의 아이인 모글리가 열 살쯤 되어 인간 특유의 지혜를 발휘하기 시작할 무렵, 아켈라는 어금니가 빠진 비칠거리는 늙은 늑대로 변해 있을 거라는 사실을 의미한다. '아켈라'는 문득 자기가 알고 있는 이야기에 나오는 아켈라의 운명을 떠올렸다. 아켈라는 마지막에 살인청부업자인 붉은 개 돌과 싸우다 상처를 입고 모글리의 팔에 안겨 죽어간다. 늑대의 우두머리답게 〈죽음의 노래〉를 소리 높여 부르며.

그런 뒷일까지는 미처 생각하지 못하고 정해버렸다. '아켈라'는 내심 당황하며 자기가 '아켈라'인 것에 회의를 품기 시작했다. 그러나 '모글리'에게 그런 미혹함을 알릴 수는 없었다. 벌거벗은 어린아이 '모글리'는 '아켈라'를 믿고 자신의 연약함을 내맡긴 채 안심하고 잠들었기 때문이다.

'아켈라'는 어린아이들이 자신을 따르게 하는 특별한 재능이 있었다. 그는 초등학교 고학년 무렵부터 그런 재능을 발휘하기 시작했다. 서툰 점이 많은 아이였지만 종이 연극을 하거나 그림책을 읽어주는 데는 놀라울 정도로 재주가 뛰어났다. 재미있는 이야기도 즉흥적으로 잘 만들어냈다. 시베리아에 사는 '얼음 남자' 이야기나 황량한 묘지에 출몰하는 요괴 가족 이야기, 하늘을 자유로이 날아다니는 '새 인간' 아버지와 아이 이야기 등등. '어린이집' 보모들이 그 재능에 주목하고 아이들의 저녁 시간을 '아켈라'에게 맡기기 시작했다. 저녁식사 후 잠자리에 들기 전까지의 한 시간 동안 '아켈라'는 자신의 재능을 마음껏 발휘했고 보모들도 기뻐했다. '아켈라'는 그 특전으로 주간 중학교에 다닐 수 있었다. 그리고 중학교를 졸업한 다음 일 년 동안 '어린이집'에 남는 것이 허락되었다. 대신 사무와 잡무 등을 맡아보게 돼 바빠졌다. 민간에서 운영하는 작은 시설이었기 때문에 그러한 특전이 가능했다. 아이들에게 따돌림을 당하기 쉬운 입장이었으나 '아켈라'가 그런 시련을 거의 모르고 지낼 수 있었던 것은 중학생이 되면 시설을 떠나는 것이 원칙이었기 때문이다. 보통은 일자리를 얻어 기숙사로 옮기고 야간 중학교에 다녔다. 그러는 편이 어른스러운 것 같아서 아이들은 주저 없이 '어린이집'을 떠났다. 사정에 따라서는 소년들이 머무는 시설로 들어가는 아이도 있었다. 지방에 있는 절 같은 곳으로 보내지는 경우도 있었는데, 그런 경우는 동정의 대상이 되었다. '아켈라'의 경우도 동정받는 쪽에 가까웠다. 누가 뭐래도 '어린이집'은 젖비린내 나는 여자아이들의 세계였기 때문이다.

아이들을 보살피는 것은 '아켈라'에게 조금도 힘든 일이 아니었다. '모글리'는 이미 초등학교를 졸업했지만 '아켈라'에게는 어린아이나 다름없었다. 일곱 살 때 모습 그대로의 '모글리'가 상고머리에 입을 멍하니 벌리고 열두 살의 '아켈라'를 쳐다보고 있었다. 엉덩이를 바닥에 대고 쭈그리고 앉아 속치마와 팬티에 흙이 묻었고 무릎도 새까맣던 조그만 '모글리'.

'아켈라'는 열차의 흔들림을 온몸으로 느끼며 머릿속에 가득 채워 둔 정글 이야기를 자장가 대신 '모글리'에게 들려주었다. 야구모자로 얼굴을 반쯤 가린 '모글리'는 벽에 기대어 '아켈라'의 이야기를 듣고 있었지만 십 분도 안 돼서 잠이 들고 말았다. '아켈라'의 어깨에 머리를 얹고 기분좋게 규칙적인 숨소리를 내고 있었다. '아켈라'는 자기 천 주머니에서 목면으로 된 점퍼를 꺼내 '모글리'에게 덮어주었다. 찻간은 공기가 탁하고 덥게 느껴질 정도였지만 승강구의 발판은 바깥바람이 들어와 제법 쌀쌀했다.

'모글리'가 잠이 든 다음에도 '아켈라'는 한동안 이야기를 계속했다. 사람을 잡아먹는 호랑이 시어칸이 사람들 마을로 내려가 갓 태어난 모글리를 유괴해온 이야기, 모글리를 제 아이로 받아들인 늑대 부부 이야기, 가정교사 역할을 해준 곰 발루 그리고 검은 표범 바기라.

'아켈라'는 자신을 위해 그런 이야기들을 계속 속삭였다. 그리고 겨우 이야기를 끝내고는 한숨을 쉬었다.

'여기도 '차가운 잠자리'구나……'

'아켈라'도 졸리기는 마찬가지였다. 늘 아침 일찍 일어나기 때문에 다른 때 같으면 밤 열시면 잠자리에 들었다. 하지만 흥분한 탓인지 눈꺼풀이 좀처럼 내려앉으려 하질 않았다. 열차는 거의 십 분마다 역에 멈춰 섰고, 그때마다 울리는 차내방송과 발차 벨이 졸음을 쫓아버렸다. ―구리하시, 고가……― 들어본 적이 없는 이름의 역들뿐이다. 바로 앞에서 위스키를 마시던 네 남자는 애초부터 조용히 잠을 잘 생각이 없는 듯 화투판을 벌이고 천박한 소리들을 질러댔지만 무슨 말인지 알아듣기가 힘들었다. 야마가타 지방 남자들일까. 변소에 드나드는 승객들이 의외로 많았는데, 일부러 그러는 것처럼 난폭하게 차 문을 열고 닫았으며 '아켈라'의 발을 걷어차는 사람도 있었다. 바지를 벗고 속바지 차림으로 변소에 뛰어들어가는 녀석도 있었다. 부끄러운 줄도 모르고 엉덩이를 내놓은 채 변소에서 나와 어머니가 팬티를 올려주는 아이도 있었다.

'이런 '차가운 잠자리'에서 잠이 오나? '모글리'는 아직 지혜롭지 못한 어린아이라 아무렇지도 않은 거야. 녀석, 기분 좋게 잘도 자네.'

진절머리가 난 '아켈라'는 일단 눈을 감았다. 귀마개가 있다면 귀도 막고 싶었다. 열차가 다시 역에 도착했다. 이번에는 차내방송이 들리지 않았다. 한밤중이니 작은 역에서는 방송을 하지 않는지도 모른다.

'차가운 잠자리'는 회색 원숭이들이 점령한 정글 깊숙한 곳에 폐허로 남겨진 마을 이름이다. 예전에는—'아켈라'는 세심하고 주의 깊게 자신의 기억을 더듬어간다—코끼리 백 마리와 말 이만 마리가 있던 마을, 왕중왕의 마을이었다. 하얀 코브라가 숨겨진 지하 보물창고를 오랫동안 혼자서 지키고 있었다. 하지만 그런 사실을 알지 못하는 회색 원숭이들은 마치 인간이라도 된 것처럼 그 마을을 점령해버렸다. 그러고는 인간처럼 머리가 좋아졌다고 기뻐했다. 정글에 이렇게 지혜롭고 강하고 선량한 동물은 없다고 쉿소리를 질러댔다. 하지만 원숭이들은 법칙이라는 것을 몰랐다. 중요한 교훈을 배우고 지키지 않았다. 자신들의 말(言)도 갖지 못했다. 정글의 전통을 지켜온 동물들은 부끄러움을 모르는 거짓말쟁이들이라 여겨 원숭이들과 관계를 맺으려 하지 않았다. '정글의 법칙'을 모르는 녀석들과는 함께하지 않겠다는 뜻이었다. 그것은 자존심의 문제였다. 정글에서 살아남기 위해서는 먹이보다 자존심이 중요할 때도 있다.

'이렇게 '차가운 잠자리'에 '모글리'를 데려올 생각은 없었는데.'

'아켈라'는 눈을 감고 얼굴을 찌푸렸다.

너 나 할 것 없이 자기 생각뿐이다. 법칙을 알지 못하기 때문이다. 법칙을 모르면 자유롭게 살아갈 수가 없다. 자유롭게 산다는 것은 제멋대로 해도 된다는 뜻이 아니다. 남을 밀어내고 그 자리를 차지한 녀석은 자유롭게 살고 있지 못한 녀석이다. 자리를 차지했으면 그 자리를 자기보다 더 필요로 하는 사람이 있는지 이 발판에까지 나와 찾아보는 사람이 자유롭게 사는 사람이라 할 수 있다. 여기에는 노인과 아이들도 있지 않은가.

'정글의 법칙은 드넓은 하늘처럼 오래되고 진실되다.'

'정글의 법칙은 커다란 넝쿨과 같은 것, 등 뒤에서 떨어지기 때문에 아무도 도망칠 수 없다.'

모글리에게 이렇게 가르쳐준 것은 곰 발루였나? 발루는 이런 말도 했지.

'정글은 크고 어린아이는 작다.'

열차의 진동이 '아켈라'를 조금씩 잠 속으로 유인해갔다. '아켈라' 곁에서 엄마 품에 안겨 자던 아이가 응석을 부리며 울기 시작했다. 목이 마른 걸까. 겨우 두세 살 난 여자아이이고 아이의 어머니는 환자 같은 얼굴을 하고 있다. 어디에 무엇을 하러 가는 걸까. 남자한테 버림받고 도쿄에서 살 수 없게 되어 도호쿠(東北) 지방의 산속에 아이를 버리러 가는 걸까. 반대편 구석에는 노인과 중학생 남자아이가 웅크리고 앉아 있다. 저 사람들도 어딘지 수상쩍다. 소박한 시골 사람처럼 보이는 것이 더 수상해. 승객들이 모두 잠들면 찻간을 돌아다니며 지갑이나 돈이 될 만한 것들을 교묘한 방법으로 훔쳐내는 소매치기 두목과 천재 소년인지도 모른다. 화려한 원피스를 입은 암컷 원숭이는 기껏해야 도호쿠 지방의 선량한 남자들을 속여 돈을 우려낼 꿍꿍이일 테고, 화투를 치고 있는 술 취한 원숭이들은 도호쿠 지방의 아이들을 데려다 팔아넘기는 인신매매단이 틀림없다.

'차가운 잠자리'로 밀려드는 바람은 5월이라고는 믿기 힘들 정도다. 잠결에도 '아켈라'는 점점 걱정이 되었다. 벌써부터 이러니 북쪽으로 가면 얼마나 추울까. '모글리'가 감기라도 들면 안 되는데. '차가운 잠자리'에서 '아켈라'의 어깨에 기댄 '모글리'의 온기가 전해져왔다. 경계심이라는 걸 모르는 아직 어린아이 '모글리'. '아켈라'는 원숭이들 냄새를 곤혹스러워하며 '모글리'가 춥지 않도록 작은 어깨를 팔로 감쌌다.

열차가 크게 흔들리더니 다시 멈추었다. 문이 열리자 찻간에서 사람들이 나와 플랫폼으로 내렸다. 너 나 할 것 없이 문을 닫으려고도 하지 않는다. 술 취한 원숭이들도 사람들 틈에 끼여 밖으로 나갔다. '아켈라'가 가는눈을 뜨고 플랫폼을 보니 승객들은 크게 기지개를 켜기도 하고 수돗물을 마시기도 했다. 열차 반대 방향으로 돌아서서 소변을 보는 남자도 있었다. '우쓰노미야'라는 글자가 '아켈라'의 눈에 들어왔다. '아켈라'도 들어본 적이 있는 이름이다. 그렇다면 큰 역일 것이다. 그래서 열차가 잠시 멈춘 걸까. '아켈라'도 막간을 이용해 플랫폼에 내리고 싶었다. 하지만 잠이 든 '모글리'를 깨울 수 없는데다,

내가 원숭이 흉내를 낼 수는 없지, 하는 오기도 생겨 그 자리를 떠나지 않았다.

열린 문으로 밤공기가 가차 없이 들이닥쳤다. 뒤늦게 플랫폼으로 내려가는 사람이 있는가 하면, 찻간으로 다시 돌아오는 승객도 있었다. 다시 가는눈을 뜨고 밖을 바라보던 '아켈라'는 발판을 들여다보는 한 남자와 정면으로 눈이 마주쳐 흠칫 놀라고 말았다. 남자는 무거워 보이는 나무상자를 천으로 된 어깨끈으로 메고 있다. 이렇게 늦은 시간까지 도시락을 파는 모양이다. 그래도 '도시락, 녹차와 도시락이요!' 하는 떠들썩한 소리를 지르지는 않았다. '아켈라'는 도시락 파는 사람을 무시하고 다시 눈을 감은 채 마음속으로 〈정글의 밤 노래〉를 불렀다.

가축들이 우리에 갇히고
새벽이 올 때까지 우리는 자유,
자부심과 힘의 시간,
발톱과 어금니의 시간,
아아, 저 부르는 소리를 들어라!

하지만 '아켈라'의 마음은 조금도 편안해지지 않았다. 여느 때 같으면 이 노래로 기분을 바꿀 수 있었는데. '아켈라'는 깊이 한숨을 내쉬었다.

그림자와 한숨이 정글 속을 살며시 가로지른다.

그것은 공포다. 아아, 작은 사냥꾼이여, 그것은 두려움이다!

등 뒤로 거친 숨소리가 다가온다, 어둠 속을 킁킁거리며.
그것은 공포다, 아아, 작은 사냥꾼이여, 그것은 두려움이다!

목이 바짝바짝 마르고 심장이 두근거린다.
그것은 공포다, 아아, 작은 사냥꾼이여, 그것은 두려움이다!……

〈작은 사냥꾼의 노래〉가 머릿속에 음울하게 울려퍼졌다. '아켈라'는 목이 마르고 가슴이 갑갑했다. 이대로는 정말이지 잠을 잘 수가 없다. 허리도 아프기 시작했다. '모글리'의 머리를 어깨에서 가만히 무릎 위로 내려 짐 주머니 위에 눕히고 자기도 누웠다. 몸이 조금이나마 편해지자 잡념을 떨치기 위해 수를 세기 시작했다. 그냥 숫자로는 집중이 안 될 테니 원숭이의 수를 세기로 했다. 이 열차 안에만 해도 원숭이들은 셀 수 없이 많다. 한 마리, 두 마리, 세 마리……

'차가운 잠자리'에 원숭이들이 계속 늘어갔다. 어딘가로 사라진 인간의 흉내를 내며 한껏 거들먹거리는 원숭이들. 그들은 질서를 모르고, 눈앞의 식욕에 자신을 잊고, 남의 물건을 보면 뺏고 싶어한다. 은혜도 모르고 참을 줄도 모른다. 그것을 오히려 자랑으로 여긴다. '차가운 잠자리'에 넘쳐나는 원숭이들이 '아켈라'와 '모글리' 곁으로 조금씩 밀려온다. 히죽히죽 웃는 원숭이의 얼굴. 원숭이의 냄새. 원숭이의 몸에서 이와 벼룩이 날아온다. 원피스를 입고 립스틱을 바른 원숭이, 술에 취해 눈 속까지 새빨개진 원숭이, 하얀 털에 주름투성이 얼굴이 보라색으로 빛나는 우두머리 원숭이, 쭈그러든 가슴에 어린 원숭이를 매달고 걷는 어미 원숭이. 원숭이들은 하나같이 노란 이를 캐스터네츠처럼 딱딱거리고 있다. 모든 원숭이가 '아켈라'와 '모글리'를 노리고 있다.

드디어 한패가 된 원숭이들이 '아켈라'와 '모글리'를 덮쳤다. '아켈라'가 어금니를 드러내고 반격에 나서기도 전에 원숭이들이 '모글리'를 낚아채 달아났다. 원숭이들은 '모글리'를 붙잡은 손을 위로 뻗어올린 채 위쪽으로, 위쪽으로 달아난다. 밤기차는 수평으로 뻗은 철로가 아니라 하늘을 향해 수직으로 뻗은 철로를 달리고 있다. '아켈라'는 늑대이기 때문에 나무에 올라가지 못한다. 열차를 쫓아 올라갈 수도 없다. 남겨진 '아켈라'는 그저 자신의 부주의를 탓하며 노여움과 슬픔의 노래를 부른다. 울부짖을 수밖에 없는 것이다.

'아켈라'는 옅은 잠 속에서 비통한 신음 소리를 낸다. '차가운 잠자리'에서는 한순간도 부주의해서는 안 된다는 것을 어째서 '모글리'에게 가르쳐주지 않았을까. 원숭이들이 변덕스럽게 손을 놓기라도 하면 '모글리'는 땅에 거꾸로 떨어져 죽고 말 것이다. 작고 나약한 인간의 아이 '모글리', 내 생에서 만난 단 한 명의 형제 '모글리'를 이렇게 일찍 잃고 말다니. '모글리'는 나 '아켈라'를 믿었기 때문에 터무니없는 죽음을 맞이한 것이다. '모글리'의 인생은 아직 시작되지도 않았는데.

'아켈라'가 슬퍼하는 동안에도 열차는 위로 달려갔고, 원숭이들은 속속 열차에 올라탔다. '아켈라'가 아무리 눈을 부릅떠도 원숭이들과 '모글리'의 모습은 더이상 보이지 않는다.

그러고 보니—꿈속에서 '아켈라'가 겨우 떠올렸다—원숭이들에게 붙들려간 모글리를 구해낸 것은 커다란 비단뱀 카였다. 뱀은 나무에도 오를 수 있고, 원숭이들은 카의 이름만 들어도 꼬리가 굳어져 움직이지 못했다. 보통 뱀도 무섭지만, 카는 길이가 9미터나 되는 커다란 뱀이다. 9미터로 자라는 데는 이백 년이라는 시간이 걸렸다. 즉, 이백 년 동안의 지혜를 갖고 있는 것이다. 카가 '차가운 잠자리'에 모습을 드러낸 것만으로도 원숭이들은 숨을 죽였고, 모글리는 무사히 구출되었다. 그리고 카는 원숭이들 앞에서 '굶주림의 춤'을 추기 시작한다. 머리를 흔들고 커다란 원을 그리며 8자 모양이 되었다가 삼각형이나 사각형이 되기도 하고, 슉슉 하는 소리를 내며 천천히, 그렇지만 쉬지 않고 몸을 사리기도 한다. 그러면 원숭이들은 마법에라도 걸린 것처럼 한 마리씩 카의 커다란 입속으로 차례차례 걸어들어가 그의 뱃속을 채웠다.

'아켈라'의 꿈속에서도 원숭이들의 모습이 사라지고, 카의 기다란 몸은 조금씩 무겁게 옆으로 늘어나 선로 위를 달리는 열차의 그림자에 녹아들었다. 그리고 헐렁헐렁한 옷을 입은 인간의 아이 '모글리' 가 '아켈라'를 향해 웃으며 달려왔다. '모글리'는 기다란 털이 있는 '아켈라'의 목에 매달려 걱정시켜서 미안, 이제부터는 원숭이들을 조심할게, 라고 반쯤 우는소리로 속삭인다.

'……나도 카처럼 할 수 있으면 좋을 텐데.'

안심이 된 '아켈라'는 몸을 부풀렸지만 한편으로는 카의 능력이 부러웠다. 수컷, 암컷, 큰 놈, 작은 놈 등 온갖 원숭이들을 퇴치하기 위해서는 '카'가 될 수밖에 없지 않을까. 왜냐하면 이 세상은 원숭이들로 가득 찼으니까. '아켈라'를 그만두고 '카'가 되는 편이 좋을 것 같다.

'아켈라'는 자기가 아켈라가 된 것이 새삼 후회스러웠다. 어째서 아켈라로 정했을까. 이윽고 사냥에 실패한 아켈라는 우두머리 자리에서 내려오게 된다. 나이가 들면 누구나 경험하게 되는 숙명이기도 하다. 카는 아마도 그런 숙명과는 무관하게 수백 년을 살 것이다. 하지만 실은 '아켈라'는 뱀이 질색이었다. '어린이집' 뒤에 개골창이 있어서 가끔 뱀이 '어린이집' 마당을 기어갈 때가 있었다. 풀숲에서 뱀 알을 찾아오는 아이들도 있었다. '아켈라'는 그래도 남자라고 소리를 지르지는 않았지만, 마치 카를 본 정글의 원숭이들처럼 몸을 움직일 수가 없었다. 이야기 속에 나오는 뱀들은 아무렇지도 않지만, 자기가 뱀이 될 생각은 없었다. 비록 그것이 이백 년 된 비단뱀이라 해도.

'아켈라'는 잠을 자며 생각에 빠졌다. 내가 '모글리'와 전혀 다른 동물로 살 수는 없지. 우리 둘은 '친척'이니까. '친척'이라는 관계에 연연하지 않아도 된다면 '아켈라'의 성격상 곰인 발루 쪽이 더 어울릴지도 모른다. '아켈라'는 처음부터 그 사실을 알고 있었다. 성격 좋고, 꾸벅꾸벅 졸기 좋아하고, 벌꿀만 핥는 나이 든 발루. 정에 약하고 금방 눈물을 보이는 발루. 인간의 아이 모글리를 누구보다 귀여워하고, 가정교사 역을 맡아 철저하게 '정글의 법칙'을 가르치는 성실한 발루. 사실 '아켈라'는 발루를 꼭 닮았다. 게으름뱅이이고, 꽃을 사랑하고, 덩치만 큰 발루. '아켈라'는 아직 그다지 덩치가 크지는 않다. 그리고 발루를 닮았다는 것은 열일곱 살 난 젊은이에게는 자랑할 만한 일이 아니다. 발루는 '어린이집'에 있는 보모들을 떠올리게 한다. 그런 까닭에 '아켈라'는 자신을 '발루'라고 불러야 할지 모른다고 생각하면서도 그 생각을 얼씬도 못 하게 했다. 하지만 언젠가는 '모글리'에게 그런 발루 같은 부분을 들키고 말까. 그때 '모글리'는 야, 이 느림보 발루, 하며 웃고 놀릴까.

기차는 여전히 십 분 간격으로 멈추며 한밤의 어둠 속을 북상하고 있다. 때때로 추위가 잠을 깨웠지만, '아켈라'는 깊은 숨을 내쉬며 다시 잠에 빠져들었다. 잠든 '모글리'의 숨소리를 몸으로 확인하면 불안한 마음이 부드럽게 녹아 없어졌다. '아켈라'는 그 잠 속에서도 아침까지 생각을 멈추지 않았다. '차가운 잠자리'에 대해, '아켈라'와 '카'와 '발루' 사이의 우위에 대해, 〈작은 사냥꾼의 노래〉의 의미에 대해, 앞으로 '모글리'에게 가르쳐주어야 할 것들에 대해……

떠들썩한 소리가 귓가를 울려 '아켈라'는 눈을 떴다. '고리야마— 고리야마—' 하는 차내방송과 '도시락, 녹차와 도시락이요!' 하는 도시락 파는 소리. 문이 열리고 승객들이 계속 내린다. 커다란 짐을 짊어진 사람도 섞여 있다. 플랫폼 지붕 저편으로 보이는 하늘은 이미 밝았고 지붕 밑의 전등불은 아침 기운 때문에 밝기를 잃어가고 있다. 머리가 맑아진 '아켈라'는 서둘러 몸을 일으키고 옆에서 자고 있을 '모글리'를 돌아보았다. 그러나 '모글리'는 이미 잠에서 깨어 무릎을 세우고 앉아 열심히 플랫폼을 바라보고 있었다. '아켈라'가 일어난 것을 보고 '모글리'가 쑥스러운 듯 입을 삐죽이며 말했다.

"저, 나도 밖에 나가도 돼? 물 마시고 싶어."

'아켈라'는 눈을 비비며 고개를 끄덕이고 일어섰다. 원피스 차림의 젊은 여자와 아이를 안고 있던 여자, 노인과 중학생 교복 차림의 소년의 모습이 어느새 보이지 않았다. 어디선가 내렸을까, 아니면 찻간으로 들어가 추위를 피하고 있는 걸까. '아켈라'는 '모글리'를 먼저 내리게 하고 찻간을 들여다보았다. 아침이 밝아오고 있었지만 대부분의 승객들은 아직도 깊은 잠에 빠져 있었다. 의자에서 뻗어나온 지저분한 손발. 갈색의 추한 얼굴이 입을 크게 벌린 채 통로에 거꾸로 떨어져 있다. 그 통로에 갑갑하게 포개져 있는 승객들. 주위에는 쓰레기가 흩어져 있고, 선반에는 벗어놓은 윗도리와 바지 등이 단정치 못하게 늘어져 있다. '아켈라'는 어수선한 찻간의 모습에 혀를 찼다. 승강구 발판에서 아기를 안고 있던 여자가 약삭빠르게 자리에 앉아 잠을 자고 있는 모습도 놓치지 않았다. 노인도 조금 떨어진 자리에 앉았고 함께 있던 중학생은 그 옆 통로에 쭈그리고 앉아 자고 있다. '아켈라'는 플랫폼으로 뛰어내려 '모글리'를 찾았다. 수돗가에 늘어선 줄에 '모글리'가 있었다. '모글리'는 웃음이 나올 정도로 부랑아 그 자체였다. 진짜 부랑아보다 말끔한데다 얼굴이 하얗고 비싼 가죽구두를 신은 것이 어울리지 않았지만, 진짜 부랑아도 어디선가 구두를 손에 넣을 수 있고 얼굴을 깨끗이 씻을 수도 있다. 어린 부랑아 '모글리'가 추운지 몸을 웅크린 채 빈 선로를 멍하니 바라보고 있다.

"찻간으로 들어가면 의외로 앉을 수 있을 거 같다. 완전히 포기했었는데, 앉아서 갈 수만 있다면 당연히 앉는 게 낫지."

새파란 얼굴의 '모글리'는 잠시 호흡을 두고 작은 소리로 대꾸했다.

"난 바깥 발판에 있어도 상관없어. 안에는 사람들이 많아서 나를 이상하게 보는 사람이 있을지도 모르고."

"아, 그것도 그렇구나…… 그렇다면 너 말투부터 바꾸는 게 좋겠다. 그 차림에 여자애 같은 말투는 이상하지."

"응, 그렇네."

'모글리'는 순순히 대답하고 그날 처음으로 '아켈라'에게 미소를 보였다. 안심이 된 '아켈라'는 아직 뻣뻣한 얼굴에 미소를 띠며 말했다.

"……그리고 나는 '아켈라'고 너는 '모글리'야. 기억하고 있지?"

"응, 알고 있어."

'모글리'는 어린아이처럼 고개를 끄덕이며 플랫폼을 둘러보았다.

"……저, 여기가 고리야마래. 꽤 멀리 왔네."

'아켈라'가 조금 당황하며 대답했다.

"그렇게 멀리 온 거 아니야. 아직 후쿠시마에도 못 왔는걸. 표 살 때 후쿠시마에는 아침 여섯시에 도착한다고 했잖아."

"응."

'모글리'가 역사에 걸린 시계를 올려다본 다음 손목에 차고 있는 시계도 들여다보았다.

"……그렇구나, 아직 네시 반이구나. 후쿠시마면 후쿠시마 현이니까, 도호쿠 지방에서 가장 남쪽에 있는 거네."

학교에서 배운 일본 지도를 머릿속에 떠올리며 '모글리'가 '아켈라'에게 말했다.

"응, 그렇지…… 그런데 '모글리'는 배 안 고프냐? 도시락 먹을까?"

갑자기 '모글리'의 표정이 바뀌었다.

"도시락 사줄 거야? 나 배가 너무 고파. 이상하지? 저녁밥도 많이 먹었는데."

"실은 나도 배가 고파. 좋아, 그럼 물은 마시지 않아도 돼. 녹차도 사줄 테니까 열차 안으로 들어가자."

'아켈라'가 도시락 파는 사람을 찾으며 '모글리'를 재촉했다.

"물은 안 마셔도 되지만 얼굴을 씻고 싶어. 입도 헹구고 싶고. 이대로는 너무 찝찝하거든."

"그래……? 깔끔하구나."

'아켈라'가 뜻밖이라는 얼굴로 말하고는 '모글리'를 남겨둔 채 바지 허리춤에 와이셔츠를 집어넣으며 도시락 파는 곳으로 갔다.

출발을 알리는 벨이 울렸다. 당황한 '아켈라'와 '모글리'가 열차로 달려갔다. '아켈라'는 앉아 있던 발판으로 가서 '모글리'에게 도시락을 건넸다.

"……아직 도시락 먹는 사람이 아무도 없는데 괜찮을까?"

'모글리'가 문이 열린 찻간을 들여다보며 중얼거렸다. 그러나 이미 도시락 뚜껑을 열고 나무젓가락을 손에 든 '아켈라'는 아무렇지도 않게 대답했다.

"괜찮아, 괜찮아. 도시락을 판다는 건 사서 먹는 사람들이 있다는 거니까."

그때, 열차가 날카로운 기적 소리를 내며 움직이기 시작했다.

"응…… 나 역에서 파는 도시락 먹는 거 처음이야. 우리 어머니는 구두쇠라 집에서 주먹밥을 만들어 가지고 타거든."

"사실은 나도 처음이야. 전부터 한번 먹어보고 싶었다."

둘은 얼굴을 마주 보고 웃고는, 아직 따뜻한 도시락을 묵묵히 먹기 시작했다. 작은 연어 소금구이에 계란말이, 빨간 비엔나소시지, 단무지가 들어 있었다. 둘은 신이 났다. 갈색의 조그만 도기 주전자에 담긴 차를 마시는 것도 신기해서 웃지 않을 수 없었다.

"잘 먹었어. 금방 다 먹어버렸다. 그렇지만 이런 시간에 먹었으니 아홉시나 열시가 되면 또 배가 고프지 않을까?"

'모글리'의 말에 '아켈라'가 선심을 쓰며 대답했다.

"그럼 또 사먹으면 되지. 하루에 몇 번을 먹어도 상관없어."

"정말?"

'아켈라'는 눈을 가늘게 뜨고 부자처럼 거드름을 피우며 고개를 끄덕여 보였다.

"……하지만 그렇게 되면 나는 얼마든지 먹을 텐데, 그래도 괜찮아?"

"괜찮다니까. '모글리'는 꼬맹이에 대식가구나."

'아켈라'의 말에 '모글리'가 기쁜 듯이 대답했다.

"응, 나 엄청 많이 먹어. 전에 어머니가 카레라이스를 처음으로 만들어줬는데, 너무 맛있어서 열두 그릇이나 먹었다니까. 카레라이스 먹어본 적 있어?"

"응, 질릴 정도로. 하지만 열두 그릇은 거짓말이지? 나도 아무리 많이 먹어야 세 그릇인데."

"정말이야. 나도 세어보고는 깜짝 놀랐기 때문에 기억하고 있어. 초등학교 3학년 때였을 거야."

'모글리'가 '아켈라'를 노려보았다. 하얀 눈동자가 수면부족으로 빨갰다.

"그럼 분명히 꿈을 꾼 걸 거야."

"정말이라니까. 어째서 안 믿는 건데?"

'아켈라'가 난처해서 머리를 긁자 하얀 비듬이 떨어졌다.

"그렇잖아, 열두 그릇이나 먹었다는 걸 믿으라니."

무릎을 안고 그 위에 턱을 괸 '모글리'가 중얼거렸다.

"진짜로 정말인데."

열차는 정차를 반복했고, 여유롭게 바퀴 소리를 울리며 달려갔다. 아침햇살이 점차 열차 안으로 비쳐들고, 승객들의 움직임도 부산해졌다. 화장실 앞의 줄이 길어졌고, 커다란 짐을 짊어지고 내리는 사람과 올라타는 사람들로 발판이 붐볐다. 그때마다 '아켈라'와 '모글리'는 발길에 차이지 않도록 다리를 모아야 했다. 술에 취한 네 명의 원숭이는 그즈음에야 요란하게 코를 골며 서로 몸을 포개고 곯아떨어졌다. 한 명은 침까지 흘리고 있었다. 그들이 퍼져서 잠을 자고 있었기 때문에 '아켈라'와 '모글리'의 자리가 좁아졌다. 반대편 구석에서는 보따리를 안은 작은 노파가 신문지 위에 무릎을 꿇고 앉아 담배를 피우기 시작했다. 여행에 어지간히 익숙한 모양이다. 찻간에서는 잠이 깬 아이가 보채며 울기 시작했다. 산이 보인다, 아침햇살을 받아 멋있다, 하는 소리도 들려왔다.

그 소리에 이끌려 '아켈라'도 일어나 바깥을 내다보았다. 산 같은 것이 보이기는 했지만, 그다지 눈에 띄지 않는 연산(連山)들이 검푸른 어둠 속에 가라앉아 있을 뿐이었다. 선로를 따라 강이 하얗게 빛났다. '아켈라'는 반대편 승강구로 가보았다. 아아! 저도 모르게 감탄사가 튀어나왔다. 신선한 새벽이 희미한 하늘을 금빛으로 엷게 갈라 산 모양을 만들어놓았다. 빛과 어둠이 정확하게 나뉘어 마치 종이로 세공을 해놓은 것 같았다. 산꼭대기에는 조금이지만 잔설이 있고, 나무들의 푸른빛이 아침햇살에 흩어져 있었다. 지금까지 산이라는 것을 제대로 본 적이 없는 '아켈라'는 몸을 떨었다. 숨이 막히고 눈물이 나올 것 같았다. 영화에서 본 산하고는 규모가 달랐다.

황금색으로 빛나는 산을 한참 동안 바라보다 '모글리'에게도 보여줘야겠다는 생각에 뒤를 돌아보았다. '모글리'는 무릎에 이마를 대고 자고 있는 모양이었다. '아켈라'는 발치에서 아랑곳 않고 담배를 피워 대는 노파를 보고는 '모글리' 곁으로 가 어깨를 두드렸다.

"이봐, 산이 보여. 어서 일어나보라니까."

'모글리'가 얼굴을 들었다. 자고 있었던 게 아닌 모양이다. 무릎에 대고 있던 이마가 빨갰다. '모글리'는 흥분한 '아켈라'를 무시하고 혼잣말처럼 중얼거렸다.

"……나, 이제 도쿄로 돌아갈래."

순간 '아켈라'는 아무 말도 못 하고 일단 '모글리' 옆에 앉았다. '모글리'가 자기 무릎을 바라보며 말했다.

"지금 가면 점심시간쯤에는 학교에 도착할 거야. 지각이긴 하지만 결석은 아니야."

"이대로 돌아간다고?"

'모글리'가 무표정하게 고개를 끄덕였다.

"학교에 안 가면 다들 이상하게 생각할 거야. 다들 공부하는데 나만 노는 건 좋지 않아."

아직 다 자라지 않은 '모글리'의 작은 코와 귀가 부드러워 보여 '아켈라'는 그것을 잡아당기고 싶어졌다. 그러나 대신 자기의 오른쪽 귓불을 아플 정도로 잡아당겼다. '아켈라'의 자랑거리인 적당하고 넉넉한, 복스럽게 생긴 귀다.

"그런 바보 같은 소릴……"

'모글리'는 아직 발달이 미숙한 빨간 코를 '아켈라'에게 향하고는 말했다.

"난 바보가 아니야. 오빠에 비하면 난 뭐든지 잘해. 그런데도 어머니는 내가 오빠보다 잘하는 건 당연하다고 늘 화를 냈어. 오빠가 죽고 난 다음에도 화를 내. 넌 바보라고, 공부를 더 해야 한다고."

'모글리'의 눈가가 빨개지더니 눈에 눈물 같은 것이 고였다. '아켈라'는 자기 귓불을 더 세게 잡아당겼다.

"'모글리'의 오빠? 오빠…… 머리가 이상했었니?"

고개를 끄덕이는 '모글리'의 볼에 작은 눈물방울이 흘러내렸다.

"흠…… 그렇지만 아직 아무 데도 내리지 않았는데 이대로 돌아가는 건 너무 아깝잖아. 표를 산 사람이 나라는 것도 잊지 마. '모글리'는 학교가 그렇게 좋냐?"

'모글리'는 두 손으로 거칠게 눈을 비비며 고개를 흔들었다. 머리카락이 솜털로 반짝이는 볼을 가볍게 쳤다.

"'우리는 같은 피.' 이건 정글의 암호야. 좋은 말 아니냐? 우리는 지금 정말로 그렇게 말할 수 있도록 여행을 가는 거잖아? 그러니까, 학교에 가는 것보다 이게 훨씬 더 중요해. 그렇지 않아?"

'아켈라'는 망설이며 '모글리'의 어깨를 안아주었다. 뾰족한 뼈의 감촉밖에는 느껴지지 않는다. 발판 반대편에 앉은 노파가 어디까지 들었는지 갑자기 걱정이 되었다. 노파는 현란한 노란색의 나일론 스카프를 목에 두르고 반쯤 졸린 얼굴로 담배에 이어 이번에는 어디에서 났는지 딱딱한 떡을 먹고 있다. '아켈라'가 '모글리'의 귓가에 속삭였다.

"……북쪽으로 더 가면 아직 벚꽃이 피어 있을지도 몰라. 북쪽에 피는 벚꽃은 색이 훨씬 진하고 갑자기 한꺼번에 피기 때문에 머리가 멍해질 정도로 멋있대. 유채꽃도 피어 있을 거고, 자운영 꽃도 피어 있을 거야. 그러면 나비도 엄청나게 많을 테고, 우리가 본 적이 없는 신기한 새들이 하늘을 날고 있을 거야. 소랑 말도 있고, 산양에 토끼, 여우, 곰, 뭐든지 다 있을 거야. 코끼리가 나올지도 몰라. 흑표범도 없으란 법은 없지."

'모글리'가 간지러운 듯한 소리로 웃었다.

"흑표범도 코끼리도 일본에는 없어."

"글쎄, 그럴까? 적어도 아주 옛날에는 나우만코끼리가 있었어."

"그래도 지금은 없는걸. 흑표범도. 그런 얘기 들어본 적 없어."

"하지만 코끼리나 표범이 일본에 한 마리도 없다는 증거도 없어. 아, 맞다. 그것보다 산이 보여. 저쪽 창에 산이 보인다고. 자, 일어나 봐. 지금부터 대단한 산들이 계속 보일 거야. 나 꽤 감동했다니까."

'아켈라'가 먼저 일어나 '모글리'의 팔을 가볍게 잡아끌었다. 이미 기운을 찾은 '모글리'는 얼른 일어나 발판 반대편 창으로 다가갔다.

잠시 동안이었는데도 창밖으로 보이는 산은 모양이 달라져 있었다. 이제는 거의 정면으로 보였고, 훨씬 더 큰데다 빛을 받아 훤히 밝아졌다. 하늘도 하얀색으로 변했다. 아침햇살을 받은 산은 정말로 신이 살고 있어 '아켈라'와 '모글리'를 바라보기라도 하듯 위엄 있는 모습이었다.

"이걸 볼 수 있었던 것만으로도 난 큰마음 먹고 도쿄를 떠나길 잘

했다는 생각이 든다. 아버지한테는 미안하지만, 살아 있길 잘했다는 생각도 들고."

'아켈라'가 곁에 서 있는 '모글리'에게 넋을 잃고 말했다.

"……도쿄에는 이런 산이 없어. 저 산 이름이 뭘까? 유명한 산이야?"

"글쎄, 유명한 산이겠지만…… 난 후지산밖에 몰라서."

두 사람 발치에서 갑자기 낮지만 분명한 목소리가 들려왔다.

"아다타라 산이야!"

깜짝 놀란 두 사람이 창가에서 떨어져 발밑을 바라보자 손에 떡을 든 노파가 화난 얼굴로 두 사람을 노려보고 있었다.

"정말로 아무것도 모르는 녀석들이로구먼!"

"아, 저 산이…… 네에, 그렇군요."

'아켈라'는 가능한 한 붙임성 있게 대꾸한 뒤 '모글리'의 등을 밀며 서둘러 자기들 자리로 돌아갔다. 그러고는 '모글리'에게 속삭였다.

"안으로 들어가자."

'아켈라'가 두 사람의 짐을 들고 찻간으로 통하는 문을 열었다. '모글리'를 먼저 들여보내고 뒤이어 자기도 들어가 문을 닫고는 동시에 웃음을 터뜨렸다.

"뭐야, 저 할머니!"

'모글리'도 문 앞에 서서 몸을 가누기 힘들 정도로 웃어댔다.

"아다타라 산이래! 저 산은 틀림없이 저 할머니의 자랑거리일 거야. 그런데 우리가 이름을 모르니까 화가 난 거고."

"아다타라 산 같은 거 알 게 뭐야, 그치?"

"할머니가 들어."

그러나 '모글리'는 여전히 웃어댔다.

열차가 다시 멈췄다. 아직 여섯시도 안 되었지만 하늘이 밝아오면서 찻간은 낮과 같은 움직임을 보이기 시작했고, 역마다 타고 내리는 승객이 많아졌다. 장화에 몸뻬 차림의 여자들이 커다란 바구니를 짊어지고 올라탔다. 함석으로 된 궤짝이 옆을 지나자 생선 냄새가 코끝을 자극했다. 어디에서 잡은 생선을 어디로 가져가는지 '아켈라'와 '모글리'로서는 상상이 되지 않았다. 그것보다는 기껏 생긴 빈자리에 금방 다른 사람들이 앉는 걸 보고 자기들도 지지 않고 자리를 확보하고 싶어졌다.

"안으로 더 들어가보자. 그러면 앉을 수 있을 거 같아. 표 값은 다 똑같으니까 앉아 갈 수 있을 때 앉자."

둘은 통로 안쪽으로 들어갔다. 통로에는 방금 올라탄 커다란 짐을 든 여자와 남자들이 앉아 있었고, 그 안쪽에는 승객들이 아직도 여유롭게 잠을 자고 있었다. 발판에 있던 노인과 중학생도 나란히 앉아 잠을 자고 있고, 아이를 안은 여자도 아이와 몸을 포개고 자고 있었다.

찻간 한가운데쯤에서 '아켈라'가 발을 멈췄다.

"내가 보고 있을 테니까 '모글리'는 여기 앉아서 자라. 조금 있으면 후쿠시마에 도착하지? 거기서 사람들이 많이 내릴지도 몰라."

'모글리'가 자기 손목시계를 들여다보며 대답했다.

"여섯시가 되려면 아직 사십 분 정도 남았네. 아직 이것밖에 안 됐어. 너무 일찍 일어났나봐. 그러고 보니 나…… 졸려."

"그러니까 여기 앉아서 자. 자리가 비면 깨워줄 테니까."

이야기를 끝낸 '아켈라'는 옆자리에 앉은 젊은 여자가 펼쳐든 연예 잡지를 열심히 들여다보기 시작했다. '모글리'는 통로에 얌전히 앉아 '아켈라'의 학생복 바지에 얼굴을 갖다댔다. '아켈라'의 다리 저쪽에는 끈으로 동여맨 신문지 더미가 던져져 있었다. 신문지 여기저기에 얼룩이 묻어 있다. 정면에는 야채를 담은 바구니가 있고, 오른쪽에는 머리가 벗어진 중년남자가 몸을 웅크리고 자고 있다.

'아켈라'의 예상이 맞았다. '아켈라'는 후쿠시마에서 '모글리'를 깨워 서둘러 자리에 앉혔다. 그리고 자기도 곧바로 자리를 잡았다.

"음, 이런 의자라도 앉으니까 편하네."

잠이 덜 깬 '모글리'는 아무 말 없이 창밖을 보며 후쿠시마라는 글자를 확인하고 자기 시계를 들여다보았다. 아직 여섯시 전이다. 그리고 문득 생각이 났는지 시계를 풀고는 주위 사람들의 귀를 의식하며 작은 소리로 말했다.

"저기, 이거 '아켈라'가 가지고 있어. 그게 더 도움이 될 것 같아."

"……아무래도 상관없지만, 그럼 내가 가지고 있을게."

'아켈라'는 미간을 좁힌 채 한눈에도 여자아이용이라는 걸 알 수 있는 빨간 가죽벨트의 손목시계를 들여다본 뒤 와이셔츠 주머니에 집어넣었다. 그리고 '모글리'의 귀에 대고 속삭였다.

"바구니 든 장사꾼들, 여기서 거의 다 내렸다. 더 멀리까지 가는 줄 알았는데."

"응."

'모글리'가 눈을 비빈 뒤 입가를 손으로 가리며 크게 하품을 했다.

눈에 눈물이 고였다. 할 수 없이 다시 눈을 비볐다. 창밖에는 사람들이 분주히 오가고 있다. 차내방송이 울리고, 도시락 파는 소리, 신문과 잡지 파는 소리가 뒤섞였다. '아켈라'는 허리를 구부린 채 발밑에 뒹구는 신문지와 과자봉지, 귤껍질, 군밤껍질 등을 빈 도시락 뚜껑으로 한데 모아 짜증스러운 얼굴로 의자 밑에 밀어넣었다. 생선 비린내가 나는 국물이 통로로 흘러가는 것은 어쩔 수 없었다.

"원숭이들은 이래서 안 된다니까."

"원숭이?"

'모글리'가 바닥을 바라보며 물었다.

'아켈라'가 중얼거렸다.

"청결하라, 털의 광택이 사냥꾼의 힘을 나타내나니."

"그게 무슨 말이야?"

"이렇게 불결하고 어질러놓기만 하는 원숭이한테는 사냥꾼의 자격이 없다는 거야. 이 세상에는 원숭이들뿐이니까 '모글리'도 조심하라고."

'모글리'가 작은 소리로 웃었다.

"여기도 저기도 다들 원숭이…… 하지만 우리는 원숭이가 아니야."

"그래. '법칙을 지키는 자에게는 좋은 사냥감이 주어진다'고도 하지."

갑자기 열차가 흔들리면서 뭔가에 부딪히는 소리가 났다. 둘은 얼굴을 마주 보고 주변을 둘러보았다. 하지만 다른 승객들은 아무도 그 소리에 신경을 쓰지 않았다. '아켈라'는 가볍게 어깨를 움츠리고 속삭였다.

“겨우 앉았는데 좀더 타고 가도 괜찮지? 이런 시간에 서둘러 내려 봐야 아직 음식점도 문을 안 열었을 테니.”

‘모글리’는 고개를 끄덕이고 창밖으로 얼굴을 돌렸다. 후쿠시마 다음은 사사키노라고 적혀 있다. 플랫폼에서 메밀국수를 먹는 사람들의 모습이 보인다. 리튬만두라는 소리도 들린다. 그게 어떤 만두인지 ‘모글리’는 알 수가 없다. ‘아켈라’한테 물어봐도 모를 테니 그 소리는 그냥 흘려보내기로 한다. 모자를 쓴 역무원이 급히 달려간다. 헝겊으로 된 배낭을 짊어진 노인이 아이의 손을 잡은 중년 여자에게 몇 번이고 고개를 숙이고 있다. 볼이 빨간 아이는 색이 벗겨진 큐피 인형의 머리를 빨고 있다. 원숭이. 모두 원숭이. 그렇게 생각하니 정말로 모두 원숭이처럼 보여 ‘모글리’는 다시 한번 웃지 않을 수 없었다.

발차 벨이 요란스럽게 울렸다. 플랫폼에 있던 사람들이 일제히 움직이기 시작한다.

‘법칙을 지키는 자에게는 좋은 사냥감이 주어진다.’

‘모글리’가 입속으로 중얼거린다. 그리고 곁에 있는 ‘아켈라’를 돌아본다. ‘아켈라’는 이미 팔짱을 낀 채 잠이 들었다. 그 법칙이라는 게 ‘정글의 법칙’을 말하는지 물어보고 싶었지만 포기할 수밖에.

열차가 기적을 울리며 움직이기 시작했다. 통로에 서 있는 여자들의 이야기 소리가 들린다. 아기를 업은 몸뻬 차림의 젊은 여자와 그보다 조금 더 나이 들어 보이는 여자 두 명이다. 세 여자는 연신 웃음을 터뜨리며 누군가의 험담을 하는 것 같다. 하지만 그 말을 알아듣기는 어렵다. ‘모글리’의 앞좌석에는 한겨울처럼 두꺼운 코트를 입은 남자와 수수한 기모노를 입은 중년여자가 앉아 있다. 남자는 무릎 위에 가

죽가방을 올려놓고 장부 같은 것을 열심히 점검하고 있다. 학교 선생님인지도 모른다. '모글리'는 조금 불안해졌다. 중년여자는 무위한 시간이 아까운 듯 남색 털실로 뜨개질을 하고 있다. 스웨터를 뜨는 모양이다. 여자는 털실을 무릎 위 손가방 안에 넣고 가끔 손을 집어넣어 털실을 풀었다. '모글리'는 그만 자기 어머니가 떠올라 얼른 눈을 감았다. 야구모자로 얼굴을 감춘 채 창에 얼굴을 대고 그대로 잠을 자려 했다.

잠시 후, 코끼리 무리가 '모글리'의 머릿속을 천천히 가로질렀다. 검은 표범이 그 곁을 달려나갔다. 거기에 '아켈라'의 목소리가 울려퍼진다. '정글의 법칙은 많아. 법칙을 지키는 자에게는 좋은 사냥감이 주어진다.' '모글리' 자신의 목소리도 벌레 소리처럼 낮게 들려온다. 학교에서 배우기 시작한 말들이다. '우리에게 일용할 양식을 주시고, 우리의 죄를 사하여주시옵소서.' 화려한 깃털의 새들이 하늘을 날며 지저귀고 있다. 커다란 비단뱀이 나무들 사이에 누워 있다. '청결하라, 털의 광택이 사냥꾼의 힘을 나타내나니.' 원숭이의 털은 초라하다. 회색늑대가 '모글리' 곁으로 다가간다. 파란 나비, 노란색과 초록색 나비가 주위를 날고 있다. '모글리'는 손을 뻗어 회색늑대의 털을 만져본다. 푹신푹신해서 기분이 좋다. '우리를 악에서 구하옵소서.' '모글리'는 자기 몸의 털을 만져본다. 목덜미와 가슴, 손발의 털. 윤기도 길이도 아직 충분하지 않다. 어른이 되면 제대로 자라겠지.

다시 기적이 울린다. 열차가 멈췄다가 금방 다시 움직인다. '모글리'는 눈을 감고 다시 한번 코끼리들을 배웅한다. 코끼리들은 모두 하얀 상아를 번뜩이며 기다란 코를 자랑하고 있다. 코끼리 울음소리와 기적 소리가 겹쳐 새된 소리가 귀를 울린다. 공작이 꼬리를 펼치고 그 옆을 지나가고, 늑대 무리도 달려와 하늘을 향해 얼굴을 들고 짖기 시작한다. 윤기 나는 털이 은빛으로 반짝인다. 늑대 무리 안에 벌거벗은 작은 사내아이가 웅크리고 있다. '모글리'가 그것을 알아차린 순간, 늑대 무리가 사라지고, 공작과 코끼리 떼도 사라지고, 구멍 난 담요로 몸을 두른 남자의 그림자가 떠오른다. 그림자가 벌거벗은 사내아이에게 다가온다. 사내아이는 웃으며 일어나 남자의 손을 잡는다. 짚처럼 엉킨 긴 머리카락의 남자는 사내아이의 아버지다. 둘의 얼굴이 닮았을지도 모르지만, 얼굴이 머리카락에 가려 확인할 수가 없다. 아버지와 아이는 아무 말도 하지 않고 걸어간다. 주위는 어둡고 신사의 경내처럼도 보인다. 분홍색 초롱들이 늘어서 있다. '모글리'의 어머니가 자기 아이들을 부르고 있다. 유키코! 돈짱! '우리를 악에서 구하옵소서.' 아버지와 아이의 모습이 어느새 사라졌다. 어머니의 목소리가 계속 들린다. '우리는 같은 피.' 오빠가 아직 어린아이였을 때의 모습으로 벚나무 위에 모습을 드러내더니 어머니에게 손을 흔든다. 하지만 어머니는 알지 못한다. 어머니가 걷는 곳이 마당으로 변했다. 마당에는 빨간 칸나와 샐비어가 흐드러지게 피어 있다. 어머니는 툇마루에 앉아 한숨을 쉬며 뜨개질을 시작한다. 세 개의 바늘이 움직일 때마다 돈짱의 스웨터가 조금씩 만들어진다. 초록색 털실. 털실 뭉치가 굴러 마당에 떨어졌다. 하지만 어머니는 알지 못한다. 마당의 빨간 꽃들 사이로 비단뱀이 기어다니고 회색늑대들이 소리없이 돌아다닌다. 하지만 어머니는 알지 못한다. 오빠는 손을 흔들다 지쳐 벚나무 아래로 떨어져 머리가 둘로 쪼개지고 말았다. 그래도 어머니는 알지 못한다.

'유키코, 털실을 감아야 하니 와서 손 좀 빌려주렴.' 어머니는 연지색으로 물들인 털실을 들고 '모글리'를 부른다. '정글의 법칙은 많아. 법칙을 지키는 자에게는 좋은 사냥감이 주어진다.' '하늘 천사 노랫소리 울려퍼져, 글로리아 인 엑셀시스 데오!' 마당에서 늑대가 울부짖는다. 비단뱀이 눈을 번득인다. '우리는 같은 피.' '탄툼 에르고 사크라멘툼.'

"승차권 확인하겠습니다……"

'모글리'가 눈을 떴다. 옆에 있던 '아켈라'가 셔츠 주머니에서 표 두 장을 꺼내 차장에게 건넸다. 창밖이 어두워 창에는 자기 얼굴밖에 보이지 않았다. 순간 아직 밤인가 싶었지만 열차가 터널을 통과하는 중이었다. 열차가 연기에 휩싸여 찻간은 그을음 냄새로 가득했다.

'아켈라'의 소리가 들린다.

"……후쿠시마에서 내리려고 했는데 동생 녀석이 힘들었는지 안 내리려고 해서 곧장 야마가타까지 가려고요. 할머니가 기다리고 계시거든요. 할머니가 넘어져서 다리가 부러지셨어요. 어머니는 일 때문에 바쁘시고…… 아아, 스위치백이요, 물론 알죠. 야마가타에는 몇 번 가본 적이 있거든요…… 네, 동생한테도 가르쳐줄게요. 열차가 고개를 넘어야 돼서 이 구간만 전기 기관차로 끌어당기는 거죠…… 네, 감사합니다. 동생도 철도를 좋아해서 기차 운전사가 되고 싶다고 하는걸요."

차장이 다음 자리로 이동하자 '모글리'는 '아켈라'의 얼굴을 들여다보며 날름 혀를 내밀었다. 주위 사람들을 의식한 '아켈라'가 그런

'모글리'를 무시하고 정색을 하며 입을 열었다. 열차가 터널을 빠져나오나 싶더니 바로 두번째 터널로 들어갔다.

"잠이 깼구나. 표는 야마가타까지 샀으니까 걱정하지 마. 지금 한 이야기 알겠니? 여기서부터는 올라가는 게 힘드니까 앞에다 전기 기관차를 세 대나 붙여서 올라간대. 지금부터는 전기 기관차를 연결해 스위치백으로 올라간다고 차장 아저씨가 가르쳐주셨어. 스위치백이라는 건 일단 올라갔다가 다시 내려왔다가 하면서 조금씩조금씩 올라가는 방법이야. 알겠니?"

'모글리'는 초등학생 남동생처럼 짐짓 순순히 대답했다.

"응, 조금. 이 기차 지금 열심히 산을 오른다는 거지? 아이고, 아이고 힘들어하면서."

"그래, 다시 터널이네. 갑자기 터널이 많아졌다."

"……응, 이제 산속이야."

'모글리'가 하품을 하며 중얼거렸다. '아켈라'도 크게 하품을 한 뒤 눈가에 고인 눈물을 손으로 거칠게 닦아냈다.

머리 위에서 여자 목소리가 들렸다.

"너희 어머니는 야마가타 분이니?"

고개를 들어 올려다보니 아기를 업은 여자가 금니를 드러내고 '아켈라'와 '모글리'를 보며 웃고 있다. '아켈라'가 '모글리'를 흘깃 바라본 다음 말했다.

"아뇨…… 어머니랑 우리는 도쿄밖에 몰라요. 할머니도 쭉 도쿄에 계셨는데, 사정이 생겨서 지금은 외삼촌과 함께 야마가타에 사세요."

"아, 그러니. 너희도 멀리까지 힘들겠구나."

이야기가 이어지는 것을 경계한 '아켈라'가 일부러 하품을 해보였다. '모글리'도 따라서 작게 하품을 했다. 열차가 다시 터널 속으로 들어갔다.

"……네, 졸려서 눈을 뜨고 있기도 힘들 정도예요……"

'아켈라'가 다시 한번 눈을 비비고 하품을 한 뒤 몸을 돌렸다. '모글리'도 '아켈라'의 어깨에 머리를 얹고 서둘러 잠을 청했다. 통로의 여자들은 심심풀이로 아이들과 이야기를 하려던 생각을 포기하고 다시 자기들의 대화를 시작했다. 자기들끼리 이야기를 시작하자 말이 빨라져서 무슨 말을 하는지 알아듣기 어려웠지만, 근처의 온천 여관에서 일하는 여자들 같았다. 도쿄에서 온 손님들은 술을 별로 마시지 않는다는 둥, 어둡고 말수가 적은 사람이 많다는 둥. '모글리'와 '아켈라'는 겨우 안심하고 잠에 빠져들었다. 졸린 것은 거짓말이 아니었고 눈을 감으면 금방이라도 잘 수 있었다.

원숭이들은 궁금한 게 많아서 탈이야, '아켈라'는 작은 소리로 혀를 찬 뒤 얼굴을 찌푸리며 꿈속으로 빠져들었다. '모글리'의 머리카락이 '아켈라'의 목덜미를 간질인다. 원숭이들은 남에게 폐가 된다는 사실을 모른다. 단순하다고 할까, 세심하질 못하다. 원숭이들은 어디를 가나 있다. 시골로 갈수록 원숭이들의 질이 더 나빠질지도 몰라. 남의 이야기를 엿듣고 싶어하고, 멋대로 의심하고, 결국에는 경찰서에 가서 신고도 하는. '저 아이들은 아무래도 수상해. 진짜 형제가 아닌 것 같아. 게다가 저 조그만 애는 여자아이야!' '차가운 잠자리'에서 어떻게 하면 벗어날 수 있을까. 다시 〈작은 사냥꾼의 노래〉가 머릿속에 울려퍼진다. '숲속의 풀밭을 그림자가 조용히 달려간다, 몰래 숨어서 너를 지켜보는 그림자…… 그리고 속삭이던 소리들이 점점 커지더니 퍼져간다, 멀리로, 가까이로…… 그것은 두려움이다, 아아, 작은 사냥꾼이여, 그것은 두려움이다! 오, 작은 사냥꾼이여, 그것은 두려움이다.'

'아켈라'의 생각이 친근한 묘지의 세계로 옮겨간다. 그때는 아무것도 '두렵지' 않았다. '두려움'을 느끼기에는 너무 어렸기 때문일까. 죽은 사람들의 뼈를 모아둔 곳. 묘지에는 스스로 죽어가는 사람들도 있었다. '모글리'의 아버지처럼. 살아 있으면서 죽은 무리들도 어슬렁거렸다. '아켈라'의 아버지도 예외는 아니었다. 하지만 거기에 '두려움'이 지나가는 일은 없었고, 부글부글 거품을 일으키며 속삭이는 소리도 듣지 못했다. 들리는 것은 나무들의 술렁임과 지저귀는 새소리, 갓난아기 우는 소리와 개 짖는 소리뿐이었다. 거기에는 '법칙'이 살아 있었다. 그래서 '두려움'의 그림자가 다가오지 못했던 걸까. 죽을 자는 죽고 산 자는 산다. 오직 그것뿐인 간단하고 조용한 세계였다. 아버지가 먼저 쓰러지지 않았다면 '아켈라'가 쓰러져 죽어갔을 것이다. '아켈라'는 살아남았기 때문에 다시는 그곳에 돌아갈 수 없게 되었다. '아켈라'의 구멍투성이 담요도 버려지고 말았다. 그 대신 새로 얻은 진주군 담요 냄새가 '아켈라'는 싫었다. 그 담요를 몸에 감고 있으면 배가 아파 신음 소리를 냈다. 하지만 주위 아이들에게는 이유를 말하지 않았다. 말했다가는 소중한 담요를 빼앗길 것이기 때문에.

그때 아이들 얼굴이 '아켈라'의 눈앞에 떠올랐다. 사이가 좋은 아이도 있었고 끝까지 마음이 맞지 않는 녀석도 있었다. 하지만 함께 자랐으니 일종의 가족이라고 보아야 할 것이다. 가족. 그럼에도 진짜 가족에 대한 생각이 마음속을 떠나지 않았던 것은 '아켈라'의 생각이 아직 부족했기 때문일까.

'법칙'은 '어린이집'에도 있었다. 하지만 묘지의 법칙과는 전혀 다른 법칙이었다. 여섯시에 기상, 일곱시에는 아침식사, 일어나면 이불을 개어 정리하고, 식사당번, 다함께 청소, 라디오 방송에 맞춰 아침체조…… 등하굣길에 마음대로 다른 곳에 들러서는 안 됩니다. 책은 모두의 것이니까 몰래 감추면 안 돼요. 반찬투정 하지 말고 뭐든지 맛있게 먹읍시다. 귀 뒤와 엉덩이도 깨끗이 씻읍시다…… 어디서 자라든 어른이 있으면 마찬가지야, 라고 진짜 가족을 아는 같은 반 친구가 말했던가. '모글리'도 어머니 곁에 있는 것이 즐겁다면 이렇게 간단히 '아켈라'를 따라오지 않았을 것이다.

'넌 어째서 날 따라왔니?'

'아켈라'는 '모글리'에게 물어보고 싶어졌다. 하지만 그럴 수는 없는 일이다. 승강구 발판에서 찻간으로 옮겨와도, '모글리'와 몸을 기대고 있어도, '차가운 잠자리'는 조금도 따뜻해지지 않았다. '어린이집'도 따뜻하지 않았다. 어째서일까. '아켈라'는 다섯 명의 보모 중 오랫동안 함께 지낸, 눈에 띄게 주름이 패었던 세 사람의 얼굴을 떠올려보았다. '아켈라'로서는 특별히 불만이 없었다. 경영자인 노부부도 충분히 신뢰하고 있었다. 노부부는 자기 아이들을 공습으로 잃었고, 양심적인 경영방침으로 소문나 어느 신문의 기자가 취재를 올 정도였다. '아켈라'가 아직 어렸을 때 '어머니'의 이불에서 함께 잔 적이 있다. 몸이 약한 '아켈라'가 밤중에 일어나 밖으로 나가려 하는 습관이 좀처럼 없어지지 않았기 때문이다. 자란 후에는 회계 일을 도우면서 어려운 사정도 알게 되었다. '어머니'와 '아버지', 보모들 모두 어려운 재정과 피로 속에서도 아이들을 위해 하루하루를 보내며 기뻐하고 고민하고 슬퍼했다. 그런데도 어째서 '따뜻한 잠자리'가 아니었을까.

'아켈라'는 오 년 전에 찾아갔던 '모글리'가 자란 집을 떠올린다. 골목 뒤에 있는 흔하디흔한 집이었다. 현관의 유리문에는 금이 가 있고, 아이들의 옷차림은 조금 때가 묻어 있었으며, 몹시도 마른 어머니는 미소도 없이 미간에 깊은 주름을 지은 채 즐거웠던 기억이라고는 전혀 없는 얼굴을 하고 있었다. '아켈라'의 '어머니' 쪽이 훨씬 다정한 어머니 같았다. 그리고 묘지에 살던 '아켈라'의 아버지. 물론 '아켈라'는 아버지가 웃는 얼굴을 본 기억이 없다. 이미 반쯤 저세상을 헤매던 아버지는 네 살 난 '아켈라'에게 제대로 말을 건넨 적도 없었다. 그렇지만 '아켈라'는 잊지 않고 있다. 새를 잡으면 반드시 '아켈라'에게 먹였던 것을.

'모글리'의 어머니와 '아켈라'의 아버지. 진짜 부모인 두 사람 모두 전혀 다정하지 않았다. 아이들은 뒷전으로 밀어둔 채 혼자서 신음하고, 뭔가를 저주하고, 주변의 원숭이들을 원망했다.

'…… '차가운 잠자리'는 원숭이들을 미워하지 않기 때문에 여전히 '차가운 잠자리'인 걸까.'

'아켈라'는 깊은 숨을 내쉬었다. 그리고 기분을 바꿔 아까 그 여자들에게 나오는 대로 지껄였던 '자기 가족'을 열심히 그려보았다. 그들이 살고 있는 도쿄의 집은 말할 것도 없이 '모글리'의 집이다. 시시한 집이기는 하지만 적당한 크기에 마당도 있다. 개도 기르고 있다. 원래는 할머니도 함께 살고 있었는데 지금은 야마가타에 계신다. 야마가타에는 외삼촌도 있다. 어머니의 오빠가 될까. 뭘 하는 사람일까. 어머니가 학교 선생님이니 외삼촌도 선생님일지도 모르지. 역사 선생님이나 이과 선생님. 외삼촌이 도쿄의 그들 집에 놀러 올 때도 있다. 야마가타에서 가져온 선물을 잔뜩 들고. 하지만 야마가타에는 어떤 특산품들이 있지? 전혀 생각이 나질 않는다. 외삼촌은 도쿄에 오면 2층에서 주무신다. 어두운 현관 옆에 2층으로 올라가는 계단이 있다. 그것은 오 년 전에 봐두었다. 현관에서 복도를 따라 쭉 들어가면 어머니와 아이들이 자는 방이다. 아마 그렇겠지. 그런 집들의 구조는 대부분 그러니까. 어머니가 한가운데에서 자고 양쪽에서 '모글리'와 '아켈라'가 잔다. 하지만 지금의 '아켈라'는 너무 컸기 때문에 어머니와 함께 자는 건 이상할지도 모른다. 열일곱 살의 '아켈라'는 2층에서 외삼촌과 함께 자는 게 더 어울린다. '아켈라'는 계단을 올라간다. 막다른 곳에 작은 창이 있다. 네 개의 문도 있다. 벽에는 아이들이 그린 그림이 붙어 있다. 복도에 난 창에는 파란색 커튼이 드리워져 있다. 색이 바래고 멋은 없지만 깨끗한 커튼……

'아켈라'는 자기가 살던 '어린이집' 2층으로 돌아온다. 자기 방을 발견하고 안으로 들어간다. 네 개의 이층침대 중 하나를 '아켈라'가 차지하고 있다. 아래쪽 침대에 몸을 던진다. 그리운 냄새가 코를 자극한다. 묘지와는 다른 냄새, 그렇지만 비슷하기도 한 냄새.

묘지 냄새, 돌 냄새, 낙엽 냄새. '아켈라'는 꿈속에서 묘지의 기억들을 불러온다. 머리 위에서 나무들이 술렁이고 주변에는 묘석들이 늘어서 있다. 낙엽이 쌓여 있고 바람이 지나간다. 새가 울고 들개가 으르렁거리며 달려간다. 한쪽 구석에는 웅크린 아버지와 담요가 네 살 난 '아켈라'를 기다리고 있다. 아버지는 '아켈라'를 상관하지 않고 잠이 들었다. 그리고 살갗을 따끔따끔 찌르는 구멍투성이의 얇고 낡은 담요.

네 살 난 '아켈라'는 새소리에 웃고, 돌 냄새에 황홀해하고, 낙엽을 흩뿌리며 즐거워한다. 어린아이를 받아주는 것이라고는 아무것도 없는 넓고 추운 묘지를 그는 실컷 맛보고 있다.

4
낯선 사냥꾼

누군가가 어깨를 두드리는 바람에 '아켈라'는 신음 소리를 내며 눈을 떴다.

"야마가타다. 여기서 내리는 거 아니었냐?"

앞자리에 앉은 남자가 가방을 안고 '아켈라'의 얼굴을 들여다보고 있다. 그리고 '아켈라'가 잠이 깬 것을 확인하자 서둘러 열차에서 내렸다. 플랫폼 기둥에 야마가타라는 하얀 글자가 보인다. 다른 열차로 갈아타는 방법을 설명하는 방송도 들린다. 야마가타라는 곳에 무슨 볼일이 있었지, 하며 잠시 어리둥절해하다가 '야마가타에 계시는 할머니'를 떠올렸다. 그런 거짓말을 했으니 주변 승객들에게 의심을 받지 않으려면 일단 내릴 수밖에. 어째서 '야마가타'라는 말이 입에서 나왔을까, 쓸데없는 거짓말을 하고 말았군. '아켈라'는 스스로를 탓하며 깊은 잠에 빠져 있는 '모글리'의 손을 거칠게 잡아끌었다.

"야마가타야. 다 왔어. 어서 내려."

일부러 큰 소리로 주변 승객들이 들을 수 있게 말하며, 아직 잠이 덜 깬 '모글리'의 손을 잡고 열차 승강구 쪽으로 갔다. '아켈라'에게 끌리듯 플랫폼으로 내려온 '모글리'는 차가운 공기에 겨우 잠이 깨어 중얼거렸다.

"여기가 야마가타야?"

'아켈라'도 발을 멈추고 고개를 끄덕였다.

"그런가봐. 나도 자느라고 몰랐다. 깨워줘서 일단 내리긴 했는데…… 뭐, 좋아. 일부러 내렸는데 시내에 가서 뭐라도 먹자."

"와, 야마가타구나. 못 믿겠어. 야마가타는 정말 먼 곳인데."

'모글리'는 얼굴을 문지르며 어린아이 같은 콧소리를 냈다. 잠을 자는 사이에 다시 여자아이로 돌아온 모양이다. 목소리뿐 아니라 얼굴 표정에서 손짓까지 어린아이인 주제에 천생 여자다. 내가 아직 잠이 덜 깨서 그렇게 느끼는 걸까.

'아켈라'는 일단 사람들이 나가는 방향으로 걸어가면서 '모글리'의 귀에 대고 속삭였다.

"넌 아직 '모글리'야. '우리는 같은 피'라는 거 잊지 마."

'모글리'가 야구모자를 고쳐 쓴 뒤 생긋 웃어 보이며 대답했다.

"응, 그리고 야마가타에는 우리 할머니가 계셔. 우리는 할머니 다리가 부러진 게 걱정이 돼서 도쿄에서 문병 온 거고."

"그래, 맞아."

'아켈라'는 '모글리'의 얼굴을 주의 깊게 바라보았다. 아침에 막 깨어난 꼬맹이들은 대개 이런 얼굴을 하고 있지. 뺨 때문에 여자아이처럼 보였는지도 몰라. 오른쪽 뺨이 더 빨갛고 세로로 줄이 가 있다. '아켈라'의 어깨에 기댄 자국일 것이다. 둘 다 푹 잠들었었다.

시간이 궁금해진 '아켈라'가 역을 둘러보며 시계를 찾았다. 그리고 '모글리'가 맡긴 손목시계를 떠올리고는 셔츠 주머니에서 시계를 꺼냈다.

"어, 벌써 아홉시다. 후쿠시마에서는 여섯시였으니까 우리가 세 시간이나 잔 거네."

"도시락 먹은 게 네시 반이었지. 아, 배고프다. 따뜻한 우유가 마시고 싶어."

'모글리'의 목소리에 생기가 돌았다. 이제는 도쿄로 돌아가고 싶다는 생각은 하지 않나 보다. '아켈라'는 일단 안심이 되었다.

둘은 사람들 틈에 끼여 계단을 오르고 선로 위의 다리를 건넜다. 아무도 도쿄에서 온 두 아이에게 관심이 없었다. 짐을 들고 이곳 사투리로 크게 이야기하는 사람이 있는가 하면, 말없이 서둘러 지나가는 사람도 있었다. 두려워할 필요는 없었다. '아켈라'는 혼자 고개를 끄덕이고는 입을 열었다.

"따끈한 우유라면 역에서도 팔지 몰라. 하지만 우선 변소부터 갔다 올게. 난 더이상 못 참겠다."

'모글리'가 소리를 내어 웃었다.

"그럼 나도! 세수하고 입도 헹구고 싶어. 입안이 탄가루 때문에 컥컥거리고 콧속도 분명히 새까말 거야…… 역시 북쪽으로 오니까 춥네. 스웨터가 필요할 만큼. 북쪽으로 가면 더 춥겠지?"

'아켈라'는 말없이 고개를 끄덕였다. 구름다리 양쪽에 플랫폼으로 내려가는 계단이 있고, 센잔 선이니 아테라자와 선이니 하는 들어본 적도 없는 노선 이름들이 적혀 있다. 열린 창으로는 애드벌룬을 띄운 흐린 하늘이 보인다. 후쿠시마까지는 날씨가 좋았는데 오는 도중에 날씨가 변했나보다. 비가 오는 건 아닐까, '아켈라'는 걱정이 되었다. 비를 맞으면 저런 꼬맹이는 금방 감기가 들 텐데.

"아, 저 포스터 좀 봐."

'모글리'가 흥분한 목소리로 말했다.

"〈적막함이여 바위에 스며드는 매미 소리〉의 연고지 야마테라(山寺)래. 와, 바쇼*가 이런 데까지 왔었구나. 옛날에는 기차도 없었는데. '아켈라'도 알지, 저 하이쿠?"

둘은 계단을 내려가기 시작했다.

"그 정도는 나도 들은 적이 있어. 하지만 뭐가 좋다는 건지 나는 전혀 모르겄다."

'아켈라'가 낮은 소리로 주의 깊게 대답했다. 이제 곧 개찰구다.

"그건 나도 모르겄다."

'모글리'는 '아켈라'의 흉내를 내고는 재미있는지 웃기 시작했다. 그러고는 계단을 내려가는 리듬에 맞춰 작은 소리로 나오는 대로 말했다.

"모르겄다, 모르겄다…… 모르겄당께! 멍텅구리에 뚱딴지! 얼간이 깡통바지! 얼뜨기니 모르겄당께!"

---

* 松尾芭蕉, 1644~1694, 에도 시대의 유명한 하이쿠 시인.

그 소리에 맞춰 '모글리'의 발걸음도 빨라졌다. 먼저 계단을 내려가 곧장 개찰구를 향해 걸어간다. '아켈라'가 서둘러 그 뒤를 따라갔다. 어느새 자기도 멍텅구리에 뚱딴지! 얼간이 깡똥바지! 라고 중얼거리면서.

둘이 개찰구에 나란히 줄을 섰다. 이제 조용해진 '모글리'가 신기한 듯 주위 사람들을 둘러보았다. 앞에는 보자기에 싼 커다란 짐을 짊어진 노인이 서 있다. 그 네모나고 커다란 짐이 사람들의 시선으로부터 자기들을 지켜주는 것 같아 '아켈라'는 든든했다. '아켈라'는 찻간에서 산 표를 주머니에서 꺼내며 '모글리'에게 얼굴을 돌렸다.

"밖에 나갈 때까지 아무 말 말고 가만히 있어."

'모글리'는 얌전히 고개를 끄덕였다.

'아켈라'의 불안한 마음과는 달리 아무런 문제 없이 개찰구를 빠져나왔다. '아켈라'는 크게 숨을 들이마셨다. 그리고 재빨리 좌우를 둘러보며 변소를 찾았다.

"좋아, 어차피 내가 먼저 나올 테니까 여기서 기다릴게. 됐지? 네 마음대로 세수도 하고 머리도 감고 나와."

공중변소 앞에 놓인 나무 벤치를 가리키며 '아켈라'가 말했다.

"이런 데서는 머리 못 감아."

'모글리'가 금방 대꾸를 했다.

"좋을 대로."

'아켈라'는 남자 변소로 들어갔다. 기분 좋게 볼일을 보고, 세면대로 가 수도꼭지를 세게 틀어놓고 우선 얼굴을 씻은 다음 머리에 물을 묻혀가며 열차의 탄가루를 씻어냈다. 입안이 맵싸해 입도 헹구었다.

천 주머니에서 한 장밖에 없는 수건을 꺼내 얼굴과 머리를 닦으며 밖으로 나왔다. '모글리'의 모습이 보이지 않았다. 설마 먼저 나와서 멋대로 어딜 간 건 아니겠지. 밖에서 '모글리!' 하고 이름을 부를 수도 없어서 담배를 꺼내 피우기 시작했다. 생각해보니 변소에 갈 때마다 남자 따로 여자 따로 들어가는 것은 불편한 일이다. 그리고 그때마다 걱정을 해야 하다니. 이제부터는 남자 변소를 쓰라고 하면 '모글리'가 싫어할까. 변소 안에 들어가면 결국은 마찬가지다. 하지만 나한테 여자 변소를 사용하라고 하면 어떨까 생각하니 '모글리'한테 그런 무리한 요구를 하는 것은 가엾다는 생각이 들었다. 변소를 남녀로 나누면 어째서 그 구별을 깨기가 두려워지는 걸까. 열차에서처럼 남녀 구별 없이 사용할 수 있는 변소를 찾으면 이런 문제는 없을 것이다.

'아켈라'는 금방이라도 비를 뿌릴 것 같은 하늘을 올려다보고, 역 앞 광장에 서 있는 버스들을 보았다. 문득 버스를 타볼까 하는 생각이 들었다. 버스를 타면 어떤 곳으로 데려다줄까? 바다? 아니면 산? 초등학교 시절 버스를 타고 나가토로 협곡에 소풍 갔던 일을 떠올리고 있을 때 '모글리'가 겨우 여자 변소에서 나왔다. '모글리'는 '아켈라'가 수건을 목에 걸고 있는 것을 보자 입을 삐죽 내밀며 말했다.

"뭐야, 수건이 있었잖아. 이런 손수건은 아무런 도움이 안 돼. 수건 빌려줘."

'아켈라'가 얼른 수건을 건네며 말했다.

"머리도 감았구나."

'모글리'가 얼굴을 닦고 머리도 닦으며 말했다.

"감은 게 아니라 물을 묻힌 것뿐이야. 만져보니까 서걱서걱하잖아."

"그 수건 '모글리' 가져. 지저분한 수건이라 미안하지만."

'모글리'가 장난스럽게 웃으며 대꾸했다.

"응, 그러고 보니 이상한 냄새도 나네. 안 빨았지?"

'아켈라'가 '모글리'의 젖은 머리칼을 보며 미소를 지었다.

"머리 짧게 자를래? 그 단발머리는 '모글리' 답지가 않아. 짧은 게 이럴 때도 편할 거야."

"이발소에 갈 거야?"

'모글리'는 수건을 든 두 팔을 내리고 '아켈라'의 얼굴을 살폈다.

"내가 잘라줄게. '어린이집'에서 아이들 머리를 잘라줬기 때문에 솜씨는 나쁘지 않을 거야. 하지만 그러려면 가위를 사야겠네. 어쨌든 시내로 나가서 뭐 좀 먹고 나서."

역 앞 광장은 운동장처럼 넓었다. 일단은 정면에 보이는 길로 가보기로 했다. 광장 주변에서는 도시의 번화함이 느껴지지 않았다. 야마가타는 공부가 부족한 '아켈라'도 이름을 알 정도로 유명한 곳이니 사람도 훨씬 많고 번화한 곳일 게 틀림없다. '아켈라'는 자기가 알고 있는 도쿄의 번화가들을 떠올리며 인적이 드문 길을 걷기 시작했다. 이케부쿠로, 스가모, 다카다노바바, 네리마. 그리고 아직 잘은 모르지만 히가시주조. 히가시주조만 해도 늘 사람들로 붐비는 상점가가 있고 극장도 있다.

'모글리'가 '아켈라'와 나란히 걸으며 말했다.

"저기, 싼 가위로 자르면 아파서 싫어."

"뭐? 아직도 그 생각을 하고 있었던 거야?"

'아켈라'가 코웃음을 치며 '모글리'를 바라보았다. 다시 야구모자를 쓴 얼굴이 조금 창백해 보인다.

"아픈 건 싫단 말이야. 잘 드는 가위를 사야 돼."

"얼마나 할까. 이발소에서 깎는 것보다 더 비싸면 어떡한다?"

'모글리'가 걱정스러운 듯 미간을 좁히며 대꾸했다.

"그렇게 비싸지는 않겠지……"

"이발소에 가면 이런저런 걸 물어볼 테니 곤란해. 그래, 괜찮아. '누구한테나 참기 힘든 부분이 있게 마련'이니까."

"그것도 '정글의 법칙'이야?"

'모글리'가 한 손으로 야구모자의 챙을 추켜올리며 '아켈라'의 얼굴을 바라보았다. 조금 가무잡잡한 얼굴에 듬성듬성 수염이 났다. 특히 양쪽 볼에 수염이 길게 자라 삐져나온 것이 마치 너구리 같아 '모글리'는 웃음이 나올 것 같았다. 늑대랑은 하나도 안 닮았어.

"법칙이라기보다 속담이라고 해야 할까. '원숭이의 손과 사람의 눈은 결코 만족하는 법이 없다'는 말도 있지. '무리의 권리는 가장 약한 자의 권리'라는 말도 있고."

"'슬픔과 근심에서 위로하소서, 예수 마리아 요셉, 고통과 번민에서 힘을 주시고'라는 말도 있어."

'모글리'가 싱글싱글 웃으며 말했다.

"뭐냐, 그게?"

"천사들이 하는 케루빔 노래, 세라핌 노래 끊이지 않네."

득의양양해진 '모글리'가 말했다.

"도통 알아들을 수가 없잖아."

'아켈라'가 안달이 난 듯 중얼거렸다.

"학교에서 부르는 노래야. 매일 아침 이런 노래를 불러야 된다고."

"케루빔이니 세라핌이니 하는 게 대체 무슨 뜻인데?"

불만스러운 얼굴로 묻는 '아켈라'에게 '모글리'가 고개를 갸웃거리며 대답했다.

"잘 모르겠는데…… 학교에서 쓰는 말들은 다 너무 어려워. '탄툼 에르고 사크라멘툼'이나 '골고다' 그리고 '밤길을 헤매는 여호와의 자녀' 같은 것도."

"정말 이상한 학교네. '여호와의 자녀'는 '여우의 자녀' 아니야? '밤길을 헤맨다'는 건 결국 '집 없는 아이'라는 뜻이고."

"아, 그런 뜻이었구나! 지금까지 무슨 말인지 몰라 늘 꺼림칙했는데."

'모글리'가 아무런 의심 없는 얼굴로 말했다. 오히려 '아켈라'가 쑥스러워서 머뭇거리지 않을 수 없었다.

"아닐지도 몰라. 난 예수하고는 아무 상관도 없으니까."

사거리가 나왔다. 좌우를 살펴보고 사람이 많이 다닐 것 같은 왼쪽 길로 가기로 했다. 위엄 있어 보이는 기와지붕 건물이 있고, 멀리 빌딩도 보였다. 흐린 하늘에 애드벌룬 세 개가 떠 있다. 방향이 틀리지는 않은 것 같다. 바로 오른편에 하얀 페인트로 '우동집'이라고 쓴 간판이 보이자 '아켈라'는 다시 배가 고파졌다.

"저 우동집에 갈까? 라면에 우유라고 써 있으니 우유도 마실 수 있을 거야. 이렇게 멀리까지 와도 도쿄하고 별로 다를 게 없다. 건물들이 다 높잖아. 버스도 다니고."

"그렇지만 신호가 없어. 사람도 별로 없고."

'모글리'가 중얼거렸다.

"다들 학교에 가거나 직장에 나가서 그렇겠지."

아차 싶어서 '아켈라'가 '모글리'의 얼굴을 보며 반응을 살폈다.

'모글리'는 별생각이 없는지 우동집에 써 있는 메뉴를 열심히 보고 있다.

"메밀국수, 쟁반국수, 냄비국수, 완탕, 라면. 뭘 먹지?"

"어쨌든 안으로 들어가자."

'아켈라'가 가게의 유리문을 열었다.

가게 안은 어둡고 손님이 한 명도 없었다. 아직 준비중인가 싶어 망설이자, 안쪽에서 앞치마를 두른 여자가 나와 전등 스위치를 켰다. 그러고는 아무 말도 없이 다시 안으로 들어갔다. '아켈라'는 불을 켠 것은 장사를 할 생각이라는 뜻이겠지, 하고 입구 가까이에 있는 테이블에 앉았다. 맞은편에 앉은 '모글리'가 벽에 걸린 메뉴를 다시 바라보았다.

"나는, 어디 보자, 카레라이스로 할까?"

"그럼 나는…… 중화소바.* 아직 못 먹어봤어."

"뭐, 정말?"

마침 안쪽에서 조금 전의 여자가 쟁반에 물컵을 얹어 가지고 나왔기 때문에 둘은 입을 다물었다.

"뭘 먹을라요?"

여자가 둘을 번갈아 바라보며 퉁명스럽게 물었다.

---

* 라면의 옛 이름.

"카레라이스하고 중화소바."

'아켈라'도 무뚝뚝하게 대답하고는 여자에게서 얼굴을 돌렸다. 말투로 외지 사람이라는 걸 알려 어디에서 왔냐느니 뭘 하러 왔냐느니 물어볼 틈을 만들고 싶지 않았다. 그러기 위해서는 잠자코 있는 것이 최고다. 아무 말 않고 있으면 이곳 사람으로 보지 않을 이유도 없을 테니까.

다행히 여자는 그대로 안쪽으로 모습을 감추었다.

"여기서는 너무 큰 소리로 말하지 마. 도쿄에서 온 게 알려지면 번거로우니까. 시골에는 성가신 원숭이들이 많다고."

'모글리'는 고개를 끄덕인 뒤 원망스러운 눈빛으로 '아켈라'를 바라보았다.

"나…… 따뜻한 우유도 마시고 싶었는데."

"아, 잊어버렸다. 나중에 마시면 안 되겠니?"

"지금 마시고 싶어"

'모글리'가 볼멘소리로 중얼거렸다. '아켈라'는 조금 망설이다가 손바닥을 쳐보았다. 안쪽에 있는 여자는 귀가 먹었는지 아무리 손바닥을 쳐도 나오질 않았다. '아켈라'는 혀를 차며 일어나 가게 안쪽으로 다가가서는 큰 소리로 외쳤다.

"여기요!"

"예!"

겨우 대답이 들렸다. '아켈라'는 어두워서 아무것도 보이지 않는 주방을 향해 다시 한번 큰 소리로 외쳤다.

"따끈한 우유도! 지금 바로 줘요!"

"예!"

여자의 대답을 듣고 안심이 된 '아켈라'가 자리에 돌아와 담배를 피우기 시작했다.

"……고마워. 그리고 떼써서 미안."

테이블 맞은편에서 '모글리'가 가볍게 고개를 숙여 보였다.

"아니야, 됐어……"

'아켈라'는 얼굴을 붉히며 '모글리'를 바라보았다. 어떻게 보면 이 아이는 성장이 멈춰버린 사내아이처럼 보인다. 하지만 사내아이라고 하기에는 뭔가 모자라다. 모자라는 사내아이가 열심히 '아켈라'의 뒤를 쫓아온다. 더이상 도쿄에 돌아가고 싶다는 말도 하지 않고. '아켈라'는 손을 뻗어 '모글리'의 부드러운 뺨을 만져주고 싶었지만, 대신 담배연기를 내뿜으며 작은 소리로 말했다.

"이참에 '모글리'는 머리가 조금 모자라는 아이처럼 굴면 어때? 그쪽이 안전해. 사람들이 무슨 말을 물어봐도 멍하니 있으면 되니까. 네 오빠가 그랬다니까 흉내내기는 어렵지 않겠지? 그렇게 하는 게 너도 분명히 편할 거야. 여기서는 우리 둘 다 외지 사람이라 정말 조심해야 되거든."

'모글리'는 눈을 가늘게 뜨고 '아켈라'를 노려본 다음 고개를 떨어뜨렸다. '아켈라'는 인내심을 발휘해 가만히 대답을 기다렸다. 〈작은 사냥꾼의 노래〉가 '아켈라'의 귓가에 울려퍼졌다.

목이 바짝바짝 마르고 심장이 두근거린다……

그리고 그 노래 위로 '모글리'의 기묘한 노래가 어린아이다운 천진난만한 목소리로 울려퍼졌다.

……슬픔과 걱정…… 모르겄다, 모르겄다, 모르겄당께!……

"……나 흉내 같은 거 못 내. 그리고 머리가 모자란다느니 그런 말도 싫어."

'모글리'가 고개를 숙이고 중얼거렸다. 가게 밖에서 자전거 경적 소리가 들리고 수선스러운 소리들이 울려퍼졌다. 달려가는 발소리, 새가 지저귀는 듯한 누군가를 부르는 소리, 좀더 멀리서 자전거 경적 같은 소리도 들린다. 드디어 비가 내리기 시작한 모양이다.

"……머리가 좀 다른 곳을 향해 있었던 것뿐이야. 하지만 알아야 할 건 다 알고 있었어. 나처럼 산만하지도 않았고. 몸이 약해서 자주 앓다가 결국 죽었지만…… 기분이 좋을 때는 기기, 하고 혀를 차면서 노래를 불렀어. 그런 흉내는 도저히 못 내. 웃는 것도 특별했고 걷는 것도…… 무서워, 흉내 같은 거 내면 안 돼."

'모글리'의 얼굴이 창백하다.

"그렇구나. 미안하다. 생각해보니 무서워서 죽은 사람 흉내를 어떻게 내겠어? 나도 아버지 흉내 같은 거 못 내. 묘지에서 살 때의 아버지 말이야. 나는 그냥……"

'아켈라'가 한숨을 쉬며 변명을 하려하자 가게 안쪽에서 여자가 카레라이스와 뜨거운 우유를 가지고 나와 말을 걸었다.

"비가 엄청 오네. 우산은 가지고 왔나?"

'아켈라'는 일단 고개를 끄덕이며 여자에게 웃어 보였다. 가능한 한 말은 하고 싶지 않았다. '모글리'도 고개를 숙인 채 잠자코 있다.

"우산이 없는갑네. 금방 그칠지도 모르제. 비가 그칠 때꺼정 천천히 있으면 되제."

'아켈라'가 다시 붙임성 있게 생긋 웃어 보였다. 여자 쪽도 '아켈라'의 대답은 기대하지 않은 듯 유리문 쪽으로 다가가 밖을 내다보며 혼잣말로 중얼거리더니 다시 안쪽으로 들어갔다. '아켈라'와 '모글리'가 외지 사람이라는 것은 아직 모르는 것 같았다. '아켈라'는 어깨를 들썩이며 크게 숨을 내쉰 뒤 '모글리'를 보고 웃었다.

"휴우, 너는 지금처럼 싱글싱글하면서 잠자코 있으면 돼. 아까 한 말은 그런 뜻이었어. 그런 거라면 아무렇지도 않지?"

"응."

'모글리'는 겨우 고개를 들고 뜨거운 우유를 마시기 시작했다. 숨도 쉬지 않고 단숨에 마신다. 하얀 목이 리드미컬하게 움직인다. 우유가 그렇게 맛있는 거였나. '아켈라'는 '모글리'의 목을 넋을 잃고 바라보았다. 눈 깜짝할 사이에 우유를 다 마신 '모글리'는 입가를 하얗게 하고 유리문을 바라보았다.

"비가 금방 그칠까? 밖이 아까보다 어두워졌어."

"안 그치면 할 수 없이 우산을 사야지 뭐. 방해가 돼서 난 싫지만."

'아켈라'도 테이블에 놓인 카레라이스를 끌어당겨 열심히 먹기 시작했다.

"돈이 아까워…… 이렇게 뭘 사먹을 때마다 '아켈라'의 돈이 없어지잖아."

'모글리'가 노래처럼 리듬을 붙여 말했다. 조금 전 일의 보복으로 '아켈라'를 놀리는 건지도 모른다.

안쪽에서 여자가 중화소바를 들고 다시 나왔다. 가게 안의 공기가 차가워 대접에서 피어오르는 김이 더 하얗게 보인다.

"자, 천천히들 들더라고. 어차피 비도 오고 서두를 필요도 없응께. 어메, 너 여자아이였구나. 하이고, 오빠랑 같은 차림새를 할라고 그랬나보네?"

여자가 놀란 얼굴로 말하더니 소리 내어 웃었다. '모글리'는 여자를 멍하니 바라보며 입가에 엷은 웃음을 띠었다. 그 얼굴을 본 여자가 뭔가 짐작한 듯 '아켈라'에게서 얼른 눈을 돌리고 고개를 조금 끄덕여 보이더니 서둘러 안쪽으로 들어가버렸다.

'아켈라'가 '모글리'를 보고 작은 소리로 말했다.

"잘했어. 그래, 그렇게 하면 돼…… 그런데 네가 여자라는 걸 저 여자가 알아챘다. 아무래도 빨리 머리를 잘라야지 역시 위험해."

"나 아무것도 안 했는데. 그냥 멍하니 있었어. 이상한 애처럼 보였어?"

'모글리'가 이상하다는 듯 되물었다. 일부러 그런 게 아닌가보다.

"흠, 그럼 됐어. 빨리 먹어. 뜨거울 때 먹어야 맛있지."

"응, 맛있는 냄새다."

나무젓가락을 든 '모글리'가 중화소바 그릇을 얼굴 가까이 가져갔다.

그때 유리문이 열리면서 남자 세 명이 가게 안으로 뛰어들어왔다. 머리와 어깨가 비에 젖어 있다. 모두 신사복 차림에 빈손이다. 세 남자는 빠른 어조로 이야기를 주고받으며 하얀 손수건으로 얼굴과 팔을 닦더니 '아켈라'의 옆 테이블에 자리를 잡았다.

'아켈라'와 '모글리'는 아무 말도 않고 카레라이스와 중화소바를 열심히 먹었다. 감자만 들어간 카레라이스였지만 맛은 나쁘지 않았다. 중화소바도 그런 맛이겠지. '모글리'는 중화소바를 처음 먹는다고 했다. '아켈라'는 그 말을 이해하기 힘들었다. 평범하게 자란 아이는 그런 걸까. 그리고 '모글리'가 여자아이라는 걸 어떻게 알았을까. '아켈라' 한테는 그것 또한 신기했다. 단발머리만이 문제는 아닌 것 같다. '모글리'의 작고 하얀 손도 문제다. 손톱은 엷은 분홍색으로 빛이 나고 지나치게 부드러워 보인다. 귀와 목도 하나같이 깨끗하고 너무 매끈하다. 이런 어린애라도 남자와 여자는 다른 걸까. 며칠씩 목욕을 못 하는 생활을 하면 여자다움도 사라질까. 가느다란 눈썹에 밀가루를 반죽해 얹은 것 같은 작은 코를 보면 아직 어린아이의 얼굴이 틀림없다. 그런데도 남자아이와는 어딘가 다르다. '아켈라'는 조금 전 머리가 텅 비고 약간 모자라 보이던 '모글리'의 얼굴을 떠올렸다. 처음에는 대단히 어른스럽고 건방진 녀석이라 생각했는데, 머리가 텅 빈 아이처럼 보일 때도 있다. 오빠가 머리에 병이 있었다던데, 그런 병도 전염되는 걸까. 머리가 좋은 건지 나쁜 건지 알 수가 없다. 단순히 세상을 너무 모르는 철부지인 걸까. 어느 쪽이든 이런 꼬맹이는 내가 정신 차리고 지켜주지 않으면 잘못될 게 틀림없다. '아켈라'는 다시 한번 자신을 타일렀다. 나 '아켈라'만은 어떤 경우에도 '모글리' 편이다. 송곳니도 없고 손톱도 약하고 코도 연약한 가엾은 꼬마 개구리.

식사를 마치고 엽차를 다 마셔도 내리는 비는 기세가 꺾이질 않았다. 가게 안은 아까 그 세 남자와 역시 비를 피하기 위해 들어온 젊은 여자 네 명으로 떠들썩했다. 이대로 안에서 계속 기다린다 해도 한 시간 후에 빗줄기가 가늘어진다는 보장은 없다. 두번째로 나온 엽차를 다 마신 뒤 '아켈라'는 테이블 위에 돈을 놓고 '모글리'에게 눈짓을 보내며 일어섰다.

유리문을 열자 세찬 빗소리가 들이닥쳤다. 이제 와서 다시 가게 안으로 돌아갈 수는 없는 노릇이다. '아켈라'는 숨을 크게 들이마시고 빗속으로 뛰어들었다. 그렇게 200미터쯤 달려가다가 눈에 띈 과자 가게 처마 밑으로 들어갔다. '모글리'도 뒤따라 뛰어오더니 괴로운 듯 숨을 헐떡였다.

"젠장, 정말이지 세찬 비네. 조금만 더 가면 아케이드가 있는 모양이니까, 거기까지만 참아. 너 괜찮니?"

'모글리'가 얼굴을 닦은 뒤 숨을 헐떡이며 대답했다.

"괜찮아…… 먹고 바로 뛰어서 배가 아픈 것뿐이야."

"저기 보이니? 저 시계탑 말이야. 와, 대단한 건물인걸. 무슨 성 같다. 저 책방이랑 그 옆에 있는 여관도 보통이 아닌데. 위엄 있는 건물들이 많은 곳이다."

'모글리'도 얼굴을 들고 도로에 늘어선 상점들을 바라보았다. 비가 퍼붓고 있어서 거의 한치 앞도 보이지 않는다. 도로 저편의 건물들은 '아켈라'가 말하지 않았으면 못 알아봤을 정도로 흐릿한 그림자처럼 보였다. 시계탑이라고 한 곳을 보니 뾰족한 첨탑 같은 그림자가 2층 지붕 위에 어른거린다. 잘 살펴보려고 했지만 더욱 거세진 빗발이 탑을 숨기고 말았다. 혹시 '아켈라'의 눈은 특별한 게 아닐까. '모글리'

는 의심스러운 생각까지 들었다. 좀더 가까운 곳에 있는 서점과 여관은 '모글리'의 눈으로도 간신히 확인할 수 있었다. '아켈라'의 말대로 도쿄에서 익히 보던 상가들과는 달리 건물 하나하나가 중후해서 마치 옛날로 돌아간 것 같은 기분이었다. 비가 오기 때문에 불필요한 것은 보이지 않아 더욱 예스럽게 느껴지는지도 모른다.

"야마가타는 부자들이 사는 곳인가? 도쿄 같은 판잣집들이 전혀 없네."

'아켈라'가 고개를 끄덕이더니 어른스럽게 대답했다.

"도쿄는 공습으로 거의 전멸돼서 아직도 판잣집투성이이고 반달어묵처럼 생긴 병사(兵舍)도 남아 있지. 그냥 공터로 내버려둔 곳도 있고, 화재를 면한 공터 창고에서 사람들이 살기도 해. 비참하지."

"우리 학교 옥상에도 어묵 모양의 병사가 세 개나 있어. 지금은 창고로 쓰는 모양이지만."

"거기에도 사람들이 살았을 거야. 진주군이 인정상 나눠준 거지. 나도 그때의 일을 직접 봐서 아는 건 아니야. 공습 같은 것도 전혀 기억에 없어. 사람들이 하는 이야기를 듣고 안 거지. 그러고 보니 공습으로 사방이 불타고 있지 않았나, 엉엉 울면서 엄마를 찾지는 않았을까, 하는 마음이 들 때도 있지만, 솔직히 아무 기억도 없어. 하지만 여기는 공습을 받지 않았을 거야. 그러니까 나 같은 녀석도 없지."

"그리고 나 같은 애도."

'모글리'가 조용히 덧붙였다.

"나는 전쟁이 끝난 다음에 태어났지만…… 만약 내가 야마가타에서 태어났고 아버지랑 오빠가 살아 있어서 어머니가 좀더 웃는 얼굴을 보여줬다면, 그랬다면 '아켈라'하고 이렇게 여행을 하는 일도 없었을 것 같아."

"응, 뭐 그랬겠지."

'아켈라'는 일부러 미간을 좁히고 '모글리'에게서 얼굴을 돌렸다.

"좋아, 저기 저 아케이드까지 한 번 더 달리는 거야. 저기까지 가면 가위 파는 데도 있을 거고, 다방 같은 데도 있을 거야. 빗속에 서 있으면 너무 춥잖아. 자, 간다!"

'아켈라'가 등을 구부리고 먼저 달리기 시작하자, '모글리'도 그 뒤를 따라 달렸다. 눈을 뜰 수가 없어서 시야가 점점 좁아지는 것이 마치 수영장 바닥을 달리는 기분이었다. 빗소리만 들려왔다. 머리는 말할 것도 없고 다리까지 흠뻑 젖었다. 구두 속에 들어온 빗물이 절벅거리는 소리를 냈다.

아케이드인 줄 알고 도착한 곳은 백화점이었다.

"야, 대단한걸. 저쪽에도 백화점이 있다. 백화점 천지네."

'아켈라'가 젖은 머리카락을 털고는 신이 나서 말했다. '모글리'도 야구모자를 벗고 똑같이 머리를 흔들면서 손으로 얼굴을 닦았다.

"정말 백화점이다! 백화점이라면 가위도 있을 거야. 필요한 건 뭐든지 있겠지."

"분명히 여기가 가장 번화한 곳일 거야. 내 감도 굉장한걸. 중심가를 제대로 찾아왔으니."

십자로 저쪽에 우뚝 솟은 빌딩을 '아켈라'가 감탄하며 바라보았다. 눈앞에 있는 백화점은 아케이드에 꼭대기가 가려져 있어서 어떤 모습인지 전체를 볼 수는 없었다.

"백화점에 들어갈 거지? 어느 백화점으로 갈까? 백화점이 있을 거라고는 생각지도 못했어."

'아켈라'가 잠시 생각을 하더니 대답했다.

"다시 비를 맞는 건 바보 같은 짓이니까 여기로 하자. 어차피 비슷하겠지…… 그건 그렇고, 너 어느새 다시 여자아이로 돌아간 것 같은데? 그렇게 여자애들 말만 쓰면 아무리 시간이 지나도 사내아이가 될 수 없다고."

'모글리'가 당황한 얼굴로 '아켈라'를 바라보며 마지못해 고개를 끄덕였다.

"응, 하지만 이 안에 들어가면 아무 말도 안 할 거야. 그렇게 약속했으니까."

그러고는 앞장서서 백화점 입구 쪽으로 갔다. 백화점 주위에는 사람들이 많이 모여 있었다. 비를 피하기 위해 잠시 서 있는 사람도 있고, 서둘러 안으로 들어가는 사람도 있었다. 백화점에서 쇼핑중인 사람이 기르는 개일까, 커다란 갈색 개가 엎드린 채 잠을 자고 있다. 자전거도 늘어서 있고, 앞 도로에는 버스도 달리고 있다.

유리문을 밀고 일단 안으로 들어갔다. 바이올린 곡이 흘러나오고 밝은 조명이 눈부시다. 화장품과 백 등을 파는 곳은 도쿄의 백화점과 다르지 않았다. 실내 여기저기에는 분홍색 조화가 장식되어 있었다.

뒤따라 백화점 안으로 들어온 '아켈라'가 '모글리'에게 속삭였다.

"우선 변소부터 가자. 일단 옷을 벗어서 물기를 짜야지. 옷이 몸에 달라붙어서 영 찜찜한데 여기서 벗을 수는 없잖아."

'모글리'가 젖은 야구모자를 손에 쥔 채 생긋 웃어 보이며 고개를 끄덕였다.

"그런데 변소가 도대체 어딜까? 사람들한테 물어보기는 싫고…… 엘리베이터를 타고 꼭대기까지 가볼까? 보통 백화점 꼭대기에는 식당이 있지. 그렇다면 변소도 있을 거고."

'모글리'가 아무 말도 하지 않고 다시 고개를 끄덕였다. 갑자기 아무 말도 하지 않으니 오히려 놀리는 것 같아 '아켈라'는 불안해졌다. 그렇지만 사람들 앞에서는 말하지 말라고 한 것을 이제 와서 취소할 수도 없었다. '아켈라'는 주변을 두리번거리며 엘리베이터를 찾았다. 작은 모자를 머리에 얹고 진한 화장을 한 여자가 구석에 젠체하며 서 있다. 거기가 엘리베이터인 것 같았다.

"쳇, 쓸데없이 화장한 원숭이가 서 있기는. 에스컬레이터도 역시 화장한 원숭이가 지키고 있다. 계단이 있으니까 계단으로 가자."

두 사람은 화장품 매장을 지나 계단 쪽으로 향했다. 폭이 넓은 계단에는 노인 세 사람이 앉아 쉬고 있는 것을 제외하면 사람들 모습이 보이지 않았다. '아켈라'는 계단을 두 단씩 성큼성큼 올라가고, '모글리'는 그 등을 바라보며 한 단씩 올라갔다. 2층에서는 무엇을 파는지 보지도 않고 그대로 3층으로 올라갔다. 노인과 갓난아기를 업은 여자가 앉아 있었다. 실내에 흐르는 바이올린 선율이 '아켈라'와 '모글리'의 발걸음을 쫓아오고, 구내방송이 때때로 그 사이를 비집고 들어와 둘의 발걸음을 재촉했다. '오늘도 저희 백화점을 찾아주셔서……' 그 말만큼은 도쿄와 똑같다. 4층까지 올라가자 숨이 찼다. 계단 중간에서 한숨 돌린 후, 다시 올라가기 시작했다.

5층이 마지막이었다. 결혼식장으로 사용하는 듯한 홀이 있고, 찾고 있던 변소도 있었다. 식당이 어디인지는 모르겠지만, 우선 '모글리'를 여자 변소로 보냈다. 남자 변소로 데리고 갈까 잠시 망설였지만, 보는 사람이 없었기 때문에 무리하지 않기로 했다.

'아켈라'도 남자 변소로 들어가 우선 볼일을 보고, 세면대로 가서 점퍼를 벗었다. 양말을 벗어 빗물을 짜고 운동화도 벗어 털었다. 변소에서 두루마리 휴지를 가져와 운동화 속에 깔았다. 머리를 닦고 점퍼도 짰다. 와이셔츠도 젖었지만 짤 정도는 아니었다. 바지는 그대로 입은 채 두 손으로 바짓단을 눌러 물기를 짰다. 계단을 급히 올라온 탓에 몸이 달아올라 옷에서 오래된 목욕탕 냄새가 났다. 기분이 좋지는 않지만, 이러는 사이에 마를 것이다. 천 주머니 안에 갈아입을 속옷과 와이셔츠가 들어 있기는 했지만, 이 정도 젖었다고 갈아입을 마음은 없었다. 자칫하면 빨래를 어떻게 할 것인가 하는 문제가 생긴다. 천 주머니도 젖어 있었지만 안의 물건들은 의외로 무사했다.

두꺼운 천이기 때문일 것이다. 소중한 신문기사를 보관하기 위해 직접 만든 서류철도 무사했다. 만약의 경우를 위해 도시락 통을 싸는 기름종이로 말아 그것을 속옷으로 다시 싸두었던 것이다.

변소 밖으로 나오니 '모글리'가 창에 얼굴을 대고 서 있었다. 야구 모자도 아직 쓰지 않았다.

"뭐야, 벌써 나왔어?"

'모글리'가 고개를 끄덕였다.

"양말은 짰니?"

'모글리'가 진지한 표정으로 다시 고개를 끄덕였다.

"점퍼는?"

'모글리'가 이번에는 고개를 저었다.

'아켈라'가 '모글리'의 발밑에 쭈그리고 앉으며 말했다.

"그럼 바짓단도 안 짰겠네? 일단 짤 수 있는 데까지는 짜야지. 그러지 않으면 언제까지고 안 마른다고."

그러고는 '모글리'의 오른쪽 바짓단부터 조금씩 눌러가며 빗물을 짰다. 뒤로 돌아가며 짜자 빗물이 조금씩 마룻바닥으로 떨어졌다. 양쪽 바짓단을 다 짠 '아켈라'가 '모글리'의 양말을 만져보았다.

"아직도 흠뻑 젖어 있잖아. 내가 다시 짜줄 테니까 벗어. '모글리'는 짜는 것도 할 줄 모르네. 걸레질 같은 건 해본 적도 없지?"

'모글리'가 진흙과 가죽구두 때문에 더러워진 흰 양말을 얼른 벗어 고개를 떨어뜨리며 '아켈라'에게 건넸다. '아켈라'는 그 양말을 받아 힘껏 짠다. 빗물이 마루에 떨어진다.

"잠깐만 기다려. 그대로 신발을 신으면 찝찝할 거야."

'아켈라'는 양말을 '모글리'에게 돌려주고는 남자 변소로 달려가 두루마리 휴지를 통째로 들고 나왔다. 그리고 '모글리'의 구두 안쪽의 물기를 닦아내고 새로 휴지를 깔아주었다.

"이걸로 오케이다. 조금 있다가 다시 휴지를 갈아주면 돼."

이미 양말을 신은 '모글리'가 조심조심 신발을 신었다. '아켈라'는 양말 안쪽에도 휴지를 채워주었다.

"휴지는 얼마든지 있으니까, 부족하면 변소에서 또 얻어오지 뭐."

'아켈라'가 중얼거리며 '모글리'의 젖은 머리를 휴지로 닦기 시작했다.

"아직도 많이 젖어 있다."

'아켈라'가 두루마리 휴지를 아낌없이 뜯어 '모글리'의 머리를 닦아주고는 휴지를 발밑에 던졌다.

'모글리'가 더는 못 참겠다는 듯 소리 내어 웃었다.

"뭐가 웃기는데. 혼자서는 아무것도 못 하면서. 이제 점퍼를 벗어 봐. 셔츠도 젖은 거 아니야?…… 이건 뭐, 짤 정도는 아니구나."

'모글리'가 계속 웃자 '아켈라'도 히죽히죽 웃으며 '모글리'의 점퍼를 힘껏 짰다. 두꺼운 무명천으로 되어 있어서 웬만큼 해서는 물기를 짤 수가 없었다.

'아켈라'가 점퍼를 '모글리'에게 돌려준 뒤 일부러 명령조로 말했다.

"'모글리'는 다 쓴 휴지를 모아 마루를 닦은 다음 여자 변소에 갖다 버리도록."

'모글리'는 여전히 웃으며 '아켈라'의 명령을 충실히 이행했다.

'아켈라'는 큰일을 끝낸 기분에 담배를 피우려고 바지 주머니에서 담배와 성냥을 꺼냈다. 하지만 성냥에 습기가 찼고 담배도 몇 개비 젖어 있었다. 사야 할 것은 가위 그리고 담배로군. 우산은 가능한 한 사고 싶지 않다. 조만간 '모글리'의 속옷도 사줘야겠지. 그러나 '아켈라'는 바로 생각을 바꿨다. 내 속옷으로 충분해. 양말도 두 장씩 주머니에 들어 있다. 모두 깨끗하게 빨아놓은 것들이다. 청결함이 무엇보다 우선이다. '털의 광택이 사냥꾼의 힘을 나타내나니'다. 모양 같은 건 아무래도 상관없어.

'아켈라'는 '어린이집'에서 아이들을 보살폈기 때문에 '모글리'를 보고 있으면 그만 옛 버릇이 나오고 만다. '모글리'가 너무 아무것도 모르기 때문에 금세 그런 버릇을 발휘하게 되는 것이다. 보살피다보면 마음이 차분해진다. 여자아이건 남자아이건 아이들은 '아켈라'에게 아무런 차이가 없었다. 모습도 똑같게 했다. 똑같은 머리 모양에 똑같은 옷, 똑같은 말투. 변소도 남녀 함께였다. 어린아이, 시끄럽지만 귀여운 존재. 하지만 학교에 들어가면 어린아이는 더이상 어린아이가 아니다. 남자아이와 여자아이로 나누어지고, 여자아이들은 이상한 말을 쓰기 시작한다. '아켈라'는 그것이 마음에 들지 않았다. '아켈라'는 분명히 남자지만, 그보다는 인간과 다른 존재가 되고 싶었다. 더 청결하고, 더 자부심 강하고, 더 아름다운 존재. 그러므로 '모글리'도 그런 존재가 되어주길 바란다. 원숭이 같은 시시한 성장은 바라지 않는다.

'모글리'가 여자 변소에서 나와 창가에 있는 플라스틱 벤치에 앉았다.

'아켈라'도 옆으로 가서 앉은 뒤 크게 하품을 했다.

"몸이 젖으니까 졸리네. 생각해보니 우리 수면부족이다…… 주위에 아무도 없으니까 너 조금은 말해도 돼."

'모글리'가 말없이 고개를 끄덕이더니 겨우 입을 열었다.

"응…… 나도 졸리다. 여기서 자면 뭐라고 할까?"

'모글리'는 하품을 하고는 눈물이 고인 눈을 비볐다.

"중화소바 먹은 거, 정말로 처음이니?"

'아켈라'가 다시 하품을 하며 '모글리'에게 물었다.

"응, 처음이야. 맛있었어. 어쩌면 카레라이스보다 더 맛있었는지도 몰라…… '아켈라'는 참 친절한 사람이야. 아까는 어쩐지 쑥스러워서 웃었지만, '아켈라'는 엄마 같아. 아니, 엄마보다는 할머니 같다고 할까. 할머니가 어떤 존재인지는 잘 모르지만. '아켈라'는 옛날부터 알고 지낸 사람 같아."

'모글리'는 졸린 듯한 목소리로 말하고는 어느새 눈을 감고 있다. '아켈라'가 '모글리'의 어깨에 손을 얹고 말했다.

"내 무릎에 머리를 얹고 누워. 그렇게 하는 게 훨씬 편할 거야."

'모글리'는 '아켈라'가 시키는 대로 아직 젖은 머리를 '아켈라'의 무릎에 누이고 다리를 벤치 위에 올린 뒤 몸을 웅크렸다. '아켈라'도 입고 있던 점퍼를 벗어 덮어주고는 눈을 감았다. '모글리'의 어깨에 오른손을 얹고, 왼손은 '모글리'의 머리가 떨어지지 않도록 받쳐주었다. 작고 깨지기 쉬운 '모글리'의 몸. 두 손에 체온이 전해져온다. 갑자기 '아켈라'의 심장박동이 빨라졌다. 숨을 깊게 들이쉬고 자신을 조용한 잠으로 이끌기 위해 묘지의 바람 소리, 낙엽과 돌 냄새를 떠올렸다. 나무들의 술렁임과 새소리, 차갑고 딱딱한 돌 냄새. 낙엽이 마른 소리를 내면서 지면을 뒹굴며 춤을 춘다. 노란색 낙엽, 갈색 낙엽. 붉은색 낙엽은 적었다. 낙엽 밑에는 서릿발이 빛났다.

이윽고 심장이 완만한 박동 소리를 내고, '아켈라'도 '모글리'와 함께 깊은 잠에 빠져들었다. 두 사람은 꿈도 꾸지 않고 규칙적인 숨소리를 냈다.

원숭이의 비명과 소란스러운 공사의 소음이 갑자기 쏟아져내렸다. '아켈라'와 '모글리'는 동시에 벌떡 일어났다. 작은 아이가 두 사람의 발밑에 누워 울고 있고, 그 옆에는 그보다 나이가 조금 더 많아 보이는 또다른 아이가 몸을 돌려가며 두두두두두, 장난감 기관총을 열심히 쏘고 있다. 그리고 한 명 더, 바닥에 앉아 묵묵히 장난감 버스를 달리게 하는 아이가 있다. 맞은편 벽 앞에는 여자 원숭이 넷이 버티고 앉아 웃으며 수다를 떨고 있다. 그중 한 명은 갓난아기를 안아 젖을 물리고 있다.

'아켈라'와 '모글리'가 잠에서 깬 것을 본 여자들이 둘에게 미소를 보냈다. 잠이 푹 들었던데 이제 그 벤치는 우리한테 그만 양보하지, 라고 말하고 싶은 듯한 억지스러운 미소였다. 그 여자들을 기쁘게 해주고 싶지는 않았지만, 원숭이 냄새가 가득해진 곳에 더 머물 수도 없었다. '아켈라'는 여봐란 듯이 두 팔을 올려 느긋하게 기지개를 켠 다음, 천 주머니를 들고 일어섰다. '모글리'도 '아켈라'가 덮어준 점퍼를 들고 멍한 얼굴로 일어섰다. 싸구려로 보이는 옷을 입은 어머니들 혹은 어린 원숭이들에게 뭐라고 한마디 해주고 싶었지만, 어른답지 못한 그런 행동은 왕자(王者)인 '아켈라'가 할 짓이 아니라서 포기하고, '모글리'를 데리고 계단으로 향했다.

'아켈라'는 어미 원숭이들의 눈이 닿지 않는 곳까지 내려와 와이셔츠 주머니에서 손목시계를 꺼내 우선 시간을 확인했다. 열두시가 막 지났다.

"……그렇다면 우리가 얼마나 잔 거지? 어차피 별로 많이 자지는 못했을 거야. 하지만 깊이 잤다. 너도?"

아직 졸린 눈을 비비며 '모글리'가 고개를 끄덕였다.

"저 어미 원숭이와 새끼 원숭이들이 아니었다면 몇 시간 더 잤을 텐데. 쳇, 아직 구두도 안 말랐네. 발이 근질근질하고 이상하다…… 잠깐만, 나 신발 안에 휴지를 깔 테니까 너도 휴지를 갈아끼워. 두루마리 휴지는 아직 얼마든지 있고, 백화점에서 나가기 전에 두세 개 더 가지고 가면 되니까. 백화점으로서는 어차피 별것도 아니야. 쓸 만한 것이 있으면 다른 것도 가지고 가자고."

'아켈라'가 계단에 앉아 운동화를 벗었다. '모글리'도 그 옆에 앉아 구두를 벗었다. 안에 깔아둔 휴지가 젖어 갈색으로 변해 있었다. 양말 속에 넣어둔 휴지도 꺼내 한데 모아 윗도리 주머니에 넣었다. 주위에는 아무도 없다. '모글리'는 '아켈라'가 뜯어주는 두루마리 휴지를 받아 구두 속에 밀어넣으며 작은 소리로 말했다.

"비누도 있을까?"

"아, 그런 거라면 얼마든지 있겠지."

'아켈라'도 자기 운동화를 무릎 위에 올려놓고 휴지를 깔기 시작했다.

"칫솔도?"

'아켈라'가 조금 망설이다 대답했다.

"칫솔은…… 무리지. 필요하면 내 것을 줄게."

"쓰던 건 싫어."

'모글리'가 약간 얼굴을 붉히며 대꾸했다.

"쳇, 너 정말 아직 어린애구나. 칫솔, 까짓것 사줄게. 백화점은 말고 밖에 나가서. 우선 문구용품 파는 데 가서 가위부터 사고. 일단 여기를 나가서…… 그러고 보니 아직도 비가 오나? 역까지 가면 다시 젖을 텐데. 우산을 어떻게 한다……"

둘은 일어나서 계단을 다시 내려가기 시작했다.

"역으로 돌아갈 거야?"

'모글리'가 물었다.

"이런 데서 꾸물거려봐야 소용없으니까."

"어디까지 갈 건데? 꽃이 잔뜩 피어 있는 데까지?"

화가 난 것처럼 말하는 '모글리'에게 '아켈라'가 웃으며 대답했다.

"어차피 여기까지 온 거, 꽃이 핀 데까지 가고 싶지? 하지만 여긴 아직 꽃이 안 피었어."

"응, 꽃도 안 피었고 보기 드문 새도 없어…… 코끼리도 없고."

'모글리'가 아이답지 않게 한숨을 내쉬었다.

4층으로 내려왔다. 요란한 소리를 내는 갖가지 장난감들이 눈이 부실 정도로 반짝거렸다. 아이와 여자들의 모습이 눈에 띄었다. 장난감 매장 옆에는 대개 문구 매장이 있지. '아켈라'는 도쿄의 백화점에 갔던 몇 번 안 되는 경험을 떠올리며 벽을 따라 천천히 발을 옮겼다. 한 바퀴를 돌아봐야 대단한 거리도 아니고, 4층에 없으면 3층으로 내려가 또 돌면 된다. '아켈라'가 그렇게 마음먹은 순간, 맥 빠지게도 문구 매장이 바로 눈에 들어왔다. '아켈라'가 가볍게 휘파람을 불며 '모글리'의 어깨를 두드렸다.

"대개 이렇지. 문구 매장이 우리를 기쁘게 맞이하고 있잖아? 어디 보자, 가위, 가위라……"

만년필, 서류 케이스, 노트, 자와 컴퍼스 그리고 눈부신 가위도 모습을 드러냈다.

"내가 사올 테니까 넌 여기서 기다려."

'아켈라'는 '모글리'를 매장 가까운 곳에 있는 기둥 앞에 세워두고 혼자 가위가 진열된 선반 쪽으로 갔다. 매장에 진열된 가위는 종류가 그다지 많지 않았다. 초등학생용의 작은 가위가 주로 많았고, 가정용 가위, 제도용이나 미술 전문가들이 쓸 것 같은 한눈에도 비싸 보이는 가위가 있었다. 더 고급스러운 외제 가위는 봉재 때 쓰는 커다란 일본식 전통 가위와 함께 유리 케이스 안에 진열되어 있었다. 대충 점검을 끝낸 '아켈라'는 주저 없이 알맞은 크기와 가격의 가정용 가위를 하나 골랐다.

그런 '아켈라'의 모습을 '모글리'가 불안한 마음으로 지켜보고 있었다. 조금 떨어져 '아켈라'를 바라보니, 주위 사람들이 금방이라도 돌아보고는 이 녀석은 뭐냐고 떠들어댈 것 같았다. 어디에서 온 거야, 어째서 여기에 왔나? 대답을 못 해? 이상한 냄새가 난다, 잡아라! 잡아서 어디 가둬버려! 하는 소리가 벌레들의 날개 소리처럼 '모글리'의 머릿속에 메아리쳤다. '아켈라'의 몸이나 얼굴에는 사람들을 경계하게 만드는 뭔가가 있다. '모글리'에게는 그렇게 보였다. '아켈라'는 이 백화점의 공기를 깨뜨렸고, 그 마찰로 인해 불꽃이 이는 것 같았다. '아켈라'는 아무런 목적도 없이 이곳에 왔으니, 소란을 피우는 사람들에게 심문을 받으면 받을수록 더욱 의심을 사고 결국엔 경찰서에 끌려갈 것이다. 그렇게 되면 '모글리'는 어떻게 해야 할까. 돈도 없고, 이런 곳에 혼자 있다가는 당장 먹는 일부터 문제일 테니 지쳐 쓰러지거나 거지가 될 수밖에 없다. 그렇게 될 바에야 차라리 '아켈라'와 함께 경찰서로 가자. 그리고 계속 침묵을 지키는 거야. 진짜 여동생—남동생으로 보기에는 아직 무리일 테니—이라고 믿도록 '아켈라'에게 매달려 다른 사람은 얼씬도 못 하게 하는 거야. '아켈라'는 또 우리 '할머니' 이야기를 지어낼까. 이번에는 어디에 사는 '할머니'일까. 야마가타보다 더 먼 곳. 아키타, 아니면 아오모리일지도 몰라.

그런 생각을 하면서 '모글리'는 '아켈라'의 쇼핑이 무사히 끝나기를 간절히 빌었다. 우리를 악에서 구하소서. 우리의 죄를 용서하소서. 우리는 같은 피. 우리를 지켜주소서.

'아켈라'가 잰걸음으로 돌아왔다. 무심코 눈물이 나고, 온몸에 힘이 빠진 '모글리'가 앞장서서 사람들이 없는 계단으로 향했다. 불안이 눈가의 눈물과 함께 사라지자, '아켈라'를 위해 좀더 '남동생'다워져야지, 하고 다짐했다. 여기까지 왔으니 결심을 해야지. '우리는 같은 피.' 그러니까 서로 도와야 해.

"어때? '법칙을 지키는 자에게는 좋은 사냥감이 주어진다'였어?"

'아켈라'를 기다리던 '모글리'가 층계참으로 뛰어내린 뒤 작은 소리로 얼른 물었다.

"물론이지. 싸구려가 아니라고. 105엔이나 줬다니까. 나중에 보여줄 테니 일단 여기서 나가자."

'아켈라'의 의기양양한 얼굴에 '모글리'는 미소를 띠며 고개를 끄덕였다. 코 안쪽이 다시 뜨거워졌다.

3층은 신사복과 기모노 매장이었다. 손님은 거의 눈에 띄지 않았다. 변소도 비어 있을 거라는 '아켈라'의 판단에 따라, 이곳 변소에서 볼일을 보고, 내친 김에 필요한 것들도 가져가기로 했다. 아래층으로 내려가면 변소에 가기 힘들 것이다. '모글리'는 '아켈라'가 시키는 대로 변소에 들어가 우선 두루마리 휴지를 뽑아 천 주머니에 넣고 다른 변소의 두루마리 휴지도 뽑았다. 여자 변소에는 아무도 없었다. 하지만 갑자기 누군가가 들어올 위험은 있다. 서둘러 주변을 둘러본 뒤,

울퉁불퉁한 양철 컵도 하나 챙기고, 비누는 가장 새것으로 골라 손수건에 싸서 바지 주머니에 넣었다. 비눗갑도 있으면 싶었지만 그런 것까지 바랄 수는 없는 노릇이다. 마지막으로 청소도구가 들어 있는 창고도 열어보았다. 물통과 걸레 그리고 새 두루마리 휴지가 열 개 넘게 쌓여 있었다. 휴지를 하나 더 주머니에 넣고, 파란 수건도 던져져 있기에 조금 지저분하기는 했지만 그것도 집어넣었다.

"작업완료!"

세면대 거울 앞에서 그렇게 중얼거리자 기분이 좋아진 '모글리'는 자기 얼굴을 보고 윙크를 했다. 아무리 연습을 해도 윙크는 아직 제대로 되지 않는다.

'모글리'는 입구에서 기다리고 있던 '아켈라'에게 달려가 신이 나서 속삭였다.

"'법칙을 지키는 자에게는 좋은 사냥감이 주어진다' 야! 이것저것 많이 가져왔어. 아, 기분 좋다."

"너무 기분 좋은 얼굴 하지 마. 의심하면 위험하니까. 챙길 것은 다 챙겼으니 얼른 여기서 나가자."

'아켈라'가 짐짓 점잖게 말하고는 바로 걸음을 옮기기 시작했다. 그 뒤를 야구모자를 눌러쓴 '모글리'가 웃음이 비어져나오는 얼굴을 숙이고 걸었다. 둘의 주머니가 제법 부풀어 있었다.

2층에서 다시 1층으로 내려가 곧장 정문으로 향했다. 비가 아직도 내리고 있지만 빗발은 약해져 있다. '아켈라'는 '모글리'의 얼굴과 비를 번갈아 바라보며 잠시 고민했다. 주위에서는 스무 명이 넘는 손님들이 서서 시끄럽게 이야기하고 있고 아이들도 소란스러웠다. 거리에는 자동차와 자전거가 달리고 있다. 자전거를 탄 사람들은 검은색 고무로 코팅된 모자와 비옷을 입고 아무렇지도 않게 빗속을 달려갔고, 길을 오가는 사람들은 아케이드를 빠져나간 뒤 검정, 빨강, 감색의 우산을 펼쳤다. 개중에는 우산을 쓰지 않고 빗속을 걸어가는 사람도 있었다.

"이 정도의 비라면 우산은 필요 없을 것 같다. 그냥 가자. 가능한 한 처마를 따라서 가보자고."

'아켈라'는 곁에 서 있는 '모글리'에게 속삭인 뒤, 조금 전에 자기들이 왔던 방향으로 달리기 시작했다.. 바로 뒤를 '모글리'도 달린다. 역으로 돌아가기 위해서는 왔던 길을 더듬어 돌아가는 것이 길을 잃지 않는 확실한 방법이다. 막상 달리기 시작하니 비는 거의 신경 쓰이지 않았다. 백화점 안에서 옷이 반쯤 말라 간질간질한 몸에 차가운 비가 닿자 오히려 기분이 좋았다.

'아켈라'는 성큼성큼 힘차게 땅을 차며 '아켈라'라는 이름에 걸맞게 달리려 했다. 공중을 날듯이 가볍게. 몸을 우아하게 젖히고. 빗방울은 살갗을 적실 틈도 없이 날아가버린다. 오전에 비해 사람들의 왕래와 자동차가 늘어난 번화한 도로를 '아켈라'와 '모글리'가 묵묵히 달려간다. 뭔가 그림자 같은 것이 달려간다. 길을 가는 사람들의 눈에는 그렇게 보일 것이다. 쏜살같이, 묵묵히, 바람만을 남겨두고 달려가는 두 개의 그림자. 실제로 사람들 눈에 어떻게 보이든, 그건 '아켈라'가 알 바 아니었다. 중요한 것일수록 눈에는 보이지 않는 법이다. '아켈라'는 풍성한 은빛 털을 휘날리며 원숭이들 사이를 유유히 달려간다. 그 뒤를 작은 '모글리'가 '아켈라'의 달리는 모습을 열심히 흉내내며 따라온다. 작은 인간의 아이 '모글리'는 발톱도 없고 송곳니도 없다. '아켈라'처럼 아름다운 털도 없다. 발가벗은 초라한 아이, 그런 '모글리'가 필사적으로 '아켈라'의 흉내를 내고 있다고 생각하니 가슴이 저며온다. 그것은 세상의 모든 아버지들이 부족한 자기 아이에게 갖는 마음과 비슷할까. 이곳에서 외지인인 '아켈라'와 '모글리'는 법칙을 지키지 않으면 안 된다. 이곳은 낯선 정글. 길도 모르고 말도 다르다. 그러므로 외지인은 침묵을 지키며 살며시 빠져나가야 한다. 그림자처럼, 냄새처럼.

'아켈라'는 가는 빗줄기를 헤치며 성큼성큼 기분좋게 달렸다.

……안개를 꿰뚫는 돌진과 허둥지둥 도망치는 사냥감을 위해!
민첩하게 달려가는 밤을 위해!
밤의 모험과 소란을 위해!
모여라, 싸우러 가자.
짖어라! 오오, 짖어라!

〈붉은 개의 사냥 노래〉를 떠올리며 기분좋게 흥얼거린다. '붉은 개'는 돌이라는 이름의 승냥이로, 늑대와 달리 법칙을 모르는 잔인한 살인청부업자다. 늑대는 작은 집단을 이루지만, 돌은 백 마리가 넘는 큰 무리를 지어 호랑이건 코끼리건 닥치는 대로 달려든다. 돌의 무리가 지나간 자리에는 동물들의 하얀 뼈만 남을 뿐이다. 돌은 토사가 쏟아지듯, 범람하는 물처럼, 거대한 회오리바람처럼, 제가 가고 싶은 데로 두려워하지 않고 돌진한다. 늑대도 돌의 무리로부터 도망친다. 잘

못 싸웠다가는 금세 뼈만 남기 때문이다. 하지만 아켈라와 모글리는 늑대 사냥터를 지키기 위해 엄청난 돌의 무리와 맞섰다. 모글리는 인간의 지혜로 벌떼를 모아 돌을 곤혹스럽게 만들었다. 그리고 늑대들은 낮짐승인 돌을 밤의 강가로 유인해 싸움을 시작한다. 늑대들의 역사에 남을 공전의 비참한 싸움. 모글리는 송곳니와 손톱 대신 칼을 들고 싸운다. 암컷 늑대도, 한 살배기 늑대도 싸움에 참가한다. 그중 한 마리가 희생되자, 어미늑대의 울음소리가 정글을 울렸다. 그리고 아켈라도 그 싸움으로 세상을 떠나고 만다.

갑자기 그 사실을 떠올린 '아켈라'는 발을 멈추고 싶어졌다. 이제 숨도 차다. 하지만 멈추지 않았다. 아까 들어갔던 우동집 앞을 지나자 커다란 모퉁이가 나왔다. 저 모퉁이를 돌아 똑바로 가면 역이다.

그랬다. '붉은 개'와의 처참한 싸움에서 처음에는 세 마리가 아켈라를 물어뜯었다. 나중에는 여섯 마리가 달려들었다. 아홉 마리를 모두 물리친 아켈라도 나중에는 치명상을 입고 만다. 그리고 사랑하는 모글리의 무릎에 상처 입은 머리를 얹고 숨을 거둔다. '나는 네 곁에서 죽고 싶다. 네가 벌거벗고 진흙 속을 뒹굴던 시절로부터 많은 시간이 지났다.' 아켈라는 괴롭게 숨을 몰아쉬며 모글리에게 말한다. '예전에 내가 너를 도운 것처럼, 오늘은 네가 늑대 무리를 도와다오. 내 눈앞의 아이야, 사냥은 끝났다. 너는 사람이다. 사람들 곁으로 돌아가라.' 모글리가 외친다. '아니에요, 나는 늑대예요. 자유로운 무리의 일원이에요. 절대로 돌아가지 않아요.' 아켈라가 말한다. '여름이 지나면 우기가, 우기가 지나면 봄이 온다. 쫓겨나기 전에 스스로 돌아가거라.' 모글리가 모글리를 내쫓는다. '사람들 곁으로 가거라.' 모글리가 대답한다. '모글리가 모글리를 쫓아낼 때가 오면 그때 갈게요.' 아켈라가 말한다. '더 할 말은 없다. 작은 형제여, 내 다리를 세워다오. 나는 자유로운 무리의 우두머리였다.' 그리고 아켈라는 소리 높여 힘차게 〈죽음의 노래〉를 부르기 시작한다. 우두머리가 죽을 때는 반드시 부르게 되어 있는 〈죽음의 노래〉. 그것은 대체 어떤 노래일까. 노랫소리는 밤의 정글 멀리 울려퍼지고, 정글의 모든 동물과 새들이 꼼짝 않고 그 노랫소리를 들었다고 한다. 노래를 마친 아켈라는 모글리의 팔에서 공중으로 뛰어올라 돌의 시체 위에서 숨이 멎는다.

어린 시절 '아켈라'는 이 장면에서 늘 눈물지었다. 당당한 아켈라다운 고귀한 최후가 아닌가. 아켈라의 〈죽음의 노래〉가 한 줄기 피리 소리처럼 '아켈라'의 머릿속에 울려퍼진다. 달리고 있는 지금도 '아켈라'는 하마터면 눈물을 글썽일 뻔했다. 새벽까지 죽은 아켈라의 곁을 떠나지 않은 모글리. 이윽고 모글리는 곰 발루와 큰 뱀 카에게도 같은 이야기를 듣고 울면서 정글을 떠난다. 발루는 말한다. '꼬마 개구리야, 네 길을 가거라. 너의 가족, 너의 무리와 둥지를 만들어라. 그렇지만 잊지 마라, 다리나 눈이나 이가 필요할 때면 정글은 언제나 너의 것이라는 걸. 이제 가거라. 그렇지만 가장 먼저 내게 와다오. 아아, 영리한 꼬마 개구리야, 이리 오너라!……'

'아켈라'는 눈물인지 빗물인지 땀인지 알 수 없게 젖은 얼굴을 닦고, 모퉁이에 있는 가게 처마 밑으로 들어가 발을 멈췄다. 뒤따라 들어온 '모글리'가 주저앉아버렸다. 등을 들썩이며 숨을 내쉬는 소리가 들린다. '아켈라'도 숨이 차다. 입을 다문 채 처마 밑에 십 분 정도 머물렀다. 역까지는 이제 금방이다. 그렇게 생각하니 단번에 역까지 달려가고 싶어졌다. '모글리'가 숨을 고르도록 기다렸다가, 이번에는 좀 더 천천히 빗속을 달렸다. 더는 아까와 같은 아켈라의 질주를 할 기분이 아니었다. 그리고 몸도 무거웠다. 그렇지만 이제 조금 있으면 역에 도착한다. 이런 시련은 시련 축에도 들지 않을 것이고, 그것은 뒤에서 달려오는 '모글리'도 잘 알고 있을 터였다. '아켈라'는 '붉은 개'와의 처참한 싸움을 떠올리며 달렸다.

용감한 늙은 영웅 아켈라는 돌과의 싸움에서 결국 숨이 끊어진다. 그리고 인간의 아이 모글리는 자기를 낳은 어머니 곁으로 돌아간다. 이야기는 그렇게 되어 있다. 하지만 나 '아켈라'는 늑대가 아니다. '모글리'도 사내아이가 아니다. 그리고 무엇보다 실제 시간은 책 속의 시간처럼 빠르지 않다. 꼬마 모글리는 일주일이 지나도 여전히 꼬마이고, 아켈라는 아직 힘이 넘치는 젊은 영웅이다. 그때의 모글리와 아켈라는 십오 년 후, 이십 년 후의 자기들의 운명 같은 건 상상도 하지 않았고 관심도 없었다. 우리의 '아켈라'와 '모글리'도 그 점은 마찬가지다. '아켈라'는 아직 늙은이가 아니다. 늙은 아켈라의 운명 같은 불길한 생각은 할 필요가 없다. 책 속의 세계와 달리, 실제는 '지금'으로서만 존재하기 때문이다. 지금의 '아켈라'는 젊은 영웅 아켈라에게만 관심이 있다. '아켈라'는 아직 열일곱 살이기 때문이다. 그러나 '모글리'는 열두 살 난 여자아이이니까 오 년이 지나도 남자다운 목소리로 변하지 않을 것이며 수염도 나지 않을 것이다. '붉은 개'와의 싸움에도 끼지 못할 것이다. 불쌍한 '모글리'. 그렇지만 그런 '모글리'이기에 돌과의 싸움 뒤에는 인간세계로 돌아가야 하는 일도 생기지 않을 것이다. '아켈라'도 죽지 않는다.

겨우 안심이 된 '아켈라'가 뒤를 돌아보고 '모글리'에게 말했다.

"거의 다 왔다. 힘들면 이제 걸어와도 좋아. 내가 역 입구에서 기다리고 있을 테니까."

'아켈라'는 '모글리'의 대답도 기다리지 않고 다시 피치를 올려 달리기 시작했다.

……모여라, 싸우러 가자.
짖어라! 오오, 짖어라!

'아켈라'는 마음속으로 소리 높여 노래를 부르며 시야에 들어온 역사 지붕의 둥근 시계를 바라보았다. 비에 흠뻑 젖은 몸이 뜨겁고 온몸에서 땀이 흘렀다.

5
죽음의 골짜기를 헤매다

오후 두시, '아켈라'와 '모글리'는 야마가타 역에서 다시 열차에 올랐다. 역에서 파는 도시락을 사서 빈자리가 많은 찻간 한쪽에 앉아 먹었다. 곶감도 팔고 있기에 그것도 사서 여섯 개를 모두 먹어치웠다.

이번에는 아키타까지 가는 표를 샀다. 가능한 한 북쪽으로 가고 싶었다. 혹시나 시베리아를 볼 수 있지 않을까 하는 마음에, 할 수 있다면 아오모리까지 가는 표라도 사고 싶었다. 하지만 이 열차도 다음 열차도 아오모리까지는 가지 않는다고 해서, 일단 돈도 절약할 겸 아키타까지 가기로 했다. 혹시 아키타를 지나치게 되면 그곳에서 정산하면 될 일이다.

네 사람이 앉는 자리를 둘이서 차지하고 앉았다. 둘 다 신발을 벗고 맞은편 좌석에 다리를 올려놓았다. 겨우 하루 탔을 뿐인데 다시 기차에 오르니 자신들이 있어야 할 곳에 무사히 돌아온 것처럼 안심이 되었다. 기차 안은 따뜻하고 가까이에 변소도 있다. 먹을 것은 저쪽에서 팔러 와준다. 외지에서 온 것을 숨길 필요도 없다. 그렇지만 '모글리'는 주위에 사람이 있을 때는 입을 다물어야 한다. 그렇게 하기로 약속했다. 머리를 잘라 이제 제법 사내아이 같아지긴 했지만, 무심코 여자아이 같은 소리를 낼 가능성은 얼마든지 있다. 어디에서 여자다운 것이 새어나올지 '아켈라'는 물론 '모글리' 자신도 짐작이 가지 않았다.

'아켈라'보다 늦게 가까스로 역사에 도착한 '모글리'는 심장이 멈춰 저세상으로 가는 줄 알았다. 하지만 십 분쯤 지나자 심장이 다시 살아나는 것 같아 바닥에서 일어나 심호흡을 했다. 이 정도로 사람이 죽지 않는다는 것이 놀라웠다. 그만큼 괴로웠다. 알지도 못하는 이런 곳에 혼자 버려지지 않으려는 일념으로 '아켈라'의 뒤를 쫓아왔지만, 나중에는 '아켈라'와 100미터 이상 거리가 벌어졌다. '모글리'는 운동을 못하는데다 달리는 것도 늦어 운동회를 싫어했다. 매년 꼴찌로 들어온 표시로 가슴에 초록색 리본을 달다보면 누구라도 진절머리가 날 것이다. 그런데 지금 얼마나 달린 걸까? 3킬로미터 이상은 달린 것 같다. 도중에 한 번 쉬긴 했지만 '모글리'로서는 대단한 일이다. '아켈라' 곁에 있으면 많은 것을 할 수 있게 된다. 이것으로 '아켈라'에게 하나 더 배웠다. '모글리'는 문득 오빠라는 말을 떠올렸다. '모글리'의 진짜 오빠는 '모글리'보다 훨씬 못 달리는데다 말도 모르고, 비가 오면 어떻게 해야 하는지도 몰랐다. 물론 중화소바나 역에서 파는 도시락을 사준 적도 없었다.

시간표를 살펴보니, 다음 기차가 도착하려면 오십 분 정도 기다려야 했다. 둘 다 다시 비에 흠뻑 젖고 말아, 변소에 가서 비에 젖은 옷을 짜고, 수건으로 머리를 닦고, 구두 속에 휴지도 새로 깔았다. 시내 백화점에서 얻어온 두루마리 휴지는 삼분의 일이 비에 젖어 쓸모가 없게 되었다. 아깝지만 버리기로 했다. 두루마리 휴지 같은 고급스러운 물건은 백화점에서나 구할 수 있었다. 변소를 나와 일단 대합실로 가보았다. 그렇지만 공기가 탁하고 다른 승객들이 곁에 있는 것이 거북해서 곧바로 밖으로 나와버렸다. 무료하게 역사 주변을 돌다가 함석판을 붙여 만든 작은 헛간을 찾아냈다. 그 뒤는 바로 선로와 연결되어 있었다. 선로 옆에 길게 난 공터에는 노란 나팔수선이 피어 있는 화단이 있었다.

"이런 곳에 꽃이 피어 있네!"

'모글리'가 자기도 모르게 외쳤다. 나팔수선의 진한 노란색이 빗속에서 마치 금빛 새처럼 보였다. 금빛 날개를 부들부들 떨고 있다. 앵초와 히아신스도 함께 피어 있었다.

북쪽으로 갈수록 꽃이 흐드러지게 피어 있고 나비나 아름다운 새들이 날고 있을 거야. '아켈라'의 목소리가 '모글리'의 귓가에 되살아난다. 정말로 그랬다. 북쪽 지방은 지금이 봄이다. 아무리 봄이라도 흑표범이나 코끼리는 없겠지만.

헛간 차양 밑에 쭈그리고 앉아 넋을 잃고 나팔수선을 바라보는 '모글리'의 머리를 '아켈라'가 새로 산 가위로 잘라주었다. '아켈라'의 가위질은 '모글리'의 어머니보다 능숙했다. 가위 소리가 달랐다. '모글리'는 아무런 요구도 하지 않고 '아켈라'에게 머리를 맡겼다. 머리 모양에 대한 구애는 조금도 없었다. 전에는 어머니가 오빠와 함께 머리를 잘라주었다. 그리고 지금은 근처 이발소에서 자른다. 미용실에 간다는 것은 '모글리'도 어머니도 아직 생각하지 못했다.

'아켈라' 이발소는 금방 끝이 났다. 잘라낸 머리카락을 신문지에 싸서 쓰레기통에 버린 후, '모글리'는 얼른 역 변소로 가 거울을 들여다보았다. 귀가 보이고 앞머리가 이마를 가렸다. 몸을 돌려 목을 빼고 뒷모습도 보았다. 하얀 목덜미가 드러나 추워 보인다. 일자로 똑바로 자르지 않고 지그재그로 잘라 털이 긴 강아지 같기도 했지만 의외로 어울려 만족스러웠다. 지금까지 하고 다니던 단발머리보다 조금 더 귀여워진 것 같기도 했다.

'모글리'는 새로 자른 머리에 야구모자를 눌러쓰고 '아켈라'와 함께 플랫폼으로 가서 열차가 도착하기를 기다렸다. 목덜미와 귓불이 허전한 것이 신선했다. 더 북쪽으로 가면 추워서 감기가 들지도 몰라. 옷이 젖은 탓에 몸이 점점 차가워져서 제자리걸음을 하거나 손발을 비비지 않을 수 없었다.

겨우 열차에 올라타 뜨거운 차와 도시락 그리고 곶감을 먹자 몸에 온기가 돌면서 졸음이 밀려왔다. 단조로운 기차 바퀴 소리가 졸음을 재촉한다. 잘라낸 머리카락이 등과 가슴을 간지럽게 찌르는 것을 느끼며 '모글리'는 '아켈라'의 어깨에 기대어 금방 잠이 들고 말았다.

역에서 새로 산 담배를 피우며 '아켈라'도 연방 하품을 했다. 무엇 때문에 야마가타에서 내렸을까 생각하니 화가 났다. 비를 맞기 위해 일부러 내린 꼴이 되었다. 가위를 사서 '모글리'의 머리를 잘라주었지만, 굳이 야마가타에서 해야 하는 일도 아니었다. 게다가 비를 맞으면

서까지.

'아켈라'는 한동안 '모글리'의 등을 왼손으로 조용히 쓰다듬어주었다. 마찰로 조금은 따뜻해질 것이다. '아켈라'도 아직 몸이 차갑다. 특히 허리 주위가 좀처럼 따뜻해지질 않는다. 바닥에 떨어져 있는 지저분한 신문지를 주워 '모글리'와 자기 허리 주위에 덮어보았다. 주머니 속에는 더 깨끗한 신문지가 들어 있다. 하지만 비 때문에 습기가 차 지금은 아무런 도움이 되지 않을 것 같다.

열차는 작은 역마다 멈춰 서며 한가롭게 빗속을 달리고 있다. '아켈라'는 눈을 감고 잠든 '모글리'의 숨소리에 귀를 기울였다. 아이들의 숨소리만큼 마음이 편안해지는 것이 또 있을까. 어쩌면 아버지도 묘지에서 네 살 난 '아켈라'와 몸을 의지하고 잘 때 그런 평온함을 얻었는지도 모른다. 그것은 어린아이를 사랑하는 마음이기도 할 것이다. 네 살 난 '아켈라'는 그 숨소리와 체온으로 아버지에게 위로가 되었을까. '아켈라'는 잠 속에 빠져들면서 생각을 더듬어갔다. 어쩌면 '모글리'에게도 고민이 있을 것이다. 어린아이도 그 나름의 고민과 슬픔을 안고 있다. '어린이집' 아이들도 '아켈라'에게 매달려 있다가도 갑자기 털을 곤두세우고 송곳니를 드러내며 등을 돌릴 때가 있었다. 한쪽 구석에서 으르렁거리고 있어서 왜 그러냐고 물으면, 형, 지옥에나 떨어져, 하고 노려봤다. 어째서? 하고 물으면 자기도 이곳 아이였으면서 선생님이나 아버지 흉내를 낸다며 눈물을 흘렸다. 그렇지만 '아켈라'에게는 그저 어린아이일 뿐이어서 그 작은 몸집이 귀여웠고, 부드럽고 동그란 얼굴과 혀 짧은 소리가 사랑스러워서 안고 있으면 마음이 평온해졌다. 아마 '어린이집'의 '부모님'이나 보모들도 어린

'아켈라'에게 똑같은 마음을 가졌을 것이다. '아켈라' 쪽은 늘 송곳니를 드러내고 손톱을 갈았지만.

모글리의 무릎에 머리를 얹고 생을 마감하려 했던 빈사 상태의 아켈라. 왕인 아켈라도 어린 개구리의 따뜻하고 부드러운 존재에 위안을 얻으며 자신의 죽음을 편안히 받아들일 수 있었을 것이다. 네 살 난 '아켈라'를 안고 묘지의 낙엽 속에서 자신의 죽음을 응시하던 아버지처럼…… 그렇다, 죽어가는 늙은 늑대는 '아켈라'의 아버지였다. 아버지는 네 살 난 '아켈라'에게 너는 사람이다, 사람들 곁으로 가거라, 하고 스스로 병원에 수용되었고, 남겨진 '아켈라'는 보육원에 보내졌다가 다른 곳으로, 그리고 마지막에는 '어린이집'에 다다르게 된 것이다. '아켈라'는 인간의 둥지로 돌려보내졌던 것이다. 그리고 아버지는 병원에서 정글의 왕답게 〈죽음의 노래〉를 불렀고, 그 노랫소리는 도쿄의 구석구석에까지 울려퍼졌다. 깊은 밤의 기적 소리처럼……

'모글리'는 열차에 흔들리면서 꿈속에서 오빠와 함께 거리를 걷고 있다. 집 앞 골목을 나오면 전차가 달리는 큰길이다. 왼쪽으로 가면 절이 이어지다가 이윽고 바다 밑으로 가라앉을 것 같은 경사진 비탈길이 나온다. 오빠가 그 길을 똑바로 걸어간다. '모글리'도 그 뒤를 따라간다. 둘 다 돈을 갖고 있지 않다. 빈손으로 걷고 있다. 집 안에서 놀다가 그대로 밖으로 나와 걷기 시작한 것이다. 비탈길이 끝나는 데까지는 익숙한 길이지만, 그 이후는 아이들끼리만 간 적이 없는 길이다. 어머니의 손을 잡고 전차를 타고 이 길을 똑바로 가면 이윽고 동물원이 나왔던 기억이 있다. 비탈길 한쪽의 돌담 높이가 점점 높아진다. 돌담 그림자가 길을 덮고 있다. '모글리'는 그 그림자가 무서웠다. 오빠는 그런 건 아무렇지도 않아했다. 비탈길을 내려가서 그 길과 이어진 비탈길을 다시 올라간다. 처음 보는 상점들이 늘어서 있다. 처음 보는 절도 무섭다. 모르는 사람들이 오가며 아이들을 노려본다. 둘 다 콧물을 흘리고, 침으로 턱이 빨갛게 짓물렀고, 입을 멍하니 벌린 채 두꺼운 혀를 내밀고 있다. 걷는 모양새도 병든 원숭이 같다. 사람의 말을 이해하지 못할 게 틀림없는 두 아이가 아무도 지키는 사람 없이 제멋대로 돌아다니는 것이 아무래도 수상하다. 둘이 어디에선가 함께 도망쳐나온 게 아닐까.

낯선 비탈길이 계속된다. 어른도 아이도 '모글리'와 오빠를 희번득이는 눈으로 바라본다. 둘의 발걸음이 점차 빨라진다. 동물원에 도착하기도 전에 경찰서에 보내지고 싶지는 않다. 겨우 길이 평탄해졌다. 지친 두 사람은 땀을 흘리고 침을 흘리면서 신음 소리를 내뱉기 시작한다. 전찻길을 따라 계속 걷는다. 전차를 탔을 때는 금방 동물원에 도착했는데, 아무리 걸어도 동물원이 보이질 않는다. 둘의 신음 소리가 점점 높아진다. 서로 손을 잡고 무거운 물속을 걷는 것처럼 몸을 흔들며 걷는다. 길이 넓어지고 나무들이 그 수를 더하더니, 둘 앞에 갑자기 동물원의 뒷문이 나타났다. 놀라서 뒷문으로 다가간다. 제복을 입은 아저씨가 서 있다. 안을 들여다보니 검고 커다란 동물이 보인다. 그리고 둘이 잘 알고 있는 동물원 냄새. 둘은 신음 소리를 멈추고 코를 훌쩍이며 안으로 들어가려고 한다. 제복을 입은 아저씨가 둘을 불러세운다. 입장권을 내지 않으면 들어갈 수 없다. 입장권은? 저쪽에 창구가 있으니까 가서 사오너라.

둘은 그 말의 뜻을 이해하지 못한다. 그래서 제지하는 아저씨의 손을 뿌리치고 안으로 들어가려 한다. 아저씨가 눈을 크게 뜨고 둘의 팔을 잡고 거칠게 밖으로 끌어낸다. 인왕(仁王)처럼 힘이 센 심술궂은 아저씨. 둘은 바깥의 철책에 매달려 으르렁거린다. 그렇지만 아저씨는 뒤도 돌아보지 않는다. 둘이 끙끙거리면서 오줌을 싼다. 그렇지만 아저씨는 소변 냄새도 알아차리지 못한다.

이윽고 둘은 소변에 젖은 다리를 끌며 걷기 시작한다. 목이 마르고 배도 고파 눈앞이 흐릿하다. 집으로 가는 길을 모르겠다. 얼굴은 콧물과 침과 눈물로 젖어 있다. 둘의 신음 소리가 동물원의 코끼리 울음소리처럼 고조된다. 둘은 길가에 쭈그리고 앉아 서로 어깨를 기댄다. 등 뒤에는 긴 콘크리트 담이 이어져 있고, 오른쪽에는 다리가 보인다. 길을 오가는 사람들이 많다. 둘의 모습을 알아차리는 사람도 있고 전혀 눈치채지 못하는 사람도 있다. 주머니에서 1엔짜리 동전을 꺼내 둘에게 던져주는 사람도 있다. 둘 앞에는 이가 빠진 밥공기가 놓여 있다. 어느새 둘이 그 앞에 웅크리고 있은 지 수일이 지나고 수십 일이 지나, 둘의 모습은 누더기로만 보이게 되었다. 밥공기에 돈을 던져주면 둘은 침을 흘리면서 고개를 조아린다. 그러면 이가 바글바글한 흙투성이의 머리카락이 흔들리면서 동물원과 비슷한 냄새가 난다. 어머니 손을 잡은 깨끗하고 조그만 여자아이가 겁을 먹은 채 둘에게 다가와 밥공기에 돈을 집어넣더니 쏜살같이 도망쳤다. 그 여자아이는 어렸을 적의 나로구나, 하고 '모글리'는 문득 떠올린다. 오빠와 어머니, 그렇게 셋이서 동물원보다 더 먼 곳에 외출했을 때, 누더기를 걸친 사람을 절 앞에서 발견하고 뭘까 하고 이상하게 생각했던 적이 있다. 털이 빠지고 삐쩍 마른 개도 함께 있었던 것 같다.

지금은 오빠와 내가 그 누더기로 전락해버린 것이다. 어머니에게 아무 말도 하지 않고, 돈도 없이 집을 나왔기 때문이다. 오빠와 걷다 보면 길은 끊어질 줄 모르고 어디까지든 이어져 있기 때문에.

개 짖는 소리가 다가온다. 들개가 보건소에서 나온 개잡이들에게 몰리고 있는 모양이다. '모글리'의 집에서 기르던 개가 밖으로 도망친 것을 그들이 잡아다 처분해버린 적이 있다. 어머니는 들개 수용소까지 가서 백 마리가 넘는 개들을 한 마리 한 마리 확인했다. 우리에 갇힌 커다란 개, 작은 개, 검은 개, 하얀 개, 정성껏 길렀을 것 같은 셰퍼드나 불도그도 섞여 있었다. '모글리' 일행이 우리 앞을 지날 때마다 개들이 철창에 앞발을 대고 코를 내밀고는 비명에 가까운 소리로 짖어댔다. 모든 개들이 그렇게 짖어댔기 때문에 귀를 막지 않을 수 없었다. 이제 오빠와 '모글리'가 그 개들처럼 개잡이의 막대기에 달린 철사 고리에 목이 조여 자동차에 실리게 될지도 모른다. 그 고리가 무섭다. 그렇지만 들개도 무섭다. 병든 개는 더 무섭다.

개들이 짖어대는 소리에 둘은 쫓기듯 신음하며 납작 엎드려 다리 위로 도망을 쳤다. 강에는 바닥이 평평한 나룻배가 떠 있다. 배 위에는 아이들이 놀고 있고 빨래도 널려 있다. 둘은 손을 잡고 그 배 위로 뛰어내린다. 그런데 위치가 어긋나 물속에 빠지고 만다. 물은 미지근하고 썩은 냄새가 난다. 둘은 서로 끌어안고 물속을 떠다닌다. 물 위에 하얀 것이 흘러온다. 갓난아기의 시체 같다. 좀더 떨어진 곳에는 긴 머리카락을 풀어헤친 여자의 시체가 떠내려간다.

'모글리'는 두려운 나머지 강물을 빠져나오려고 손발을 허우적거린다. 오빠의 몸이 강바닥으로 가라앉고, 갓난아기의 시체가 '모글리'의 머리 위를 덮었다……

기차가 북쪽으로 달리고 있다. 그리고 '모글리' 곁에는 '아켈라'가 입을 벌리고 자고 있다. 콧물과 침을 흘리고, 소변 그리고 때로는 대변도 싸는 오빠와는 어느 한구석 같은 데가 없다. '모글리'는 갑자기 자기가 오줌을 싼 게 아닌가 당황해 의자에 앉은 채 엉덩이를 조금 움직여보았다. 입가도 쓸어보았다. 콧물도 흘리지 않았고 침도 흘리지 않았다. 안심이 된 '모글리'는 한숨을 토해냈다. 그리고 배가 아픈 것을 깨달았다. 배탈이 났을 때처럼 아팠다. 창밖을 보면서 배를 쓸어보았다. 여전히 비가 내리고 있다. 창밖에는 논이 펼쳐져 있다. 논물은 비 때문인지 어린 청개구리 같은 선명한 빛을 띠고 있다. 그 밖에는 눈길을 끄는 것이 아무것도 없었다. 배 안쪽이 여전히 쑤시듯이 아프다. '모글리'는 '아켈라'가 깨지 않도록 자리에서 살짝 일어났다. 통로로 나가려면 '아켈라'가 뻗은 다리를 넘어가야 했다. 조심스럽게 넘었다고 생각했는데 뒤꿈치가 '아켈라'의 무릎에 닿고 말았다. '아켈라'가 겁먹은 얼굴로 눈을 떴다.

"뭐야, 너였니? 뭐하는 거야?"

"잠깐 변소에 갔다 오려고."

'모글리'는 얼른 대답하고 서둘러 통로를 빠져나갔다. 몸을 움직이자 배가 더 아파서 변이 당장이라도 똥구멍으로 나올 것 같았다. 참으려니 이마에서 식은땀이 배어나온다. 이럴 때 똥싸개가 된다면 '아켈라'가 나를 버리고 갈지도 몰라. 다른 생각은 할 여유도 없이 승강구 밖으로 나왔다. 다행히 변소는 비어 있었다. 손을 더듬어 문을 열고 안으로 들어갔다.

'모글리'는 설사를 조금이라도 더 하려고 이십 분이나 변소 안에서 버텼다. 그러는 사이 복통과는 다른 현기증이 일어났다. 할 수 없이 저린 다리를 끌고 찻간으로 돌아왔다. '아켈라'가 일어나 창백한 얼굴의 '모글리'를 맞았다.

"기차에서 굴러떨어진 줄 알았다. 멀미냐?"

"배에서 삑삑 소리가 나. 곧 낫겠지만."

그렇게 대답하는 사이에 다시 배가 아프기 시작했다.

"감기라면 곤란한데. 아이들 감기는 배에서부터 오기 쉬워. 나도 조금 오한이 난다. '차가운 잠자리'라도 웬만해야지. 담요나 스웨터도 없으니……"

'아켈라'의 이야기를 듣는 동안 다시 설사기가 오고 식은땀이 났다.

"다시 변소에 갔다 올게."

'모글리'는 할 수 없이 일어나 배를 감싸고 다시 변소로 달려갔다.

이번에는 십 분쯤 지나 자리로 돌아왔다. 얼굴은 더욱 창백해져 있었다. '아켈라'가 주변에 버려진 신문지를 모아놓고 '모글리'를 기다리고 있다.

"보기에는 나쁘지만 신문지는 따뜻하니까 담요 대신으로 쓰자."

'아켈라'는 한 장 한 장 먼지를 떨어내고 펼친 신문지로 '모글리'의 배와 허리를 감싸기 시작했다. 그리고 자기 몸도 신문지로 덮었다.

"쳇, 보기 흉하게 됐군. 하지만 따뜻한 건 사실이니까 모양새는 상관하지 마."

'모글리'가 신문지로 된 담요를 덮고 소리내어 웃었다. 그러자 배가 또 아파왔다. 변이 엉덩이 아래쪽까지 밀려온 것을 알 수 있었다. 자칫하면 뿜어져나올 것 같다. '모글리'는 한숨을 쉰 뒤 애써 덮은 신문지를 치우고 일어섰다.

"……나 변소에 가."

"또? 그렇게 심한 거야? 이상한 병은 아니겠지?"

'아켈라'도 심각한 얼굴이 되어 말했다.

"이상한 병?"

배를 누르며 '모글리'가 물었다.

"이질이나 티푸스 같은……"

"설마."

'아켈라'의 괜한 걱정에 웃어보이고 싶었지만, 그럴 여유도 없어 서둘러 변소로 향했다.

'모글리'가 변소에 들어가 있는 동안 열차가 크게 흔들리더니 다시 조용해졌다. '신조— 신조—' 하고 역을 알리는 방송이 변소에도 들렸다. '모글리'의 몸에서 빠져나올 것은 이제 거의 없었다. '모글리'는 최악의 상태는 벗어났다 싶어 한숨 돌리며 정성껏 손을 씻었다. 이질이나 티푸스가 어떤 병인지는 모르지만, 아마 이보다 훨씬 더 괴롭고 아플 것이다. 어머니도 자주 이질이니 티푸스니 하며 '모글리'에게 겁을 주었다. 축제 때 파는 솜사탕도, 아이스캔디도, 살구사탕도 어머니 말에 따르면 이질의 근원이었다. 그래서 한 번도 사준 적이 없다.

자리로 돌아가면 '아켈라'에게 괜찮다고, 이제 다 나은 것 같다고 말해야지, 생각하며 통로를 걸어갔다. 열차는 아직 서 있고 승객들이 계속해서 올라타고 있다. 학교에서 집으로 돌아가는 듯한 중학생과 고등학생들이 네댓 명씩 한데 모여 '모글리'가 알아듣기 힘든 말로 수다를 떨고 있었다. 세일러복이나 학생복을 입은 사람도 있고 그렇지 않은 사람도 있다. 대부분 색이 완전히 바랬고 다른 천이 덧대어져 있었다. 가슴에는 혈액형까지 적힌 흰 명찰을 달고 있다. 구멍 난 스웨터에 몸뻬 차림인 여학생도 있다. 아무리 봐도 속옷처럼 보이는 헐렁헐렁한 셔츠에 바지를 입은 사내아이도 있다. 바닥이 낡은 운동화, 크고 낡은 고무장화, 게타를 신은 사람도 있다. 가죽가방 같은 건 아무도 들고 있지 않았다. 모두 낡은 천 가방이나 배낭이다. 무명천을 이은 우산을 소중하게 들고 있는 사람도 있고, 기름종이로 만든 우산이나 멍석 같은 것을 안고 있는 사람도 있다. 도무지 요즘 세상 같지가 않다.

안색이 나쁜 남자들이 열 명가량 올라탔다. 마른 몸에 지저분한 군모와 군복을 입고 다리에는 각반까지 차고 있다. 그들은 하나같이 침묵을 지키며 머리카락과 수염이 텁수룩한 얼굴에 입을 벌리고 통로를 지나갔다. 모두 어깨에 배낭과 물통을 메고 있다. 차량 반대쪽에는 '모글리' 또래의 소년들이 모여 있다. 아까 그 남자들과 마찬가지로 안색이 어둡고 파란데다 모두 누더기 같은 옷을 입고 있다. 가지고 있는 짐은 없는 것 같다. 그들보다 조금 나은 옷을 입은 청년이 역에서 산 도시락을 소년들에게 나눠주고 있었다. 그 밖에도 지칠 대로 지친 얼굴의 사람들이 계속해서 열차에 올라탔다. 대부분 낡은 배낭을 짊어지고 있다. 색 바랜 군복에 군모를 쓴 사람도 많다. 지저분한 몸뻬에 게타를 신은 여자가 아이의 손을 잡아끌고 간다. 아이의 얼굴도 여자의 얼굴도 오랫동안 목욕을 하지 않은 듯 꾀죄죄하다. 물론 개중에는 파마를 강하게 해 뽀글뽀글한 머리에 두꺼운 어깨패드를 넣은 양장 차림의 여자나 모자를 쓴 회사원 차림의 남자도 있다. 그렇지만 모두 오래된 스타일이다. 옛날 사람들이 저런 옷을 입었지. '모글리'는 문득 떠올렸다.

자리에 돌아오자 '아켈라'가 짜증스러운 얼굴로 고개를 숙이고 있었다. 맞은편 좌석은 이미 새로 탄 승객이 점령했고, '모글리'의 자리는 신문지와 두 개의 천 주머니로 간신히 확보되어 있었다. '모글리'는 신문지와 천 주머니를 무릎에 안은 채 자리에 앉았다. '아켈라'가 '모글리'에게 몸을 기대며 귀엣말을 했다.

"이 자리 지키느라 얼마나 힘들었다고. 배는 좀 어때?"

출발을 알리는 벨과 날카로운 기적 소리가 울려퍼졌다. 열차가 무거운 몸을 움직이더니 다시 기적 소리를 내며 달리기 시작했다. 열차에 탄 사람들도 일제히 몸을 흔들며 수선을 부리다가 이내 조용해졌다. 지역 중학생과 고등학생들의 활기찬 소리만 찻간을 떠돌고 있었다.

"이젠 별로 안 아파. 그런데 갑자기 사람이 너무 많아졌다. 어떻게 된 거지?"

'모글리'도 조용히 속삭이듯 물었다.

"시간대가 그런 거겠지. 저녁이니까."

"이상한 옷차림을 한 사람들이 많아."

"시골이니까 시간이 그대로 멈춰서 그런 걸 거야. 내가 꼬맹이였을 때랑 바뀐 게 하나도 없다. 그리운 생각이 들 정도야. 덕분에 우리가 두른 신문지가 눈에 띄지 않아서 다행이다. 사람들이 많으니 차 안도 따뜻해질 거고."

'모글리'는 고개를 끄덕이고 신문지를 펴서 몸을 감쌌다. '아켈라'는 이미 신문지로 온몸을 감싸 이집트의 미라 같은 모습을 하고 있다. 맞은편 좌석에 앉은 노인과 중년 여자는 '아켈라'의 그런 모습에도 아무런 관심이 없는 듯 지친 얼굴로 눈을 감고 있다. 노인은 검은 중절모에 장화를 신었고 여자는 기모노에 털실로 짠 숄을 걸치고 무릎에는 커다란 보따리를 소중하게 안고 있다. 두 사람이 서로 한마디도 주고받지 않으니 '모글리'로서는 그들이 일행인지 어떤지 알 수가 없다.

통로는 불편하게 서 있는 사람들로 가득 찼고, 바닥에 주저앉은 사람도 많아졌다. 통로에 서 있던 남자가 맞은편 자리 팔걸이에 걸터앉았다. 이제 조금 있으면 '모글리'의 팔걸이에도 누군가가 걸터앉고, 발밑 틈으로 끼어드는 사람도 생길지 모른다. 우에노에서 후쿠시마까지 올 때도 무척이나 혼잡했다. 그렇지만 그건 야간열차였기 때문이다. 지금은 아직 오후라 깊이 잠든 사람이 없다. 이 열차는 노시로라는 역까지만 가니까 장거리 열차라고도 할 수 없다. 그런데 어째서 이렇게 혼잡한 걸까? 저녁 무렵이고 비까지 와서? 뭔지는 모르지만 이 지방의 특별한 날이어서?

'모글리'는 배를 쓰다듬으며 신문지를 덮고 눈을 감았다. 옷은 거의 말랐고, 신문지 아래로 기분 좋은 온기가 느껴진다. 먼지 묻은 신문지 냄새가 '모글리'의 코를 간질인다. 어차피 조금 있으면 다시 변소에 가야 할 것이다. 설사를 하면 너무 지친다. 그렇지만 이질하고는 다르니까 걱정할 필요는 없어.

열차가 작은 역에서 멈추더니 다시 움직이기 시작했다. 찻간 한구석에서 갓난아기의 울음소리가 들린다. 누구네 집 아기가 이질로 죽었다는 이야기를 어머니한테 들은 적이 있다. 언제였는지, 누구네 집 아기였는지, '모글리'는 기억이 나질 않는다. 이질과 티푸스의 차이도 분명치가 않다. 그렇지만 그것 때문에 갓난아기 한 명이 죽은 것은 분명하다. 오빠도 설사가 났을 때 중학생이나 된 나이였는데도 기저귀를 찼고, 어머니가 기저귀를 갈려고 할 때 물총을 쏘듯 설사를 했다. 똥물이 얼굴에 명중해서 화가 난 어머니가 오빠에게 호통을 쳤다. 방의 다다미도 미닫이도 노란 똥물투성이가 되었다. 그렇지만 냄새는 전혀 나지 않았다. 그것은 단순한 설사였을 뿐, 이질이나 전염병이 아니었다. 하지만 그후에 결국 오빠가 죽었으니 단순한 설사가 아니었는지도 모른다.

'모글리'의 머릿속에 죽은 오빠의 얼굴이 되살아난다. 얼굴이 노랗게 뜬 오빠는 침을 흘리지 않았고 코밑도 깨끗한데다 눈조차 뜨지 않아 깐깐해 보였다. 손끝도 눈꺼풀도 입도 움직이지 않았다. 오빠다운 데라고는 하나도 없었다. 오빠랑 꼭 닮은 모양을 한 노란 덩어리일 뿐이었다. 콧구멍에는 솜을 틀어막았다. 화장터 냄새가 '모글리'의 코를 자극한다.

숨쉬기가 괴로워진 '모글리'가 순간 눈을 떴다. '모글리'는 입으로 숨을 들이쉬고 창밖을 바라보았다. 그런 걸 떠올리면 안 돼. 냄비에서 넘치는 풀을 얼른 밀어넣듯이, '모글리'는 그 기억을 몸안으로 밀어넣어 감췄다.

밖에는 비가 계속 내리고 있다. 아키타에 도착해 다시 빗속을 달려야 한다고 생각하니 실망스럽다. 아니면 다른 열차로 갈아탈까? 그러고 보니 어제 이맘때는 아직 도쿄였나? 그런 생각이 들자 '모글리'는 다시 가슴이 답답해지고 심장이 두근거렸다. '모글리'는 교복인 세일러복에 책가방을 들고 있었다. 그게 아주 오랜 옛날 일 같은 생각이 든다. 터무니없는 잘못을 저지르고 말았다. 그렇지만 이제 와서 돌아갈 수도 없다. 너무나 멀리 와버렸다. 그리고 뭐가 잘못인지도 분명치가 않다. 생각을 한다고 어떻게 할 수 있는 일이 아니다. 어쨌든 지금은 열차를 타고 있고, 그 열차는 많은 승객을 태우고 선로 위를 달려가고 있다.

열차가 다시 역에 멈추자 통로에 있던 사람들이 요동을 쳤다. 이제껏 찻간을 떠들썩하게 하던 학생들도 조금씩 내려 수가 줄어들었다. 승객으로 꽉 찬 찻간의 분위기가 조용히 가라앉아 멀리 떨어진 곳의 말 소리도 '모글리'의 귀에 들려온다. 소년들이 불만스러워하는 소리, 그것을 달래는 남자의 목소리. 내용까지는 알 수 없지만, 도쿄에서 들었던 귀에 익은 소리가 떠올랐다. 도쿄에서 온 사람들인지도 모른다. 생활고를 호소하는 여자들의 이야기 소리. 그 여자들은 이곳 사람들이 틀림없다. 때때로 남자들의 웃음소리가 일었다.

배가 다시 아프기 시작했다. 이번에는 '아켈라'를 깨우고 일어났다. 이렇게 혼잡하니 자리를 억지로 차지하려는 사람이 없으란 보장이 없다.

"……또야? 그렇지만 안색이 많이 좋아졌다. 나도 몸이 안 좋아. 신나게 빗속을 달리다 이 꼴이라니. 이젠 나도 젊지 않나보다. 괜찮으니까 빨리 다녀와. 사람들이 우글거리니까 조심해라."

통로는 생각했던 것 이상으로 혼잡했다. 배낭과 보따리, 대나무로 된 바구니 등 갖가지 짐들이 통로를 차지하고 있어서, 한 발 한 발 빈틈을 찾아 오른쪽으로 왼쪽으로 조심스럽게 발걸음을 옮겨야 했다. 누군가와 몸이 부딪쳐 '모글리'는 고개를 숙이고 사과했다. '모글리'가 아이라서 화를 내는 사람은 없었지만, 하나같이 노골적으로 싫은 얼굴을 했다. 몸빼 차림의 작은 여자아이가 바닥에서 자고 있었다. 그 옆에는 어머니로 보이는 배가 커다란 여자가 웅크리고 있다. 조심해서 발을 디뎠지만 구두 뒤축이 여자아이의 머리에 닿았나보다. 아이가 큰 소리로 울기 시작했고, 여자가 '모글리'를 노려보며 낮은 목소리로 내뱉었다.

"가죽구두 신었다고 뽐내는 거니!"

미안해요, 미안해요, 라고 중얼거리며 혼잡을 뚫고 앞으로 나아간다. 그러고 보니 아까 그 여자도 도쿄 말을 썼다. 야간열차도 아닌데. '모글리' 자신도 어느새 평소와 같은 말을 쓰고 있는 것을 깨달았다. 조심해야지.

간신히 승강구 쪽으로 나왔다. 하지만 거기에도 승객이 넘쳐나고, 변소 앞에는 노인 세 명이 웅크리고 앉아 있었다. '모글리'가 변소 문과 노인을 번갈아 바라보자, 노인이 변소 문에서 등을 떼고 안으로 들어가라는 눈짓을 보냈다. 고맙다고 말하고 안으로 들어갔다. 그리고 순간 발을 멈췄다. 변소 바닥에 낡은 누더기에 싸인 갓난아기가 자고 있었다. 버려진 아기일까, 그렇다면 문 앞에 있는 노인들이 모를 리 없다. 변소 근처에 있는 갓난아기의 어머니가 잠시 재우려고 일부러 여기에 두었는지도 모른다. 그렇지만 어째서 변소 안일까, 이상하다는 생각이 든다.

'모글리'는 망설이면서 일단 아기를 싼 천을 잡아끌고 입구까지 간 다음, 한 노인의 어깨를 쿡쿡 찌르며 아기를 가리켰다. 노인은 의미를 알 수 없다는 듯 몸을 움직이려 하지 않는다. '모글리'가 노인을 힘껏 밀자 노인이 끙 하는 소리를 내며 허리를 움직였다. 그 틈에 아기를 문밖으로 밀어내고 서둘러 변소 문을 닫았다. 바지와 팬티를 내리고 변기에 걸터앉았다. 설사를 간신히 참아냈다. 일단 변을 보자 안심이 되었는지 갑자기 눈물이 났다. 여기에서 나가고 싶지 않아. 저 갓난아기, 노인들, 통로의 사람들. 문을 열고 나가면 무슨 일이 기다리고 있을지 몰라. 그렇지만 내가 안 가면 '아켈라'가 걱정하겠지. '아켈라'가 여기까지 데리러 와주면 좋을 텐데. 갓난아기는 아직 자고 있을까. 변소 안에 다시 넣어둬야 하나? 아기를 버린 건 아닐 거야. 일부러 기차를 타고 아기를 변소에 버리는 사람은 없어. 하지만 아닐지도 몰라. '아켈라'는 어떻게 생각할까. 분명히 나처럼 놀라지는 않겠지. '아켈라'가 와주면 좋을 텐데. 와주지 않을까?

'모글리'는 자리를 떠난 지 삼십 분 정도가 지나서야 '아켈라' 곁으로 돌아왔다. 자리에 앉자마자 깊은 한숨을 내쉬었다. 하얗게 질린 얼굴이 금방이라도 울 것 같다.

"배앓이가 어지간히 심한 모양이구나. 너무 오래 있어서 변소에 가 볼까도 생각했는데, 그러면 다시는 자리를 못 잡을 테고, 이러지도 저러지도 못 하고 안절부절못했잖아."

'아켈라'의 말에 '모글리'의 눈에 다시 눈물이 고였다.

“다시는 혼자서 변소에 안 가. 어떻게든 참을 거야. 만약 참을 수 없으면…… 괜찮아, 자리가 없어져도 상관없어.”

“흠, 왜 그래? 무슨 일이라도 있었니?”

‘아켈라’가 ‘모글리’의 얼굴을 들여다보며 작은 소리로 물었다. ‘모글리’는 대답을 하려고 하지 않는다.

“그래, 좋아. 나도 변소에 다녀올 테니까 자리 잘 보고 있어. 배를 따뜻하게 하고 있어라.”

‘모글리’는 고개를 끄덕이며 ‘아켈라’가 사람들을 헤치고 가는 뒷모습을 바라보았다. 변소에 가면 ‘아켈라’도 갓난아기를 보겠지. 그러면 ‘아켈라’는 어떻게 할까. 차장을 부를지도 모르고, ‘모글리’처럼 갓난아기를 변소에 두고 그대로 돌아올지도 모른다. 어쨌든 ‘모글리’가 당혹스러워하는 이유를 헤아리게 될 것이다.

옆자리에는 ‘아켈라’의 신문지와 천 주머니가 놓여 있다. ‘모글리’는 오른손으로 신문지와 주머니를 누르며 주위를 다시 살펴보았다. 군복을 입은 안색이 나쁜 남자들이 어느 틈에 옆 통로를 점령하고 있었다. 모두 바닥에 앉아 각반을 찬 다리를 뻗고 있다. 남자들은 하나같이 마른데다 입을 벌릴 기운도 없어 보인다. 마스크를 한 남자도 있고, 아직 어려 보이는 남자도 있다. 그들 앞뒤로 두 남자가 앉았다 일어섰다 하면서 야윈 남자들에게 말을 걸거나 서류 같은 종이에 뭔가를 적게 했다. 그들은 특별히 마르지도 안색이 나쁘지도 않다. 옷도 깨끗한 작업복에 흰 와이셔츠를 입고 있다. 야윈 남자들을 모아서 어디론가 데리고 가는 중인 것 같았다.

‘모글리’의 자리에서 조금 떨어진 곳에서 여자의 쉰 목소리가 들려온다. 호기심에 차서 야윈 남자 한 사람에게 말을 건네고 있는 것 같다. 남자의 목소리는 들리지 않았지만, 그것에 아랑곳하지 않는 여자의 목소리만 들려온다.

"……고생이 얼마나 심한지, 하이고, 그건 부처님도 하나님도 모르신다고…… 이런 세상이니…… 하긴 당신네들 고생에는 비할 게 아니겠지만, 여기도 전사한 젊은이들이 얼마나 많은지…… 어쩌다 이런 흉한 세상이 되었을꼬…… 하지만 어떡하나, 살아남은 사람은 또 살아야제…… 이보다 더 나쁜 세상이야 또 있을라꼬. 대우는 나쁘지 않제?…… 홋카이도도 이제부턴 여름잉께 고생들은 안 하겄지…… 나라를 위해서. 석탄이 없으면 아무것도 못 하니께. 참말로 기차도 이 모양 아닌가. 그래도 우리들은 낫다고 허네. 도쿄나 오사카는 생지옥이 따로 없다는데…… 나라를 위해 탄 캐러 가는 거니께 참말로 몸조심허고……"

'아켈라'가 자리로 돌아왔다. '모글리'가 '아켈라'의 얼굴을 살폈다.

"왜, 내가 너무 빨리 와서 놀랐냐? 아무렴 내가 너처럼 변소에 오래 있을까."

아무렇지도 않게 말하는 '아켈라'의 귀에 대고 '모글리'가 작은 소리로 물었다.

"아기가 있었지?"

"어디에?"

"어디기는……"

"여기저기 있었지만 하나하나 보지는 않았지. 갓난아기가 뭐 어쨌는데?"

"……아니야, 됐어. 아무것도 아니야."

'모글리'는 미간을 좁히고 입을 다물었다. 갓난아기는 어디로 사라졌을까. 혹시 내가 착각한 건지도 몰라. 자기 자신이 의심스러워졌다.

"저런, 금방 뾰로통해지네. 나도 별로 상태가 좋지 않으니까 괜스레 신경 쓰게 하지 마라. 지금 좀 자두지 않으면 정말 위험할지도 몰라."

갑자기 걱정이 된 '모글리'가 '아켈라'의 이마에 손을 얹어보았다.

"열이 있는 거야?"

열이 조금 있는 것 같지만 확실치가 않다. '모글리'는 야구모자를 벗은 뒤 앞머리를 치우고 '아켈라'의 이마에 자기 이마를 갖다댔다. 순간 당황한 '아켈라'가 몸을 뒤로 빼더니 간지러운 듯한 표정으로 가볍게 눈을 감았다.

"흠, 열이 조금 있는 것 같아."

'모글리' 가 이마를 떼고 심각하게 중얼거렸다.

"너는 설사고 나는 열이라, 웃기게 됐다."

'아켈라'가 히죽히죽 웃더니 '모글리'의 귀에 대고 다시 말했다.

"너, 다시 여자애처럼 말한다. 조심해."

'모글리'가 '아켈라'를 노려본 뒤 귀엣말을 했다.

"저기 옆에 있는 남자들, 홋카이도에 가서 탄광에서 일한대. 이런 저런 사람들이 있네."

'아켈라'가 통로에 있는 남자들을 곁눈으로 보더니 고개를 끄덕였다.

"……우리 아버지도 하마터면 저렇게 됐겠지."

'아켈라'의 말에 놀란 '모글리'가 통로의 남자들을 다시 바라보았다. 묘지를 잠자리로 삼았던 '아켈라'의 아버지와 이 남자들은 같은 부류의 사람일까. 네 살 난 아이를 데리고 어둠 속으로 조용히 사라져 가는 남자의 뒷모습. 고개를 숙인 그 뒷모습이 구멍 난 담요를 끌면서 물 위를 미끄러지듯 묘지를 지나고, 거리를 지나고, '모글리'의 머릿속을 지나간다. 새까만 아이의 그림자가 그 뒤를 쫓아간다. 남자는 살아 있으나 이미 죽어 있다. 따라서 목소리도 없고 발소리도 나지 않는다. 그는 등을 구부리고 정말로 죽을 장소를 찾아다니고 있다. 이미 죽었지만 네 살 난 아이가 있어서 아직은 진짜 시체가 될 수 없다. 아이와 남자는 나무들의 술렁임에 휩싸인 채 묘지를 걷고 '모글리'의 곁을 걸어 아키타에서 홋카이도로 가서 회색 바다 위를 걸어간다.

열차가 역에 멈춰 섰다. 내리는 승객은 거의 없다. '아켈라'와 '모글리'도 입을 다물고 창밖을 바라보았다. 열차가 다시 움직이기 시작한다. 쏟아지는 빗물이 소리를 내며 유리창에 부딪히고 하얗게 줄을 그으며 흘러내린다.

통로에 있던 안색이 좋지 않은 한 남자가 일어섰다. 순간 열차가 흔들리고, 남자가 '아켈라'와 '모글리'의 자리로 넘어졌다. '모글리'는 자기도 모르게 작은 비명을 질렀다. '아켈라'가 두 손으로 얼른 남자의 몸을 받친 다음 천천히 밀어주었다. 남자가 몸을 일으키며 충혈된 눈으로 '모글리'의 얼굴을 바라보았다. 그는 아무런 표정 없이 '모글리'의 눈을 들여다보고는 낮은 소리를 냈다. 신음 소리 같기도 하고 트림 소리 같기도 했다. 비릿한 냄새가 '모글리'의 코를 자극했다. 남자가 깨끗한 작업복을 입은 남자의 부축을 받으며 비틀비틀 통로를 빠져나갔다. 변소에 가는 모양이다. '아켈라'가 한숨을 쉬고는 '모글리'의 얼굴을 보았다. '모글리'는 다시 아까와 같은 창백한 얼굴이 되었다. 눈에 눈물도 고인 것 같다. 또 배가 아파진 모양이다. 하지만 변소에 가려고 하지 않는다. 저 남자가 돌아오기를 기다렸다가 갈 생각인가. 그렇게 생각한 '아켈라'는 무릎에 덮고 있던 신문지를 정리해 천 주머니에 찔러넣고 담배를 피우기 시작했다. 통로의 남자들이 '아켈라'의 담배를 부러운 눈초리로 훔쳐보는 것 같았다. 다른 승객들도 그런 기색이 역력하다. 기껏 담배 가지고, 피우고 싶으면 역 판매대에 가서 사면 될 것 아니야, 라고 한마디 해주고 싶었다. 뭣하면 열일곱 살인 내가 어른인 당신들한테 나눠줘도 된다고. 하지만 어른이 돼가지고 부끄럽지 않나?

'아켈라'는 얼굴을 찡그리고 담배를 피웠다. 열 때문인지 목이 아릿해서 담배를 바닥에 던져버리고 싶었다. 그러면 저 남자들이 배곯은 원숭이들처럼 너 나 할 것 없이 달려들까. 시험해보고 싶은 마음도 들었지만, 용기가 없어서 참고 담배 냄새만 맡게 해주기로 했다.

이 남자들이 '아켈라'의 아버지를 닮은 건 아니었다. 몸집이 더 작고, 얼굴이 둥글거나 더 젊고, 안경을 쓰고 있다. 그렇지만 '아켈라'는 자기 아버지가 어떤 풍채의 남자였는지 또렷이 기억해낼 수가 없다. 단지 그런 분위기가 아니었을까 하고 생각할 뿐, 기억이 점점 모호해졌다. '아켈라'는 남자들의 모습에서 아버지의 모습을 찾으려 했다. 그러고 보니 아버지도 저렇게 손이 까맸지, 한 벌밖에 없는 옷은 때로 반질반질 윤이 났고, 냄새도 이랬던 것 같아, 하고. 그러나 '아켈라'는 고집스러운 마음으로 곧 생각을 고쳐먹었다. 아무 데도 안 닮았어. 어떻게 비슷하겠어. 남자들은 '아켈라'의 눈에도 너무나 비참하고 더러웠다. 원숭이 중에서도 최악인, 아무도 상대해주지 않는 패자들이다. 하지만 '아켈라'의 아버지 또한 패자가 아니었던가. '객사한' 사람이 아니었던가.

점점 속이 안 좋고 토할 것 같아져서 '아켈라'는 담배를 바닥에 비벼끈 뒤 꽁초를 바지 주머니에 넣고 눈을 감았다. 열이 있을 때는 쓸데없는 생각을 하지 않는 것이 좋다. 이렇게 '아켈라'를 자칭하고 있으니 '아켈라'답게 〈정글의 밤 노래〉라도 부르면 되는 거야. '자부심과 힘의 시간, 발톱과 어금니의 시간, 아아, 저 부르는 소리를 들어라!…… 짖어라, 아아, 짖어라!'

"……너희들, 이제 조금만 가면 요코테에 도착한다. 다들 지쳤겠지? 요코테에서 내리면 바로 식사를 할 거다. 흰 쌀밥을 실컷 먹게 해주지. 그리고 구로사와까지 가면 거기에 사람이 나와 너희들을 맞이할 거야."

'아켈라'의 뒤쪽에서 경박한 원숭이 소리가 들려온다. 문 가까이에 모여 있던 초라한 차림의 소년들에게 하는 말 같다. 도쿄 말이 이렇게도 천하게 들리는 줄은 몰랐다.

그 옆에서는 여자 목소리가 '차가운 잠자리'를 살금살금 기어가는 쥐 소리처럼 흘러들었다.

"……응, 그렇지만도 일본에서 이러고 있으니 다행이라고 생각해야제. 대륙에서 돌아오고 싶어도 못 돌아오는 사람이 아직도 이십만, 삼십만 명이라고 하잖나. 게다가 일본에 돌아와봐야 집도 절도 없고 가족도 없으니, 그야말로 천덕꾸러기 아니겠나…… 그렇긴 해도 시골은 시골대로 고생이 많아. 쌀이니 야채니 모두 그냥 달라고 하니,

이거야 원……"

"……다들 불안하겠지만 걱정할 필요 없다고. 일도 편하고 밤엔 자유라잖아…… 맞다, 영화관도 있어. 도쿄만큼 크지는 않지만 심심하진 않겠지. 어쨌거나 끼니 걱정은 안 해도 돼. 도쿄에서 어슬렁거렸다가는 그야말로 굶어죽기 십상이지. 그렇게 생각하면 너희들은 운이 좋다……"

……짖어라, 아아, 짖어라!
자부심과 힘의 시간, 발톱과 어금니의 시간,
그림자와 한숨이 정글 속을 가로지른다.
심장이 갈비뼈를 두드린다.
그것은 두려움이다, 아아……

"저기, 부탁이야."

'모글리'가 '아켈라'의 팔을 힘껏 잡아당기더니 울음 섞인 소리로 말했다.

"저기…… 나 더는 못 참겠어. 다음 역에서 내릴래. 꼭 내릴래. 토할 것 같아."

그리고 '모글리'는 곧장 자기 주머니와 신문지를 안고 통로로 나갔다. 어안이 벙벙하고 당황한 '아켈라'가 그 뒤를 좇았다. 이유야 어찌되었든 '모글리'가 기차에서 내리고 싶다면 내릴 수밖에. 기차를 계속 타고 있어야 할 의무도 없고, 둘은 언제나 함께여야 하니까.

통로를 빠져나가는 사이에 열차가 멈춰 섰다. 작은 역이니 금방 다시 움직일 것이다. '아켈라'가 앞장서서 '모글리'의 손을 잡고 통로의 승객들을 밀치며 밖으로 나왔다. 문을 열고 나오자 발차 벨이나 기적 소리도 없이 열차가 다시 움직이기 시작했다. '아켈라'는 '모글리'의 손을 잡고 플랫폼으로 뛰어내렸다.

열차는 의외의 속도를 과시하며 눈 깜짝할 사이에 두 사람을 남겨두고 사라져갔다. 두 사람은 어두운 플랫폼에 주저앉아 숨을 헐떡이며 비에 반짝이는 선로와 그들이 토해내는 하얀 입김을 바라보며 몸을 떨었다.

"춥다."

'모글리'가 중얼거렸다.

"꼭 겨울 같네."

'아켈라'도 멍하니 중얼거렸다.

열차에서 내린 얼마 되지 않는 승객들은 이미 자취를 감추었다. 다음 열차를 기다리는 열 명 남짓한 사람들이 빗속에서도 꼼짝 않고 맞은편 플랫폼에 서 있었다. 커다란 보따리, 슈트케이스, 끈으로 둘둘 만 나무상자 등도 사람들의 그림자처럼 한데 모여 있다. 기둥에 다이고라는 역 이름이 적혀 있었다. 한 남자가 우산을 받쳐들고 두 사람 쪽으로 걸어왔다. '아켈라'와 '모글리'는 손을 잡고 일어나 짐짓 여유로운 표정을 지으며 걷기 시작한다. 남자는 아무 말도 않고 지나쳤다. 둘은 그대로 걸어 선로를 건넌 다음, 맞은편 플랫폼으로 갔다. 일단 지붕 밑 벤치에 가서 앉았다. 배가 커다란 여자와 동행인 듯한 노파가 그 벤치에 멍하니 앉아 있다. 주위에는 열차를 기다리는 사람들이 모여 있다. 우산을 들고 서 있는 사람, 고무로 코팅된 모자를 쓰고 비를 맞고 있는 사람, 머리에 멍석을 쓰고 있는 사람도 있었다. 벤치 아래에는 어찌 된 영문인지 진흙투성이의 고양이가 엎드려 있다. '아켈라'는 고양이의 콧등을 밟지 않도록 조심스럽게 다리 위치를 정하고 나서 '모글리'에게 물었다.

"너, 변소에 가고 싶은 거 아니야?"

'모글리'도 벤치 아래에 있는 고양이에게 신경을 쓰며 작은 소리로 대답한다.

"……그렇지만 여기에는 그런 게 없는 것 같아."

'아켈라'도 새삼 주위를 둘러보았다. 아까 내린 저쪽 플랫폼에 신호기가 있고 개찰구 같은 철책이 보인다. 그렇지만 역무원도 없고, 지붕이 있는 건물도 전등도 보이지 않았다. 플랫폼 주변에는 푸른 논이 펼쳐져 있을 뿐이다. 땅거미가 지는 빗속 호수 한가운데에 있는 기분이다.

"아무것도 없네. 변소 정도는 있을 법도 한데…… 네가 갑자기 내린다고 해서 내리기는 했는데, 어떻게 한다? 이래서야 어떻게 할 수가 없네. 어디에 사람이 사는지도 모르겠다. 비는 계속 내리고 게다가 왜 이렇게 춥담."

'아켈라'의 말에 '모글리'가 어깨를 움츠리며 중얼거렸다.

"하지만 정말로 토할 것 같았단 말이야…… 이상한 사람들이 많아서 무섭기도 했고. 그대로 거기에 있으면, 그 사람들하고 같이 바다 밑으로 끌려들어갈 것 같은 기분이었어…… 변소에 갓난아기도 있었고."

'아켈라'가 한숨을 쉬었다.

"뭐? 변소에 갓난아기가 있었다고? 하긴 확실히 수상쩍은 사람들이었지. 사람을 팔아넘기는 사람까지 있었으니까."

그때 기적 소리가 울렸고, 벤치에 있던 여자들이 일어섰다. 고양이는 상관 않고 그대로 엎드려 있다. 여자 하나가 짐을 지기 위해 몸을 구부리고, 다른 한 사람은 트렁크를 들고 플랫폼 앞쪽으로 걸어간다.

"……열차가 왔나보다. 이런 데 있어봐야 소용없으니까 어쨌든 타자. 방법이 없어. 여기에 있다가는 객사하겠다."

'아켈라'의 말에 '모글리'도 고개를 끄덕여 보였다. 조금 전 열차에서 도망치기는 했지만, 일단 내리고 보니 밝고 따뜻한 열차 안으로 다시 돌아가고 싶어졌다.

검은 기관차가 연기를 토해내며 열차가 떠난 쪽에서 나타나서는 증기를 차체 밑으로 내뿜으며 무겁고 요란하게 멈춰 섰다. '아켈라'는 혹시 같은 열차가 온 게 아닐까 의심하며 다시 '모글리'의 차가운 손을 잡고 벤치에서 일어나 달리기 시작했다. 승강구 옆에 달린, 열차의 행선지를 적은 간판이 눈에 들어왔다. 아오모리-우에노. 하필이면 우에노로 가는 야간열차인 모양이다. 승강구에 오른 '아켈라'가 '모글리'의 어깨를 감싸고 소리내어 웃었다.

"그래, 좋아. 북쪽으로 가면 춥다는 것을 알았으니까."

'아켈라'가 왜 웃는지도 모른 채 '모글리'도 따라 웃었다. '아켈라'는 조금 전의 남자들과 달리 눈이 빛나고, 수염이 삐죽이 자라난 얼굴도 분홍빛을 띠고, 입술은 여자아이처럼 붉다. 열이 있기 때문일까, 푸르죽죽한 것보다는 보기 좋고 안심이 된다.

열차는 땅거미가 진 논 사이를 굉음을 울리며 순조롭게 달리기 시작했다.

쇼와 20년(1945년) 12월 6일

부랑자도 탄광에 가다

반드시 열심히 일하겠다!…… 힘찬 악수를 차례차례 나누자 만세 소리가 인다. 승객과 역무원도 목청껏 외친다. 차창에 비친 얼굴들이 미소를 지으며 크게 고개를 끄덕이자 열차는 달리기 시작했다. '영혼까지 썩었다'고 차갑게 혹평받던 부랑자 61명이 석탄 증산을 위해 5일 우에노와 도쿄 두 역에서 홋카이도와 규슈 탄광을 향해 희망에 불타며 출발했다. 홋카이도 반은 10명, 규슈 반은 51명……

쇼와 20년 12월 15일

꿈같은 이야기—탄광의 대우

지난 5일 규슈 타가와 탄광을 향해 용감하게 출발한 평화일본건설교단의 응모자였던 아이자와 다다시(22)와 엔도 구니카츠(16) 두 청년이 돌연 산에서 돌아와 14일 도요타 상공차관을 방문해 현지 상황을 아래와 같이 호소했다.

도착 당일에는 소량의 보리밥과 단무지' 세 조각이 배식되었는데, 저녁식사 때는 양이 훨씬 줄었고, 이튿날 아침에는 더 줄었다. 된장국도 없어서 근처 농가를 돌아다니며 얻은 소금을 핥았다. 하루 5홉이라던 밥이 생각보다 적어서 놀랐다. 왕복 기찻삯 외에 평균 100엔을 가불할 수 있다던 것도 불가능했다. 임금이 걱정되어 확인해보니, 동원서에는 하루 8엔에서 10엔으로 한 달이면 300엔은 받을 수 있다고 적혀 있으나, 실제 수령액은 3엔 전후여서 일동을 아연실색케 했다. 그래서 불과 나흘 만에 일행 51명 중 2명이 탈주했고, 가나가와 현에서 함께 갔던 자들은 우리가 도착한 날(10일) 모두 사라졌다.

쇼와 21년 9월5일

대일이사회—노동 악조건을 리데 씨가 설명

……출탄 저하 이유는 ① 전쟁 전, 전시중의 탄부는 대부분 조선인이었으나 현재는 일본인이 종사해 경험이 부족한 것 ② 식량부족으로 탄부가 식량을 구하러 다니느라 시간을 낭비하는 것 ③ 설비기계류의 노후와 노동 악조건 때문에 노동자들이 불만을 품고 있는 것이다……

쇼와 21년 11월 24일

소년 50여 명을 팔아넘기다

도치기 현 가와우치 군 스가타가와무라에서 식사를 제공하고 일당 80엔을 주겠다며 14세 소년을 도쿄 도 미타카초 오사와무라 마구미무라타 토공 합숙소에 팔아넘긴 범인 이누마 쇼지로(34)를 우쓰노미야 경찰서에서 조사한 결과, 범인은 우쓰노미야 시에서 17, 18세 소년 3명, 우에노와 기타센주에서 전쟁고아가 된 부랑아 50여 명을 같은 수법으로 팔아넘긴 사실이 밝혀졌다.

쇼와 22년 1월 25일

호카이도 탄광으로 가는 부랑자

지난 15일 강제 수용되었던 우에노 부랑자 중 메구로 후생 기숙사에 있던 20명과 요도바시 보호소에 있던 3명, 아라카와 보호소에 있던 13명, 우에노 근로서에 있던 14명, 합계 50명이 이번에 지원한 홋카이도 구시로 시외 쇼로의 메이지 탄광 제2광구에 취직하게 되었다.

6
야훼의 어린 양

병으로 죽은 아이가 외치고 있다. 법칙이다! 법칙을 잊지 마라!

아이의 차가운 몸에는 흰 가루가 뿌려져 있다. '아켈라' 위에도 흰 가루가 쏟아진다. 그리고 아직 살아 있는 다른 아이들에게도. 창문이 닫혀 있고 아이들은 숨을 죽인다. 한 명, 오로지 죽은 아이만이 쇳소리를 내며 뛰어다닌다. 아무도 그 아이를 막지 못한다. 아이는 열이 났나 싶더니 금세 죽고 말았다. 아직 어린아이라 자기가 죽었다는 사실을 알지 못한다. 죽은 아이가 '아켈라'를 찾고 있다. 늘 모글리와 아켈라 이야기를 들려주던 형. '아켈라'는 죽은 아이에게서 도망치고 싶다.

법칙이다! 법칙을 잊지 마라!

아이가 눈을 반짝이며 '아켈라'를 향해 팔을 벌리고 달려온다. 흰 가루가 흩어진다.

'아켈라'는 자기 신음 소리에 놀라서 눈을 떴다. DDT 가루를 털려고 오른손을 들었다가, 자기가 우에노 행 야간열차를 타고 있다는 사실을 깨달았다. '아켈라'의 가슴에 머리를 기대고 자고 있는 것은 그 아이가 아니라 '모글리'였다. 둘은 승강구 발판에 쭈그리고 앉아 있었다. 이번 열차도 붐비기는 마찬가지였다. 장거리 야간열차이기 때문인지 커다란 짐을 가진 승객이 대부분으로 선반에 얹지 못한 짐들이 통로를 막았고, 새로운 역에 도착할 때마다 혼잡은 더해갔다. 둘은 처음부터 찻간으로 들어갈 것을 포기하고 발판에 버티고 앉았다. 승강구 근처라면 변소도 가깝고 언제라도 열차에서 내릴 수 있다.

'아켈라'는 결국 감기에 걸렸다. 그 사실이 부끄러웠다. 꼬마 개구리 '모글리'가 마음을 쓰며 바지런히 챙겨주는 바람에 더욱 환자가 된 것 같아 '아켈라'라는 위대한 이름을 반납해야 할 때가 온 것이 아닌가, 하는 나약한 생각이 들 정도였다. '모글리'는 이미 신문지를 덮은 '아켈라'에게 자기 신문지를 더 덮어주고, 목에 수건을 감아주고, 이마에 손을 얹거나 팔다리를 문질러주었다. 그리고 자장가 대신인지 폭풍이 불고 비가 내린다, 하는 유행가를 부르거나 예수학교에서 배운 향내 나는 노래도 흥얼거렸다. 밤길을 헤매는 야훼의 어린 양, 우리는 구원의 빛을 찾아 헤매네……

'아켈라'는 '모글리'의 노래를 들으며 어느덧 잠이 들었던 것이다. 열이 오른 것 같다. 몸이 나른하고, 눈을 떠도 눈동자가 녹아버린 것처럼 사물의 윤곽이 분명치가 않다. 시베리아는커녕 아오모리에도 못 갔다. 비만 안 맞았어도 이런 흉한 꼴은 되지 않았을 텐데, 라고 '아켈라'가 변명을 한다. 겨울 묘지에서 태연하게 잠을 자던 네 살 난 자신에게. 그리고 말없이 곁에 있던 아버지에게.

'모글리'는 '아켈라'의 배에 머리를 얹고 두 다리로 '아켈라'의 머리를 감싸듯이 하고 자고 있었다. '모글리'도 설사 때문에 지쳤을 것이다. 설사는 어떤 유의 설사든 체력을 소모시킨다. 다행히 이질은 아니었다. 그 아이는 이질로 죽었을까. 그 아이는 이질인가 티푸스인가 하는 전염병으로 죽었다. 빡빡머리에 눈가가 언제나 짓물러 있던 아이. '어린이집'에 와 겨우 익숙해질 무렵 전염병으로 죽고 말았다. 법칙이다, 법칙을 잊지 마라, 하던 꿈속의 목소리가 아직도 '아켈라'의 귀에 생생하다.

'아켈라'는 깜박깜박 잠 속으로 빠져들며 기억들을 떠올렸다. 그 밖에도 죽은 녀석이 더 있었지. 세 명, 아니, 다섯 명이었다. 당시 '아켈라'는 머리가 멍한 상태였기 때문에 묘지에 있을 때보다도 기억이 아득하다. 줄곧 병을 앓고 있었기 때문인지도 모른다. '아켈라'뿐 아니라 다른 아이들도 하나같이 몸이 약했다. 구운 파를 돌돌 감은 지저분한 가제 수건을 목에 감고 있었다. 보모들도 모두 목에 가제 수건을 감았고 마스크를 떼질 못했다. 가즈 누나 손이 빨갛게 갈라져 피가 나는 것을 보고 '아켈라'가 너무나 반가워했던 적이 있다. 나랑 똑같다. 가즈 누나가 시무룩한 얼굴로 고개를 끄덕였다. 누군가가 죽었을 때, 도요 누나가 '어머니'에게 안겨 흐느껴 우는 것을 보고 '아켈라'도 흉내를 내며 '어머니'에게 안겨본 적이 있다. 흉내를 내는 사이에 정말로 눈물이 나왔다. 그래서 '아켈라'는 마음이 여리고 예민한 아이라는 말을 듣게 되었다. 죽으면 다들 어디로 가는 걸까요, 도요 누나가 혼자서 중얼거렸었다. 어차피 죽을 거면 엄마 아빠가 죽을 때 함께 가면 좋았을걸, 이제 와서 죽으면 혼자 헤매고 다니지는 않을까요. 제 이름도 모르는 갓난아기가 어째서 혼자 죽어야 하나요……

열차가 속도를 늦추며 역에 멈춰 섰다. '야마가타— 야마가타—' 하는 스피커 소리가 '아켈라'의 귀를 때린다.

열 명 정도의 승객이 내리고, 커다란 짐을 가진 승객들이 앞다투어 올라탔다. 야만스러운 원숭이들이 이빨을 드러내며 서로 밀치고 다리로 방해를 하거나 욕을 하면서 열차 안으로 쏟아져들어왔다. 그 소란에 '모글리'도 잠이 깨 몸을 일으켰다.

"……배고프다. 벌써 아침이야?"

"아침은. 아직 밖이 깜깜한데."

승객들이 둘이 있는 곳까지 밀려들었다. 할 수 없이 '아켈라'도 몸을 일으키고 '모글리'의 어깨를 끌어당겼다.

"정말 소란스럽다. 다들 눈에 핏발이 섰어."

손목시계를 꺼내 시간을 보았다.

"아홉시 반이다. 슬슬 배가 고플 때야. 식욕이 있다는 건 좋은 일이지. 그렇지만 도시락을 사러 가려고 해도 이 소란이 가라앉아야 하니 좀 기다려."

승객들 틈에서 비명이 울리고 아이 울음소리가 터졌다. 열차 안은 넘쳐나는 사람들로 조금의 틈도 없었다. 그런데도 열차에 타려는 사람들이 끊이질 않았다. 그 모습을 본 '모글리'가 작은 소리로 말했다.

"안 먹어도 괜찮아. 그런데 여기가 어디야?"

'아켈라'가 웃으면서 대답한다.

"이상하다는 생각이 들지만, 야마가타인가봐."

"야마가타? 오늘 아침에 중화소바 먹었던 데? 그럼 이 열차는 도쿄로 가는 거야?"

"아…… 그런 것 같다. 그렇지만 우리는 도중에 내릴 거니까 상관없어. 어쨌든 비가 오는 동안은 타고 있자."

'아켈라'와 '모글리'는 초만원인 발판에서 작은 바위 구멍으로 밀려 들어가듯 다리와 등을 움츠리고 무릎에 볼을 대고 서로 얼굴을 바라보았다. 열린 문 쪽에서 비를 동반한 찬 바람이 들이친다. 주위 사람들의 몸도 젖어 있다. 몸에서 비 냄새가 감돌았다.

"이대로 가만히 있는 수밖에 없겠다."

'아켈라'가 멍하니 중얼거리자 '모글리'도 졸린 듯이 말했다.

"학교 가는 전차도 이렇게 붐벼서 익숙해. 지금은 앉아 있기라도 하니 다행이지. 괜찮아."

옆에 있던 승객의 몸이 둘 쪽으로 굴러왔다. '아켈라'가 그 눈덩이를 두 손으로 밀어낸다. 바닥에 앉은 남자들의 등이 앞에서 점점 다가오고 있다. 등이 밀려올 때마다 둘은 번갈아 발로 차냈다.

발차 벨이 울리고 열차가 겨우 움직이기 시작했다. '모글리'는 무릎에 얼굴을 묻고 한숨을 쉬었다. 만원전차를 타고 학교에 갈 때면, 어디에선가 뻗어온 커다란 손이 스커트 안을 더듬기 시작한다. 여자아이만 골라 죽이는 남자들의 손이 꿈틀거린다. 뜨거운 것이 팬티 안으로 밀고 들어온다. 이대로 있으면 죽고 말 거야. '모글리'는 떨리는 몸을 힘껏 비틀어 남자의 발을 밟고 그 자리에서 도망친다. 여자아이라는 이유만으로 어째서 그런 기묘한 방법으로 살해당해야 하는 걸까.

어째서 세상에는 어딜 가나 저런 남자들이 있는 걸까. 다른 세상이 있다면 거기로 도망치고 싶다. 그렇지만 지금은 바지를 입고 사내아이가 되었으니까 그렇게 무서운 일은 일어나지 않을 거야. '모글리'는 자신이 여자아이라는 사실이 실망스러웠기 때문에 사내아이로 변장한 것에 조금의 불만도 없었다. '아켈라'의 방침이 기뻤다. '아켈라'도 어쩌면 내가 여자아이라는 것에 실망하고 있을지도 몰라. 그렇지만 '아켈라'에게 확인해볼 수는 없다. 아무리 '모글리'가 사내아이 행세를 하고 '아켈라'가 '모글리'를 사내아이 취급해도, 둘 다 '모글리'가 여자아이라는 사실을 잊은 건 아니니까.

'아켈라'가 눈을 반쯤 감은 채 낮은 소리로 말했다.

"저기, 사람이 죽으면 어떻게 되는지 '모글리'는 아니? 다들 어디로 가는 건지 생각할 때가 있어. 묘지에 버려져 죽은 아기는 어떻게 되는 걸까?"

'모글리'는 '아켈라'의 갈색 눈동자를 들여다본 다음 작은 소리로 입을 열었다. '아켈라'의 눈동자에는 '모글리'의 얼굴 같은 하얀 그림자가 떠 있다.

"어른들은 천국으로 간다고 하지만…… 구름 위에는 캄캄한 우주가 펼쳐져 있을 뿐이야. 바다 밑이나 땅 밑에도 석탄이나 지하수 그리고 마그마가 있을 뿐, 죽은 사람들이 있는 곳은 없어. 오빠가 죽었을 때…… 난 열 살밖에 안 된 아이였지만, 천국 같은 말은 유치하다고 생각했어. 그런 건 거짓말이라고. 하지만 내가 찾아내려 해도 모르기는 마찬가지야. 오빠가 죽고 나서는 죽는 게 무서워졌어. 그 전까지는 아무렇지도 않았는데. 내가 죽는 꿈도 자주 꿨고, 죽을까, 이대로 살까, 어느 쪽이 좋을까 하는 생각도 했어."

"그래, 어째서?"

'아켈라'가 물었다.

"모르겠어. 한 살 때부터 제사니 성묘니 그런 것들뿐이어서였을까? 우리 아버지가 무덤에 계시다는 말을 들어서?…… 그렇지만 오빠가 죽고 나서는 뭔가 전혀 다른 느낌이야. 눈 깜짝할 사이에 시체가 되고 화장을 해서 오빠는 완전히 사라져버렸어. 그렇지만 어딘가에 오빠의 뭔가가 남아 있는 것만 같았어. 그런 느낌 알겠어?"

'아켈라'가 눈을 깜박이며 고개를 끄덕였다. '모글리'는 혼잣말처럼 이야기를 계속했다.

"……그렇지만 어디에 있는지는 몰라. 귀신이 되어 여기저기 떠다니는 것하고도 달라. 멀리 북극성까지 날아가서 거기에 살고 있는 것도 아니야…… 내가 다니는 학교에는 교실마다 십자가가 걸려 있어. 그리스도가 거기에서 죽었대. 그게 너무 무서워. 미사라는 것도 있는데, 신부님이 뜻 모를 말을 하면서 커다란 금색 십자가를 들고 혼자서 뭔가를 먹거나 마시기도 해. 신자인 학생들은 미사포를 쓰고 그것을 받아먹어. 밀전병 같은 건데 무심코 이빨로 깨물면 그리스도의 피가 흐른대. 그러면 피가 멈추질 않아 그것을 깨문 사람은 피투성이가 돼서 지옥으로 떨어진다고 해. 하지만 조심해서 잘 먹으면 천국으로 가서 하나님의 사랑을 받는대…… 그렇지만 우리 오빠나 아버지는 그런 천국과는 아무런 상관도 없는 것 아닐까? 나만 천국에 갈 수도 없고…… 그리스도는 심장이 밖에서도 보이는데, 그 심장에 구멍이 나 피가 흐른대. 그리스도는 우리가 나쁜 짓만 해서 대신 고통을 당하다가 돌아가신 거래. 그렇지만 그 덕분에 아무리 나쁜 아이라도 진심으로 사죄하고 밀전병을 잘 받아먹으면 천국에 갈 수 있대…… 그렇지만, 그래, 예를 들면 '아켈라'가 말하는 정글 쪽이 훨씬 더 죽은 뒤의 천국 같다는 느낌이 들어. 우리 오빠도, 아버지도, '아켈라'의 아버지도 모두 정글의 예쁜 새나 늑대, 뱀, 곰, 코끼리, 흑표범, 사슴, 호랑이, 그리고 토끼, 여우, 벌레, 아니면 정글에 핀 꽃이나 풀, 무엇이든 자기가 좋아하는 것이 돼서 정글의 무리로서 법칙을 지키면서 평화롭게 살아가는 거야…… 그것도 천국의 하나라면 기쁠 것 같아. 이건 '아켈라'가 가르쳐준 거야."

'아켈라'는 골똘히 생각에 잠긴 듯 눈을 감고 있었다. 잠이 든 걸까, 하고 '모글리'가 대답을 듣기를 포기할 즈음 '아켈라'가 눈을 뜨고 입을 열었다.

"'정글은 크고 아이는 작다' 또는 '숲과 물과 바람과 나무와 정글의 은혜가 너와 함께! 지혜와 힘과 예의 바름과 정글의 은혜가 너와 함께!'라는 말도 있지…… 이건 모글리가 커서 아켈라의 유언에 따라 드디어 정글을 떠나 인간세계로 돌아갈 때 동물들이 부른 작별의 노래야. 곰 발루와 큰 뱀 카 그리고 흑표범 바기라, 이 세 마리의 동물은 말하자면 모글리의 후견인인데, 발루는 이미 늙어서 비실비실하고 눈도 어두워졌지. 하지만 모글리는 인간이기 때문에 성장이 너무나 늦어. 아무리 기다려도 몸에 털도 안 나고 어금니가 나지도 않아. 꼬리도 없고 귀나 코도 발달이 안 돼. 나처럼 열일곱 살이 되어도 아직 완전한 어른이라고는 할 수 없으니까. 동물들은 이십 년 정도 지나면 노인이 되고 마는데 말이야. 물론 비단뱀이나 코끼리는 다르지만……

그래서 모글리는 인간세계로 돌아가게 되지. 그렇지만 계속 정글의 무리이기도 해. 언제라도 다시 정글로 돌아올 수 있고, 정글도 계속 모글리를 지켜보지. 그래, 맞다. 정글은 인간이 이 세상에 태어나기 전의 장소이고, 죽은 후의 장소이기도 해. 이제야 알겠다…… 어려서 죽은 아이들은 정글의 나비가 되어 있을지도 모르고, 우리 아버지는 마른 물소가 되어 있을지도 모르고, 공습으로 죽은 어머니와 형제들은 사슴이나 산토끼가 되어 있을지도 몰라. 나는 죽으면 역시 늑대가 되고 싶다…… 넌 뭐가 되고 싶니?"

'모글리'가 황홀한 표정으로 정글의 모습을 떠올리며 대답했다.

"음, 글쎄. 나는 동물 말고 꽃이 좋아. 코스모스 같은 꽃."

"뭐야, 여자애 같은 말을 하네. 좀더 기운이 날 만한 것으로 말해봐."

'아켈라'의 얼굴이 웃고 있다.

"그럼 도마뱀. 도마뱀은 예쁘고 도망도 잘 치니까."

"여전히 시시하기는. 어차피 할 거면 왕도마뱀으로 해라. 옛날 공룡같이 생긴 커다란 녀석으로."

'아켈라'의 말에 '모글리'가 작은 소리로 웃었다.

"……그렇지만 나는 너와 달리 어릴 때부터 죽는 게 싫었다. 묘지에 있을 때는 아무것도 몰랐지만, 아버지가 없어지고 나서는 늘 죽기 싫다는 생각을 했지. 열심히 먹었고, 어른들의 마음에 들려고 거짓말도 했고, 시시한 싸움 같은 건 하지도 않았어…… 멍청히 죽어서 쓰레기처럼 시체가 버려지는 건 참을 수 없는 일이라고 생각했지. 길거리에서 죽었다가는 거적이 씌워지고 그걸로 끝인걸. 우리 아버지도 어떤 취급을 당했는지 알 수 없지. 공동 납골당 선반에 놓인 항아리엔 먼지가 수북이 쌓여 있을 거야. 묘 같은 건 우리와는 인연이 없어…… 묘지 안을 그렇게 돌아다녔는데 묘와 인연이 없다니, 참 웃기는 이야기지. 아버지나 나나 묘지에서 살면서 한 번도 묘 앞에서 합장한 적이 없어서 벌을 받는 게 틀림없어."

"나도 오빠랑 자주 근처 묘지에서 놀았어. 나도 손을 모아 빈 적은 없지만…… 아직 벌 같은 건 안 받았는걸."

'모글리'가 졸린 목소리로 말했다. 승객들 틈에 낀 두 사람은 비좁지만 그들만의 온기에 감싸인 기분 좋은 상태를 유지하고 있었다. 하지만 변소에 가기 위해 자리를 이동한다면, 둘의 공간을 금방 빼앗기고 말 것이다. '모글리'는 변소에 가고 싶었다. 그렇지만 두려운 마음에 자리를 뜨기를 포기하고 '아켈라'의 이야기에 귀를 기울였다. 이대로 다시 잠을 자면 변소에 가지 않고 버틸 수 있을지도 몰라. 그 사이 발판에 있는 사람들도 조금은 줄어들겠지. 아직은 참을 만하다. 설사는 일단 멎은 것 같고 나올 것도 다 나왔으니, 뱃속은 텅 비어 있을 것이다. 지금은 오히려 '아켈라'의 열이 걱정이다. '모글리'는 '아켈라'의 달아오른 얼굴과 눈물이 어린 듯한 속눈썹이 진한 눈과 덥수룩하게 난 수염으로 싸인 붉은 입술을 열심히 바라보았다.

"그러고 보니 묘지에 예수쟁이의 묘도 있었다. 십자가 모양이었으니까 그렇겠지? 예수교를 믿는 사람들의 천당은 다른 사람들과 다른 곳에 있을까? 그럴 리 없겠지. '어린이집'의 '부모님'도 신을 믿었지만, 거긴 신도(神道) 쪽이야. 그렇지만 손을 모아 비는 모습은 본 적이 없다. 꼬맹이들이 죽어도 장례식 같은 건 없었고, 고개를 숙여 작별인사를 하라고 했을 뿐이야. 그러고 보니 죽은 아이한테 귤을 넣어줬다…… 자기가 믿던 신이 싫어진 건지, 자기 아이 셋을 전쟁으로 잃었기 때문인지는 모르지만, 죽은 아이는 우주의 에너지로 돌아갔으니까 여기저기 피어 있는 꽃이나 들고양이가 낳은 새끼 고양이나 냇가의 지렁이 등 모든 게 죽은 아이와 연결되어 있다고 늘 우리들에게 말했어. 모두 정글로 돌아간다는 것과 다르지 않지. 다음에 만나러 가면 얘기해줄까? 이미 알고 있을지도 모르지만…… '아버지'는 옛날에 초등학교 선생님이었기 때문에 아는 것이 많아서 우리에게 많은 것을 가르쳐주었지. 러시아 혁명이나 유대인들의 새로운 나라, 인도의 간디 이야기…… 너, 간디에 대해서 아니? 겉보기에는 무슨 거지중 같지만 대단한 사람이야. 무저항주의라는 걸로 인도를 독립시키고 종교나 계급의 차이로 분쟁하지 말자고 주장하다가 그런 사상을 싫어하는 녀석에게 살해당했어."

그때 '모글리'가 고개를 들고 중얼거렸다.

"어떡하지. 나 변소에 가고 싶어. 갈 수 있을까?"

'아켈라'가 고개를 들고 한숨을 쉬었다.

"그러냐? 그건 좀 곤란한데. 다음에 큰 역에 도착하면 플랫폼에 내려서 서서 보면 안 되겠냐?"

"하지만…… 서서 어떻게 볼일을 봐."

'모글리'가 눈살을 찌푸리고 대꾸한다.

"작은 거야? 아니면 큰 거?"

"모르겠어. 양쪽 다인 것 같기도 하고……"

"할 수 없네. 그럼 한번 가봐. 변소는 바로 저기니까 그대로 기어가는 편이 나을 거다."

잠시 망설이던 '모글리'가 두 손을 바닥에 대고 엎드리더니, 우선 눈앞의 커다란 엉덩이에 대고 말했다.

"미안해요, 좀 지나갈게요. 변소에 가야 되거든요."

커다란 엉덩이가 조금 움직이더니, 남자인지 여자인지 알 수 없는 목소리가 들려왔다.

"큰 거냐?"

"설사예요……"

"그렇다면…… 여기, 이쪽으로 가."

벌어진 틈으로 '모글리'가 몸을 비틀고 들어갔다. 이번에는 커다란 갈색 보따리가 눈앞을 막고 서 있었다. 오른쪽으로 돌아 겹치듯이 앉아 있는 남자들에게 다시 부탁을 했다. 큰 것이 샐 것 같다고 하자, 남자들은 언짢은 얼굴로 상반신을 옆으로 비켜주었다. 그 골짜기를 넘어 짐 위에 앉아 있는 사람의 다리 사이를 빠져나가고 아이를 안은 여자의 등 뒤를 돌아 간신히 변소 앞에 도착했다. 변소 문이 활짝 열려 있고 안에도 몇 사람이 버티고 앉아 있었다. 노인들이었는데, 둘은 여자 같았다. 목에 수건을 감고 신문지 위에 앉아 주먹밥을 먹고 있다.

'모글리'가 또다시 부탁을 했다.

"저기, 변소를 쓰고 싶은데요…… 죄송해요, 설사를 해서요."

노인이 고개를 끄덕이며 대답했다.

"들어와, 상관없으니."

다른 노인들도 고개를 끄덕여 보였으나, 나가려는 기색이 전혀 없었다. '모글리'가 꼼짝 못 하고 있자 같은 노인이 다시 말했다.

"아무도 안 보니 상관 말고 들어오너라."

'모글리'는 여전히 망설였다. 참을 수만 있다면 참고 싶다. 사람이 있는 데서 어떻게 변을 볼 수 있을까. 그렇지만 이대로 있다가는 분명히 옷에 볼일을 보고 말 것이다. 팬티와 바지가 더러워지는 것은 말할 것도 없고, 바닥에 설사가 흐르면 사람들이 모두 몰아세울 게 틀림없다. 이런, 냄새나고 더러운 똥물을 흘리다니! 저런, 짐에도 똥이 묻었잖아! 이런 녀석은 열차에서 밀어내버려!

'모글리'는 결심을 하고 변소 안에 들어가 변기가 있는 곳으로 올라갔다. 노인들은 등과 고개를 돌리고 있다. 누군 좋아서 이런 데 있는 줄 아니, 라고 말하듯 입을 굳게 닫고 신경질적인 얼굴을 숙이고 있다. '모글리'도 눈을 감고 얼른 바지와 팬티를 내리고 변기에 앉았다. 아무 생각도 하지 말고, 보지도 말자. 그러면 '아켈라'에게 들은 묘지의 부자처럼 될 수 있다. 늘 설사를 했다던 부자는 엉덩이에서 소리를 내고 김을 내면서 묘지 여기저기에 변을 보았다고 했다.

'모글리'가 긴장한 얼굴로 겨우 '아켈라' 곁으로 돌아오자, 마침 열차가 역에 도착했다. '요네자와— 요네자와—' 하는 방송이 들리자 '아켈라'가 일어났다.

"여기는 큰 역인 것 같으니까 내려서 도시락을 사올게."

'아켈라'가 발판에 쭈그리고 앉은 사람들을 거칠게 헤치고 밖으로 나갔다.

승객이 몇 명 내렸지만, 그보다 몇 배는 많은 사람들이 열차에 올라타려고 서로 밀치기 시작했다. 이게 오늘 도쿄로 가는 마지막 보통열차라 이렇게 혼잡한지도 몰라, '모글리'는 문득 생각했다. 이 열차만 타면 어쨌든 내일 아침에는 도쿄에 도착한다. 대부분의 승객이 도쿄까지 가는 모양이다. 짐 속에는 쌀이니 호박, 감자 같은 것이 들어 있는 것 같다. '아켈라'를 기다리는 동안 '모글리'는 자기 천 주머니에서 두루마리 휴지를 꺼내 팬티 밑에 댔다. 조금 전 변소에 종이를 가지고 가지 않아 팬티 속이 찝찝한데다, 앞일을 생각해 기저귀 대신에 대어 둔 것이다. 백화점에서 가져온 두루마리 휴지는 귀중품인데 이미 많이 써버렸다.

발차 벨이 울리고 기적 소리도 들렸지만 '아켈라'는 아직 돌아오지 않는다. 열차가 무겁게 흔들리고 차량 연결부가 서로 부딪치는 소리가 들린다. 열려 있는 승강구로 차가운 밤비가 들이닥친다. 만약 '아켈라'가 기차를 놓치면 어떻게 될까. '모글리'는 숨을 죽이고 승강구를 지켜보고 있다. 열차가 조금씩 속도를 더해갔다. 검게 그을린 '아켈라'의 얼굴이 승객들 사이로 겨우 모습을 드러냈다.

"야, 큰일날 뻔했다. 하마터면 열차에서 떨어질 뻔했네. 도시락하고 차를 들고 있어서 두 손을 다 쓸 수가 없었거든. 도시락 파는 데가 안 보이는데다 눅눅해진 이런 주먹밥밖에 없는 거야."

'아켈라'가 주위의 승객들을 밀치고 원래의 자리로 돌아와 주먹밥 세 개를 싼 갈색 종이를 바로 펼쳤다. 한눈에도 궁상맞아 보이는 주먹밥에 단무지 세 개가 들어 있었다. 주먹밥 안에도 겨우 우메보시* 조각만 들어 있고, 겉은 김 대신 본 적도 없는 삶은 채소 잎으로 싸여 있

* 일본 고유의 매실 장아찌.

다. 양은 부족했지만 의외로 맛은 괜찮았다. 시각은 이미 자정에 가까웠다. 열차는 도중의 작은 역들을 무시하고 이따금씩 기적을 울리며 어둠 속을 달려갔다. 주위의 승객들은 모두 거북한 자세로 눈을 감고 있다. 깊은 잠에 빠진 사람도 없지는 않지만, 대부분 꾸벅꾸벅 얕은 잠에 몸을 맡기고 있을 뿐이었다. 찻간과 발판 할 것 없이 사람이 꽉 들어찼는데도 알 수 없는 두려움의 정적이 정체된 공기를 억누르고 있다. 멀리서 갓난아기가 칭얼대는 소리가 들렸다. 단단한 열차 바퀴 소리를 들으면서 '아켈라'와 '모글리'도 자연스럽게 졸음 속으로 빠져들었다. 내일은 먹고 싶은 걸 실컷 먹자고 속삭이면서.

여자의 비명 소리에 눈을 떴다. 주변 사람들이 일제히 술렁이며 자기 짐과 주머니를 확인하기 시작했다.

"표가 없어졌어! 지갑도 빼갔네!"

가까운 곳이라는 것 말고는 여자 소리가 어디서 들리는지 알 수가 없었다. 여자가 아무리 소리를 쳐도 승객들은 움직이지 않았고 차장이 모습을 나타내지도 않았다. 주변은 이내 원래의 답답한 정적으로 돌아갔고, 규칙적인 바퀴 소리만 들려왔다. '아켈라'와 '모글리'도 다시 잠에 빠져들었다.

"이 새끼, 뭐 하는 거야!"

"바보 같은 놈! 이거나 먹어라!"

"하, 나를 쳤겠다, 이 쥐새끼 같은 놈!"

갑자기 차 안에서 남자들의 싸움이 시작됐다. 동시에 또다른 남자의 울음소리와도 같은 비명이 울렸다.

"짐이! 짐이 없어졌다! 누구 본 사람 없소? 이만한 크기의 나무상자요! 부탁이니 좀 찾아주시오! 짐이 없어지면 나는 죽을 수밖에 없단 말이오!"

웅성거리는 소리 사이로 여자 목소리가 들렸다.

"여기 있는 상자, 이거 아닌가? 아까까지 이런 거 없었는데. 누구 본 적 있어요?…… 그렇다면, 맞다, 누가 훔치려고 옮기는 중이었나 보네."

어느새 싸우는 소리가 사라졌다. '아켈라'와 '모글리'는 서로 얼굴을 바라보고 시계를 확인했다. 세시가 지났다. 옆에서 자던 사람들도 잠에서 깨어나 수군거리고 있다.

"찾았으니 운이 좋네."

"온통 도둑놈들뿐이니 잠을 잘 수가 있나."

"요즘엔 사람을 죽이는 놈들도 많다잖나."

"아이고, 무서워라."

"그렇지. 하지만 단속이 더 무섭다고."

"이 열차는 어떨라나."

"야마가타에서 아무 일 없었으니까…… 고야마나 오오미야, 그렇지 않으면 우에노에서 기다리고 있을지도 모르지."

"몰수한 쌀을 순사가 먹는다지."

"참말로 어찌 된 세상인지……"

'아켈라'와 '모글리'는 눈을 감고 잠을 자려고 했다. 그러나 주위의 웅성거림과 공복감 때문에 겨우 깜박깜박 잠이 들 뿐이었다. 꿈속에서 '모글리'는 닭장에 갇혀 열 마리가 넘는 닭들의 부리에 쫓기고 있었다. 일고여덟 살 무렵, 집에서 기르던 네댓 마리의 닭에게 모이를 주고 달걀을 꺼내오는 일은 '모글리'의 몫이었다. 닭들은 '모글리'를 쳐다보지도 않을 때도 있었지만, 흥분해서 쫓아다니며 부리로 공격할 때도 있었다. 부리에 쪼이면 무척이나 아팠다. 닭은 심술궂은데다 난폭했다. 잠을 자거나 화를 내는 것밖에 몰랐다.

'아켈라'는 어딘지 모르는 강가를 걷고 있었다. 강바람이 차가워서 뺨이 얼어붙었다. 강가에는 '아켈라' 외에는 아무도 보이지 않았다. 바람이 불면 수면에 하얀 물결이 일고, 기슭의 풀들이 마른 소리를 내며 흔들린다. 하늘이 어둡다. 눈보라가 일지도 모른다. '아켈라'는 맨발로 걷고 있다. 강 주변에는 하얗게 얼어붙은 논이 펼쳐져 있을 뿐, 집도 나무도 보이지 않았다. 이런 데서 쉴 수는 없어. '아켈라'는 계속 걸었다. 강을 보니 커다랗고 하얀 새가 한 마리 떠 있다. 백조일까. 그런 생각을 하는 순간, 새의 목이 옆으로 꺾이더니 그대로 쓰러져버린다. 죽은 새잖아. 실망한 '아켈라'가 천천히 떠내려가는 새를 바라본다.

"전원 하차하십시오…… 하차하세요."

플랫폼에서 남자 목소리가 들렸다. 승강구 문이 열려 있고, 주변에 있던 승객들이 짐을 들고 내리고 있다.

"이봐, 검문이야."

"새벽 댓바람부터 이게 무슨 일이야."

"제기랄, 으스대기는……"

'아켈라'와 '모글리'가 멍하니 있는 동안 주위는 승객들의 소리로 넘쳐나고, 플랫폼 반대쪽 문을 열고 재빠르게 짐을 밖으로 던지는 사람도 있었다. 경관인 듯한 남자들이 산적 같은 기세로 열차에 올라타 곤봉을 휘두르며 커다란 소리로 외치기 시작했다.

"빨리 내려! 짐도 전부 가지고 내려! 임시검문이다!"

'아켈라'가 '모글리'의 팔을 붙잡아 일으키며 속삭였다.

"잘은 모르지만 짐 검사 같으니까 우리는 괜찮아. 하지만 넌 입을 다물고 있어."

승객들과 몸을 부딪치며 플랫폼에 내려서자, 권총을 든 경관 네다섯 명이 열차의 각 차량을 지키고 있는 것이 보였다.

하늘은 아직 어둡고 공기가 차가웠다. '모글리'가 몸을 떨기 시작한다. 잠이 덜 깼데다 어떤 상황인지 전혀 알 수가 없다. 방금 전까지 꾸던 꿈보다 현실감이 없고, 게슈타포니 아우슈비츠니 하는 말들이 떠올랐다. 『안네의 일기』에 나온 말들이다. 어쨌든 '아켈라'와 떨어져서는 안 된다는 생각에 '아켈라'의 팔에 매달렸다. 몸이 점점 더 떨리자 이가 맞부딪치고 눈에는 눈물이 고였다. 오줌을 쌀 것만 같다. 어머니 허락도 없이 학교를 빠지고 '아켈라'와 함께 여행을 떠난데다 사내아이로 변장까지 했다. 들키면 가스실에 보내질까. '아켈라'가 함께 있어준다면 조용히 죽을 수 있을지도 몰라. '아켈라'는 아이로 취급할까, 아니면 어른들 수용소로 보낼까. 수용소에서는 남자와 여자로 갈라질까?

"꾸물거리지 마! 육열종대로 서라!"

경관이 들고 있는 권총이 플랫폼의 전등 불빛에 반짝인다. 경관들은 승객들을 육열로 세우기 위해 크게 소리를 치지만, 승객들은 의외로 두려워하는 기색 없이 수돗가에서 물을 마시거나 얼굴을 씻는가 하면, 플랫폼 한쪽에 서서 소변을 보는 사람까지 있었다. 또다른 경관들이 으스대면서 승객들의 짐을 조사하기 시작했다. 커다란 짐들이 열차 안에서 속속 내던져졌다. 플랫폼의 기둥에는 우쓰노미야라고 씌어 있었다.

"너, 이출 증명서는 가지고 있는 거야? 없으면 다 몰수다. 이미 각오하고 한 일이겠지…… 다음! 뭐야, 이건?…… 어라, 쌀이잖아! 보리도 있네…… 안 돼. 두 되, 두 되까지야!"

승객들의 짐꾸러미에서 무거워 보이는 천 주머니와 양철로 된 깡통, 짚으로 싼 것들이 던져지고, 완장을 찬 남자가 커다란 마대 주머니에 그것들을 집어넣었다. 쌀, 보리, 고구마 등이었다. 역시 식량을 몰수당했는지 조금 떨어진 곳에서 한 여자가 아이를 데리고 주저앉아 울고 있다. 주먹을 휘두르며 경관에게 욕을 하는 승객도 있었다.

"뭐야, 말도 안 돼. 쌀 암거래 검문이라도 하는 거야? 내가 어렸을 때랑 똑같잖아."

'아켈라'가 기가 막혀 중얼거렸다. '모글리'는 '아켈라'의 소맷부리에 눈물이 그렁그렁한 눈과 콧물을 함께 문질렀다. 그렇게 무서워하면 오히려 의심받을 거라는 말을 하려는데 경관이 바로 옆에 다가오는 바람에 입을 다물 수밖에 없었다.

2인 1조의 경관들이 앞 승객의 배낭과 보따리 조사를 끝냈다. 규정된 양을 넘지 않은 듯 몰수하는 소란은 일지 않았다. 이제 '아켈라'와 '모글리' 차례였다.

"너희 둘뿐이냐?"

'아켈라'가 입을 다물고 고개를 끄덕였다.

"짐은? 이것뿐이야?"

젊은 경관이 둘의 천 주머니를 열고 안을 살펴보았다.

"너희들 가출한 건 아니겠지? 아무런 연고도 없이 도쿄에 갔다가는 부랑아가 돼서 나쁜 녀석들에게 끌려간다. 그렇지 않으면 너희들 열차도둑이냐? 다른 애들도 있는 거 아니야?"

"뭐, 좋아. 위반품목은 없다. 다음!"

나이 든 경관은 '아켈라'와 '모글리'에게는 관심이 없는 듯 다음 줄로 이동했다. 젊은 경관이 혀를 차고는 '아켈라'를 노려보며 지나갔다. '아켈라'와 그다지 나이 차이가 나지 않는 듯 보인다. 뺨과 이마에는 짓무른 여드름이 반짝였다. '아켈라'는 그 불결한 원숭이의 얼굴에 침을 뱉고 싶었지만 '모글리'를 위해 꾹 참고 고개를 숙였다. 원숭이의 말은 결국 아무런 의미가 없는 천한 잡음에 불과하다.

"이제 괜찮아. 저기 가서 물이라도 마셔. 얼굴도 씻고 싶지?"

'모글리'가 빨개진 눈으로 '아켈라'를 올려다보며 고개를 저었다. '모글리'는 여전히 '아켈라'의 소매에 매달려 있다.

"뭐야, 그렇게 무서워할 것 없다니까. 어쩔 수가 없군."

뒤쪽에서 다시 성난 목소리와 울음소리가 들려왔다. 열차에는 언제쯤 돌아가면 될까. 저 원숭이들한테 열차 통행을 이렇게 지연시킬 권리가 있는 걸까. 플랫폼을 보면 열차 안이 넘쳐날 정도로 승객이 붐비는 것을 알 수 있다. 열차의 승객들이 모두 내렸지만 도대체 몇 명이나 될지 짐작이 가지 않았다.

이십 분쯤 지나서야 겨우 '아켈라'의 줄이 경관들로부터 자유로워졌다. 열차에 타도 된다는 말에 '아켈라'와 '모글리'는 우선 수돗가로 갔다. 얼굴을 씻고 양치질을 한 다음 물을 마시고 플랫폼 구석으로 갔다. 어쩐지 하늘이 밝아오는 것 같았다. 맞은편 플랫폼 지붕 위에는 참새 두 마리가 재잘거리며 날고 있었다.

"오늘은 날씨가 좋을 것 같다. 날씨만 좋다면 다시 기운을 차릴 수가 있지."

'모글리'가 고개를 끄덕여 보였다. '아켈라'에게 매달린 손에 겨우 힘이 빠졌다.

"하지만 네가 놀란 것도 무리는 아니야. 나도 처음에는 심장이 벌렁거렸어. 저 녀석들은 권총을 가지고 있으니 말이야. 게다가 우리를 열차도둑 취급하다니."

"……가출했냐고도 했어."

'모글리'가 작은 소리로 말했다. 얼굴은 아직 울상이었지만 입가에 작은 미소를 띠고 있어서 안심이 된 '아켈라'가 웃으며 대꾸했다.

"정말 대단한 실례지. 이래 봬도 우리는 도쿄 사람들이잖아."

'모글리'가 작은 소리로 웃는다.

"하지만 아직도 이런 일이 있을 줄은 정말 몰랐다! 요즘은 쌀을 암거래하는 시대가 아닐 텐데."

"쌀 암거래?"

"'모글리'는 그런 것도 모르니? 쌀집에서 쌀을 팔지 않으니까, 자기들이 시골에서 쌀을 가지고 올라가서 비싼 값에 파는 거야. 수지맞는 장사지. 그건 그렇고, 너 잠깐 저쪽 좀 보고 있어. 나 여기서 소변 좀

보게. 아니면 너도 서서 해볼래? 하나도 어려울 것 없다고."

'모글리'가 당황하며 '아켈라'에게서 떨어져 얼굴을 돌렸다.

"흠, 노력이 부족한 녀석일세."

'아켈라'가 중얼거리며 바지 단추를 풀고 선로를 향해 소변을 보았다. 그리고 맞은편 플랫폼에서 '닛코'라고 적힌 그림을 발견했다. 숲속에 있는 크고 화려한 궁의 모습이 페인트로 그려져 있다. 대합실 판자벽에는 세 마리 원숭이가 그려진 포스터도 붙어 있다. 닛코국립공원, 국제적 관광지, 도쇼궁, 주젠지호라는 글씨도 보였다.

"닛코라…… 저기 좀 봐. 여기서 닛코로 갈 수 있나봐. 날씨도 좋을 것 같은데 가볼까? 닛코라면 유명한 곳이니까. 저기 국제적 관광지라고 써 있잖아. 여행하는 거니까 조금은 관광을 해도 괜찮겠지?"

"응!"

뒤에서 '모글리'의 힘찬 소리가 들렸다.

쇼와 21년(1946년) 8월 1일

승객 9할이 위반—정치적 빈곤에 차창으로 분노의 소리가 들끓다—'백미열차' 탑승기록

'마(魔)의 열차'가 있는가 하면, 쌀의 본고장인 도호쿠 6현을 종단하는 상행열차를 일컬어 사람들은 '백미열차'라 부른다. 뒤주처럼 혹은 돼지우리처럼 사람들과 쌀을 실은 열차. 이를 막기 위해 열차가 도쿄에 도착하기 전 어디에선가 반드시 열차 검문이 행해진다. 각반을 차고 권총을 든 무장 경관이 순식간에 열차를 둘러싼다. 그들은 승객

전원이 하차하도록 명하고 사람과 물건을 플랫폼으로 몰아낸 다음, 산더미처럼 쌓인 쌀과 보리, 감자 등을 무상으로 몰수한다. 밀치락달치락하는 소동과 혼란 속에 결국 발포사건까지 발생했다.

아키타 발 우에노 행 404 열차가 모일 오후 9시 52분 야마가타 역으로 들어왔다. 그 열차야말로 당국에는 눈엣가시, 그날 밤에도 73명의 경관이 권총으로 무장한 채 열차를 둘러쌌다. 식량영단(食糧營團)이라는 완장을 찬 남자가 커다란 마대를 몇 개나 펼쳐놓고 검문관 옆에 서 있고, 약 2천 명의 승객은 운반할 수 있는 최대한의 짐을 들고 있다. 그날 밤 무상몰수한 식량은 약 6섬 반, 그렇게 불법 월경하는 자들을 떨쳐버리고 가벼워진 열차는 약 40분이 지난 후에 발차했다. 기차가 움직이자 차창에는 경관을 매도하는 소리와 분노가 들끓었다. 열차 안에는 반성은커녕 같은 배를 타고 같은 재난을 당했다는(?) 사실에 서로 친근감을 느낀 사람들의 소란과 잡담이 끊이지 않는다. 정부 따위는 개똥이나 다름없다. 그 열차에 이번에는 이동 경찰관이 등장했다. 혼잡을 틈타 도난사건이 7건이나 발생한 것이다. 겨우 허가받은 2되의 쌀과 아침식사 그리고 아이 옷을 도둑맞은 부인도 있었다.

플랫폼의 계단을 올라가 '닛코 선'이라고 적힌 화살표를 따라 다시 계단을 내려갔다. 우선 시간표를 살펴보았다. 첫차가 다섯시 이십분이니 이십 분만 기다리면 된다. 조금 전의 승객들은 이미 열차로 돌아가, 플랫폼에는 경관들만 전등불 밑에 우두커니 서 있다. 플랫폼에는 각 차량별 몰수품이 산더미처럼 쌓여 마치 동물의 시체처럼 보인다.

새삼스럽게 경관이 불러세우는 일만은 일어나지 않았으면 싶다. 둘은 다시 계단을 올라가 역 개찰구로 갔다. '아켈라'가 표를 정산하고 닛코까지 가는 표를 구입했다. 그 사이 '모글리'는 변소에 가서 볼일을 마쳤다. 다행히도 이제 설사는 진정된 것 같다. 개찰구 밖으로 나왔지만 하늘은 아직 어둡고 가게들도 문을 열지 않았다. 둘, 셋, '아켈라'와 같은 열차를 타려는 듯한 사람들이 개찰구를 빠져나간다. 인적 없는 어슴푸레한 광장에는 트럭 두 대가 몰수품과 경관들을 실어나르기 위해 기다리고 있다.

그때, 우에노 행 열차가 기적을 울리며 움직이기 시작했다. 플랫폼을 돌아보자 경관들이 선로를 건너 일제히 이쪽으로 오고 있다. 그들은 몰수한 물건들을 담은 마대를 하나씩 릴레이식으로 옮기기 시작한다. 순간 '아켈라'는 '모글리'의 손을 잡고 광장 구석에 쌓아둔 목재더미 뒤로 숨었다.

목재를 등 뒤에 두고 아무 말 없이 앉아 있던 '모글리'가 '아켈라'에게 속삭여 물었다.

"저기, 열차도둑이 그렇게 많아?"

'아켈라'도 작은 소리로 대답한다.

"많겠지, 분명히."

"사람들한테 뺏은 저 쌀, 순경들이 먹는 거야? 그렇다면 순경들이야말로 도둑 아닌가?"

"원숭이들이니 무슨 짓은 안 하겠어. 그것보다 배가 고프다. 여기서 도시락을 살 수 있으면 좋겠는데."

"열은 다 내렸어?"

'모글리'가 생각난 듯 '아켈라'의 얼굴을 들여다보며 물었다.

"……아마도. 이렇게 배가 고프니 괜찮은 거겠지."

"다행이다. 나도 배고파. 그리고 졸려. 여기는 우쓰노미야지? 야마가타보다 훨씬 남쪽일 텐데 여전히 춥네. 해가 뜨면 따뜻해질까?"

'아켈라'가 고개를 끄덕이며 눈앞의 선로를 바라보았다. 선로 주변에는 하얀 꽃이 피어 있다. 떡쑥이라는 이름이었지, 하고 골똘히 생각한다. 잘 보면 작은 분홍색 꽃도 피어 있다. 이 위치에서는 무슨 꽃인지 알 수가 없다. 자운영일까, 토끼풀일까. 등 뒤의 목재에서 나는 눅눅한 톱밥 냄새 때문에 재채기가 날 것 같다. 하늘의 푸른색이 미묘하게 변해간다. 참새 소리가 들리지만, 어디에 있는지는 보이지 않았다.

'아켈라'가 아무 말 없자 '모글리'도 작은 하품을 되풀이하며 하늘을 보거나 하얀 꽃을 바라보았다. 일부러 먼 북쪽까지 가지 않아도 여기도 꽃이 가득 피어 있네. 하지만 꽃은 어디에나 피어 있지. '아켈라'가 한 말은 살아 있는 동안에는 결코 갈 수 없는 '천국'의 정글 이야기였던 것이다. '아켈라'도 아직 가본 적이 없는 정글. 그렇다 해도 죽은 뒤에 왕도마뱀이 되는 것은 별로 기쁘지 않다. 악어도 싫고. 뱀이면 괜찮을까. '모글리'는 갖가지 뱀을 머릿속에 떠올려본다. 비단뱀, 코브라, 방울뱀, 살무사, 산무애뱀, 구렁이……

목재 그늘에서 광장을 들여다보던 '아켈라'가 일어섰다.

"됐다, 경찰 원숭이들이 모두 없어졌어. 얼른 조금 전의 플랫폼으로 가자."

발차 시간이 아슬아슬했다.

둘은 힘껏 달려 개찰구를 빠져나가 계단을 오른 뒤 다시 내려갔다.

열차는 벌써 와 있었다. 그대로 달려 열차에 올라탔다. 차 안은 비어 있었다. 얼른 가까운 자리에 앉아 한숨 돌린다. 바로 그때 발차 벨이 울리고 짧은 기적 소리가 들렸다.

"아차, 도시락 사는 걸 잊었다!"

'아켈라'가 억울한 듯 중얼거렸다.

"괜찮아, 닛코에 도착할 때까지는 참을 수 있어."

창밖을 바라보며 '모글리'가 무심한 목소리로 말했다. 하늘은 이미 아침 빛깔로 변해 있었다.

"……저기, '모글리'는 닛코에 가본 적 있니?"

'아켈라'가 맞은편 좌석에 앉은 두 노파의 얼굴을 은근히 살피면서 작은 소리로 물었다.

"초등학교 때 수학여행으로 갔었어. 그렇지만 별로 기억이 안 나. 화엄폭포에 물이 별로 없어서, 저런 데서 정말 자살할 수 있을까 하는 생각을 했어."

두 노파는 비슷한 색깔의 빛바랜 기모노를 입고 천으로 된 가방을 가슴에 안고 눈을 감고 있었다. 아무래도 관광객으로는 보이지 않는다. 찻간의 승객들 대부분이 현지 사람 같다. 초만원의 야간열차보다는 마음이 편하지만 이 지방 사람들만 타고 있다면 마음을 놓아서도 안 된다. 두 사람이 쓰는 도쿄 말이 주위의 호기심을 불러일으킬지도 모른다. 도쿄에서 가까운 곳이라 도쿄 말을 듣는 것이 드문 일은 아닐지도 모르지만.

"뭐야, 자살이라니?"

'아켈라'가 작은 소리로 물었다.

"어떤 유명한 사람이 거기서 자살을 했대. 그런 데서 자살하고 싶은 마음이 들다니, 정말 이상해."

"그래, 정말로 죽고 싶다면 어디서든 죽을 수 있으니까."

"어차피 죽을 거라면 자기 집에서 죽든지 화장터 같은 데서 죽으면 될 텐데, 안 그래?"

"화장터에서?"

"응, 시체를 옮기는 수고를 덜 수 있잖아."

'모글리'가 진지한 얼굴로 말했다. 당황스러워진 '아켈라'가 뺨과 코가 부드럽고 동그란 '모글리'의 얼굴을 다시 바라보았다.

"그야 그렇겠지만, 그래도 화장터에서 자살하고 싶은 사람은 별로 없을걸."

"나……라면 괜찮을 것 같은데."

"나는 묘지가 좋을 것 같다. 묘지에서 죽는 건 기분 좋을 거야, 분명히."

"그렇지만 묘지에서 죽어도 시체는 화장터로 옮겨야 해. 옛날하고 달라서 도쿄의 시체는 모두 태워야 한다고…… 자살하고 싶은 사람은 여기서 하세요, 하는 구덩이 같은 걸 특별히 마련해두는 게 좋을지도 몰라. 그런 게 있었다면 우리 아버지들도 안심하고 거기서 죽었을 텐데. 그러면 '아켈라'의 아버지가 파출소에 신고하러 가지 않아도 되고, 또 시체를 일부러 화장터까지 옮기지 않아도 됐을 거 아니야? 시체가 셋이나 있었으니까 힘들었을 거야. 하지만 그랬다면 우리는 '모글리'와 '아켈라'가 될 수 없었겠지?"

'아켈라'가 심각한 얼굴로 고개를 끄덕였다. '모글리'는 크게 하품을 하며 몸의 힘을 빼고 '아켈라'의 어깨에 머리를 기댔다.

"아직 열이 좀 있는 것 같아. 춥지 않아? 그러고 보니 신문지를 조금 전 열차에 두고 왔다. 또 어디서 주워야지…… 아까는 게슈타포한테 붙들려 죽는 거 아닌가 싶었어. 그런 건 너무하지. 가스실에서 죽긴 싫어."

"됐으니까 조금 자둬. 나도 잘게."

'아켈라'의 말에 '모글리'는 겨우 입을 다물고 눈을 감았다. 오빠를 태울 때의 냄새가 코끝에 되살아난다. 머릿속에 집요하게 달라붙어 있는 달짝지근한 냄새. 백합과 멜론과 분, 거기에 생선 냄새가 섞인 것 같은 냄새. 그 냄새만이 화장터의 기억으로 남아 있다. 누구의 몸을 태워도 같은 냄새가 날까. 어쩌면 그것은 화장터에서 피우던 향 냄새였던 것 같기도 하다. 하지만 그 냄새가 되살아나면 '모글리'의 몸은 늘 걸쭉한 물처럼 녹아버린다.

누구였지, 같은 말을 한 녀석이 있었는데. '아켈라'가 눈을 감고 기억을 더듬는다. 구덩이 이야기다. '어린이집'의 형이었을까, 아니면 중학교 때 친구? 어린아이 때부터 반장 같던 녀석이 있었다. 뺨에 화상 자국이 있고 머리가 뛰어나게 좋은데 음침하던 녀석. 그래서였을까, 문득 정신을 차려보면 그 녀석과 함께일 때가 많았다. 그렇지만 친구가 된 것은 아니다. 그래, 그런 녀석이 있었지. 지금은 고등학교에 진학해 공부를 하고 있을까. 그 녀석이 가르쳐준 것도 같지만 분명치가 않다. 어딘가 먼 사막의 나라에 죽음을 기다리는 구덩이가 있다고 한다. 질병 혹은 절망이나 비애로 죽고 싶은 사람은 그 구덩이에 가서 몸을 던지는 것이다. 개미지옥의 구멍 같기도 하고 사발처럼 생긴 구덩이이기 때문에, 한번 떨어지면 아무리 후회해도 기어나올 수가 없다. 죽을병에 걸린 사람들이 많기 때문에 굶주림이나 목마름, 햇볕 외에도 티푸스나 콜레라, 천연두 같은 전염병으로 죽을 가능성 또한 높다. 그런 구덩이를 마련해놓다니 굉장한 생각이야, 녀석이 진지한 얼굴로 말했던가. 인간사회에는 그런 구덩이가 필요해. 무엇인가에 절망해 죽고 싶을 때 그 구덩이로 가고 싶을 정도인지를 판단기준으로 삼을 수 있잖아. 거기까지는 싫다는 생각이 들면 실은 아직 죽고 싶은 게 아니라는 걸 알게 되지. 정말로 죽고 싶은 건지, 스스로는 좀처럼 알 수가 없으니까……

거의 한 시간 뒤, 열차는 종점인 닛코 역에 도착했다. 둘 다 곯아떨어져 있다가 차장이 깨우는 바람에 서둘러 플랫폼에 내렸다. 눈부신 아침햇살이 온몸에 쏟아졌다. 고개를 드니 투명한 물빛 하늘이 펼쳐져 있었다. 두 사람은 그 사실만으로도 기뻐하며 개찰구로 향했다. 다른 승객들도 일제히 개찰구로 가고 있었다. 이곳에 일하러 온 사람 혹은 물건이나 식료품을 가지고 온 사람들이었다. '모글리' 또래로 보이는 아이들도 간혹 섞여 있다. 학교에 가는 것처럼 보이지는 않았다. 여기서 설거지를 하거나 절의 청소 같은 일을 하는 걸까. 흰색 페인트를 칠한 역사 입구에는 관광지답게 커다란 안내판이 세워져 있었다. 닛코 도쇼궁, 주젠지호 등 관광명소의 이름이 적힌 곳에는 버스 번호와 십 분이니 삼십 분이니 하는 시간도 적혀 있다. 그렇지만 복잡해서 읽을 마음이 내키지 않는다. 버스 승강장이 있는 역 광장은 아침햇살로 가득했다. 광장에 트럭 네다섯 대가 서 있는 것이 보였다. '아켈라'

와 '모글리'는 얼른 역사로 뛰어들어가 다시 한번 밖을 내다보았다.

아무리 봐도 우쓰노미야에서 본 것과 같은 경관들을 이송하기 위한 트럭 같았다. 게다가 수가 더 많았다. 여기까지 자신들을 쫓아온 게 아닐까 하는 의심이 들 정도였다. 그럴 리가 없다고 생각을 고쳐봐도, 다른 이유는 도무지 짐작이 가지 않았다. '모글리'가 다시 몸을 부들부들 떨기 시작했다. 게슈타포라는 불길한 단어가 온몸을 휘젓고 다닌다.

자세히 살펴보니 트럭에는 경관들뿐 아니라, 붉은 줄이 들어간 감색의 핫피*를 입은 경방단(警防團)** 남자들도 많다. 손에는 각자 긴 몽둥이를 들고 있다. 이제부터 트럭 짐칸에 올라타려는 무리도 보인다. 삽이나 곡괭이 같은 것들도 싣고 있다. 트럭은 모두 여섯 대이고 그 밖에 지프와 사냥개도 몇 마리 보인다. '아켈라'의 머릿속에 산을 수색하는 모습이 떠올랐다. 흉악범이 산으로 숨어들어간 것일까. 광장 한편에서는 지나가던 사람들이 겁먹은 얼굴로 트럭을 바라보고 있다. 경방단원을 확인하고 짐을 점검하느라 '사냥꾼' 무리는 좀처럼 출발을 못하고 있다.

'아켈라'는 혼자 상황을 좀더 지켜보려고 했지만 '모글리'가 매달려 떨어지려 하질 않는다. 할 수 없이 울상이 된 '모글리'의 어깨를 안고 가까운 벤치로 가서 앉았다. 다음 열차를 기다리는 사람들이 다른 벤치에 열 명가량 앉아 있었다. 창밖을 열심히 바라보며 작은 소리로 이야기를 나누는 남자들도 있다. 그 이야기를 듣고 싶지만 '아켈라'가

---

* 같은 직업이나 집단임을 나타내기 위해 문양이나 글씨를 넣은 일본의 전통적인 윗옷.
** 전쟁 말기에 치안을 강화하기 위하여 소방대와 방호단을 통합한 단체.

있는 곳에서는 들리지 않았다. 안 들려도 상관없다고 생각하면서도 신경이 쓰인다. 결심을 한 '아켈라'가 '모글리'를 일으켜 남자들 곁으로 자리를 옮겼다. 그리고 그들처럼 무심코 창밖을 바라보았다.

"한번 사람을 죽이면 그 다음에는 몇 명을 죽여도 마찬가지라는 생각이 드나보네."

"버릇이 된 게지."

"전쟁중이라 시체가 발견될 위험도 없었으니까."

"범인은 전쟁 때 남방에 갔던 병사라잖나."

"전황이 나빠지기 전에 제대했다던데. 여자를 함부로 다루는 법만 배워서 돌아왔나보군."

"하지만 온갖 곳을 다 놔두고 하필이면 어째서 닛코란 말인가."

"정말이지 이만저만 폐가 아니야. 도대체 찾기는 할까?"

"풀숲을 찌르다보면 또다른 유골이 나오겠지."

"주젠지호에도 여자 나체가 가라앉아 있었다고 하잖나."

"이참에 신원확인이 안 된 여자 시체는 전부 그자가 범인이라고 갖다붙이겠지."

"젊은 여자만 골라서 여덟 명이나 죽였다니, 몇 명 더 갖다붙인다 해도 할 말이 있겠나."

"……쑤시면 쑤실수록 시체가 나오니, 원."

그때, 십대로 보이는 역무원이 빨이 붉은 얼굴을 대합실에 내밀고 화가 난 듯 큰 소리로 말했다.

"상행열차 개찰을 시작하니 줄 서세요."

남자들이 혀를 차며 일어나 대합실을 나가자 다른 사람들도 차례로 일어났다.

"……나도 저거 탈래. 이런 데 싫어. 다른 곳으로 가자, 응?"

갑자기 '모글리'가 일어나 '아켈라'의 손을 잡아당겼다. '아켈라'도 망설이며 말했다.

"그래도 일부러 여기까지 왔는데."

"그럼 나 혼자 갈래. 잘 있어."

'모글리'는 '아켈라'의 손을 놓고 혼자 대합실을 빠져나간다. 저런, 표도 사지 못하는 주제에. '아켈라'가 화를 내며 뒤를 쫓았다. '모글리'는 이미 개찰구 앞에 서 있다.

"빨리! 빨리! 열차가 떠나!"

'모글리'의 목소리와 함께 발차 벨이 울렸다.

"표는 열차에 탄 다음에 사고 일단 얼른 타요."

역무원이 보기 딱한지 '아켈라'를 재촉했다.

"빨리, 빨리!"

개찰구를 빠져나간 '모글리'가 바로 앞에 서 있던 열차에 올라타 쉿소리를 질렀다. '아켈라'도 반사적으로 몸을 날려 승강구에 뛰어들었다. 이미 열차 바퀴가 서서히 움직이고 있었다. 발판에 서서 숨을 고른 '아켈라'가 중얼거렸다.

"정말 막무가내네. 너 이래도 되는 거냐?"

'모글리'가 가쁜 숨을 쉬며 곁눈질로 '아켈라'를 보고는 분홍색 혀를 내밀었다. 그러고는 주르륵 눈물을 흘렸다.

"이런 무서운 곳은 싫어. 언젠가 또 올 수 있을 거야, 분명히. 언제가 될지는 모르지만."

'아켈라'는 마지못해 고개를 끄덕여 보였다. 언젠가가 두 사람에게 언제를 의미하는지 물어보고 싶었지만, 용기가 나지 않았다. '모글리'도 자기가 한 말이 당혹스러웠다. 정말 이대로, 언제까지나, 어느 한 쪽이 죽을 때까지 우리는 떨어지지 않는 걸까. '우리는 같은 피'라는 맹세를 했으니?

"그래, 좋아. 저런 분위기에서는 안심하고 관광 같은 걸 할 기분도 아닐 테니까. 살인사건인 모양인데 어지간히 뒤숭숭하네. 쳇, 이런 걸 '백조를 밟는* 기분'이라고 하지."

"응?"

'모글리'가 빰을 적신 눈물을 손끝으로 닦으며 고개를 갸우뚱했다.

"백조를 밟는 것 같은 느낌이라고. 너 모르냐? 진짜로 밟은 적은 없지만 엄청 찝찝하겠지? 누가 백조를 밟고 싶겠어."

그런 말이 있었나, 이상한 생각이 들었지만 '모글리'는 고개를 끄덕였다. 하지만 그 기분은 너무도 잘 알 것 같았다.

열차가 속도를 더해갔다. 발판에서 찻간으로 자리를 옮겼다. 아직 빈자리가 많았다. 연결통로와 가까운 곳에 마주 보고 앉았다. 통로 맞은편 자리에는 세일러복 윗옷에 바지 차림인 중학생 정도의 여자아이 둘이 앉아 있다. 둘 다 낡은 잡지를 열심히 읽고 있었다.

---

* '살얼음을 밟다'를 잘못 말한 것. 일본어의 '살얼음'과 '백조'는 발음이 비슷하다.

쇼와 21년 8월 30일

도치기 소녀 살인사건에도 의혹이

[우츠노미야 발] 고다이라 사건 내용은 다음과 같다. 작년 12월 2일 밤 닛코초 니시마치 닛코여고 4학년생 누마오 시즈에 양(17)이 친구 집에 간다고 말하고 집을 나가 돌아오지 않았다. 정월 3일 이른 아침, 같은 마을 식물원 옆에서 단도로 보이는 흉기에 경부를 찔린 채로 발견되어 닛코 서에서 시체를 부검한 결과, 폭행 사실은 없었다고 밝혔다. 같은 해 12월 30일 밤 도쿄 도 교바시 구 신쓰쿠다지마 니시마치의 바바 히로코 씨(19)가 가미쓰가 군 니시카타무라 혼조지 내에서 자신의 머플러에 목을 졸려 살해된 뒤 소지한 돈 전부를 털렸다. 히로코 씨는 닛코에 있는 언니 집에 놀러가던 중이었다.

쇼와 21년 10월 2일

고다이라의 취조기록에서 드러난 피해자는 12명—경시청, 방증자료 수집에 전력

8월 20일 아타고 경찰서 수사본부는 살인마 고다이라 요시오(42)를 검거, 불과 1개월 만에 부녀자 살인 5건의 하수인으로 확정했다. 속출한 많은 유골과 살해수법이 비슷해 동일범이 틀림없다고 보고 있다. 조사당국은 이로 인해 그동안 미궁에 싸여 있던 사건들을 일거에 해결할 수 있게 되어 기뻐하면서도 혼란스러운 상태로, 지금은 방증을 굳히기에 전력을 쏟으며 사건 처리에 분주하다.

1. 미도리카와 유코 씨(17) 나체 살인(8월 6일 시바야마 내)

2. 아베 요시코 씨(13) 살인(6월 13일 시바 구 다카하마초 차고)

3. 4. 곤도 가즈코 씨(21)의 유골과 마쓰시타 요시에 씨(21)의 나체 살인(작년 7월 15일, 9월 28일 도내 키요세 마을)

5. 미야자키 미쓰코 씨(20) 살인(작년 5월 26일 오이의 방공호)

이상 5건은 증거를 확보해 범행이 확정되었으며, 범행 일부를 자백했거나 범행이 확실해 보이는 사건으로는

1. 시바야마 내의 유골(로쿠가와 씨의 시체와 동시에 발견됨)

2. 도치기 현 가미쓰가 군 니시카타무라의 잡목림에서 발견된 교살 시체(작년 12월 30일 바바 히로코 씨(18))

3. 동군 마나고무라의 산림에서 발견된 유골(작년 11월, 현장 부근에서 발견된 여성용 양산이 1년 전 시부야 역에 승차권을 구입하러 간 기보(旣報)의 인텔리 여성, 요코하마 시 가나가와 구 롯카쿠바시 아즈마초에 사는 나카무라 기조 씨의 장녀 미쓰코 씨(22)의 것으로 보이나 현장검증만으로는 단정하기 곤란함)

4. 같은 군 기요스무라 산림에서 발견된 유골(올해 2월, 범행을 자백했으나 신원파악을 하지 못함)

5. 시부야 역 지하실에서 발견된 유골(올해 1월 17일, 시노카와 다쓰에 씨(17) 살인, 단정할 만한 증거를 찾지 못해 미궁에 빠져 있었음)

6. 주젠지호의 익사체(작년 6월 13일 발견, 6월 무렵 고다이라가 여자를 동반하고 닛코에 놀러간 것을 그의 숙모가 신고해 익사체를 부

검한 결과 30세 정도의 여자는 물을 마시지 않았고 나체였던 점 등이 의심을 받았음)

7. 닛코초의 닛코여고 4학년 누마오 시즈에 양(17) 살인사건(작년 12월 2일)

이번 열차의 종점은 우쓰노미야가 아니라 우에노였다. 둘은 표를 검사하러 온 차장에게 그 사실을 듣고 놀라 서로 얼굴을 바라보았다. 물론 나쁜 일은 아니다. '아켈라'의 판단으로 표는 오오미야까지만 샀다. 가능한 한 도쿄 가까이에 가고 싶지 않았다.

우쓰노미야에 도착하자 지금까지 비어 있던 찻간에 짐을 든 승객들이 앞다투어 다시 올라탔다. 통로도 사람들로 붐벼 찻간이 답답해졌다. 발판으로 자리를 옮길까도 생각했지만 오오미야까지는 두 시간만 가면 되니 참기로 했다. 둘의 맞은편에는 치맛단이 넓은 스커트에 머리에 꽃무늬 스카프를 두른 여자와 흰 스카프를 목에 감고 선글라스를 낀 남자가 앉았다.

우쓰노미야에서 북쪽에서 온 열차와 연결시키기 위해 이십 분쯤 머무르는 덕분에 '아켈라'는 겨우 플랫폼에 내려 도시락을 살 수 있었다. 배가 고픈 나머지 도시락을 세 개나 샀다. 이쯤에서 충분히 영양 보충을 해둬야 한다고 스스로 변명하면서.

몸이 여전히 뜨겁다. '모글리'와 도시락을 나눠 먹고 겨우 배가 부른 '아켈라'는 오랜만에 담배를 피웠다. 맞은편에 앉은 두 사람이 연방 피워대는 담배에 대항하는 마음도 있었다. 깊게 빨아들이면 속이 메스꺼울 것 같아 입담배를 피우기로 했다. '모글리'는 혈색 좋은 얼굴로 얌전히 차를 마시고 있다. 동그스름한 뺨에 솜털이 반짝인다. '아켈라'는 자기 뺨을 쓰다듬어보았다. 다박수염이 자란데다 볼도 조금 들어간 것 같다. 야마가타에서 비를 맞은 것이 어제 낮이었다고는 도저히 믿어지지 않았다. '모글리'의 설사는 완전히 나은 것 같다. 실은 이 녀석이 훨씬 더 튼튼한지도 몰라. 그런 생각이 들자 '아켈라'는 갑자기 불안해졌다.

창밖에는 햇살이 눈부시고 논과 나무들이 진한 초록빛으로 빛났다. '아켈라'가 두 손으로 창문을 조금 열었다. 눈을 감고 불어오는 바람의 감촉을 느낀다. 겨울에서 갑자기 초여름이 된 것 같아 당황스러우면서도, 화창하고 부드러운 바람에 마음이 황홀하다.

찻간 여기저기서 창을 열었는지 기분 좋은 바람이 사방에 느껴진다. 통로에 서 있는 승객들의 얼굴도 야간열차와는 달리 심한 혼잡에도 살기를 띠고 있지 않다. 종점인 우에노까지 두 시간만 가면 된다는 이유도 있겠지. 창으로 불어 들어오는 바람을 즐기며 '아켈라'는 '백조를 밟는 느낌' 하고 중얼거린다. '백조' …… 왜일까. 아까부터 백조가 머릿속에 나타났다가 사라지기를 되풀이했다. 백조는 무슨 말인가를 하고 싶어한다. 그렇지만 '아켈라'는 백조의 울음소리를 모른다. '백조를 밟는다?' 당연히 그런 짓을 해서는 안 되지. 너무 잔인해. 백조는 짧은 울음소리를 낸 뒤 죽고 말 것이다. 어느 공원에선가 백조를 본 적이 있다. 크고 새하얗고 목이 길었다. 어린아이 정도는 등에 태우고 하늘을 날 수 있을 것 같던 커다란 새. 그렇지만 공원에 있는 백조는 날개를 잘랐기 때문에 날 수 없다고 했다. 그런 백조도 여전히 자기가 백조라고 생각할까. 언젠가 공원 연못이 아닌 큰 강에 떠 있는 백조를 본 적이 있다. '아켈라'는 강가를 걷고 있었다. 겨울이었다. 눈발이 날리고 강물은 하얀 물결을 일으켰다. '아켈라' 말고는 아무도 없었다. 아니, 개 한 마리가 찬 바람에 얼어붙은 '아켈라' 곁을 따라왔다. 그리고 차가운 강 위에 백조가…… '백조호'가 지나간다. '백조호'……

'아켈라'는 눈을 뜨고 혼자 크게 고개를 끄덕였다. 그래! 이제 알겠다! 실마리를 찾으면 얽혀 있던 의문들이 풀리기 마련이다. '아켈라'는 옆에 있던 '모글리'의 어깨를 붙잡고 흥분하며 귀에 속삭였다.

"이제부터는 '아켈라'와 '모글리'가 아니야. 이제부터 너는 '카피'고 나는 '레미'다."

놀란 '모글리'가 고개를 돌리려 하자 '아켈라'가 이야기했다.

"너, 어제부터 '집 없는 아이'에 대한 노래를 불렀잖아. '밤길을 헤매는 야훼의 아이' 하는 노래. 계속 마음에 걸렸었다. 이건 아니라는 생각이 들었지만, 뭐가 어떻게 아닌지를 몰랐지. '모글리'는 언젠가 정글에서 인간세계로 돌아가야 해. 원래 사람이니까. 그리고 늙은 '아켈라'는 붉은 개와 싸우다 죽게 되지. 여기까지는 알겠지? 그런데 실은 그 '아켈라'는 우리 아버지이기도 해. 정글에서 힘을 다한 뒤 죽었으니까. 그렇지? 아버지가 죽어서 나도 정글에서 쫓겨나지. 왜냐하면 정글은 죽은 뒤의 세계, 태어나기 전의 세계니까. 어차피 우리는 '인간의 둥지'를 경험하지 않으면 안 되는 운명이야. 그때는 '아켈라'와 '모글리'라는 이름을 쓸 수가 없게 돼. 알겠니?"

'모글리'가 기계적으로 고개를 끄덕였다.

"……그래서 우리는 이렇게 인간의 세계로 나왔는데, 그런 우리한테 딱 어울리는 이름이 뭘까 죽 생각했다. 그건 당연히 '레미'와 '카피'지. 그렇게 딱 맞는 이름은 없어. 『집 없는 아이』 책도 정말 많이 읽었거든. '레미'와 '카피'는 강에 떠 있는 '백조호'를 계속 쫓아가. 거기에는 '레미'의 진짜 엄마와 남동생이 살고 있지. 그렇지만 서로 그 사실을 몰라. 그런 이야기야."

"그렇지만 '카피'는 개 아니야? 나, 개는 싫어."

'모글리'가 진지한 얼굴로 속삭였다.

"물론 '카피'는 개지만 '레미'보다 훨씬 머리도 좋고 계속 '레미'를 지켜주잖아. 떠돌이 광대 노릇도 '카피'가 선배고, '레미'하고 같이 감독한테 글씨를 배우는데 '카피' 쪽이 더 빨라. 적어도 책에는 그렇게 씌어 있지. 개라고 바보 취급하면 안 된다고. 네가 '레미'를 해도 되지만, 그러면 나는 뭘 하면 좋지? 감독을 할 수도 없고. 어쨌든 내가 나이도 많고 몸집도 큰데 '카피'를 하는 것도 이상하잖아? '카피'는 이탈리아 말로 '캡틴'이라는 뜻이래. 우리 둘은 지금부터 '인간의 둥지'에서 살아남아야 해. 정글의 법칙을 잊지 말고 정글의 은혜와 함께. 알겠지?"

'모글리'는 알았다는 표시로 크게 고개를 끄덕였다. 자기가 생각해도 이상할 만큼 '아켈라'의 생각을 이해하고 납득할 수 있었다. 『집 없는 아이』 이야기라면 『정글북』 이상으로 잘 알고 있다. 자신이 개가 된 것은 여전히 조금 불만스러웠지만.

'레미'가 된 '아켈라'는 '카피'가 된 '모글리'에게 만족스럽게 미소를 지어 보였다.

7
백조호

레미는 '세상은 내 앞에 펼쳐져 있다'고 생각한다. '그리고 나는 북쪽이든 남쪽이든, 서쪽이든 동쪽이든, 어디로든 마음 내키는 대로 가면 되었다. 나는 어린아이지만 나 자신의 주인이다!'

그렇지만 그것이 레미에게는 기쁨이 아닌 슬픔이었다. 당연히 그랬겠지. 열일곱 살인 '레미'는 이해할 수 있다. 아직은 어린아이가 아닌가. 아이에게 중요한 것은 돈이나 건강에 대한 걱정도, 추위나 더위로 인한 고통도 아니다. 누군가가 자기를 지켜주고 있다는 안정감이 중요한 것이다. 아이들이 혼자가 되고 나서 제일 먼저 원하는 것은 자기를 지켜줄 만한 사람이다. 사람이 없다면 개라도 없는 것보다는 낫다. 자칫 잘못하여 나쁜 녀석들에게 걸려드는 아이도 많다. 나쁜 사람이라도 자기에게 관심을 보여주는 게 기쁘다. 묘지에서 지낼 때 네 살 난 '레미'가 아무런 불안도 느끼지 않았던 것은 혼자가 아니었기 때문일 것이다. '어린이집'도 그런대로 괜찮았다. 그러고 보니 거기에도 개가 있었다. 주인 없는 개가 그대로 눌러앉아 산 것이지만 '레미'와 아이들은 그 하얀 개만 보면 기뻐하며 자기 빵조각을 떼어주거나 개를 끌어안고 얼굴을 개의 코끝에 갖다대 개가 핥을 수 있게 해주곤 했다. 다들 그 개에게 제멋대로 이름을 붙였다. 지로, 흰둥이, 톰 같은. 그렇지만 카피라는 이름은 떠올리지 못했다.

3월에 '어린이집'을 떠난 '레미'에게 지금은 고맙게도 개가 아니라 사람인 '카피'가 있다. '레미'는 어디든 마음대로 갈 수 있는 자유가 있고 '카피'라는 동행도 있다. '카피'는 '레미'를 충실히 따를 뿐 아니라 어른스러운 배려로 '레미'를 보살펴준다. '카피'는 '레미'가 농담을 하면 웃고, 졸리면 '레미'에게 몸을 기대어 서로 온기를 나눌 수도 있다. '카피'는 머리가 좋아서 무분별한 행동 같은 것은 하지 않는다. 일본 지도도 잘 안다. '레미'는 '카피'와 서로 의지해 오로지 앞으로 나아갈 뿐이다. 혼자일 때와는 얼마나 다른가. 레미의 할아버지도 말했다. 운명은 맞설 용기를 가진 자를 계속 괴롭히지 못하는 법이니 주의 깊고 솔직하게 행동하라고.

오오미야에서 승객의 절반 정도가 내렸다. '레미'와 '카피'도 다른 승객들처럼 긴장이 풀린 얼굴로 플랫폼에 내려섰다. 그러나 이 역에서 완전히 내릴 생각이 아니었으므로 서둘러 개찰구로 향할 필요는 없었다. 수돗가에서 다시 세수를 하고 양치질을 했다. 아직 아침 열시도 안 됐다. 우쓰노미야에서 이른 새벽에 잠이 깬 탓에 아침이 너무도 길게 느껴졌다. '레미'는 개찰구 옆에 있는 변소로 가 입가에 자란 수염을 가위로 잘랐다. 면도기와는 달라 수염이 2밀리미터 정도 남았다. '레미'는 '카피'가 칫솔을 원했던 것을 떠올렸다. 칫솔을 살 때 면도기도 같이 사는 게 좋을 것 같다. '레미'는 거울에 비친 자신의 얼굴을 주의 깊게 살펴보았다. 역시 조금 마른 것 같다. 몸이 어쩐지 나른하다. 나쁜 병에 걸린 건 아니겠지만 '카피'를 위해서라도 빨리 몸을 추슬러야 한다. 약국에서 감기약이라도 살까. '카피'의 설사는 이제 나은 것 같다. 그렇지만 졸음과 피로 때문에 몸이 무겁고 머리 회전도 둔해진 것 같다. 잠깐 시내로 나가볼까, 하는 '레미'의 제안에 '카피'는 마음이 내키지 않아 대답을 주저했다. '레미'가 이번에는 아직 시간도 이르니 가와고에 선이라는 걸 타볼까, 하고 물었다. 시내를 걸어서 돌아다니는 것보다는 그편이 나을 것 같아 '카피'는 미소를 띠며 고개를 끄덕였다.

이미 플랫폼에 서 있던 가와고에 선에 올라탔다. 이번에는 기차가 아니라 디젤차였다. 그것만으로도 도쿄에 가까이 왔음을 두 사람 모두 느낄 수 있었다. 도쿄 시내에는 전차만 다녔다.

두 사람이 올라탄 디젤차는 이십 분쯤 달려 가와고에 역에 도착하자, 종점이라며 승객 전원을 내리게 했다. '레미'와 '카피'도 어쩔 수 없이 플랫폼에 내려 벤치에 앉아 멍하니 다음 열차를 기다렸다. 이 역에서 사철(私鐵)을 타면 도쿄의 이케부쿠로라는 곳이 나온다. '레미'는 그 사실을 알고 있었지만 아무 말도 하지 않기로 했다. 도쿄에 발을 들여놓을 수는 없는 일이다. 그 생각을 바꿀 마음은 없다. 더구나 이케부쿠로는 '카피'의 집과 가깝다. 거기서 집까지 걸어갈 수 있다는 것을 알면 '카피'는 '레미'를 버려두고 바로 달려가버릴지도 모른다. 그렇지 않는다는 보장은 어디에도 없다. '레미'는 아직 '카피'와의 여행을 끝내고 싶지 않았다. '레미'와 '카피'의 시간은 이제 막 시작됐을 뿐이다.

다음 열차를 기다리는 동안 '레미'가 『정글북』 때와 마찬가지로 『집 없는 아이』 이야기를 기억나는 대로 '카피'에게 들려주었다. '카피'도 알고 있는 이야기였지만 잊어버린 부분이 더 많았다. 레미가 어떻게 버려져 가난한 농가에서 자라게 되었는지, 어째서 그곳에서 떠돌이 광대에게 팔려갔는지, 광대에게 어떤 재주를 배워 카피와 다른 개 두 마리 그리고 원숭이와 함께 연극을 하게 되었는지. 처음에 카피는 레미를 감시하는 역할이었다. 카피는 하얀 푸들로 경찰모를 쓰고 있다. 카피는 동물들의 리더로, 시계를 볼 줄 알고 사람들의 마음도 읽을 수 있다. 레미가 외로워하는 것을 알게 된 카피가 레미에게 다가가 손을 핥아주었다. 레미는 외톨이가 아니라고 카피가 살며시 속삭인다. 감독이 정한 레미의 역할은 바보였다. 카피나 원숭이의 영리함을 드러내기 위한 역할. '조리쿨 씨의 하인 원숭이와 이 아이, 이게 어찌 된 일이죠, 어느 쪽이 더 바보입니까?'라는 제목의 연극을 팬터마임으로 보여주는 것이다. 원숭이와 개가 하는 연기니 대사가 없는 것은 당연하다. 인도전쟁에서 지위와 재산을 얻은 영국인 조리쿨 장군의 영리한 하인 카피가 나이가 들자, 카피가 데려온 새로운 하인을 고용하기로 한다. 그 하인은 개가 아닌 어린아이 레미. 대단한 부자가 된 조리쿨 씨는 이제 자신이 인간을 혹사시키는 즐거움을 누려도 괜찮을 거라 생각한다. 레미는 학교에도 가본 적이 없는 가난한 농가의 아이여서 식탁에 놓인 냅킨 사용법도 모른다. 접시를 놓는 법도, 포크 사용법도 모른다. 멍한 얼굴로 입을 쩍 벌리고 있다가 냅킨으로 코를 풀기도 하고 목에 감기도 한다. 조리쿨 씨가 그 모습을 보고 큰 소리로 웃자 카피도 어이가 없어 네 다리를 위로 올리고 몸을 뒤집는다. 모여든 사람들은 그 광경을 보고 무척 즐거워한다. 뒷발로 서서 밥그릇을 입에 물고 도는 카피에게 사람들이 돈을 던져준다. 저 바보 같은 녀석보다 원숭이나 개가 훨씬 더 영리하다고 감탄하면서.

삼십 분쯤 벤치에 앉아 있자 다음 열차가 왔다. 히가시한노 역까지 가는 열차라고 한다. 두 사람은 벤치에서 일어나 크게 기지개를 켜고 열차에 올라탔다. 선로 주변에 인가가 사라지고 다시 논이 펼쳐졌다. 앞쪽의 푸른 산도 눈에 들어왔다. 창을 크게 열어놓고 온몸으로 기분 좋게 바람을 맞는다. 낮 시간이기 때문인지 승객은 많지 않다. 통로에 서 있는 사람도 없다. 이윽고 종점을 하나 앞둔 역에 도착했다. 여기까지는 순조롭게 왔는데 갑자기 열차가 다시 움직이지 않았다. 차내 방송이 없는 것을 보니 열차에서 내리지 않아도 되는 모양이지만, 열차가 멈춰 서 있는 이유를 알 수가 없다. 다른 승객들은 사정을 아는지 포기한 얼굴로 잠자코 있다. 차내의 정적이 답답하다.

"……고장이야?"

'카피'가 '레미'에게 작은 소리로 물었다.

"글쎄 말이야. 뭘 하는 거지?"

'레미'가 중얼거리자 앞좌석에 앉아 있던 몸뻬 차림의 여자가 짜증스러운 얼굴로 말했다.

"사고야…… 너희들 탈선사고가 있었던 것도 모르냐? 세상이 떠들썩한 사고였는데."

그 옆에 앉은 대학생으로 보이는 청년이 관대한 미소를 띠며 말했다.

"사고 장소가 이 근처라는 것까지는 사실 잘 모르죠. 게다가 이건 하치코 선이 아니니까."

'레미'가 하는 수 없이 쑥스러운 듯 머리를 긁적이며 고개를 끄덕여 보였다. 이야기가 더 길어지면 곤란하기 때문에 '카피'에게 얼굴을 돌리고 침통한 얼굴로 한숨을 쉰 다음, 팔짱을 끼고 생각에 잠긴 시늉을 했다. 다행히 여자와 대학생은 말이 많은 편이 아닌 듯 잠자코 있었다. 끔찍했던 사고 이야기를 이제 와서 되풀이할 생각은 없다는 얼굴이었다.

십오 분쯤 지나서야 겨우 열차가 숨을 내쉬며 움직이기 시작했다. 열차에 있는 사람들의 눈이 일제히 오른쪽을 향했다. '레미'와 '카피'도 얼떨결에 오른쪽 창밖을 바라보았다. 열차가 천천히 강을 따라 달린다. 절벽이 가팔라지고 강물이 반짝인다. 노랗고 흰 꽃이 피어 있는 강가는 그저 한가로운 전원 풍경이다. 커다란 기둥 같은 것이 강가에 하나 세워져 있고, 그 주위에 꽃다발과 향이 피워져 있는 모습이 문득 눈앞을 스친 것도 같다. '레미'와 '카피'가 입을 벌리고 창밖을 보는 사이에 열차가 종점인 히가시한노에 도착했다. 플랫폼에 내려서도 탈선 사고에 신경이 쓰였다. 상당히 큰 사고였던 것 같다. 도대체 언제 사고가 났지? 물론 역무원에게 물으면 금방 알겠지만, 둘 다 그럴 생각은 없었다. 그런 대형 사고도 모르냐고 어이없어하다 둘을 수상하게 여길지도 모를 일이다.

개찰구에서 정산을 하고 일단 밖으로 나와 시간표를 보았다. 이제 다시 어디로 갈지 결정해야 한다. 작은 역인데도 가와고에 선 외에 하치코 선도 다니는 것 같다. 하치코 선을 타면 다카사키나 하치오지에 갈 수 있다. 또 옆에는 세이부 선 역도 있어서, 그것을 이용하면 아가노라는 곳과 이케부쿠로에도 갈 수 있다. 하지만 그럴 수는 없다. 닛코에서 혼이 났으니 가능하면 산 쪽으로는 가고 싶지 않다. 그러려면 다카사키와 아가노는 피해야 한다. 그러면 결국 하치오지로 갈 수밖에 없다. 그것은 도쿄를 멀리 돌아 남쪽으로 내려가는 꼴이 된다.

"이제 사십 분쯤 있으면 하치오지 행 열차가 출발한다. 마침 점심시간이니 뭔가 먹었으면 좋겠지만 식당 같은 게 전혀 안 보인다."

'레미'의 말에 '카피'가 주위를 둘러보고 사람들의 귀가 없는 것을 확인한 다음 말했다.

"전에 여기에 소풍 온 적이 있는 것 같아. 이 역의 이름을 본 것 같거든."

"뭐, 그럴지도 모르지. 그러니까 여기가 그만큼 시골이라는 거야."

'레미'가 불만스러운 목소리로 말했다. 가와고에 선과 마찬가지로 옆의 세이부 선을 타면 금방 도쿄로 갈 수 있다는 것을 눈치채게 하고 싶지 않았다. '카피'에게서 떨어져 역 바깥으로 나왔다. 한낮의 햇빛에 역 앞 광장이 하얗게 눈부시다. 맑은 하늘이 펼쳐져 있고, 기온도 제법 올랐다. 정면에는 연산의 푸른 그림자가 보였다.

"선로 쪽으로 가도 돼? 꽃이 피어 있어."

뒤쫓아온 '카피'가 역사 옆으로 달려갔다. 당황한 '레미'가 그 뒤를 쫓는다. 땀이 배어 점퍼를 벗었다. '카피'의 뒷모습은 아무리 봐도 초라한 부랑아다. 옷이 너무 커서 영양 상태가 좋지 않은 아이처럼 보인다. 녀석, 정말 아무 위험도 모르는 강아지 같다니까. '레미'는 만족스러운 마음에 한숨을 내쉬었다.

선로 옆과 침목 사이에 흰 꽃과 줄기가 긴 노란 꽃이 피어 있었다. 작고 붉은 꽃도. '카피'가 제멋대로 콧노래를 부르며 선로를 따라 걸어갔다. 도쿄 시내에서는 선로 곁에 가까이 갈 수도 없고 꽃도 피어 있지 않다. 도영 전차 선로에는 네모난 돌들이 깔려 있고 야마노테 선 선로에는 갈색의 작은 돌들이 깔려 있다. 제방에도 꽃이 피어 있지만 철조망이 쳐져 있어서 가까이 갈 수가 없다. 철조망을 넘은 나쁜 아이가 제방으로 떨어져 야마노테 선 전철에 치여 죽었다는 이야기도 자주 들었다. 같은 선로라도 여기는 한가롭고 자유롭게 꽃이 피어 있다. 노란 나비 두 마리가 서로 뒤엉키며 날아간다. '카피'의 10미터쯤 앞에서 갈색 개 한 마리가 꽃향기를 맡으며 걸어가고 있다. 벌레의 날개소리도 귀를 간지럽힌다. 선로가 햇빛을 받아 하얗게 빛난다. '카피'가 노래를 부르기 시작했다.

"우리 주를 찬미하고 주께 영광 돌립니다. 영원한 아버지를 천지와 함께……"

"……야, '카피', 어디까지 가는 거야?"

'레미'의 목소리가 들렸다. '카피'는 모른 척하고 계속 걸었다. 햇빛을 받으며 선로 옆을 걷는다. 그것만으로도 기분이 들떴다. 천 주머니를 돌리며 더욱 큰 소리로 노래를 부른다.

"천사들이 하는 케루빔 노래, 세라핌 노래 끊이지 않네……"

'카피'의 노랫소리에 갈색 개가 뒤를 돌아보더니 꼬리를 흔들며 달려왔다. 그리고 '카피'와 나란히 걷기 시작했다.

‘레미’가 외쳤다.

“그만하면 이제 됐잖아? 배도 고프고 지쳤어!”

‘카피’가 웃으며 뒤를 돌아보았다.

“싫어! 강아지도 이렇게 좋아하는데.”

“뭐 얻어먹을 거 없나 하고 따라오는 것뿐이야. 이제 역으로 돌아가자.”

“모처럼 이렇게 기분이 좋은데.”

밝은 햇빛 아래에서 ‘레미’를 보니 훨씬 나이가 들어 보이고 어딘가 몸이 좋지 않은 사람처럼 보여서 순간 두려웠다. 그렇지만 금세 평소의 ‘레미’로 돌아왔다. 어중간하게 자란 수염 때문에 음침한 어른처럼 보였을지도 모른다. 아니면 또 열이 나는 걸까. ‘카피’는 조금 걱정이 되었지만, 햇빛을 받으면 ‘레미’의 병도 나을 거라고 생각을 고쳐먹었다. 일광소독이니 일광욕이니 하는 말들이 ‘카피’의 머릿속에 떠올랐다.

옆에서 꼬리를 흔들며 걷던 개가 갑자기 선로 왼쪽으로 달려가며 짖었다. 논 한쪽에 검고 커다란 것이 가로놓여 있었다. 개가 그 곁으로 다가가더니 더욱 요란하게 짖어댔다. ‘카피’도 선로에서 내려와 다가가보았다. ‘카피’가 올려다봐야 할 정도로 커다란 덩어리가 풀숲에 웅크리고 있었다. 동체에는 창문 같은 네모난 구멍들이 일렬로 나 있다. 유리는 한 장도 남아 있지 않았다. 오른쪽이 쭈그러져 고둥이나 소라 같은 모양이다. 객차의 잔해 같았다. 오른쪽은 지붕이 뒤틀린데다 창틀도 쭈그러져 떨어져나갔다. 개가 비명 같은 소리로 짖어대며 흰 거품을 물고는 이리저리 뛰어다녔다. 그리고 잠시 잔해에서 떨어졌다가 다시 돌아왔다. 하지만 1미터 이상은 다가가지 않았다.

"사고가 났다는 열차인가보다. 개는 죽은 사람 냄새를 맡을 수가 있어."

'레미'가 '카피' 곁에 서서 중얼거렸다. '카피'가 고개를 끄덕이며 조금씩 뒤로 물러섰다. 개가 짖어대는 소리와 함께 '카피'의 눈앞에 객차에 깔린 시체와 창밖으로 삐져나온 푸른 손과 발, 객차 밖으로 튕겨나와 피를 흘리는 사람들의 모습이 보였다. 신음 소리와 울음소리도 물결치며 들려왔다. 푸른 풀밭 위에 검은 객차와 다친 사람들 그리고 시체들이 하나의 생명체처럼 꿈틀거리고 있다.

"……엄청나게 죽었나보다. 위령비 대신 객차 한 량을 이렇게 옮겨놨으니. 저쪽으로 돌아가면 꽃다발이나 향 같은 걸 피워놨을지도 몰라."

선로 근처로 돌아온 '레미'가 중얼거리며 객차를 향해 손을 모으고 가볍게 고개를 숙였다. 너무 짖어 목이 쉬어버린 개도 지친 모습으로 선로로 돌아왔다. '레미'를 본 '카피'가 얼른 손을 모은 뒤 사고를 당한 사람들에게 개의 몫까지 용서를 빌었다. 시끄럽게 해서 죄송해요. 이 개도 우리도 어쩌다 여기까지 온 것뿐이에요. 아무것도 몰랐어요. 그러니까 우리를 원망하지 말아주세요. 죽어서도 제대로 눈을 감지 못했을 거라 생각하지만, 우리한테 나쁜 짓은 하지 말아주세요. 모쪼록 우리는 상관 말고 편히 쉬세요. 그럼 안녕히 계세요.

쇼와 22년(1947년) 2월 26일

하치코 선 열차 전복 — 1천여 명 사상

[우라와 발] 25일 오전 7시 50분경 하치코 선 하행열차가 지방으로 쌀과 야채 등을 구하러 가는 사람들을 가득 태우고 고마가와 역 남쪽 5백 미터즈음의 비탈길에서 커브를 돌다가 6량의 열차 중 2번과 3번 열차의 연결부가 빠져 뒤쪽의 4량이 높이 약 5미터 벼랑에서 굴러떨어졌다. 승무원은 사고를 미처 알아차리지 못해 열차 2량만 이끌고 고마가와 역에 도착한 뒤 뒤늦게 사고가 난 것을 알았다. 이 사고로 선로는 불통이 되고, 사상자가 약 1천 명이나 발생했다. 하치오지, 가와고에, 오오미야의 각 보선구(保線區)에서 구조대가 출동하고 인접 지역의 주민과 의료진도 출동하여 열차에 깔린 부상자를 트럭과 버스 등으로 한노, 모로, 가와고에, 오오미야의 병원들로 옮겼으나, 병원에 미처 수용되지 못한 환자들이 민가에까지 넘쳤다. 같은 날 오후 1시 현재 사이타마 현 경찰부의 보고에 따르면, 이 사고로 인한 사망자는 178명, 중상자가 약 300명, 경상자가 약 500명에 이른다고 한다.

쇼와 22년 2월 27일

사망자 결국 190명

[우라와 발] 하치코 선 열차사고 사상자 수는 26일 정오 현재 사이타마 현 경찰부 보고에 따르면, 현장에서 즉사한 자가 178명, 각지에 수용된 중상자는 가와고에 77명, 한노 74명, 오오미야 23명, 모로야마

80명, 오고세 11명으로 모두 265명이었다. 그중 12명이 사망해 사망자는 모두 190명이 되었으나, 지금도 생명이 위독한 환자들이 있다.

히가시한노에서 사십 분쯤 가면 하치오지에 도착한다.

갈색 개가 역의 플랫폼까지 따라와 두 사람 곁에 버티고 앉아 눈길이 마주칠 때마다 꼬리를 흔들어 보였다. 이대로 열차 안까지 따라오거나 열차를 쫓아 달려오면 어떻게 해야 할지 '카피'는 불안해졌다. 그렇게 되면 열차에서 내려 개와 함께 여행을 해야 하지 않을까, 하고 '레미'에게 호소해보았다. 그러나 내버려두면 금세 포기할 거야, 라는 '레미'의 냉담한 대답에 '카피'는 개를 바라보며 혼자 안절부절못했다.

열차가 역으로 들어왔다. 열차에 올라탄 뒤 플랫폼을 바라보니 개는 그 자리에 그대로 앉아 얌전히 두 사람을 바라보고 있었다. 매일 시간을 때우기 위해 저렇게 역 주변을 돌아다니는 거야, '레미'가 말했다. '카피'는 그 말에 실망하면서도 개에게 손을 흔들었다. 열차가 움직이기 시작해도 개는 일어서지 않았다. 개도 함께 여행을 하면, 정말 『집 없는 아이』처럼 개에게 재주를 가르치면서 즐겁게 시간을 보낼 수 있을 텐데.

하치코 선 디젤차가 푸른 초원을 가볍게 달려간다.

전에 '카피' 집에서 기르던 개는 들개잡이에게 붙들려 처분되었다. 다른 한 마리도 얼마 안 있어 쥐를 잡기 위해 만들어놓은 만두를 먹고 죽었다. 그 다음에는 집에서 개를 기르지 않았다. 오빠도 죽었다. 들개잡이에게 잡힌 개는 이웃에게 얻은 흰색의 잡종 개로, 아무런 재주도 못 부리고 마당에 구멍만 팠었다. '카피'는 그 개 등에 올라타기도 하고, 뒷다리를 들어올려 앞다리로만 걷게 해보기도 하고, 개썰매를 끌 수 있는지 귤 상자를 끌어보게도 했다. 서커스단의 개처럼 굴렁쇠를 통과하거나 외줄타기를 하기도 바랐다. 하지만 그 개는 한 번도 '카피'의 기대에 부응하지 못했다. 쥐약을 먹고 죽은 개는 작은 스피츠로, 신경질적으로 짖어대기만 하는 시시한 개였다. 재주를 가르치고 싶은 마음이 들게 하는 개가 아니었다. 오빠와 '카피'는 잡종 개를 놀이 상대로 삼았다. 그러니까 개를 늘 괴롭혔다. 얌전하고 참을성 많은 개는 몸을 뒤집어도, 입을 비틀어 열어도, 콧구멍에 풀을 집어넣어도 화를 내거나 물어뜯은 적이 없었다. 단, 오빠가 철퍼덕 등에 올라타자 그 무게에 눌려 주저앉으며 똥을 싼 적이 있어서 그후로는 오빠만 보면 도망을 쳤다.

'레미'는 '카피'와 함께 열차에 앉아 늑대와 개의 차이에 대해 골똘히 생각해보았다. 개는 혼의 기척을 느낄 수 있는 능력이 분명히 있는 것 같다. 여우가 여자로 변해도 개만은 곧바로 그 정체를 알아챈다. 그렇다면 늑대는 어떨까. 늑대에 관해서는 그런 이야기를 들은 적이 없다. 그렇다고 그것이 늑대에게 그런 능력이 없다는 증거는 아니다. 개는 사람과 함께 사는 동물이기 때문에 자세히 관찰할 수도 있고 기록할 수도 있다. 그렇지만 늑대는 사람이 없어도 살 수 있는 동물이라, 사람들이 모르는 점이 아직 많다. 죽은 혼이 정글 속을 헤매고 다녀도 늑대는 개처럼 무서워하지 않을지도 모른다. 죽은 후의 세계와 현재 살고 있는 세계 사이의 구별 같은 건 하지 않는다. 그럴 필요도 없다. 하지만 개는 그렇지 않다. 개는 사람의 일부처럼 되어버린 존재다. 개는 사람처럼 생과 사의 차이를 알고 있다. 죽음을 두려워하고 생에 집착한다. 생각해보면 인간처럼 되어버린 개만큼 나약하고 불쌍한 존재는 없을지도 모른다. 그런 개가 인간의 손을 떠나면, 법칙을 모르는 비열하고 잔혹한 들개가 될 수밖에 없다. '카피'도 마찬가지다. '레미'가 지켜주기 때문에 '카피'가 인간답게 성장하는 것이다. '카피'가 아무리 안간힘을 써도 혼자서는 살아갈 수가 없다. '카피'에게는 '레미'가 필요하고, '레미'에게도 '카피'가 필요하다. '카피'가 없다면 '레미'는 혼자라는 외로움에 금방 무너지고 말 것이다. 정말이지 '어느 쪽이 더 바보입니까?'다.

순조롭게 종착역인 하치오지에 도착했다.

둘은 시내로 나와 우선 우동집으로 들어갔다. '카피'는 다시 중화소바를, '레미'는 오야코돈을 먹었다. 가게 안에는 사람이 많았다. 아이를 동반한 어머니들, 근처의 직공들이 있었다. 노인들도 늦은 점심 혹은 이른 간식으로 한가로이 우동이나 메밀국수를 먹고 있다. 야마가타나 하치오지나 우동집은 다 비슷하다. '레미'와 '카피'는 얼굴도 들지 않고 음식을 먹었다. '카피'의 희망대로 소프트아이스크림을 사서 밖으로 나왔다. 등나무 꽃 조화가 장식된 상점가를 아이스크림을 빨며 나란히 걸었다. 장난감 가게 진열대 앞에서 십오 분쯤 시간을 보내고, 한약방에 진열된 말라붙은 살무사나 조선인삼, 영지버섯 등을 바라보았다. 재봉틀을 실연해 보이는 곳도 들여다보았다. 작은 약국이 있기에 '레미' 혼자 안으로 들어갔다. 감기약과 칫솔, 치약, 면도기 그리고 만약을 위해 지사제를 샀다. '레미'는 그밖에 또 필요한 것이 없을까, 하고 약국 안을 돌아보았다. 과일맛 사탕 캔이 눈에 띄어 '카피'를 위해 그것도 사기로 했다.

둘의 예상과 달리 하치오지는 큰 도시였다. 상점가를 오가는 사람도 많고, 도쿄 도내여서 사람들의 말도 '레미'와 '카피'가 쓰는 말과 큰 차이가 없어서 그것만으로도 마음이 홀가분했다. 밖에서 기다리고 있던 '카피'는 '레미'의 예상대로 과일맛 캔디 선물에 무척이나 기뻐하며 레몬맛 캔디 하나를 얼른 입에 넣고 '레미'에게도 하나 고르게 했다. '레미'가 캔을 흔들자 하얀 박하사탕이 나왔다. '레미'는 그것을 입속에 쏙 던져넣었다. 하얀 박하사탕은 아주 조금밖에 없었다. 한 캔에 겨우 두세 개쯤. '카피'는 자기 천 주머니에 얼른 캔을 집어넣었다.

상가 뒤로 돌아가니 절이 보여 들어가보았다. 작은 묘지가 있었다. 햇빛이 잘 드는 곳을 골라 좀 쉬기로 했다. 수면부족으로 몸이 무겁다.

"이렇게 작은 묘지는 외부 사람들이 마음대로 들어와 잠을 잘 수도 없겠다."

'레미'가 약간 자랑스러워하며 말했다. '자신의 묘지'야말로 진짜 묘지라고 말하고 싶은 듯했다. 사실 이곳은 끝에서 끝까지 10미터 정도밖에 되지 않는 작은 묘지였다. 묘석은 새것이었고 묘를 장식한 꽃들도 아직 시들지 않았다.

"여기는 조용해서 기분이 좋다. 낮잠을 자고 싶어."

'카피'가 옆에 있는 묘석에 머리를 대고 눈을 감는다. 눈부신 햇살이 그대로 얼굴에 와 닿는다. '레미'는 자기 주머니와 점퍼를 땅에 깔고 그 위에 팔꿈치를 괴고 누웠다. 그러고는 자잘한 잡초들을 뜯어 땅에 뿌리면서 혼잣말처럼 중얼거렸다.

"몸이 여기저기에 흩어져 죽으면, 그래도 정글로 돌아갈 수 있을까? 사람들이 죽는 모습은 여러 가지니까."

'카피'가 눈을 감고 대답한다. 열차사고로 죽은 시체들이 개 짖는 소리와 함께 오렌지색 눈꺼풀 안쪽에서 되살아난다.

"물론 정글로 갈 수 있지."

"머리가 완전히 깨져서 강에 떠내려가면, 오른팔은 먼 바다에서 썩고 몸은 전혀 다른 곳에서 호랑이 먹이가 되고…… 그러면 죽은 뒤에 뭐가 뭔지 모르지 않을까?…… 죽은 사람들은 뼈가 이렇게 묘에 안장됐기 때문에 안심하고 저세상으로 갈 수 있는 거 아니야? 그러니까 정글로 말이야."

새까맣고 커다란 파리 두 마리가 살아 있는 인간의 기척에 끌려 두 사람 주위를 날기 시작했다. 파리들이 '카피'의 코 그리고 '레미'의 귓불과 입술에서 날개를 쉬고 싶어해, 두 사람은 간지러워 손으로 파리를 쫓아야 했다. 파리는 그것을 즐기기라도 하듯 둘의 얼굴 주위를 맴돌며 더욱 활기차게 날아다닌다. '카피'가 말한다.

"그렇지만 죽은 사람들한테 묘는 아무런 상관이 없는 건지도 몰라. 일단 죽었으니까 이 세상의 일은 아무래도 상관이 없는 것 아닐까? 그렇다면 어떤 식으로 죽든 마찬가지지. 만일 그렇지 않다면…… 살해당한 뒤에 호수나 산에 버려져 시체를 찾을 수 없는 사람들은 어떻게 해? 자기 탓도 아닌데."

"그래서 그런 사람들은 성불을 못 하고 한을 품고 나타나는 거야"

가까이서 개 짖는 소리와 자동차의 경적 소리가 들렸다. 두 사람의 코끝에 햇빛을 받은 풀과 흙 냄새가 풍겨온다.

"그럴 수도 있겠지만…… 죽는다는 건 뇌도 죽는 거니까 전부 깨끗이 사라지는 거 아니야? 자기가 사람이었다는 것, 여자였다는 것, 그런 것도 사라지고, 바람처럼 기분 좋게 계속 다른 곳으로 옮겨다니다가 정글에 이르러서는 그 속에 녹아들어가는 거지. 나는 오빠의 귀신을 한 번도 본 적이 없어."

'레미'가 파리를 쫓으면서 하품인지 한숨인지 알 수 없는 숨을 내쉬었다.

"그렇긴 하지만, 그렇다면 무엇 때문에 묘지가 있는지 알 수가 없잖아…… 음, 시체를 아무 데나 버려서는 안 된다는 것은 시체를 묻을 특별한 장소를 마련해둘 필요가 있다는 거지. 전쟁중에야 어쩔 수 없다 해도, 시체를 아무 데나 묻었다가는 거리를 제대로 돌아다닐 수도 없을 거야. 그러기 전에 온 동네가 묘지가 될지도 모르고. 나도 어렸을 때 묘지에서 지냈지만 귀신 같은 건 본 적이 없다. 그런 게 나올 것 같은 느낌도 전혀 없었어…… 그래, 죽은 사람들이 묘지 같은 데서 어슬렁거릴 리 없지."

'카피'가 졸린 목소리로 대꾸했다.

"……하지만 가끔은 어슬렁거리러 올지도 몰라…… 바람처럼 말이야. 자기가 좋아했던 장소에도 가끔씩 가보고 싶을지도 모르고. 귀신이란 분명히 그런 걸 거야. 오빠의 귀신도 보이지는 않지만, 가끔 기척을 느낄 때가 있어…… 귀신도 자기를 죽인 인간한테는 가까이 가지 않아. 아니면 다른 귀신들을 모아 범인에게 벌을 줄까?"

"머리가 이상한 녀석이라면 귀신이 나타나도 아무것도 못 느낄 거야."

"여자를 죽이면 남자는 기분이 좋아지는 걸까? 모르겠어…… 어째서 여자들만 죽이고 싶어하는 거지?"

바로 대답이 궁색해진 '레미'가 한숨을 쉬었다. '레미'는 풀을 뜯어서 끈질기게 얼굴 주위를 날아다니는 파리를 향해 던졌다. 어째서일까, '레미'도 전혀 알 수가 없다. 같은 종족 중 자기보다 약한 상대를 죽이는 녀석은 적어도 정글에는 없다. 수컷과 암컷의 차이, 그것은 분명하다. 암컷만 골라 죽이는 한심한 수컷은 정글에는 존재하지 않는다. 수컷이 마음에 들지 않아 암컷이 수컷을 죽이는 경우는 있다. 새끼를 낳는 암컷은 어떻게든 살아야 한다. 그것이 바로 '정글의 법칙'이다. 하지만 인간의 남자와 여자는 정글에서 살지 않기 때문에 그런 법칙을 모른다. 수컷과 남자는 다르다. 암컷과 여자의 차이보다 수컷과 남자의 차이가 더 큰 것 같다. 인간의 남자들만 뭔가 이상하다. 남자라는 것의 의미를 모르겠다. '레미'는 몸은 남자지만, 그렇다고 남자가 어떤 것인지 이해하고 있는 것은 아니다. 체제상 남자답게 이야기하고 남자답게 몸도 움직이지만, 그리고 이차성징인가 하는 것으로 팬티를 더럽히거나 스스로 자극하고 싶어질 때도 있지만, 자위에 홀린 원숭이는 아니라는 자존심 때문에 지극히 자제하고 있다. 그렇지만 그런 일과 남자라는 것의 의미가 관계가 있다고는 생각되지 않는다. '인간의 둥지'는 간단히 이해할 수 없다. 중학교를 졸업한 뒤에는 같은 연배와 섞여본 적이 거의 없기 때문에, 열일곱 살이 어떤 나이인지도 잘 모른다. '인간의 둥지'에서 진짜 어머니의 손에 자란 녀석들은 훨씬 남자다워지려 할까. '레미' 주위에는 늘 보모라는 여자들이 있었고 '어머니'도 있었지만, 그것과 '진짜' 어머니는 어떻게 다를까. '레미'의 생각으로는 '진짜' 어머니에게 응석을 부리며 자란 녀석들이 여자를 죽이는 짓을 저지를 것 같다. 그렇지만 '레미'가 그렇게 말하면, 비뚤어져서 그런 나쁜 생각을 한다고 할 것 같아 함부로 입 밖에 낼 수 없다. 세상은 '레미'처럼 '진짜' 어머니를 모르는 쪽을 훨씬 의심스러운 남자로 여기고 싶어한다.

"……그건 강아지를 아무렇지도 않게 죽이는 거랑 마찬가지야. 머리가 돈 그런 녀석들에 대해서는 생각할 필요도 없어. 걸리지 않게 조심할 필요는 있겠지만."

'레미'가 말했지만 '카피'는 아무런 대답이 없다. 잠이 든 모양이다. '레미'는 다시 한숨을 내쉬고 눈을 감았다. 심장박동이 갑자기 격렬해졌다. '카피'가 무슨 생각을 하고 있는지 문득 마음에 걸린다. '카피'는 아직 완전한 '카피'가 되지 못했다. '레미'를 '레미'로 믿지 않고 있다. '레미'와 '카피'는 아무런 의혹 없이 서로 완벽하게 믿어야 하는데.

'레미'가 깜박 조는 사이, 갑자기 뭔가가 '레미' 얼굴을 세차게 내리쳤다. '레미'는 아프고 놀라 소리를 지르며 일어나 그것을 오른손으로 붙잡았다. 흙먼지가 묻어 지저분한 대나무였다.

"이런 들개들 같으니! 나가! 예서 어서 나가!"

머리를 빡빡 민 새빨간 얼굴의 작은 노인이 '레미'의 손에서 막대기를 뺏으려고 두 손으로 잡아당기며 소리를 질렀다. '카피'가 그 소리에 놀라 잠에서 깨어 일어섰다. 이런 데서 싸워봐야 소용없다. 상대는 나약한 노인이 아닌가. 하지만 화가 치민 '레미'는 가능한 한 나쁜 녀석처럼 보이도록 입을 비틀어 침을 뱉고는 막대기를 놓아주었다. 그리고 뒤로 돌아 '카피'에게 한쪽 눈을 찡긋해 보이며 말했다.

"이봐, 나가자고."

서둘러 하치오지 역으로 돌아온 '레미'는 시간표를 꼼꼼히 살폈다. 주오 선을 타고 도쿄로 갈 수도 없고, 고후도 '카피' 어머니의 고향이어서 마음이 내키지 않는다. 그렇다면 요코하마 선을 타고 계속 남쪽으로 내려갈 수밖에. 남쪽으로 가면 바다가 펼쳐질 것이다. 기왕이면 해변에서 노는 것도 나쁘지 않겠지. 내일도 날씨는 좋을 것 같으니 수영은 무리더라도 바위틈에서 게를 찾거나 불가사리를 주울 수는 있다. '레미'가 그렇게 말하자 '카피'도 기쁜 듯이 동의했다.

요코하마 선은 야마노테 선과 다를 바 없는 통근용 전철이다. 네시가 조금 지난 시각이라 아직 혼잡하지는 않았지만, 학교에서 단체로 이동중인 것 같은 중학생들이 타고 있어서 떠들썩했다. '레미'와 '카피'는 출입문 옆에 서서 아무 말 없이 바깥 풍경을 바라보았다. 아무런 특징도 없는 시골 풍경이 계속되었다. 이 지역 중학생들은 몸빼를 입지 않았지만, 여학생들도 바지를 입었고 남학생들은 하나같이 스님처럼 머리를 빡빡 밀었다. 몇몇이 모여 장난을 치며 웃거나 소문에 대해 이야기하는 데 열중했다. '레미'와 '카피'는 그 소리를 듣고 있는 것만으로도 지치고 마음이 무거워졌다.

한 시간 정도 달려 종점인 히가시카나가와에 도착했다. 바로 게힌 선으로 갈아타고 요코하마에 도착하니 여섯시경.

하늘은 아직 밝았고 배도 고프지 않았다. 역은 사람들로 붐볐다. 이런 혼잡한 곳에서 어슬렁거리는 것보다는 계속 움직이는 편이 낫다. 그렇게 판단한 두 사람은 요코스카 선에 올라탔다. 그 전철도 집으로 향하는 승객들로 꽉 차 있었다. 그렇지만 한 역 한 역 분명히 바다에 가까워지고 있다. 바다로, 바다로.

가마쿠라를 지나자 겨우 승객이 줄어들었고, 즈시쯤에서는 찻간이 더욱 한산해졌다. 그렇지만 바다는 아직 보이지 않았다.

둘은 여전히 출입문 곁에 서서 바다가 나타나기를 기다렸다. 하늘이 어두워지고 집들의 노란 불빛이 반짝이기 시작한다. 얼핏 바다처럼 보이는 풍경이 스치는가 싶더니 요코스카 역에 도착했다.

대부분의 승객이 그곳에서 내렸다. 역에서도 바다처럼 보이는 풍경이 아른거린 것 같았다. 찻간이 텅 비자 오히려 소리 내어 이야기하기도, 몸을 멋대로 움직이기도 꺼려졌다. 찻간에는 회사원 같은 남자 두세 명이 신문을 읽고 있다. 레인코트를 입은 젊은 남녀가 담배를 피우고, 보스턴백을 든 중년남자 둘이 이야기를 주고받고 있다.

겨우 종점인 구리하마 역에 도착했다. 플랫폼에 내리고 나서야 주위가 완전히 어두워진 것을 알았다. 다른 승객들이 종종걸음으로 모습을 감추자 역은 썰렁하고 고요해졌다.

"여기가 종점이야. 이제 어떻게 할 거야?"

'카피'가 작은 소리로 물었다.

"요코스카에서 내리는 게 나았을까? 어쨌든 밖으로 나가 밥을 먹자. 식당 정도는 있겠지. 일부러 여기까지 왔으니 밥을 먹고 해안까지 가보자고. 시간은 아직 이르니까."

'레미'가 기지개를 켜며 대답했다.

저녁이 되자 바람이 일기 시작했다. 바다 냄새가 난다. 달고 눅눅한 냄새. 그 냄새를 맡으니 빈 뱃속이 더욱 자극을 받았다.

"여기, 학교에서 해수욕하러 온 적 있어. 미국의 페리라는 사람이 함선을 타고 여기에 왔었대. 그 비석하고 닻을 본 기억이 나."

개찰구로 향하며 '카피'가 속삭였다.

"너희 학교는 참 여러 곳에도 갔다. 내가 다닌 초등학교는 사야마 호하고 나가토로 정도밖에 안 갔는데."

"그렇지만 하나도 안 좋은 학교였어. 뻐기는 남자애들이 많아서 여자아이들을 함부로 부려먹었어. 시키는 대로 안 하면 계단에서 밀어 떨어뜨렸다고. 나는 오빠가 있어서 아이들하고 놀 시간이 없었지만…… 그러고 보니 오빠하고 비슷한 남자애가 있었어. 마보라는 이름이었어. 그 남자애가 동네를 어슬렁거리면 다들 재미있다는 듯 '마보 어디 가니?' 아니면 '냄새난다, 냄새나, 몸 좀 씻어라' 아니면 '이 돌 먹어봐' 하면서 놀려댔어. 우리 반 아이들도 '마보, 마보!' 하면서 쫓아다녔고."

"어디에나 원숭이는 있게 마련이군. 원숭이들은 이제 지긋지긋하다. 너도 이제부터는 원숭이들 때문에 골치 썩지 않아도 돼."

개찰구가 가까워지자 둘은 입을 다물었다. 어째서 앞으로는 원숭이들 때문에 골치를 썩지 않아도 된다는 걸까, '레미'에게 묻고 싶었지만 '카피'는 참았다. 그렇지만 '카피' 자신도 막연히 그럴 거라는 생각이 들었다. '레미'가 그렇게 말하니까 그렇게 되겠지.

역 앞에는 작고 어두운 광장이 있었다. 광장 맞은편 가게의 전등이 어둠 속에서 희미하게 깜박였다. 자전거를 탄 사람이 광장을 가로질러 간다. 유리문을 활짝 열어놓은 식당 앞에서 여자가 청소를 하고 있다. 상행전차를 타려는 사람들이 조금씩 어둠 속에서 나타나 역으로 모이기 시작했다. '레미'와 '카피'는 가장 가까운 식당으로 들어갔다. 뜻밖에도 식당 안은 손님들로 가득했다. 지카타비*나 고무장화를 신은 남자들이 술에 취한 얼굴을 하고 있다. 둘은 담배연기가 자욱한 식당 구석에 자리를 잡았다. 죽은 파리가 빼곡히 붙은 끈끈이가 각 테이블 위에서 희미하게 흔들렸다. '레미'는 정식을, '카피'는 오야코돈을 주문했다. 둘이서 음침하게 잠자코 있으면 오히려 주의를 끌어 사람들이 말을 걸어올 우려가 있었다. 그래서 '레미'는 레미와 카피가 어떻게 여행을 하게 되었는지 '카피'에게 들려주기로 했다. 어느 날 경찰이 개와 원숭이, 아이를 길거리에서 내쫓으려 한다. 승강이가 벌어지고, 결국 할아버지가 감옥에 들어가게 되었다. 그래서 레미는 할아버지가 석방될 때까지 거의 무일푼으로 개와 원숭이를 데리고 유랑을 하게 된 것이다. 불안에 떨며 우는 레미를 위로하는 것은 인간보다 영리한 개 카피. 그렇게 해서 레미는 백조호의 어머니와 만나게 된다.

"'카피'도 백조호 기억나니? 말의 힘으로 운하나 강을 천천히 운행하는 커다란 뗏목 같은 배인가본데, 사실은 아직도 어떤 배인지 잘 모르겠단 말이야. 레미한테도 작은 방이 주어지고, 병든 소년과 어머니의 침실도 필요하지. 왜냐하면 소년의 병을 고치기 위해 백조호를 만들었거든. 백조호 안에는 요리를 하는 하녀도 있고 뱃사공도 있어. 그

* 발가락 부분이 둘로 갈라진 일본 버선 모양으로 생긴 천 작업화.

두 사람이 잘 곳도 필요하고, 물론 부엌도 있어야 해. 먹을 것도 많이 쌓아두어야 할 테고, 목욕탕이나 변소도 있어야겠지. 목욕을 하기 위해서는 연료도 있어야 되고. 스토브 때문에 석탄도 잔뜩 싣고 다녀야 돼. 말 먹이도 필요하고 빨래를 말릴 곳도 필요해. 백조호는 몇 개월이나 강을 떠다녀. 그런 걸 생각하면 엄청난 규모의 배여야 하는데…… 도무지 납득이 안 가. 지금 생각해보면 거짓말 같은 이야기지만, 솔직히 어렸을 때는 넋을 잃고 빠져들었지. 나도 백조호를 타고 싶다고 생각했어. 어린아이들은 정말 바보야."

마침 오야코돈과 정식이 나와, 둘은 이야기를 중단하고 먹는 데 열중했다. 손님들은 여전히 떠들썩하게 술을 마시고 있다. 어딘가의 공사장 이야기, 어딘가의 여자 이야기. '카피'는 오야코돈을 먹으며 '레미'가 동경했다는 백조호의 모습을 떠올렸다. 강이나 운하 위를 조용히 떠가는 배. 그러나 '카피'는 온실 비슷한 방을 얹은 뗏목 같은 배 외에는 상상이 되지 않았다. 거기에 아름다운 부인과 병든 남자아이가 있다. 대단한 부자인 부인은 레미의 진짜 어머니다. 사내아이는 레미의 동생이다. 그러니까 레미도 마지막에는 부자가 되고 레미 동생도 건강을 되찾아 행복하게 산다는 이야기다. '레미'는 그것이 부러웠을까. 부자이고 아름답고 상냥한 어머니. 그렇지만 '카피'는 백조호가 언제까지나 슬픔을 간직한 채 떠도는 운명이었으면 좋겠다. 늘 그런 배일 거라고 믿고 있었다. 그래서 '카피'도 초등학생 시절에는 백조호를 동경했다. 사내아이의 병은 점점 더 나빠지고, 부인의 돈도 떨어져가고, 백조호에는 절망만 남아 있다. 그런 백조호를 만난다면 얼마나 무섭고 아름다워 보일까.

먼저 그릇을 비운 '레미'가 감기약을 입에 털어넣고 담배를 피우기 시작했다.

"배는 좋지. 내가 아는 건 스미다 강에 떠 있는 배 정도지만, 스미다 강에 백조호가 떠 있을 리는 없어. 거기에는 지저분한 쓰레기 배나 가족들이 살고 있는 배뿐이야. 쓰레기 같은 솥이나 냄비 사이에서 갓난 아기가 울고 있고, 전혀 깨끗해지지 않은 빨래가 늘 팔랑거리고, 백조호하고는 천지차이야. 하지만 그런 데서라도 살면 나쁘지 않을 것 같다. 뭍의 작은 기숙사 방은 숨이 막혀."

'카피'도 식사를 마친 뒤 홀짝거리며 차를 마시기 시작한다. 뜨거워서 조금씩밖에 마실 수가 없다.

"차라리 여기서 배를 타고 밀항할까? 어디로 가든 좋아."

'레미'의 말에 '카피'가 작은 소리로 웃었다. 어린애 같은 농담이라는 생각밖에 들지 않았다.

식당에서 나오기 전 교대로 변소에 갔다. 둘이 나란히 일어서자 남자 손님 중 하나가 큰 소리로 물었다.

"어이, 자네들! 못 보던 얼굴인데, 놀러 왔나?"

'레미'가 '카피'의 등을 밀며 가볍게 고개를 숙여 보였다.

"해수욕하기엔 아직 이르지."

"벌써 가려고? 술 한잔 하고 가지그래. 담배를 피우니 술도 마시겠지?"

"남동생에게도 술 한잔 주지."

"우리도 어렸을 때부터 술을 마셨거든."

남자들이 붉어진 얼굴로 둘을 놀리기 시작했다. 둘은 서둘러 밖으로 나가 역으로 달려갔다.

"쳇, 시끄러운 녀석들이군. 그렇지만 너 들었니? 너보고 남동생이라고 한 말?"

'카피'가 대답한다.

"응, 들었어."

"겨우 형제처럼 보이게 됐다. 한동안 같이 있으니 점점 닮아가나 보다."

"……그럴까?"

'레미'가 자신 있게 고개를 끄덕였다.

"그럼. 좋아, 그럼 일단 해변까지 가보자. 여기서 잠깐 기다려. 어느 쪽으로 가야 되는지 역무원한테 물어보고 올게."

'카피'는 '레미'가 시키는 대로 역사 앞에 서 있었다. 조금 전에 들어갔던 식당 불빛이 보인다. 버스가 출입문을 연 채 바로 앞에 서 있다. 운전기사가 밖에서 담배를 피우며 '카피'를 바라보았다. 저 사람 눈에도 '레미'와 '카피'가 형제처럼 보일까. 조금도 안 닮았을 텐데. '레미'한테는 진짜 형제가 없다. 진짜 어머니도. '카피'에게는 둘 다 있다. 오빠는 죽었지만, '레미'와는 달랐다. '레미'가 오빠가 된다고 하면 어머니는 뭐라고 할까. 머릿속이 혼란해진다. '진짜' 어머니라고 해서 꼭 좋은 건 아닌데. 그렇지만 없는 것보다는 나은지, 그걸 잘 모르겠다.

'레미'가 돌아왔다. 역 반대편에 흐르는 강을 따라 곧바로 가면 바다가 나온다고 한다. 그러고 보니 그랬던 것도 같다. '카피'는 전에 왔을 때의 풍경을 떠올렸다. 전혀 깨끗하지 않은 강이 있었고, 숙소에서 강을 따라 해안으로 갔었다. 모래사장을 도려내듯 흐르는 탁한 강, 저인망을 끄는 어부들, 그 주위를 달리는 개. 같은 반이었던 마보가 히죽히죽 웃고 있다. 모래사장에서 준비운동을 했다. 그때 '카피'의 가슴은 절벽이었다. 지금도 조금 봉긋하게 나오긴 했지만 초등학교 때 입던 수영복을 그대로 입어도 될 정도다. 지금 다니는 중학교에는 수영 시간이 없고, 여름 해변학교 같은 것도 없다. 하지만 수영을 잘 못하기 때문에 별로 상관없다. 그런데 이곳 바다에서 헤엄을 친 기억이 없다. 여기까지 와서 바다에 안 들어가기도 하나?

금방 강이 보이고 강가로 이어진 길도 찾았다. 둘은 어두운 길을 한가로이 걷기 시작한다. 전봇대의 불빛이 모래밭 길을 군데군데 비출 뿐, 집들에서 새어나오는 불빛은 길까지 닿지 않았다.

해안까지는 의외로 시간이 걸렸다. 금방일 거라 생각했기 때문에 더 멀게 느껴졌는지도 모른다. 인가가 끊기고 전봇대도 길도 사라지더니, 발밑이 갑자기 모래사장으로 변했다. 달빛만으로는 모래사장이 어디까지 펼쳐져 있는지, 어디서부터 바다가 시작되는지 알 수 없다. 대신 파도 소리가 두 사람의 귀에 닿았다. 둘에게 규칙적으로 속삭이는 듯한 파도 소리. 바닷가의 습한 바람도 부딪혀왔다.

"야, 저기가 바다다!"

"정말! 하얀 물결이 보여."

"에이, 조금만 더 밝으면 좋을 텐데."

"그런데 바다 저쪽에 뭔가 보여. 고기잡이 배일까?"

"어선치고는 큰데. 몇 척이나 보이네. 와, 주위에 보트도 꽤 있는걸."

둘은 물가로 가 바로 신발과 양말을 벗고 바닷물에 발을 적셨다. 물은 아직 차가웠다. 그대로 파도가 이는 곳까지 달려갔다가 다시 돌아온다. 바닷물 속으로 뛰어들었다가 파도가 몰려오기 전에 서둘러 달려나온다. 그렇게 노는 동안에도 바다 위에 떠 있는 불빛에 계속 신경이 쓰였다. 여객선처럼 보인다. 하지만 저런 곳에 어째서 여객선이 정박해 있을까. 설마 페리*가 탔던 함선의 귀신은 아니겠지.

두 사람은 모래사장 왼쪽으로 가 다리를 뻗고 앉았다. 하얀 개가 가까이 오더니 다시 멀어져간다. 크고 검은 개를 사슬을 매어 산책시키는 사람도 보인다.

"밤이 되니까 역시 좀 춥다. 여기서 잤다가는 감기가 더 심해지겠지."

'레미'가 중얼거린다. '카피'가 망설이며 입을 열었다.

"저기, 여관 같은 데 묵을 수는 없어? 그렇다고 여관에 묵고 싶다는 건 아니고."

"돈은 있지만…… 생각해봐, 우리 둘이서 여관에 가면 아무 말 않고 재워줄 것 같아? 나는 아직 미성년이고 너는 꼬맹이잖아. 만일을 위해 보호자에게 문의해보겠다고 하면 어떻게 하냐. 뭐야, 목욕이라도 하고 싶어진 거야?"

'레미'의 말에 '카피'가 고개를 갸웃했다.

"그냥 물어본 것뿐이야."

"공중목욕탕도 있으니까 목욕은 언제라도 할 수 있다. 목욕탕에서

* 1854년 네 척의 군함을 이끌고 일본의 개국을 요구하며 나타난 미국의 제독으로, 쇄국을 푸는 데 결정적 역할을 했다.

는 아무것도 안 물어볼 테니까 안심이지."

"응…… 목욕탕은 유치원 때쯤 가본 적이 있어. 욕탕이 너무 깊어서 빠지는 줄 알았어."

'카피'가 발가락으로 모래를 퍼올려 조금씩 흘려보내며 말했다. 미지근한 모래는 마른 발가락 틈으로 금세 새어나갔다.

"뭐, 기껏해야 무릎 위 정도일 텐데. 나는 지금 공중목욕탕 신세를 지는 몸이야. '어린이집'에는 목욕탕이 있었기 때문에 공중목욕탕을 몰랐다. 대신 목욕은 일주일에 한 번 정도밖에 못 했지. 겨울에는 열흘에 한 번 정도였어. 그것도 늘 큰 꼬맹이들과 함께."

'레미'가 다리 사이에 양팔을 집어넣고 주변의 모래를 긁어모았다.

"……그래도 '레미'는 진짜 아버지에 대해 알잖아. 그걸로 충분하지 않아?"

'카피'가 미간을 좁히고 혼잣말처럼 중얼거렸다.

"갑자기 무슨 소리야?"

놀란 '레미'가 '카피'의 얼굴을 들여다보았다. '카피'가 고개를 숙이고 말했다.

"그렇잖아. 네 살 때까지는 늘 아버지랑 단둘이었고, 아무도 방해하는 사람이 없었잖아. 하지만 나…… 나는 아버지에 대해 아무것도 모르고, 어머니는 가끔 가짜가 아닐까 하는 생각이 들 정도로 우리 어머니라는 생각이 안 드는걸. 어머니란 아이들이 생각하는 것만큼 크고 넓은 건 아니야. 남편에게 버림받은 어머니들만 그런지도 모르지만. 어쨌든 우리 어머니는 오빠한테 모든 걸 쏟아버린 느낌이었어…… 물론 오빠보다 몸이 크고 튼튼한데다 말대답을 하고 비밀까지 만드니까 나를 오빠랑 똑같이 예뻐하기는 어려웠을 거야. 난 시시한 보통 아이에다 남자아이도 아니니까. 어머니는 열심히 공부해서 얼른 자립할 수 있도록 하라고 했어. 아마 어머니는 오빠랑 둘이서 살 생각이었을 거야. 그런데 오빠가 죽었으니 불쌍하지. 사는 보람이 없어져버렸으니까. 내가 오빠 대신이 될 수도 없고 말이야. 아버지가 살아 계셨다면, 어머니도 안심하고 오빠 동생인 나하고 좀더 잘 지낼 수 있었겠지만…… 학교 선생님 일도 실은 재미있어하는 것 같지 않아. 하지만 아무리 시시해도 우리 어머니야. 진짜 부모자식이 아닐지도 모른다는 생각, 이젠 졸업했어…… 내 말은 진짜 어머니라는 게 그렇게 좋은 것만도 아니라는 거야. '레미'가 나보다 훨씬 나을지도 모른다는 거지."

'카피'가 이야기를 마친 뒤 겨우 얼굴을 들어 '레미'를 바라보았다.

"쳇, 배부른 소리 하네. 자기 어머니에 대해 아무것도 모른다는 건 정말이지 찜찜한 일이야. 모모타로*도 아니고, 나도 분명히 사람 어머니한테 태어났을 테니 어머니가 어떤 사람이었는지 늘 마음에 걸리지. 나는 어머니에 대해 아는 게 전혀 없어서, 어머니 밑에서 자란 녀석들과 어디가 다를까, 비뚤어지게 생각한다고."

"나도 마찬가지야. 아버지에 대해 전혀 모르는걸. 그래서 어딘가 이상한 게 아닐까, 하는 생각을 하게 돼. 어머니도 나를 그런 눈으로 보는지, 담임 선생님을 아버지로 생각하고 뭐든 의논하라고 하는걸."

'카피'가 화가 난 듯 주장하자 '레미'도 그만 목소리가 거칠어졌다.

"그래도 너는 아버지가 어떤 사람이었는지는 알잖아. 제대로 된 묘

---

* 桃太郎, 일본 옛날이야기의 주인공. 복숭아에서 태어났다.

도 있고. 나랑은 천지차이라고."

"그렇지만 '레미'는 적어도 아버지 냄새를 알고 있어. 몸이 따뜻했던 것도, 똥이 따끈했던 것도 알고 있잖아. 하지만 나는 그런 거 몰라. 그래서 이제 와서 외롭다거나 괴롭다는 말이 아니야. 나는 그런 슬픈 기분 너무 싫어! 그렇지만 '레미'의 이야기를 듣고 있으면 부러운 생각이 든단 말이야. 내가 아버지에 대해 모른다는 걸 새삼 떠올리게 돼. '레미'의 아버지는 '레미'를 버리고 도망치지도 않았어, 그렇잖아?"

'카피'의 얼굴이 달빛을 받아 창백해 보였다.

"뭐, 그랬을 거라 생각하지만, 정확한 건 몰라. 어쨌든 나는 시설에서 자랐고, '카피'는 자기 집에서 가족들과 함께 자랐어. 그 차이를 무시하면 나로서는 화가 난다. 내가 내세울 수 있는 거라고는 그 정도뿐이야. 솔직히 말하면 네가 부럽기도 하고…… 이제 됐다, 괜히 복잡해졌어. 그렇지만 모글리나 레미도 이야기 마지막에는 진짜 어머니가 나타나. 그래서 행복하게 살았다고 끝이 나지. 아이들한테 책을 읽어줄 때 그대로는 곤란하다는 생각에 진짜 어머니에 대한 부분은 빼고 읽었어. 그런 이야기는 아이들에게 너무 상처가 되니까. 나도 골똘히 생각했다고. 어머니란 정말 그렇게 좋은 존재일까, 그렇다면 그런 존재를 모르는 나 같은 사람은 굉장히 불행한 것이 아닌가, 하고. 하지만 나도 잘 모르겠어. 그렇다면 거짓말일까? 하지만 그게 거짓말이라면 어째서 그렇게 많은 거짓 이야기들을 만들어냈을까. 그게 무슨 의미가 있을까."

'레미'가 한숨을 쉬자 '카피'도 한숨을 쉬며 바다의 불빛을 바라보았다.

"그런 건 거짓말이야. 이야기를 만드는 사람은 아이들이 아니고 부모들이니까. 어머니는 이렇게 좋은 거란다, 하고 아이들에게 주입시키면 아이들은 거기서 도망칠 수 없게 돼. 어떤 설움을 당해도 아이 쪽이 나쁜 게 되지…… 그렇지만 '레미'의 아버지 같은 부모는 전혀 다르다는 생각이 들어. 나는 초등학교 때나 지금 학교에서나 우리 아버지에 대해서는 비밀로 하고 있어. 그렇게 죽었다는 걸 사람들이 알게 되면 큰일이야. 하지만 '레미' 곁에 있으면 '레미'의 아버지도 곁에 있는 것 같아서 어쩐지 안심이 돼."

생각지도 못한 이야기에 당황한 '레미'가 모래 묻은 손으로 머리를 긁적였다.

"뭐, 어쨌든 우리는 지금 '레미'와 '카피'니까 쭉 함께 있는 거야. 우리 둘이서 어느 쪽이 더 낫다고 다퉈봐야 똥 묻은 개가 겨 묻은 개 나무라는 거하고 똑같다고."

"뭐야, 그런 건 도토리 키 재기라고 하는 거야."

'카피'의 눈에 장난기가 어리고 입가에 미소가 피어올랐다. 안심이 된 '레미'가 작은 소리로 웃기 시작했다.

"쳇, '카피'는 너무 여자애 같아서 안 된다니까. 좀더 남자답게 굴어봐. 그렇게 하는 게 훨씬 편하다니까. 그건 그렇고, 저 불빛 진짜로 백조호 아닐까?"

'레미'가 바다에 떠 있는 불빛을 턱으로 가리키자 '카피'도 주의 깊게 바다를 살폈다.

"……여객선 같은데. 넷, 아니, 다섯 척이나 있다."

"응, 자꾸 신경이 쓰이네. 아무래도 무슨 일이 있는 것 같다. 그렇지 않고서야 저런 데 정박해 있을 리가 없어."

'레미'가 일어나 해안가를 살폈다. '카피'도 함께 주위를 둘러보았다. 어느새 개가 몇 마리 늘어나 있었다. 모래사장 여기저기에 검은 개, 흰 개, 큰 개, 작은 개가 뛰어다니고, 모래를 파기도 하고, 쓰레기를 입에 물고 흔들어댔다. '레미'가 활기찬 목소리로 말했다.

"와, 우리 뜻대로인걸. 저쪽에 보트가 있다. 어차피 할 일도 없으니까 뭐하는 배인지 잠깐 보러 가자. 잘하면 밀항할 수 있을지도 모르지. 미국까지 갈 수 있다면 정말 걸작이겠다."

"하지만 만일 해적선이라면 우리를 죽일지도 몰라. 유령선이라면 더 무섭고."

'레미'가 맨발에 운동화를 신었다. '카피'도 하는 수 없이 양말과 구두를 신었다. 하얀 무명 양말은 이미 더러워져 있었다. 그렇지만 가죽 구두라서 양말을 신지 않으면 발에 물집이 생기고 말 것이다. 둘이 걷기 시작하자 개 네댓 마리가 알아차리고 뒤를 쫓아왔다. 들개는 아닌 것 같지만, 어쩐지 기분이 좋지 않다. 개들을 자극하지 않도록 뒤를 돌아보지 않고, 가능한 한 같은 보조로 걸었다. 왜 이렇게 개가 많을까. 다른 때도 그럴까 아니면 오늘 밤만 유독 그런 걸까. 둘은 알 수가 없었다. 이야기를 주고받는 것도 점점 무서워졌다. 개들이 듣고 화를 내며 한꺼번에 달려들지도 모른다.

100미터 정도 걸어서 겨우 모래사장에 남겨진 보트에 도착했다. '레미'의 지시에 따라 '카피'가 바로 보트에 올라탔다. '레미'는 개들을 무시하고 보트를 있는 힘껏 바다로 밀었다. 보트가 물 위에 떠오르자 남겨진 개들이 일제히 둘을 향해 짖어댔다. '레미'는 바지를 적시며 보트를 더욱 세게 밀었다. 얼굴이 상기되고 이마에 땀이 솟았다. 바닷물이 무릎까지 차고 가랑이까지 적실 즈음에야 '레미'도 간신히 보트에 올라탔다. 개들이 여전히 해안가에서 짖고 있다. '레미'가 노를 들어올리며 개들을 놀려댔다.

"재수 없는 녀석들이로군. 꼴 좀 보라지. 그런데 네가 '카피'가 되고 나서 개들이 계속 쫓아오는 것 같지 않냐?"

"그냥 우연일 뿐이야…… 하지만 저렇게 계속 지키고 있으면, 우리 저기로 못 돌아가는 거 아니야?"

"반드시 저기로 돌아가야 될 이유 같은 건 없어. 여기는 만의 안쪽인 것 같으니까, 돌아갈 때는 곶으로 돌아가면 돼. 보트 임자한테는 좀 미안한 일이지만."

'카피'가 고개를 끄덕이며 사탕 캔을 꺼냈다. 하나를 꺼내 입에 넣고, '레미'에게도 캔을 건넸다. '레미'가 잠시 손을 멈추고 딸기맛 사탕을 입에 넣고 '카피'에게 캔을 던졌다. 할 수만 있으면 젖은 바지를 벗어버리고 싶다. 그렇지만 '카피' 앞에서 팬티 한 장만 입고 있을 수는 없는 노릇이다. 바다로 나오자 바람이 한층 강하게 불어 체온을 앗아갔다. 하지만 열심히 노를 젓다보면, 분명 몸도 더워질 것이다. '레미'는 힘겨운 얼굴로 힘껏 노를 젓는다.

물결은 그리 거칠지 않았다. 그렇지만 바다에 익숙지 않은 '레미'로서는 생각했던 것 이상으로 만만치 않아 이내 손바닥과 팔이 저려왔다. 똑바로 나가려 해도 보트가 자꾸 오른쪽으로 돈다. 앞쪽 바다에 떠 있는 배까지 가기란 쉬운 일이 아닐 것 같다. 이십 분쯤 지나 완전히 녹초가 된 '레미'는 후회스러운 마음이 들었지만, 이제 와서 다시 돌아갈 수도 없다. '카피'가 바보 취급을 할 것이다. 자기가 우겨서 시작한 일이다. 무슨 일이든 반드시 끝을 보아야 한다. '레미'는 스스로를 타이르며 계속 보트를 저었다. 앞으로 나가라! 앞으로 나가라! '레미'는 레미 할아버지의 흉내를 내며 중얼거린다. 이 한 걸음 한 걸음, 아니지, 노질 한 번 한 번이 중요하다. 레미도 돈 한 푼 없이 프랑스를 유랑했다. 앞으로 나가라! 앞으로 나가라!

한 시간이 지났다. 땀으로 흠뻑 젖은 '레미'가 손을 살펴보니 껍질이 벗겨져 빨갛게 피가 번지고 있었다. 눈앞이 아른거려 보트에 타고 있는 '카피'의 모습도 잘 보이질 않는다. 잔잔히 넘실거리는 물결에 하얀 달빛이 예리하게 반사되었다. 간신히 곶을 지나자 지금까지 보이지 않던 배들이 모습을 나타냈다. 한 척, 두 척…… 다섯 척, 수가 점점 늘어났다. 해안에서 보이던 배들을 합하면 모두 십여 척이나 됐다. 달빛이 비치는 탓인지 하나같이 낡아 '카피'의 말대로 유령선들처럼 보인다. 한 척 한 척이 제법 큰 배여서 집단을 이루니 하나의 인공섬이 바다 위에 떠 있는 것처럼 보이기도 한다.

'레미'가 노를 젓던 손을 멈추고 입을 벌리고 한동안 배들을 바라보았다.

"……도대체 뭘까? 지금부터 전쟁을 시작하자는 것도 아닐 테고. 군함하고도 달라."

'레미'의 말에 '카피'도 떨리는 목소리로 말했다.

"괜찮아? 우리 그만두자. 그냥 육지로 돌아가."

"총으로 쏘거나 하진 않을 거야. 저쪽에서 다른 보트도 오고 있고."

'레미'는 가장 앞쪽에 있는 배를 향해 남은 힘을 다해 노를 저었다.

십 분, 이십 분. 간신히 배를 올려다볼 수 있는 데까지 왔다. 그동안 달빛에만 익숙해 있던 탓인지 배의 창에서 새어나오는 빛 때문에 눈이 부셨다. 바다에 우뚝 솟은 철선 동체는 녹이 슬었고, 군데군데 해초 같은 것도 달라붙어 있었다.

"이 배, 정말로 유령선이야. 그냥 가자. 그만두는 게 좋다니까."

다시 '카피'의 목소리가 들렸다. 그러나 '레미'는 대답도 하지 않고 배 뒤쪽으로 보트를 저어갔다. 거기에는 갑판에서 드리워놓은 가느다란 줄사다리가 걸려 있었다. 어차피 이대로 돌아갈 수는 없다. 여기까지 오느라 체력을 다 써버렸기 때문이다. 갑판에서 잠시 몸을 쉬지 않고서는 다시 해안까지 노를 저을 수 없을 것 같다. 어쩌면 이 배의 러시아인인지 미국인인지 알 수 없는 선원들이 '레미'의 모습을 보고는 터무니없는 녀석일세, 하며 믿음직스러운 미소를 짓고는 둘을 해안까지 데려다줄지도 모른다. 그러면 얼마나 고마울까. 그 정도로 '레미'는 녹초가 되어 있었다.

보트를 배에 붙인 '레미'가 노를 보트 안에 집어넣고, 줄사다리 끝을 두 손으로 잡았다.

"'카피'가 먼저 사다리를 타고 갑판으로 올라가. 내가 밑에서 잡고 있으니까 무섭지 않을 거야."

"나 그런 거 못 해."

'카피'가 겁먹은 소리로 대답한다.

"그럼 '카피' 혼자 보트에 남아 있을래? 난 더이상 노를 저을 수가 없어서 어쨌든 갑판으로 올라갈 거다. 그리고 가능하면 갑판에서 아침까지 자야겠어. 그러면 '카피'도 같이 올라갈 수밖에 없잖아, 안 그래? 그러니까 마음먹고 올라가봐. 괜찮다니까."

"그래도 무서워…… 이 배, 분명히 이상해. 한밤중도 아닌데 왜 이렇게 조용해? 내가 노를 저을게. 그러면 어떻게든 해안으로 갈 수 있을 거야."

"됐으니까 일단 올라가. 일부러 여기까지 왔는데. 다들 상륙해서 배에 아무도 없다면, 그것도 상관없지 뭐. 자, 빨리."

'레미'가 조바심을 내자 '카피'가 겨우 일어섰다.

"이 주머니는 어떻게 해?"

"주머니 끈을 바지 벨트에 묶으면 돼. 아니…… 그냥 내가 들고 갈게. 그렇게 벌벌 떠니 너는 가능한 한 몸이 가벼운 게 낫겠다. 위험하겠어."

'카피'가 위를 올려다보고 한숨을 쉬었다. 그리고 주머니를 '레미'에게 건네준 뒤 두 손으로 사다리에 매달려 오른쪽 다리를 조심스럽게 올려놓고 왼발도 올려놓았다.

"그렇게 한 발 한 발 올라가면 되는 거야. 아래를 내려다보거나 쓸데없는 짓은 하지 마."

'카피'는 아무런 소리도 내지 않고 갑갑할 정도로 천천히 사다리를 올랐다. 가까이서 보니 사다리의 간격이 꽤 넓은데다 발판과 줄도 몹시 굵고 거칠었다. 따라서 밑에서 붙잡고 있지 않으면 상당히 흔들렸다. '카피'뿐만 아니라 '레미'도 실은 지금까지 줄사다리를 타본 적이 없다. 운동신경이 자랑할 만큼 뛰어난 것도 아니다. '카피' 뒤에 자기가 올라갈 일이 걱정이다. 사다리를 붙잡아줄 사람이 아무도 없지만 그래도 올라가야 한다.

갑판까지는 몇 미터나 될까. 어둠 속이라 배 그림자가 실제보다 크게 보이는지도 모른다. 4미터, 아니면 5미터 정도일까. '카피'가 예상보다 빨리 갑판에 도착해 모습을 감추었다. 갑판에서 '카피'로 인해 특별히 소란이 일지는 않은 것 같다. 드디어 '레미'가 주머니를 바지에 매고 사다리를 오르기 시작했다. '카피'처럼 한 발 한 발 천천히, 신중하게 올라간다. 줄은 걱정했던 것만큼은 흔들리지 않았다. 다만 무심코 손을 놓쳤다가는 그대로 바다에 떨어지고 말 것이다. 껍질이 벗겨진 손이 아파 신음 소리와 눈물이 났다. 선체에 난 둥근 창문을 지났다. 이제 조금만 더. 피가 배어나와 손이 미끄럽다. 이래서야 한동안 손을 쓸 수 없을 것이다. 녹내가 코를 찌른다. 어디서 온 배일까. 외국 배여서 일본어가 전혀 통하지 않으면, 우선 이 손을 보여주자. 같은 사람이니 틀림없이 가엾게 여기고 일단 붕대 정도는 감아주겠지. 겨우 갑판이 보인다. 앞으로 다섯 단, 네 단. 여기까지 와서 바다에 떨어질 수는 없다. 조심해야지.

'레미'는 아픔을 참고 난간을 붙잡은 채 마지막 힘을 다해 사다리에서 갑판으로 몸을 옮겼다. 갑판에 내린 순간, 현기증이 나 그 자리에 쓰러지고 말았다.

"……저기, '레미', '레미'!"

'카피'의 목소리에 얼굴을 드니 '카피'가 곁에 웅크리고 앉아 '레미'를 들여다보고 있다.

"이 배, 역시 유령선이었어. 이제 도망도 못 가. 여기서 죽기를 기다려야 된대. 저 아저씨가 그랬어. 저 아저씨도 이제 조금 있으면 죽는대."

'카피'가 눈물을 글썽이며 말했다.

"유령선이라니, 바보 같은 소리 하지 마."

'레미'가 겨우 갑판을 둘러보았다. 돛대의 조명등이 갑판을 어렴풋이 노랗게 밝히고 있다. 갑판에는 셀 수 없을 정도로 많은 사람들이 조용히 누워 있었다.

'카피'가 울면서 자기가 들은 대로 '레미'에게 전했다.

"콜레라가 발생했대. 항해중에 죽은 사람들은 바다에다 버렸대. 그렇지만 콜레라에 걸린 사람들이 계속 나와서 구리하마 병원으로 보냈는데, 나머지 사람들도 콜레라균을 가지고 있기 때문에 배에서 내리지 못했다는 거야. 우리도 배에 탔으니, 이제 여기서 나갈 수 없대."

"콜레라라고? 도대체 왜……"

어이가 없어진 '레미'는 중얼거리며 다시 갑판을 둘러보았다. 그렇다면 이 사람들은 이렇게 가만히 누워서 콜레라에 걸리기만 기다리고 있단 말인가. 정말 엄청난 수였다. 오백 명? 아니면 천 명? 대부분 지저분한 속옷 차림에 담요를 몸에 두르고 누워 있다. 이렇게 많은 사람들이 모여 있는데도 쥐 죽은 듯 너무 조용했다. '레미'도 몸을 떨기 시작했다. 가까이에 있는 남자가 둘에게 손짓을 하고 있다. '카피'에게 이야기를 들려준 남자 같다. '레미'는 두려움에 몸이 굳었지만 사정을 알고 싶어서 '카피'와 함께 천천히 남자 곁으로 다가갔다.

"너희들, 참 어리석기도 하다."

남자가 배를 깔고 누워 한쪽 팔로 머리를 받친 채 둘을 비웃었다. 주름이 많고 까만 얼굴에 눈 주위가 움푹 패어 있고 눈에는 노란 눈곱

이 끼어 있다. 이빨도 누렇고 목과 손도 노랗게 보인다. 단추 대신 끈이 달린 셔츠를 입고 있고 머리에는 지저분한 군모를 쓰고 있다.

"너희들도 이제 우리와 같은 운명이다. 여기에 있는 배들도 다 똑같아. 배에 탄 채로 격리된 거지. 여기까지 왔지만 땅에는 한 발도 내려놓지 못하고 먹을 것도 없다. 콜레라에 걸려 병원에 실려간 사람들이 차라리 낫다고. 여기 있으면 배를 곯아 죽을 거다. 벌써 열흘이나 지났어. 고생고생해 일본으로 돌아왔는데 정말 기가 막힐 노릇이지. 그런데 너희들 용케도 감시에 걸리지 않았구나. 하기야 이런 배에 올라타려는 녀석이 있을 거라고는 생각도 못 했겠지."

"그런데 이 배는 어디서 온 겁니까?"

'레미'가 용기를 내서 남자에게 물어보았다. 상황을 전혀 알 수가 없었다.

"여기 있는 배들은 모두 광동(廣東)에서 왔다. 말해봐야 그게 어딘지 너희들은 알지도 못하겠지만. 첫, 내지(內地)는 정말이지 태평해서 좋군. 그러고 보니 너희들 영양 상태가 좋아 보인다. 고기를 씹어 보고 싶은걸."

'카피'가 기묘한 소리를 내며 2미터 정도 떨어진 곳으로 내뺐다. 남자가 입을 벌리고 웃기 시작했다. 심한 악취에 '레미'도 그만 뒤로 물러났다.

"제기랄, 전쟁터에서 죽지 않고 돌아왔다 싶었는데, 이런 데서 죽게 될 줄이야. 미국놈의 명령이라는데, 전쟁이 끝났으니 군인 같은 건 보고 싶지도 않댄다. 누군 좋아서 군인이 된 줄 아나."

"시끄러워!"

"어린 녀석들 상대로 청승 떨기는"

"다들 조용히 하라고!"

주위에서 말소리가 파도처럼 일었다. 그러나 아무도 고개를 들지 않았고 몸도 움직이지 않았다. 다들 잠을 자거나 생각 속에 깊이 가라앉아 있는 것 같았다. 그러면서도 무리 전체가 '레미'와 '카피'를 유심히 지켜보고 있다. 둘이 도망치려고 하면, 들개처럼 한꺼번에 달려들어 몸을 뜯어먹을지도 모른다. 그런 분위기가 '레미'를 압도했다.

멀리서 웅성거리는 소리가 일더니 무리가 움직였다. 한가운데에 쓰러진 남자 한 명을 두고 둥근 원이 만들어졌다. 쓰러진 남자가 소리를 내며 위액 같은 것을 쏟아내고 있다. 흰 옷을 입고 마스크를 쓴 남자들이 어디선가 나타나 남자를 들것에 싣고 또 어디론가 사라졌다. 여기서는 안 보이는 곳에 들것을 갑판에서 보트로 옮기는 장치가 있는지도 모른다.

"하, 저건 콜레라가 아니야. 우리는 백신 주사를 맞았거든. 콜레라에 걸릴 녀석들은 이미 걸렸다고. 저 녀석은, 그래, 티푸스나 천연두일 거야……"

조금 전의 남자가 중얼거리며 '레미'와 '카피'의 얼굴을 번갈아 바라보고는 낮은 소리로 웃었다. 이런 남자를 상대할 필요는 없다. '레미'는 '카피'를 재촉해 발소리를 죽이며 배 뒤쪽으로 걸어갔다. 발소리를 내는 것만으로도 여기서는 무슨 말을 들을지 모른다.

남자들만 있는 줄 알았더니, 대피용 보트 아래에 여자들도 한 무리를 이루고 있었다. 여자들은 둘을 보고도 아무 말도 하지 않고, 몸을 일으키려고도 하지 않았다. 신음 소리를 내며 몸을 뒤척이는 여자가 있었다. 콜레라가 아니라 해도, 누구 하나 환자로 보이지 않는 사람이 없었다. 쳇, 이게 무슨 일이람. 그래 좋아, 일단 여기서 자자. 생각은 잠에서 깬 다음에 하지 뭐. '레미'는 녹초가 된 머리로 결론을 내렸다. 그런 다음 '카피'에게 눈짓을 보내고 바닥에 던진 주머니를 베개 삼아 누웠다. '카피'도 나란히 누워 '레미' 곁에 얼굴을 두고 마주 보았다.

"어쩔 수가 없으니 일단 아침까지 기다리자."

'레미'가 얼얼한 자기 손을 바라보며 속삭였다.

"콜레라는 전염병이지. 눈 깜짝할 사이에 옮아서 죽겠지?…… 우리, 벌써 옮았는지도 몰라. 왜냐면 우린 주사를 안 맞았잖아."

'카피'의 작고 동그란 얼굴이 창백하게 일그러졌다.

"그렇다고 해도 도망칠 수가 없으니 할 수 없다. 이렇게 될 줄이야…… 뭐, 어떻게든 될 거야. 걱정하지 마."

잠시 잠자코 있던 '카피'가 다시 속삭였다.

"만약에 콜레라로 죽는다 해도, 열차사고나 산에서 살해당하는 것보다는 무섭지 않아. 아직 죽고 싶진 않지만…… 뭐, 괜찮아. 죽으면 시체를 그대로 바다에 버릴까?"

"그건 항해중의 이야기겠지. 이렇게 육지 가까이에선 그럴 리가 없어. 그거야말로 콜레라균을 퍼뜨리는 게 되니까."

갑자기 바로 옆에서 한 여자가 비명 같은 신음 소리를 냈다. 그 소리에 이어 다른 여자들도 소리를 내며 울기 시작했다.

"아이고, 아야!"

"아이고, 아파! 제발 살려줘!"

흰 옷을 입은 사람들은 여자들을 위해 나타나지 않았고, 여자들도 이내 잠잠해졌다. 콜레라 환자는 아닌 것 같다. '레미'와 '카피'도 눈을 감고 한시라도 빨리 잠 속으로 도망치려 했다.

두 손은 축 처지고, 피가 뺨에서 사라진다.

목이 바짝바짝 마르고 심장이 두근두근거린다.

그것은 공포다, 아아, 작은 사냥꾼이여, 그것은 두려움이다!……

'레미'의 머릿속에 친숙한 늑대의 노래가 되살아난다. 노래가사처럼 '레미'의 몸속으로 공포와 상처 난 손의 통증이 물결처럼 일었다. 백조호를 탈 생각이었는데 콜레라 배였다니, 내 운도 여기까지란 말인가. 아버지는 적어도 병원에서 죽었는데, 나는 콜레라 배에서 죽는구나. 아니, 죽지 않아. 죽게 될까, 죽지 않을까. '불행한 인간은 여간해서는 죽지 않는다.' 레미 이야기에 그런 말이 있었다. 하지만 꼭 그렇지도 않은 것 같다. 운 나쁜 녀석은 어디를 가나 운이 없어서, 어이없게 죽고 만다. 레미의 할아버지는 겨울밤에 길거리에서 동사한다. 레미도 동사할 뻔했지만, 카피를 품속에 안고 있었기 때문에 살았다. 개는 어찌 된 영문인지 추위에 강하다. 눈 속에서 개에게 구출됐다는 이야기는 그 밖에도 많이 있었던 것 같다. 나 '레미'에게도 개는 아니지만 '카피'가 있다. '레미'가 죽을 때는 '카피'도 죽는다. 둘은 그렇게 정글의 세계로 돌아가는 것이다. '레미'가 죽지 않을 때는 '카피'도 죽지 않는다. 어느 쪽이든 크게 다르지 않다. 그렇지만 콜레라란 어떤 병일까.

한편 '카피'도 가능한 한 몸을 움츠린 채 죽음을 각오하고 있다. 하나님, 도와주세요. 부탁이에요. 너무 아프지 않고 죽게 해주세요. 오빠도 나를 도와주세요. 너무 무서워요. 콜레라로 죽는 건 상상도 못 했지만, 불만은 없어요. 누구나 죽게 마련이니까 괜찮아요. 그래도 아픈 건 싫어요. 나는 죽을 때 어디쯤에서 의식이 사라지는지도 몰라요. '슬픔과 근심에 위로를 주소서. 고통과 번민에 힘을 주소서. 임종시에 도와주소서.'

'카피'의 몸 깊숙한 곳에서 눈과 코로 눈물이 밀려들었다. '레미'가 있으니 혼자가 아니다. 그 밖에도 여기에는 사람들이 많다. 그렇지만 너무나 외롭다. '카피'는 아버지와 오빠의 무덤을 떠올린다. 오빠의 유골을 안치할 때 묘 앞에 어떤 구멍이 숨겨져 있는지 보았고, 아버지의 낡은 유골 항아리 옆에 오빠의 새로운 항아리가 놓인 것도 확인했다. 그 옆에 또하나의 하얀 항아리가 놓일 것이다. 처음에는 새하얗지만 이윽고 아버지의 항아리처럼 칙칙하게 변해갈 것이다. 묘의 돌 뚜껑을 덮으면 안은 깜깜해진다. 어머니는 홀로 남아 꽃으로 계속 묘를 장식할까. 오빠 때처럼 내 유품도 어느새 깨끗이 치워버리겠지. 내가 죽어도 어머니는 울까. 장례식을 해준다고 해도 내가 그것을 볼 수 있을까. 죽는다는 건 내 몸이 내 것이 아니게 되는 거니까, 그래서 이렇게 외로운 건지도 몰라.

'카피'의 눈에서는 눈물이 멈추지 않았다. '카피' 외에도 배에는 울고 있는 사람들이 많았다. 귀를 기울이면 울음소리가 합창처럼 밤하늘에 울려퍼지는 것을 느낄 수 있다. 그 소리 위로 '카피'가 알고 있는 하나님을 위한 노랫소리가 내려앉는다. '쿠 톨리스 페카타 문디 미세레레 노비스. 탄툼 에르고 사크라멘툼—세상의 죄를 없애시는 주님,

저희에게 자비를 베푸소서.' 내가 콜레라로 죽었다고 하면 어머니는 너무 놀라겠지. 내가 '카피'가 돼서 '레미'와 함께 있는 줄 모르니, 내가 어째서 이런 배에 올라탔는지 도저히 이해 못 할 거야. 아, 배가 아파온다. 분명히 콜레라 설사일 거야. 머리가 아프다. 가슴도 갑갑해. 이대로 잠이 들면 다시 눈을 뜰 수 있을까. '고통과 번민에 힘을 주소서. 임종시에 도와주소서.'

'카피'가 흔들리는 배 위에서 잠 속으로 빠져갔다.

한밤중 몇시쯤일까, '카피'는 변이 마려워 잠이 깼다. 드디어 설사가 시작됐다. '레미'는 눈앞에서 건강한 숨소리를 내며 자고 있다. '레미'는 아직 설사가 나지 않나 보다. 윗몸을 일으키고 갑판을 둘러보았다. 이 넓은 갑판 어디에 변소가 있는지 혼자서 찾아나설 용기가 나지 않는다. '레미'를 깨워도 아무 도움이 되지 않겠지. '카피'는 다시 몸을 누이고 변을 참았다. 이마에 식은땀이 맺혔다. 온몸에 오한이 든다. 더는 참을 수 없다. 결국 뜨거운 액체가 엉덩이에서 뿜어져나왔다. 어차피 금방 죽을 거야. 콜레라로 죽게 되었으니 이 정도는 어쩔 수 없어. 그래도 똥투성이가 돼서 죽는 건 역시 슬프다. '카피'는 설사를 흘리며 울기 시작했다. 냄새는 나지 않았다. 설사가 팬티에서 다리로 흘러내려 바지 허리춤을 적셨다. 미지근하고 끈적끈적한 느낌이 역겨웠다. 위에는 아무것도 남지 않은 듯, 입으로는 물 같은 것밖에 나오지 않았다. 코와 가까운 탓일까, 변보다 구토가 더 역겨운 냄새를 풍겼다. 구토가 멈추지 않는다. 몸을 뒤틀면서 토하자, 엉덩이에서 다시 설사가 삐져나온다. 온몸이 끈적끈적한 오물로 뒤덮여간다. '레미'는 좀처럼 눈을 뜨지 않는다. 주위 사람들도 모두 모른 척한다. 자신의 병만으로도 고통스러워 '카피'가 아무리 괴로워해도 알아차릴 여유가 없는 것이다. 신음 소리가 들린다. 울음소리도 들린다. 정체를 알 수 없는 동물 소리 같은 것도 들린다. '카피'는 계속 울면서 토하고 설사를 한다. 의식이 점점 멀어져간다. 배가 흔들리고 있다. 노랫소리가 들린다. '퀴 톨리스 페카타 문디 미세레레 노비스.' 어머니의 울음소리도 들린다. 파도 소리가 한데 부풀어 밀려온다.

'카피'는 깊은 숨을 쉬었다. 몸이 점점 차가워진다. 밤하늘이 점점 밝게 빛나며 '카피'가 누워 있는 배를 비추기 시작한다.

쇼와 21년(1946년) 4월 10일

귀국선에 콜레라, 250명가량 격리

[요코스카 발] 지난 5일 광동에서 우라가로 입항한 V75 리버티형 수송선(육군 퇴역자 4,038명 승선)의 콜레라 환자는 7일에는 15명, 8일에는 16명이었다. 9일 현재 국립 구리하마 병원에 격리된 환자 수는 의사증(擬似症)을 포함해 총 179명에 달하며, 그중 16명이 감염된 것으로 확인되었다. 또한 9일 광동에서 우라가로 입항한 V69호에도 콜레라로 보이는 환자가 77명이나 발생했다.

따라서 승선자 전원의 상륙을 금지하고 구리하마 검역소와 구리하마 병원 부근의 교통을 차단하는 한편, 해안 일대 주민 3만 명에게 예방주사를 접종하고 당분간 우라가와 구리하마 방면의 어로를 금지했다.

같은 날

발진티푸스와 천연두 환자의 직업—무직자가 가장 많음

도쿄 도 민생국이 조사한 5일 현재 1,704명에 이른 발진티푸스 환자를 직업별로 보면, 무직이 446명으로 1위, 다음이 회사원으로 115명, 학생 58명, 직공 52명 순이었다.

열차여행이 특히 위험하다. 연령별로는 21세부터 25세까지의 건강한 청년층이 가장 많고, 남녀 모두 16세 이상 45세 미만이 많았다.

천연두 환자는 5일 현재까지 1,269명인데, 티푸스와 마찬가지로 무직자가 가장 많은 392명, 회사원이 156명이다. 부랑자는 티푸스의 경우와 달리 86명이었으며, 직공 78명, 일용직 노무자 50명, 공원 48명이었다.

연령은 티푸스와 달리 1세부터 5세까지의 어린이가 많은 것이 눈에 띄었다.

쇼와 21년 4월 26일

해상에 콜레라 도시,

식량길이 막힌 귀국자들

4월 5일 처음 콜레라 환자가 발생한 이래, 격리를 위해 우라가 앞바다에 계선(繫船)중인 귀국선은 25일 현재 16척, 인원은 8만 명에 이른다. 육상에 한치의 병균도 옮기지 않기 위해 엄중히 교통을 차단한 결과 선내의 식량사정이 지금까지 판명되지 않았다. 선박 운영사와 상륙 원호국에서는 식량이 충분히 남아 있을 것으로 판단하였으나, 20일 담당관이 우연히 상황 시찰 및 검역을 위해 배에 들어갔다가, 가지고 있던 식량이 대부분 떨어져 승선 장병들이 군의 휴대용 식량으로 가까스로 죽을 끓여먹는 실정이라는 것을 알았다. 심한 경우는 이틀이나 식사를 하지 못한 배도 있었다.

콜레라를 몰고 온 것으로 의심되는 광동 지구의 귀국선은 앞으로 9척이 더 입항할 예정으로, 이제 며칠 사이에 12~13만 명에 이르는 해상도시로 확대될 것이 불가피하다. 이에 가나가와 현에서는 식량증원에 힘쓰고 있으나, 요코하마조차 쌀이 없어서 SOS를 외치고 있는 상황이라 농림성에 시급한 구원을 요청하고 있다.

같은 날

발진티푸스 다시 세력 확산

발진티푸스 환자는 3월 하순부터 조금씩 기세가 꺾였으나 최근에 다시 증가, 20일에는 129명, 21일 128명, 22일 188명, 23일 203명, 24일에는 192명, 25일 오후 2시 현재 누계 5,400명을 넘었다.

8
같은 피

몸이 흔들리고 뭔가가 머리에 부딪혔다. 눈을 뜨자 '레미'의 어깨가 보였다. '레미'의 큰 귓불도 보였다. '카피'는 눈을 깜박이며 몸을 일으켰다. '레미'가 눈을 가늘게 뜨고 '카피'의 움직임을 뒤쫓는다. 주위는 여전히 많은 사람들로 북적이고 있다. 그러나 둘이 몸을 포개고 잠을 잔 곳은 배가 아니라 아무래도 열차의 연결통로인 것 같다. 밖에서 안내방송이 들린다. 그 위로 '도시락, 녹차와 도시락이요!' 하는 떠들썩한 소리도 들린다. 그 소리를 들은 '카피'는 배가 아팠던 일을 떠올렸다. 황급히 옷을 살펴보고 바지가 더러워지지 않은 것도 확인했다.

"잘도 자던데."

'레미'도 일어나 기지개를 켜면서 말한다.

"여기 누마즈래…… 이상하다. 언제 이 열차를 탄 거지?"

'카피'가 아직 졸린 듯한 목소리로 중얼거렸다.

"오늘 아침에 탔잖아. 열차가 하나같이 왜 이렇게 사람이 많지? 정말 짜증난다. 너 도시락 먹을래?"

'레미'가 충혈된 눈으로 심드렁하게 말한다.

"응, 그렇지만 다시 설사를 시작한 것 같아. 콜레라일지도 몰라. 콜레라로 죽는 줄만 알았는데 꿈이었어."

'레미'의 무릎에는 이미 도시락 두 개와 녹차가 놓여 있다. '레미'가 '카피'에게 그중 하나를 건네며 작은 소리로 말했다.

"아까 오다와라에서 사뒀어…… 그리고 너, 그렇게 큰 소리로 콜레라 어쩌고 하지 마. 잘못하면 열차에서 쫓겨나고 말걸. 다들 예민해 있거든."

'카피'가 고개를 끄덕이며 도시락 끈을 풀다가 '레미' 에게 속삭였다.

"먹기 전에 변소에 갔다 올게."

'카피'는 일어나려다 '레미'의 손바닥이 이상한 색으로 빛나는 것을 보았다. 붉은색과 갈색으로 얼룩이 진데다 군데군데 피가 배어 있다. 어젯밤 둘이서 보트를 탄 것은 사실이었나보다. 그렇지만 그 뒤의 일을 알 수가 없다.

'카피'는 고개를 갸웃거리며 바닥에 앉아 있는 사람들과 서 있는 사람들을 헤치고 변소로 갔다. 야간열차만큼은 아니지만, 찻간에는 승객이 넘치고 연결통로도 사람과 짐으로 가득했다. 한 승객이 변소 앞을 가로막고 서 있었다. 그 승객을 밀치고 변소 문을 열려고 할 때, 발차 소리와 함께 열차가 몸을 떨며 다시 움직이기 시작했다.

한편 '레미'는 '카피'를 기다리는 것 말고는 달리 할 일도 없어서 먼저 도시락을 먹기 시작했다. 얼핏 보기에도 허술한 도시락이었다. 작은 유부초밥에 곤약, 토란, 우엉 그리고 말린 정어리.

다른 도시락은 없으니 선택의 여지가 없었다. 음식에 그리 까다로운 편이 아니라고 생각했지만, 무엇보다 양이 적어서 늘 공복감에 시달리는 기분이다. 젓가락을 움직일 때마다 손바닥이 아프다. 천 주머니에서 두루마리 휴지를 꺼내 피가 밴 곳에 붙였다. 껍질이 벗겨진 것뿐이니 큰 상처는 아니다. 어젯밤 보트를 타기 전에 구리하마에서 백반을 먹었었나. '레미'가 기억을 떠올린다. 식은 고로케가 반찬이었다. 그리고 해안에 나가 보트를 탔다. 그 다음은 어떻게 했더라.

그 다음 일들은 어둠에 가려 '레미'에게도 잘 보이지 않는다. 중국에서 돌아왔으나 해안에 격리된 채 정박해 있던 콜레라 배에 탔던 것은 생각이 난다. '레미'와 '카피'가 잠든 다음, 담당관인지 뭔지 하는 사람이 발견하고, 이 둘은 어쩌다 잘못 승선한 것이니 빨리 육지로 돌려보내라고 지시했는지도 모른다. 그대로 바다에 밀어넣은 것은 아닌가보다. 그랬다면 잠이 깼겠지. 잠이 든 둘을 그대로 보트에 옮겨 요코스카 근처에 내려놓았을까. 거기서 잠결에 전철, 그러니까 이 도카이도 선을 탄 걸까. 그것보다 '레미'의 마음에 걸리는 것은 콜레라균의 전염이었다. 자고 있는 사이에 누군가가 백신을 놓아주었다면 문제가 없다. 그렇지만 단지 배에서 내려놓기만 했다면, 콜레라균이 이미 몸속에서 날뛰기 시작했는지도 모른다. '카피'의 설사가 마음에 걸린다. 자신의 몸이 나른한 것도 신경 쓰인다. 만약 콜레라나 티푸스에 걸렸다면, 아무리 싫어도 병원으로 뛰어가야 한다. 다른 병과는 달라서 그대로 두었다가는 죽고 말 것이다. 그렇지만 병원에 가면 이런저런 조사를 받게 될 것이다. 그러면 '카피'는 즉각 어머니에게 인도되고, 나 '레미'는 경찰의 조사를 받게 된다. 보호자에게 아무 말도 하지 않고 마음대로 아이를 데려가면, 비록 '카피'가 스스로 기꺼이 따라왔다고 해도 사회적으로는 범죄로 간주된다. 아이는 부모의 소유물이니까. 그렇지만 '레미'는 다르다. '레미'는 누구의 소유물도 아니다. 사회적인 판단도 적용되지 않는다. 다만 전염병은 예외다. 그러고 보니 『정글북』의 세계에도 『집 없는 아이』의 세계에도 전염병 이야기는 없었다. 레미나 아켈라 주변에는 전염병에 걸릴 우려가 얼마든지 있었을 텐데. 인도의 간디라면 이럴 때 어떤 마음가짐을 가져야 하는지 가르쳐줄 것이 틀림없다. 거지 스님 같은 간디 주변에는 굶어 죽을 것 같은 사람들과 무서운 전염병이 함께 우글댔을 것이다. 그렇지만 간디는 온갖 전염병에 걸린 사람들 속을 태연하고 온화하게 맨발로 걸어다녔다. 그래서 전염병 쪽이 놀라 오히려 간디의 하인이 됐다. 어떻게 하면 그런 경지에 이를 수 있을까. 간디에 관한 책을 제대로 읽어두었으면 좋았을걸.

'카피'가 변소에서 돌아왔다.

"어때?"

'레미'가 별생각 없이 물었다.

"그렇게 심하지는 않은 것 같아."

'카피'가 얼른 도시락을 열고 먹기 시작한다.

"지사제를 가지고 있으니까, 도시락 먹고 나서 먹어둬. 나도 감기약을 먹을게. 몸이 아픈 게 제일 곤란하니까."

어지간히 배가 고팠는지 '카피'는 연방 입을 움직이며 눈 깜짝할 사이에 도시락을 해치웠다. 그리고 한숨을 쉬며 차를 마시기 시작했다. '카피'는 천장을 올려다보고 승강구 창으로 들어오는 빛을 바라보다가 '레미'에게 말했다.

"이 근처에서 후지산이 보이지 않나? 볼 수 있을까?"

그러자 앞에 앉아 있던 젊은 여자가 '레미' 대신 통명스러운 목소리로 대답했다.

"한참 전에 지났어."

둘은 깜짝 놀라 여자의 얼굴을 보고 애매하게 고개를 끄덕였다. 여자는 빨간 립스틱을 발랐고 얼굴 한가운데에 커다란 점이 있다. 여자 옆에는 검게 그을린 남자, 그 옆에는 몸뻬 차림의 노파들이 등을 돌리고 앉아 있다. 지저분한 군복 차림의 남자들이 그 주위에 서 있다. 실망한 '카피'가 입을 다물었다. 사람들이 있을 때는 가능한 한 입을 다물고 있어야 한다는 '레미'와의 약속을 떠올렸다. 그리고 머리가 조금 모자라는 아이처럼 구는 편이 좋다고 한 말도.

둘은 잠자코 약을 먹었다. 그런 다음 흔들리는 열차에 몸을 맡기며 무릎을 껴안고 졸았다. 잠은 얼마든지 잘 수 있을 것 같았다. 완행열차는 금방 역에 멈췄다가 요란한 바퀴 소리를 울리며 다시 앞으로 나아갔다. 낮 열차여서인지 승객들이 조금씩 교체되었다. 큰 역에서는 승객들의 물결이 거칠게 바뀔 때마다 반드시 소란이 일어났다.

'카피'는 여전히 배가 둔탁하게 아팠다. 그렇지만 약을 먹은 덕분인지 갑작스러운 설사기는 없어졌다. 깜박깜박 조는 사이, 어느새 자기 집에 돌아가 있다. 다다미 여섯 장짜리 방에서 평소처럼 이불을 뒤집어쓰고 자고 있다. 옆의 이불에서는 '레미'가 자고 있고, 어머니가 '레미'의 이마를 수건으로 닦으며 뭔가 말을 건네고 있다. '레미'가 졸린 목소리로 대답한다. 어린아이처럼 응석을 부리네. '카피'는 그만 웃음이 나오려고 한다. 마당에는 햇빛이 가득하고 작은 나뭇잎들이 사각사각 소리를 내며 날아든다. 문득 바라보니 어머니가 '레미'를 안고 울부짖고 있다. '레미'도 죽었구나. '카피'도 울고 싶어졌다. '레미'의 머리가 어머니의 팔 아래로 떨어져 흔들렸다. 마당 쪽으로 난 복도에 그림자가 지나간다. 새까만 사내아이와 '레미'의 아버지가 어딘가로 살며시 사라지려 한다. 방이 어두워지고, 이부자리가 점점 물에 잠긴다. 물이 불어나고 있는데 어머니는 아무것도 모르고 '레미'의 시체를 끌어안고 있다. 이대로 있다가는 모두 물에 쓸려나갈 것 같다. 이불이 점점 무거워지더니 수면 아래로 가라앉는다.

'레미'는 졸면서 후지산으로 도망치는 '카피'를 필사적으로 뒤쫓고 있다. '카피'는 개이기도 하기 때문에 발이 빠르고 어디로든 잘 숨는다. 우뚝 솟은 후지산은 '레미'의 머릿속에서는 셀룰로이드로 만든 것 같고 싸구려처럼 보이는 반짝반짝하고 홀쭉한 원추형의 산이었다. 따라서 '레미'는 발이 미끄러져 앞으로 나아갈 수가 없다. 위를 올려다보니, 군데군데 갈라진 틈이 있고 곰팡이 같은 수풀도 있다. 거기에 작은 동물들이 숨어 있는 것 같다. '카피'는 신이 나서 꼬리를 흔들며 갈라진 틈을 들여다보고 수풀 속에 코를 밀어넣기도 한다. '레미'는 화가 치밀었다. 이번에 붙잡으면 쇠줄을 채워놔야지. 그러면 '카피'도 넌더리가 나겠지. 4월부터 시작한 전기공사 일은 '레미'에게 힘겹다. 무거운 짐을 옮겨야 하고, 철사가 손가락을 찌르고, 진공관 유리가

'레미'를 쫓아온다. 기숙사에도 더는 돌아가고 싶지 않다. '카피'는 그런 사실을 모른 체하며 돌아다닌다. 아직 어린아이이다. 아직은 어린아이이지만 언젠가는 어른이 된다. 더 늦기 전에 '카피'에게 많은 것을 가르쳐줘야 한다. '정글의 법칙' 그리고 '떠돌이 광대의 법칙'. '이 세상은 선량함만으로 살아갈 수 없다' '개를 보면 주인을 알 수 있다' 그리고 또 뭐였지, '발길 닿는 대로 곧장 앞으로 나아간다'. 거지 스님 간디처럼. 간디는 맨발로 앞으로, 앞으로 나아갔다. 총탄이 마지막 걸음을 관통한 그 순간까지.

하마마쓰에서 둘은 다시 도시락을 먹었다.

'카피'의 설사가 거의 낫자, 이번에는 '레미'가 설사를 시작했다. 열도 있는 것 같다. 병에 지지 않으려면 잘 먹고 잘 자야 한다, 그것이 '레미'가 가장 먼저 생각할 수 있는 치료법이다. 체력만 있으면 대부분의 병은 낫는다. 반대로 영양 상태가 좋지 않으면 어떤 병도 생명을 위협하게 된다. '어린이집'에 처음 갔을 때, '레미'는 폐렴에 걸려 입원을 했다. 그리고 얼마 뒤에는 늑막염이라는 병에 걸려 꽤 오랫동안 누워 있어야 했다. 영양 상태가 나빠서 그런 병에 걸렸던 것이 틀림없다. 만성결막염, 요충, 중이염, 쇠버짐, 기관지염에 탈장, 동상. 그러나 그 정도는 병으로 간주되지도 않아, 이따금 찾아오는 의사가 소독을 하고 약을 줬을 뿐이다. 그때는 몸 여기저기가 아프고 가려워서 잠을 자지 못한 밤이 많았다. 하지만 요즘은 좀처럼 감기도 걸리지 않는다. 그것도 틀림없이 식량 사정이 좋아졌기 때문일 것이다.

그런 생각에 '레미'는 전혀 식욕을 느끼지 못하면서도 도시락을 남김없이 먹고 변소로 갔다. 그대로 설사로 내보냈다. 입에서는 모처럼 먹은 음식이 쏟아져나왔다. 애써 먹었는데, 하고 낙담하면서 혹시 몹쓸 병에 걸린 것은 아닐까, 하는 불안에 시달렸다. '레미'는 '카피' 곁으로 돌아와 지사제와 감기약을 용량의 두 배씩 입에 털어넣었다. 껍질이 벗겨진 손바닥도 다시 아프기 시작한다.

"왜 그래?"

'카피'가 작은 소리로 물었다.

"네 설사가 나한테 옮았어. 너는 이제 말짱한 것 같다."

'레미'가 본의 아니게 비꼬듯 말했다. '카피'의 빰이 연분홍색으로 빛난다. 입술과 눈도 투명하고 맑다. 그러나 '레미'의 입술은 시든 귤껍질처럼 하얗게 말라 있다.

"설사?"

'카피'가 얼른 손을 뻗어 '레미'의 이마에 갖다댔다.

"열이 있어. 분명히 감기가 다시 도진 걸 거야."

입으로는 그렇게 말하면서도 '카피'는 설마 콜레라는 아니겠지, 하는 불안한 얼굴을 하고 있다. '레미'도 불안한 얼굴로 '카피'를 바라보았다.

"그래, 약을 많이 먹고 잠을 푹 자면 '카피'처럼 금방 나을 거야."

"맞아, 내 무릎에 머리를 대고 자."

이런 꼬마 녀석의 보살핌을 받고 싶지는 않지만, 지금은 그런 것을 따질 때가 아니다. '레미'는 '카피'의 무릎에 머리를 얹고 손발을 움츠렸다. '카피'가 '레미'의 머리에 손을 얹고 다른 한 손을 가슴에 얹었다. 오한이 들고 숨쉬기가 힘들다. '레미'는 눈을 감았다. 잠이 들면 조금은 편해질 것이다. 살이 없는 '카피'의 허벅지가 귓불을 눌러 점점 아파왔다. 마르고 아직 미숙한 허벅지는 누워 있기에 불편했지만 그래도 체온이 전해져왔다. 헌 옷 냄새를 통해 전해져오는 '카피' 냄새가 코를 간질인다. 이미 몸이 지저분해졌을 텐데도 딸기 같은 깨끗한 냄새가 난다. 머리 뒤쪽에 '카피'의 배가 닿을 때마다 그 부드러움이 느껴졌다. 작은 개구리를 연상시키는 배. 녀석, 정말 아직 어린아이구나. '레미'는 새삼스레 감탄했다. 아이들을 무릎에 뉘어 재운 적은 있지만 자기가 아이 무릎을 베고 잔 적은 없다. '카피'가 화를 낼지도 모르지만, 진짜 어머니란 어쩌면 이런 느낌일까, 하는 생각도 들었다. 아니면 간디의 무릎이 이런 느낌일지도 몰라. 바보 같은 생각이지만……

간신히 잠이 들었나 싶었는데, 이십 분쯤 지나자 '레미'가 일어나 변소로 뛰어갔다. 같은 일을 여러 번 반복했다. 그러고 나서야 뱃속이 텅 비었는지 한동안 잠이 들었다. 그 사이 기후를 지났다. '카피'도 꾸벅꾸벅 계속 졸고 있다. '카피'는 꿈속에서 진짜 개가 되어 보건소 철창 안에서 짖어댔다.

기후 역부터 열차 안이 제법 비기 시작했다. 그 이유를 모르고 여전히 잠을 자고 있다가, 한 시간 후에 마이바라라는 역에 도착해 그곳이 종점이라는 것을 알았다. '카피'는 '레미'를 일으켜 플랫폼에 내렸다. 도카이도 선은 다 오사카까지 가는 줄 알았는데. 둘 다 머리가 금방 돌아가지 않고 다리도 움직이지 않았다. 어떤 역에 내린 건지 전혀 알 수가 없었다. 조그맣고 쓸쓸해 보이는 역이다. 하지만 역 규모에 비해 플랫폼 수는 많았다.

"저기 봐. 저 전철, 오사카 행이래."

'카피'가 조금 떨어진 플랫폼에 서 있는 전철을 가리키며 안도한 목소리로 말했다.

"정말이네. 저걸 탈까? 이런 어중간한 데서 내려도 곤란하니까."

"응, 그럼 서두르는 게 좋을 것 같아. 좀 있으면 출발한다는 방송이 나왔어."

'카피'는 곧장 달리려다가 '레미'가 열이 있다는 사실을 떠올렸다. 그런데도 '레미'는 건강할 때처럼 전속력으로 계단을 달려간다. '카피'도 서둘러 그 뒤를 쫓았다.

둘이 전철에 뛰어든 것과 거의 동시에 문이 닫혔다. 거친 숨을 몰아쉬며 문에 기대 있던 '레미'가 그대로 바닥에 주저앉았다. 깜짝 놀란 '카피'가 그 옆에 앉아 작은 소리로 물었다.

"왜? 배가 아파?"

'레미'가 깊은 숨을 내쉬고는 쉰 목소리로 말했다.

"그것도 있지만…… 현기증이 났어. 칫, 하마터면 못 탈 뻔했네……"

"응…… 오사카 가는 전철이 있다는 말 하지 말걸."

"저런 역에 있는 것보다는 당연히 오사카에 가는 게 낫지…… 오사카라면 먹을 것도 많고 병원도 있을 테니."

'카피'가 고개를 끄덕이고 주위를 살펴보았다. 찻간은 혼잡했지만, 잘 찾으면 빈자리를 발견할지도 모른다. 벌써 여덟시도 지나 퇴근길의 회사원들은 눈에 띄지 않았다. '카피'의 배가 끊임없이 공복감을 호소하고 있다.

'카피'는 '레미'를 그 자리에 남겨두고 혼자 찻간을 돌아보았다. 커다란 보따리를 의자 위에 올려놓은 노인을 발견하고 용기를 내 말을 건네보았다.

"저기, 아픈 사람이 있어서 그러는데 여기에 앉아도 될까요?"

까만 중절모를 쓴 노인은 '카피'를 노려보았지만 안 된다는 말은 하지 않았다. '카피'가 달려가 '레미'의 몸을 일으켜 세우고는 자기보다 큰 '레미'를 어깨로 부축해 그 자리로 데려갔다.

'레미'와 '카피'가 노인을 바라보자, 노인이 혀를 차며 일어섰다. 보따리를 통로에 내려놓고는 자기도 의자에서 일어났다.

"어차피 난 금방 내릴 테니 실컷 앉아라."

"네? 아니에요……"

'카피'가 우물거렸지만 '레미'는 이미 의자에 몸을 던지고 눈을 감았다.

"됐으니까 앉아. 환자인 건 틀림없는 것 같으니."

"죄송합니다."

'카피'가 고개를 숙이고 '레미' 옆에 앉았다. 맞은편에 앉아 있는 대학생처럼 보이는 청년들이 '카피'에게 말을 걸었다.

"어떻게 된 거니? 뇌빈혈인가? 손도 다쳤나보네."

'카피'가 가능한 한 어린아이처럼 곤혹스러운 얼굴로 대답한다.

"어…… 감기가 걸렸는데 무리를 해서요……"

콜레라일지도 모른다고 할 수는 없다. 하지만 말하면 어떻게 되는지 시험해보고 싶은 마음도 들었다. 모두 멀리 도망쳐 찻간에는 둘만 남게 될까.

"어디까지 가는데?"

"오사카요."

"그럼 두 시간 정도 걸리니까 그 사이에 푹 재워둬라."

'카피'는 얌전히 고개를 끄덕인 뒤 '레미'에게 얼굴을 돌렸다. '레미'는 잠자는 척하고 있는 걸까. 얼굴을 찌푸린 채 눈을 꼭 감고 있다. '카피'가 점퍼를 벗어 '레미'에게 덮어주었다. '레미'는 꿈쩍도 하지 않았다. '카피'는 한숨을 쉰 뒤 '레미'에게 몸을 붙이고 눈을 감았다. 두 사람 다 자면, 대학생들도 포기하고 자기들의 세계로 돌아갈 것이다. 조금 있으니 학생들과 노인의 이야기 소리가 들렸다.

"천연두 환자가 또 도망을 쳤다지. 어째서 도망을 칠까?"

"그야 가족이나 일이 걱정돼서겠지. 갑자기 병원에 가둬놔도 곤란해."

"폐(肺) 페스트가 나돈다는 이야기도 들었어."

"맙소사, 종두에 DDT에, 아무리 기를 쓴다고 해도 과연 얼마나 막을 수 있을지……"

"권총강도에 살인, 도적질, 일가 동반자살…… 전쟁에서 진다는 건 이런 거겠지."

"우리 동네에도 강도가 들어 쇠파이프로 머리를 얻어맞은 사람이 있어."

"어느 날 갑자기 권총에 맞아 하직하는 세상이라니."

"이런 아이들도 흉악한 범죄를 태연하게 저지른다잖아. 세상이 무질서하니 아이들부터 살벌해지는 거지."

"희생되는 건 언제나 아이들과 젊은 사람들이지. 규슈에서 일어난 일가 동반자살에서는 열일곱 살 된 장남에서 네 살 난 아이까지 무려 여섯 명의 아이가 죽었다잖아요. 어른들이 만들어놓은 혼란 때문에. 정말이지 비참한 이야기야."

"……그러고 보니 대규모 열차강도 짓을 하는 것도 아이들이잖아."

"그렇긴 하지만, 아이들은 재미있어한대요……"

"……원한도 있겠지. 아이고, 무서워라……"

"……도쿄도 부랑자가……"

"……거지들이……"

"……히로시마 원폭은……"

"…………그거야, 우선 털이 빠지고……"

밤 열시가 넘어 오사카 역에 도착했다.

약을 먹은 덕에 '레미'의 설사는 일단 멎었지만, 여전히 기운이 없었다. 열 때문인지 껍질이 벗겨진 손은 많이 말랐고 통증도 줄었다. 두루마리 휴지가 그대로 붙어 있지만, 억지로 떼면 다시 피가 날 것 같다. 그대로 내버려두면 자연스레 휴지도 떨어질 것이다. 기운을 차리기 위해서는 어쨌든 영양가 있는 음식을 먹어야 한다고 '레미'가 주장했다. 벌써부터 배에서 꼬르륵 소리가 나는 '카피'로서는 반대할 이유가 없다.

상당히 늦은 시간인데도 역에는 사람들이 많았다. 우에노 역에서처럼 신문지를 펼쳐놓고 너저분하게 음식을 먹거나 아무렇게나 뒹구는 사람도 많았다. 창구에서 표를 팔 때까지 참을성 있게 기다리는 것 같다.

변소에서 볼일을 보고 역사 밖으로 나왔다. 역 광장은 어둡게 가라앉아 있었고, 건너편에는 오렌지색 불빛이 점점이 반짝이고 있었다. 바다에 떠 있는 어선의 불빛처럼 불안하게 흔들리고 있다. '레미'와 '카피'는 불빛을 향해 다가갔다. 역사와 달리 광장은 한산하고 자동차는 그림자도 보이지 않았다. 바람에 쓸려간 종이 쓰레기들이 광장 한 구석에 쌓여 있고, 개 몇 마리가 그 위에 웅크리고 있다. 오렌지색 불빛은 포장마차의 아세틸렌 등 불빛이었다. 우에노에서 맡았던 것과 같은 냄새가 코를 자극한다.

"시간이 너무 늦어서 문을 연 가게가 조금밖에 없다."

'레미'가 실망스러운 목소리로 말했다.

"그래도 닭꼬치랑 감자가 있어. 아, 저쪽에는 우동도 있다."

'카피'가 생기 있는 목소리로 말했다. 모두 맛있어 보여서 '카피'의 입에 침이 고였다.

"음…… 나는 좀더 제대로 된 걸 먹고 싶지만, 할 수 없지. 일단 우동이라도 먹자."

포장마차에서는 군모를 쓴 젊은 남자 둘이 대접을 앞에 놓고 술을 마시고 있었다. 우동을 말고 있는 사람은 갓난아기를 업은 노파였다. 아기의 할머니인 것 같았다. 어머니의 모습은 보이지 않았다. 노파와 남자들 모두 뭔가 마음에 들지 않는 일이라도 있는지 언짢은 표정에 말이 없다.

"우동 둘이요."

'레미'가 조심스럽게 주문을 했다. 낯선 곳에서 몸까지 아프니 아무래도 마음이 약해진 것 같다. '레미'와 '카피'가 포장마차 앞에 서자, 개가 다가와 발밑에서 둘의 냄새를 맡기 시작했다. 피부병에 걸린 것 같은 지저분한 회색 개였다. 둘이서 쉿쉿, 하며 교대로 쫓아도 개는 태연한 표정으로 자리를 뜨지 않았다.

우동은 금방 나왔다. 노파는 갓난아기의 무게 때문에 허리가 굽었지만 손놀림은 재빨랐고, 대접에 국물을 따를 때 커다란 국자에서 국물을 한 방울도 흘리지 않았다.

네모난 유부를 얹은 우동에 카운터에 놓인 다진 파를 잔뜩 넣고 고춧가루도 뿌렸다. 대접을 들고 입으로 불어가며 뜨거운 우동 국물을 마시기 시작한다. '카피'는 신이 나서 먹었지만, '레미'는 묘하게 단 국물 맛이 거슬리는데다 굵은 면발도 무거워 대접을 던져버리고 싶었다. 그렇지만 지금 먹어두지 않으면 나을 병도 낫지 않을 거라는 두려움에 억지로 삼켰다. 개는 여전히 둘의 발밑을 떠날 기색이 없다. 고개를 들고 둘의 손 언저리를 바라보는가 싶다가, 비틀비틀 주위를 돌며 피부병이 걸린 몸을 다리에 비비기도 했다.

"……어디로 간 걸까?"

남자 한 명이 우울하게 중얼거렸다.

"개랑 똑같아. 언젠가는 돌아온다."

또다른 남자가 대꾸하며 '레미'와 '카피'에게 무심한 눈길을 보냈다.

"먹고 그대로 내빼는 건 곤란해. 두 그릇에 20엔이니 어서 내."

노파가 화난 목소리로 말했다. 당황한 '레미'가 바지 주머니에서 10엔짜리 동전 두 개를 꺼내 카운터에 올려놓았다.

"뭐야, 이게! 이런 가짜 돈에 속을 줄 아냐!"

노파의 목소리에 남자들이 얼굴을 갖다대고 동전을 들여다보았다.

"야, 이거 농담이 심한데. 일본국, 쇼와 27년(1952년)이래."

"10엔짜리 동전은 맞네. 이런 걸 참 잘도 만들었네. 재미는 있지만, 이래서는 가짜 돈 행세도 못 하지. 형씨, 어떻게 된 거야? 어디서 주웠지? 이렇게 정교한 걸 직접 만들었을 리는 없고."

'레미'가 현기증을 느끼며 남자들과 함께 10엔짜리 동전을 들여다보았다. 무슨 일인지 생각할 기운도 없다. 콜레라 열 때문에 어느새 기묘한 꿈에 갇혀버린 것 같다. 꿈속에서도 어지러워 금방이라도 눕고 싶다.

"형씨, 어쨌든 이것 가지고는 안 돼. 돈이 없는 거야?"

'레미'가 멍하니 고개를 끄덕였다.

"부랑자겠지. 재수가 없으려니, 내 이럴 줄 알았다니까. 손도 무슨 피부병에 걸린 것 같고."

"여보게, 그 주머니 안에는 뭐가 들어 있어? 돈을 대신할 만한 게 없나? 경찰서에 가서 얻어맞기 싫으면 얼른 뭐라도 찾아봐."

'레미'가 뒤에 서 있는 '카피'를 돌아보았다. '카피'는 머리가 모자란 아이처럼 입을 벌리고 있고 졸린 듯한 눈에는 눈물이 고여 있다. 그 모습을 보자 '레미'도 울고 싶어져 서둘러 주머니 안을 살펴보고 빈 도시락과 가위 그리고 면도기를 꺼냈다.

"부랑아치곤 제법 부자네."

"우동 두 그릇에 이건 너무 많다. 이 도시락 하나면 충분하겠네. 할머니, 훌륭한 도시락 아니오? 반짝반짝 광도 나고."

"가위랑 면도기는 넣어둬. 그 가위면 고기 한 근 정도는 바꿀 수 있을 테니 잘 간직하라고."

'레미'는 아무 말도 없이 가위와 면도기를 주머니에 넣고 노파의 얼굴을 바라보았다.

"할 수 없구먼. 됐다. 하지만 조심해. 어리석은 장난을 쳤다가는 큰코다칠 줄 알아."

'레미'는 가볍게 고개를 숙이고는 휘청거리는 다리로 포장마차를 나왔다. '카피'가 고개를 떨어뜨린 채 그 뒤를 쫓았다. 피부병에 걸린 개가 둘의 발밑에 거치적거려 하마터면 넘어질 뻔했다. 광장 한쪽에 계단이 있어서 일단 거기로 가서 앉았다. 몸을 바짝 붙이고 앉은 '카피'가 작은 소리로 말했다.

"여기서는 우리 돈을 쓸 수 없나봐."

"그래, 그런 것 같다."

한숨을 쉬며 '레미'가 대답했다.

"어떻게 하지? 여기 돈이 없으니까 결국은 무일푼인 거네. '물물교환'은 할 수 있는 것 같지만."

"그래."

'레미'가 고개를 끄덕였다. 열이 상당히 오른 것 같다. 눈앞의 모든 사물이 흔들려 보인다. 방금 먹은 우동이 목으로 올라오고 있다.

"조금 전의 사람들, 그래도 친절하다. '레미'의 도시락 하나로 용서해줬으니까…… 그렇지만 더 먹고 싶어. 저기서 파는 감자도. 저기, 내가 갖고 있는 비누로 바꿀 수 있을까?"

"쳇, 아직도 부족한 거야? 그렇게 먹고 싶으면 혼자서 해봐. 나는…… 감자 같은 거 필요 없다"

"그럼 시험 삼아 물어볼게. 여기 사정도 더 알아보고 싶고."

'카피'가 얼른 일어나 광장에 늘어선 포장마차 쪽으로 갔다. 그 뒤를 개가 따라간다. '레미'가 두 손으로 머리를 움켜쥐고 눈을 감았다. 감자고 무일푼이고, 콜레라에 대한 불안 앞에서는 모두 사라지고 만다. 구토가 인다. 머리도 빙빙 돈다. 콜레라에 걸렸으니 구급차를 불러달라고 소리라도 치고 싶다. 레미는 어떻게 죽었을까. 『집 없는 아이』에는 씌어 있지 않아 잘 모르겠다. 부자 노인이 돼서는 중풍에 걸려 죽었을 것이다. 마음에 안 드는 얘기다. 레미는 어머니와 만나기 전에 콜레라로 죽는다고 이야기를 바꾸는 게 낫겠다. 어머니를 찾다가 백조호를 발견하고 타보니 실은 콜레라 배여서 불쌍하게도 레미는 콜레라에 걸려 강가에서 죽는다. 카피가 그 시체를 지키며 슬픔의 노래를 부른다. 진짜 백조호는 그런 사실도 모르고 그 곁을 유유히 흘러간다.

"됐어. '법칙을 지키는 자에게는 좋은 사냥감이 주어진다'야. 어떤 법칙인지는 잘 모르겠지만."

개와 함께 돌아온 '카피'가 털썩 주저앉아 '레미'의 코밑에 지저분한 신문지에 싼 감자를 내밀었다. 다시 울컥하고 구토가 밀려온다. '레미'는 얼굴을 돌리고 중얼거렸다.

"됐으니까 빨리 먹어."

"응, 나 감자 정말 좋아하거든. 비누 하나에 세 개나 줬어. '물물교환'은 재미있다. 돈으로 사는 것보다 훨씬 더 손에 넣었다는 느낌이 들어."

'카피'가 감자를 까서 먹기 시작했다. 그 발치에 앉은 개가 감자 조각이 떨어지기를 기다리고 있다.

"너 정말 대식가다."

'레미'가 질린 듯이 '카피'를 노려보았다. 입안 가득 감자를 넣은 '카피'는 대답 대신 두세 번 크게 고개를 끄덕여 보였다.

"나, 역에 있는 변소에 간다."

'레미'가 일어나서 희미해진 눈으로 역사를 향해 걷기 시작했다. 몸을 가누기 힘들어 똑바로 걸을 수가 없다. 그 뒤를 '카피'가 감자를 먹으면서 걷고, 그 뒤에는 피부병에 걸린 개가 따라온다. 역의 불빛이 눈물에 번져 둥근 무지개를 만들었다. 왼쪽에서 오른쪽으로, 오른쪽에서 왼쪽으로 움직이는 붉은 빛들도 하늘 여기저기를 비추고 있다. 역으로 들어서는 전철 불빛인지도 모른다. 역내방송과 기적 소리가 멀리서 우는 늑대 울음소리 같다. 마치 나 '레미'를 부르는 듯한 소리. '빨리 우리 몸에 올라타렴! 멀리 멋진 곳으로 데려다주마!'

역사에 가까워지자 불빛이 눈부셔 신음 소리가 새어나왔다. 오가는 승객들의 검은 그림자에 부딪혀 하마터면 넘어질 뻔했다. '카피'가 '레미'를 부축하며 얼굴을 들여다보았다.

"더 아파?"

'카피'는 '레미'의 이마에 손을 짚어본다.

"뜨겁다."

'레미'가 숨을 헐떡이며 대답한다.

"……일단 변소에 가서 볼일을 보고 싶어…… 걱정하지 마. 아직은 쓰러지지 않아."

'카피'가 미간을 좁히며 고개를 끄덕였다. 그렇지만 '레미'에게서 떨어지려 하지 않았다. '카피'가 부축해주니 확실히 몸을 움직이기가 수월해 '레미'도 '카피'를 의지하지 않을 수 없었다. 눈이 부셔 반쯤 눈을 감고 역사로 들어간다.

"개는 어떻게 했니?"

의식이 또렷하다는 것을 보여주기 위해 '레미'가 물었다.

"이제 없어. 역에 들어오면 혼난다는 걸 아나봐."

"너, 감자는 다 먹었냐?"

"다는 못 먹어. 남은 건 종이에 싸서 주머니에 넣어뒀어."

간신히 역 변소에 도착했다. '레미'가 남자 변소에 들어가려 하는데도 '카피'는 계속 따라왔다. '레미'가 발을 멈추고 '카피'에게 말했다.

"넌 여자 변소로 가야 하잖아."

"괜찮아, 난 남자아이인걸."

대답을 마친 '카피'가 태연하게 남자 변소로 들어가려고 한다. '레미'도 입을 다물고 '카피'의 작은 어깨에 의지해 안으로 들어갔다. 몇 사람이 소변기 앞에 서 있고, 세면대에서는 서너 명의 남자가 수염을 깎거나 이를 닦고 있다. '레미'는 아무 말도 하지 않고 '카피'에게서 떨어져 변소 안으로 들어갔다. 역시 변소 안까지는 따라오지 못했다. 변기를 보니 구토가 한꺼번에 밀려왔다. 바닥에 주저앉아 조금 전에 먹은 우동을 모두 토해냈다. 눈물이 난다. 그래도 토한 덕에 조금은 안정이 되었다. 바닥에서 일어나 바지를 내리고 설사를 하기 시작했다. 약 때문인지 변은 액체에서 죽 정도로 굳어 있었다. 피가 섞여 있지는 않은지, 다른 불길한 증세는 없는지 살펴보려 했지만, 밑에 떨어진 변을 확인하기는 힘들었다.

밖에서는 '카피'가 굳은 얼굴로 '레미'를 기다리고 있었다. 남자 변소에 들어온 것은 어쩌면 '카피'에게는 생전 처음인지도 모른다.

"어때?"

'카피'가 작은 소리로 물었다.

"응, 이제 약을 먹으면 어떻게든 버틸 것 같다."

'레미'가 미소를 띠며 대답했다. 세면대로 가서 입을 헹구고 물을 충분히 마신 다음, 약을 용량의 세 배 정도 먹었다. 손이 젖자 다시 통증이 느껴졌다. '카피'에게 받은 수건으로 조심스럽게 손바닥을 닦고 다시 휴지를 붙였다.

"'카피'도 이를 닦아라. 칫솔까지 샀는데 아직 한 번도 안 썼잖아."

'레미'의 말에 '카피'가 대꾸했다.

"'레미'도 이를 안 닦고 수염도 안 깎았잖아. 거울 좀 봐. '레미'가 싫어하는 원숭이 얼굴이 됐어."

당황한 '레미'가 거울을 들여다보았다. '카피'의 말대로 턱수염이 황무지의 잡초처럼 어지럽게 뻗어 있고 뺨이 움푹 팬 얼굴은 원숭이 그 자체였다. 얼떨결에 눈을 감았다가 뜨고 다시 한번 살펴보니, 이번에는 얼굴이 조금 제대로 보였다. 정말이지 지저분하고 불결한 얼굴이다. 언제 수염이 이렇게 자랐을까. 이를 닦는 '카피' 옆에서 '레미'가 깊은 한숨을 쉬며 거울에서 눈을 떼었다. 사실은 '카피'처럼 이를 닦고 수염도 깎고 싶었다. 그렇지만 지금은 그럴 기운이 없다. 내일 아침에는 반드시 청결한 '레미'로 돌아가자. 상태를 봐서 둘이—그래봐야 남탕, 여탕, 따로따로지만—목욕탕에도 가자. '레미'는 그렇게 자신을 타이르면서도 불안한 마음에 눈앞이 깜깜했다. 만약 낫지 않는다면, 콜레라로 죽을 수밖에 없다면……

이를 다 닦은 '카피'가 세면대에 있는 말라붙은 비누로 얼굴을 씻고, 그야말로 건강하고 반들반들 윤이 나는 얼굴로 '레미'를 보고 웃었다.

"이제 갈까?"

나 또한 어렸을 때 아무리 영양 상태가 나빠도 이렇게 사탕으로 만든 것 같은 얼굴이었을까. 주눅이 든 '레미'는 눈을 가늘게 뜨고 고개를 끄덕였다.

'카피'의 도움을 받지 않고 역 앞 광장으로 나왔다. 조금 전까지 남아 있던 아세틸렌 등 불빛도 모두 사라지고 어슴푸레한 전구만 알몸을 드러내고 있어서 어둠의 영역이 더 커졌다. 그 어둠 속에 몇몇 사람들의 그림자가 떠다니는 것처럼 보인다. 하지만 그것은 착시일지도 모른다. 역에서 멀어져 시내를 돌아다닐 생각은 들지 않았다. '레미'는 오른쪽 가드레일 밑으로 걸음을 옮겼다. '카피'가 걱정스러운 듯 그 곁을 걷는다. 그 뒤를 조금 전의 개가 따라오고 있다. '레미'와 '카피' 모두 개를 쫓아버리는 일은 포기했다. 둘이 변소에 들어가 있는 동안에도, 마치 주인을 기다리는 충실한 개처럼 귀를 쫑긋 세우고 역사 앞에서 기다리고 있었던 것이 틀림없다. 그렇지만 이 개도 조금 있으면 홀연히 둘에게서 멀어질 것이다. 사람의 지배를 받지 않는 개란 그런 것이다. 가드레일 아래에 깜깜한 동굴 같은 것이 보였다. 터널식 통로가 있는 모양이다. 아침까지 머무르기에는 딱 좋은 곳이다. '레미'가 곧바로 가까이 다가갔다. 통로가 어둠 속에 가라앉아 아무것도 보이지 않았다. 안으로 들어가기가 망설여졌다. 그렇지만 산속도 아니니, 사람을 잡아먹는 호랑이나 독을 가진 코브라가 있을 리는 없다. '레미'는 스스로를 타이른 뒤 습기 찬 벽돌 벽을 왼손으로 더듬으며 안으로 열 걸음쯤 들어갔다. 뭔가가 발끝에 부딪혔다. 허리를 굽히고 두 손을 앞으로 뻗었다. 천을 두른 부드럽고 따뜻한 것에 손끝이 닿았다. 용기를 내서 손에 잡히는 것을 꼬집어보았다. 그러자 사람 소리가 들렸다.

"……뭐야, 가만히 내버려둬!"

'레미'는 입구 쪽으로 물러나 주위에 사람이 없는 것을 확인한 다음 바닥에 앉았다. 그리고 여전히 등 뒤에 붙어 있는 '카피'에게 작은 소리로 말했다.

"먼저 온 손님들로 꽉 찬 것 같다. 큰 소리 내지 말고 우리도 여기서 자자."

'레미'는 손끝으로 '카피'가 바로 옆에 앉은 것을 확인한 다음, 바지 주머니에서 성냥을 꺼내 그었다. 작은 균열이 생기면서 어둠이 급속히 녹아갔다. 누더기를 모아놓은 듯 통로 안쪽에서 몸을 포개고 자는 사람들의 모습이 떠올랐다. 원래 각각 다른 색의 옷이라도 오래되어 낡거나 더러워지면 같은 색으로 보이게 된다. 자고 있는 사람들 속에는 남자도 있고 여자도 있다. 아이와 갓난아기도 있다. 몸을 일으켜 갓난아기에게 마른 젖가슴을 물리는 여자도 있었다. 누더기가 아니라 거적을 두르고 있는 사람도 있다. 여기저기에 다 부서져가는 나무상자나 대나무 바구니가 보인다. 멀리에 쿠페 빵을 뜯어먹고 있는 아이도 보인다.

성냥이 꺼지자 어둠이 덩어리째 떨어져내렸다. '레미'는 주머니를 베개 삼아 벽 쪽을 보고 누웠다. '카피'도 '레미'의 다리에 머리를 대고 누웠다. '레미'가 자기 몸으로 '카피'를 보호할 수 있도록 두 손으로 '카피'의 팔을 잡아당겼다. 위험한 장소는 아닌 것 같지만, 그래도 '레미'에게는 '카피'를 지킬 의무가 있다.

"개는 어떻게 했니?"

'레미'가 묻자 '카피'가 속삭이며 대답했다.

"아직도 있어."

"흠, 저 녀석도 여기 단골인가보다."

"내일도 안 떨어지면 어떻게 해? 우리 개로 할까?"

"저런 지저분한 개를? 농담하지 마. 지금도 조심하지 않으면 병이 옮을 거야. 만일 가까이 다가오면 발로 걷어차버려."

'카피'가 주저하며 대답했다.

"……병도 싫지만, 걷어차는 것도 싫어."

"쳇, 그럼 마음대로 해라."

'레미'가 하품을 하고 어둠 속에서 눈을 감았다. 아무것도 보이지 않던 곳이라 아무런 변화가 없다. 꿈속에서 다시 꿈을 꾸는 듯한 기분이 들었다. 벽과 자기 몸 사이에서 자는 '카피'의 등에 왼손을 올리고 오른팔로 머리를 받쳤다. 이제 겨우 잠을 잘 수 있을 것 같다고 생각하며 깊은 숨을 몰아쉬었다. 그리고 마취라도 된 듯 곧바로 잠 속으로 빠져들었다.

'카피'는 개가 신경 쓰여 잠을 잘 수 있을 것 같지 않아 몸을 작게 움츠린 채 숨을 죽이고 있었다. '레미'가 정말 콜레라인지도 걱정이고, 자기도 완전히 콜레라에서 벗어난 것인지 알 수가 없다. '레미'가 '백조를 밟는 느낌'이라는 말을 했지만, 정말 백조처럼 새하얗고 아름다운 것을 밟아버린 것 같은 나쁜 기분이 쫓아다닌다. 유리로 만들어진 백조호가 어둠 속을 흘러가는 것이 보인다. 거기에는 콜레라로 죽어가는 '레미'가 푸른빛을 띠고 누워 있다. 그 곁에는 울 수도 없을 만큼 절망으로 얼어붙은 어머니가 우두커니 서 있다. '카피'가 어른이 된 것이다. 백조호는 차가운 슬픔의 빛으로 반짝이며 어두운 강 위를 흘러간다. 강가에는 분꽃이 앞다투어 피어 있다. '카피'의 집 뜰에도 분꽃이 점점 늘어 어머니가 난감해했었다. 땅거미 속에 빨갛고 하얗고 분홍색인 꽃이 떠오른다. '레미'의 아버지가 잠시 그곳에 멈춰 서서 잿빛 얼굴로 백조호를 바라본다. 벌거벗은 작은 사내아이가 개와 함께 분꽃 속에서 뛰놀고 있다.

엉덩이가 가렵다. 가려운 곳이 금세 주위로 퍼져나간다. 배도 가렵다. 가랑이도 가렵다. 가려워서 몸을 굴리다가 잠이 깼다. 동시에 가려움도 눈을 뜨고 가차 없이 온몸을 덮친다. '카피'가 몸을 일으키고 두 손으로 온몸을 긁어댔다. 개에게 피부병이 옮았나, 하고 생각하다가 범인이 벼룩이라는 걸 알았다.

"…… '카피'도 당했구나."

'레미'의 목소리가 들렸다. 성냥을 켜는 소리가 들리더니, 눈부신 불빛이 튕기면서 퍼졌다. '레미'도 일어나 얼굴을 찡그린 채 한 손에는 성냥을 들고 다른 손으로는 등허리를 긁어대고 있었다.

"이거야 죽을 맛이다. 열이 더 올랐는지 머리가 깨질 것 같아. 배도 아프고 정말 미치겠다."

'레미'가 이야기하는 동안 성냥이 꺼져 '레미'의 모습이 어둠 속으로 사라졌다.

"약이 효과가 없었어?"

'카피'가 엉덩이를 긁으면서 작은 소리로 물었다.

"어떡한다, 감기가 아니면 정말 큰일인데…… 너는 벼룩 말고는 이상 없냐?"

"응, 그렇지만 죽을 것처럼 가려워."

"벼룩 때문에는 죽지는 않아……"

이야기를 하던 '레미'가 잠시 아무 말이 없다가 깊은 숨을 들이쉬고는 다시 토해냈다. 그런 다음 '카피'의 귀에 입을 가까이 대고 낮은 소리로 말했다.

"저기, 아직은 괜찮지만, 만약 내가 움직일 수 없게 되면, 나를 그냥 두고 경찰서로 가라. 내 말은 하지 말고, 도쿄에서 왔다가 미아가 됐다고 해. 그러면 너를 집까지 데려다줄 거야. 너는 전염이 안 된 것 같으니까, 콜레라라는 말도 절대 하지 말고."

"그럼 '레미'는?"

'카피'가 불안한 목소리로 물었다.

"나? 나야 이렇게 뒹굴고 있다보면, 어디 병원으로 실려가겠지. 우리 아버지랑 똑같아. 너는 옆에 없는 편이 나아. 너는 살아남아야 하니까."

"싫어."

'카피'가 어둠 속에서 '레미'의 팔에 매달려 훌쩍거리기 시작했다.

"그렇게는 못 해. '레미' 혼자서 죽게 하다니, 그럴 수는 없어. 절대로 떨어지지 않을 거야."

'레미'는 오른팔로 '카피'의 어깨를 안고, 자기도 눈물이 날 것 같은 마음으로 이야기를 계속했다. 병든 것이 슬픈 건지, '카피'의 말이 기뻐 눈물샘이 자극을 받은 건지 알 수가 없다.

"아직 죽는다고 정해진 것도 아니야…… 나도 '카피'랑 헤어지기 싫다. 그렇지만……"

"그럼 같이 있어. 집에 돌아갈 때도 같이 가. 놀라기는 하겠지만, 어머니도 분명히 이해해줄 거야. 어차피 오빠도 없어서 집 안이 텅 비어 있는걸."

'레미'는 감동한 나머지 가슴이 뜨거워지고 눈가에 눈물이 번졌다. 어두워서 얼굴이 보이지 않는 것이 다행이다.

"…… '카피'가 그렇게 말해줘서 기쁘긴 하지만, 세상은 그렇지가 않단다. 우리가 아무리 그렇게 생각해도, 세상 그 누구도 우리를 진짜 형제로 인정해주지 않아. 너의 어머니도 그런 세상 속에서 살고 있기 때문에, 나 같은 사람은 집 안에 한 걸음도 들여놓지 못하게 할 거야…… '인간의 둥지'란 몹시 갑갑하지. 레미를 길러준 가난한 농가 아주머니 같은 예외도 있지만, 그 아주머니도 남편이 가난 때문에 레미를 팔아넘기는 것을 막지는 못했다. 레미가 진짜 자기 아이라면 이야기가 어떻게 달라졌을지 생각해봐. 물론 여기서는 궁핍함이 큰 이유가 되지만, 그럼 갑부인 진짜 어머니는 어떨까. 돈이 그렇게 많지만 일가친척 없는 가난한 아이들을 데려다 키울 생각 같은 건 전혀 못

해. 진짜 자기 아이, 그러니까 오로지 레미만을 죽어라 찾아다니지. '인간의 둥지'란 진짜 아이, 그렇지 않으면 기껏해야 친척 아이 정도만 받아들이는 곳이야. 만약 그것을 지키지 않는다면 인간세계는 엉망이 되겠지."

'레미'가 온몸을 긁어대며 가능한 한 냉정하게 말했다. 상황이 세상의 많은 감동적인 이야기처럼 진행되지는 않는다는 사실을 묘지 출신인 '레미'는 잘 알고 있다. 생명의 갈림길인지도 모르는 지금, 그 위엄을 귀여운 철부지 강아지 '카피'에게 가르쳐주고 싶었다.

"그럼 우리, 결혼하면 되잖아. 사실은 나는 여자아이니까, 결혼하려면 할 수 있어."

'카피'도 가려움에 몸을 비틀고 몸 여기저기를 긁어대며 말했다.

"못 해, 그런 거. 넌 아직 열두 살밖에 안 된 꼬마라고……"

당황한 '레미'는 얼굴을 붉히지 않을 수 없었다. 그러나 어둠 속이라서 그런 당황스러움도 '카피'의 눈에는 보이지 않았다.

"그래도 우리는 결혼을 해서 이제 떨어질 수 없다고 어머니한테 말해보면 어떨까?"

"너, 결혼이 뭔지 알고 하는 얘기야?"

본의 아니게 '카피'를 비난하는 말투가 되었다.

"……함께 사는 거지. 같이 밥을 먹고, 목욕을 하고, 그러는 동안 아이가 태어나고."

'카피'가 망설이며 말했다. 곤혹스러워진 '레미'는 신중히 단어를 고르며 타일렀다.

"결혼을 하려면, 우선 '카피'가 좀더 어른이 되어야 해. 머릿속도 그렇지만, 몸도 어린아이여서는 곤란하다고. 어른이 되는 첫번째 단계로 '달거리'라는 것이 있는데, '카피'는 아직 그 단계도 아니지?"

"초등학교 5학년 때 배웠지만…… 그렇지만 이제 가슴은 조금 나왔어."

더욱 당황스러워진 '레미'가 침을 삼켰다.

"정말 바보구나. 그런 건 아무런 표시도 안 돼. 물론 조금 있으면 '카피'한테도 이차성징이 나타나겠지만, 그렇다고 해도 아직 멀었어. 적어도 나 정도 나이가 되지 않으면, 아무도 진심이라고 생각하지 않는다고. 안 그러면 내가 이상한 사람 취급을 받아 경찰서에 신고당한다."

"어째서?"

깊은 한숨과 함께 '카피'가 속삭인다.

"'카피'는 아직 부모의 보호가 필요한 아이, 부모의 소유물이야. 그러니까 아무것도 스스로 결정할 자격이 없어. '인간의 둥지'란 갑갑한 곳이라고 했잖아."

"…… '레미'는 나한테 이상한 짓 해보고 싶다는 생각 안 해?"

어둠 속 '레미'의 얼굴이 이번에는 새파래졌다. 순간 '카피'를 증오하는 마음에 이를 악물었다. '레미'는 이제 둘이 헤어져야 할 때인지도 모른다는 생각에 힘겹게 입을 열었다.

"나는 묘지 출신에다 시설에서 자랐지만, 원숭이는 아니야. 그러니까 두 번 다시 그런 말 하지 마라. 아직도 그걸 모르나 싶어 실망스럽다, 알겠니? 훨씬 나중에 가서는 우리가 결혼을 할지도 모르지. 하지만 그때까지는 지금 일만 생각하면 되는 거야. 그것만으로도 벅차니까. 그리고 지금 우리는 뭐지? '레미'와 '카피'잖아. 우리가 그런 사이라는 것이 나는 기쁘다고, 알겠니?"

'카피'가 고개를 끄덕이는 기척이 느껴진다.

"'레미'인 채로 죽을 수만 있다면, 그건 내가 바라는 바야. 만약 죽지 않는다면, 그리고 일단 헤어진다 해도…… 그래, 한 오 년 정도 지나면 결혼을 하고 나도 '카피' 집에서 살 수 있을지도 모르지. 그렇지만 정말로 어떻게 될지는 몰라. 오 년이 지나면 '카피'는 이미 '카피'가 아닐 테니까. 여자가 되어 있을 테니까."

'레미'가 입을 다물자 '카피'는 한동안 골똘히 생각하고 나서 다시 말했다.

"미안해. 치한이 너무 많아서, '레미'도 남자니까 혹시 그런 생각을 할까봐 걱정이 됐어. 치한들은 커다랗게 된 고추를 마구 들이밀어. 징그럽고 무서워…… 그런데 '레미' 고추는 안 커져?"

'레미'는 심장이 쭈그러들고 숨이 막혔다. 그야말로 '고추'가 커질 것만 같다. '레미'는 심호흡을 한 뒤 힘겹게 냉정한 목소리를 짜냈다.

"너 정말 아무것도 모르고 묻는 거냐? 자연현상으로 어쩔 수 없이 그럴 때도 있지. 종족보존을 위해서도 필요한 일이고. 그렇지만 뭐라고 해야 할까, '카피'도 방귀를 뀌지? 남자들 고추도 종족보존과는 관계없이 가끔 방귀를 뀔 때가 있다고…… 하지만 '카피'는 그런 거 알 필요도 없고, 몰랐으면 해."

"그렇지만 오빠도 언제나 고추를 만지고 있었고, 치한도 있고, 여자아이를 죽이고 싶어하는 사람도 있고…… 아무것도 몰라도 되는 건 아닌 것 같아. '레미'가 만약 내 가슴을 만져보고 싶다면, 그렇게 해도 좋아. 그러면 '레미'의 고추가 커지는지 어떤지 가르쳐줬으면 하는 생각이 조금 들었어…… 하지만 일부러 그런 거 하지 않아도 괜찮아. 내 가슴은 겨우 모기한테 물린 정도밖에 안 되는걸. 금방 다시 꺼져버릴 것 같아. 내가 이대로 진짜 남자아이가 되면 좋을 텐데. 그래도 '레미'는 계속 내 곁에 있어줄 거야?"

'카피'가 몸을 비틀며 배와 겨드랑이를 긁었다.

"'카피'는 아직 여자도 남자도 아닌 어린아이이고, 어린아이로 있을 수 있는 건 지금뿐이니까 이 순간을 소중히 해야 해…… 나, 잠깐 밖에 나갔다 올게. 다시 설사가 시작된 것 같아. 구토도 난다. 괜찮아, 나 아무 데도 안 가."

'레미'가 비틀거리며 일어섰다.

"나도 갈래."

"'카피'는 여기서 기다려."

'레미'의 만류에도 '카피'가 따라 나왔다. 아무래도 불안하겠지. 콜레라도 걱정돼 눈을 떼지 못할 테고. 마음은 고맙지만, 그렇다고 그 앞에서 똥을 눌 수는 없다.

광장으로 나오니 하늘이 벌써 하얗게 밝아오고 있었다. 갓을 씌우지 않은 가로등이 아직 켜져 있었고, 공기는 한기를 느낄 만큼 차가웠다. 광장 저편으로 이어진 길을 커다란 트럭이 달려간다. 자전거도 재빠르게 지나간다. 광장 한쪽에는 커다란 보따리를 짊어진 여자들이 걸어가고, 크고 까만 고양이 한 마리가 광장 한가운데를 한가롭게 가로질러 역사 쪽으로 갔다. '레미'는 오른쪽의 벽돌로 된 벽을 따라 걷다가 콘크리트 토관(土管)이 쌓인 뒤쪽으로 돌아가 '카피'에게 신신당

부를 한다.

"저쪽에서 기다려."

'레미'는 '카피'의 모습이 보이지 않는 것을 확인한 뒤 바지를 내리고 앉았다. 바늘이 몇 개나 꽂힌 것처럼 배가 아프다. 눈이 침침하고 머리도 지끈거린다. 그리고 몸 여기저기가 가렵다. 껍질이 벗겨진 손바닥까지 다시 얼얼해온다. 아침 공기가 엉덩이에 닿고 얼마 안 있자, 뜨거운 물이 흘러나왔다. '레미'는 신음 소리를 낸다. 항문이 열과 설사로 너덜너덜해진 것 같다. 주머니를 가져오지 않아 휴지가 없다. 옷주머니를 뒤져봐도 대신할 만한 것을 찾지 못해 하는 수 없이 그대로 바지를 올렸다. 그리고 방금 쏟아낸 것을 주의 깊게 살펴보았다. 양이 작아 조금밖에 남아 있지 않았다. 소변이 하얀 자갈을 물들였지만 핏빛은 보이지 않는다.

개가 가까이 다가온다. 어젯밤부터 계속 따라다니던 피부병에 걸린 개다. 개는 '레미'는 쳐다보지도 않고, 자갈 밑에 만들어진 작은 웅덩이에 코를 대고 냄새를 맡기 시작했다. 식욕을 돋울 만한 냄새가 날리 만무한데, 개는 꼬리를 흔들며 핥으려 했다. 순간 '레미'가 개의 배를 힘껏 걷어찼다. 개가 깽깽거리며 도망칠 때까지 두세 번 발길질을 했다.

"그만해! 뭐하는 거야!"

'카피'가 소리 치며 달려오는 사이에 개가 멀리 도망을 쳤다.

"왜 개를 괴롭혀? 지저분한 개이긴 하지만, 나쁜 짓을 한 것도 아니잖아."

'레미'가 어깨를 들썩이며 '카피'를 노려보았다.

"기분 나쁘게 여자애 같은 말 하지 마. 저 개 말이야, 내 엉덩이에서 나온 것을 아무렇지도 않게 핥으려고 했다고. 만약 내가 콜레라라면 저 녀석도 콜레라에 걸릴 것 아니야. 그래서 말린 것뿐이야."

'카피'가 입을 조금 벌리고 지면의 웅덩이를 바라보았다.

"……하지만 개도 콜레라에 걸려?"

"나도 잘 모르지만, 어쨌든 위험하긴 마찬가지겠지."

"응, 나는 내가 이상한 말을 해서 '레미'가 개한테 화풀이하는 줄 알았어. 그래도 '레미'는 마음만 먹으면 힘이 나는구나."

'카피'가 실망스러운 얼굴로 말했다. 자기보다 강한 상대는 동물도 무서워할 수밖에 없다. '레미'는 '카피'의 마음을 헤아려 일부러 지친 목소리로 말했다.

"불이 나면 없던 힘도 생긴다잖아. 쳇, 머리가 빙빙 돈다…… 마침 잘됐다. 이 토관에 들어가서 한잠 자자. 아까 거기는 벼룩이 많아서 안 되겠어."

"응, 그게 좋겠다. 내가 가서 주머니를 가져올게. 기다려"

'카피'가 재빨리 가드레일 밑으로 달려갔다. 콘크리트 토관은 가장 밑이 세 개, 그 위가 두 개 그리고 꼭대기에 한 개가 얹혀서 삼각형을 이루고 있었다. 직경 1미터 정도나 되어 둘이 나란히 눕기에도 충분하다. 토관 자체의 무게가 있어서 쉽게 무너질 염려도 없다. '레미'는 위로 올라가 제일 위쪽의 토관 속으로 기어들어갔다. 토관 안에는 거미줄이 쳐져 있고 조그만 자갈들이 떨어져 있다. '레미'는 토관에서 얼굴을 내밀고 가드레일 밑에서 달려오는 '카피'를 향해 소리쳤다.

"'카피', 여기야! 전망이 좋다."

'카피'가 소리 내어 웃으며 주머니를 한 손에 들고 엉거주춤한 자세로 올라오기 시작했다. 이럴 때 '카피'의 가죽구두는 불편하다. 저런 가죽구두를 신고 용케도 콜레라 배 사다리를 탔구나, '레미'는 새삼 감탄했다. 그 가죽구두도 이제는 모래와 진흙으로 더러워져 낡은 구두로 보일 뿐이다.

가까스로 꼭대기에 올라온 '카피'가 '레미'처럼 얼굴을 내밀고 역 앞 광장을 바라보았다.

"와, 기분 좋다! 멀리까지 잘 보여. 처음부터 여기서 잤으면 좋았을걸."

"어젯밤엔 어두워서 아무것도 안 보였잖아."

"그런데 이 벼룩 어떻게 하지? 옷을 벗고 잡아야 할까? 아직도 많이 있는 것 같아."

'레미'가 쓴웃음을 지으며 중얼거렸다.

"이대로 가만히 있으면 벼룩이 모두 '카피' 쪽으로 갈걸. 나보다 '카피'가 더 맛있을 테니까."

"개들이 모여 있어."

'카피'가 말했다.

인기척이 없는 희부연 광장 왼쪽에 십여 마리는 되는 개들이 어슬렁거리고 있었다. 조금 전의 개도 거기에 섞여 있을까? 토관에서는 확인할 수가 없다. 크고 검은 개, 작은 갈색 개, 마르고 얼룩덜룩한 개, 크기와 종류가 제각각인 개들이 머리를 조아리며 땅에 떨어진 뭔가를 찾고 있다. '레미'는 구리하마에서 만났던 개들을 떠올리며 눈살을 찌푸렸다. 어딜 가나 주인 없는 개가 왜 이리도 많을까. 진절머리가 난다. 역시 '카피'라는 이름을 붙였기 때문일까.

오른쪽에는 중학생 정도로 보이는 남자아이 네 명이 낡은 배낭을 짊어지고 개들과 반대편에서 역으로 가고 있다. 첫 열차를 타려고 서두르는 모양이다. 정면의 반쯤 부서진 건물 옆에는 아이를 동반한 여자가 걷고 있다. 몸빼를 입고 무거워 보이는 보따리를 들고 있다. 다섯 살쯤으로 보이는 아이는 '카피'처럼 헐렁헐렁하고 더러워진 바지를 질질 끌며 걷는다. 역 쪽에서 기적이 울리자 개가 짖기 시작했다. 한 마리가 짖자 다른 개들도 따라 짖었다. 중학생들이 멈춰 섰다. 아이를 동반한 여자도 잠시 걸음을 멈췄다. 크고 검은 개가 중학생들을 향해 다가간다. 다른 개들도 움직임을 알아채고 검은 개를 뒤쫓는다. 머리를 낮게 드리우고 걷는 것이 불안해 보인다. 중학생들에게 향하는 걸음이 점차 빨라지더니, 선두에 선 검은 개가 으르렁거리며 한 아이에게 덤벼들려고 한다. 학생들이 비명을 지르며 도망을 친다. 여자도 아이를 안고 도망치기 시작한다. 그렇지만 개들은 여자 쪽에는 관심이 없고 학생들 뒤만 쫓았다. 침을 흘리며 달려간 개들이 순식간에 학생들을 따라잡았다.

"사람 살려! 미친 개다! 도와줘요!"

여자가 찢어지는 소리로 외치기 시작했다.

"큰일났다! 어떻게든 해야지!"

'카피'가 서둘러 토관을 내려와 개에게 던질 자갈을 찾기 시작했다. 뒤따라 '레미'도 땅으로 내려가 일단 개들 쪽으로 달려갔다. 콜레라로 괴로워하는 건 뒷전으로 미뤄둘 수밖에. 중학생 한 명이 검은 개에게 바지를 물려 비명을 지르며 바닥에 넘어졌다. 남은 개들이 나머지 세 사람을 둘러싸 한 발자국도 움직일 수 없게 되었다. '카피'는 적당한 자갈을 주머니에 넣고 '레미'를 쫓아 달린다. 여자의 비명 소리가 끊이지 않는다. 그렇지만 소리를 듣고 달려오는 사람은 없다. 개들이 사방에서 아이들에게 달려들어 물어댔다. 세 학생이 울면서 손발을 허우적거렸다.

'레미'는 우선 검은 개에게 달려가 배를 걷어찼다. 두번째 발길질에 개가 중학생의 다리에서 입을 떼고 이번에는 '레미'를 향해 으르렁대기 시작했다. 입에서 하얀 침이 뿜어져나오고, 눈은 탁하고 붉었다. 진짜 미친 개다. '레미'는 얼른 점퍼를 벗어 힘껏 돌리며 검은 개를 견제하며 뒤로 물러났다. 숨을 몰아쉬며 달려온 '카피'가 세 사람을 덮치고 있는 개들에게 돌을 던졌다. 작은 돌 하나가 얼룩무늬 개의 머리에 맞았다. 그런 돌은 차라리 맞지 않는 편이 나았을 것이다. 얼룩무늬 개가 '카피'를 돌아보더니, 침을 흘리며 으르렁거렸다. 그 소리에 이끌려 다른 개들도 일제히 중학생들에서 '카피'로 표적을 바꾸고 모여들기 시작했다. 검은 개까지 '카피'를 겨냥했다.

"안 되겠다! 빨리 토관 쪽으로 도망쳐!"

'레미'가 소리치며 '카피'의 팔을 붙잡고 달리기 시작했다. 토관까지는 50미터 정도다. 50미터라면 약 구 초. 괜찮다. 어떻게든 도망칠 수 있다. 콜레라 다음에는 광견병이라니, 말도 안 된다. 게다가 이렇게 많은 개를 상대했다가는 물려죽고 말 것이다. 아켈라도 붉은 개의 무리와 싸우다 죽지 않았던가. '레미'는 발이 걸려 무릎이 꺾이고 손을 땅에 짚고 말았다. 순간, 몇 마리나 되는 개가 '레미'에게 달려들어 바지와 와이셔츠 소매를 물었다. '카피'가 공기가 빠지는 것 같은 비명을 질렀다. '레미'가 점퍼를 돌리면서 '카피'에게 소리쳤다.

"뭐하고 있어! 빨리 도망쳐! 빨리! 나도 어떻게든 도망칠 테니까."

그 사이에도 개들의 이빨이 '레미'의 손목과 허벅지에 꽂혔다. '레미'는 아픔보다는 분노 때문에 몸이 달아오르고 떨렸다. 제기랄, 개들한테 내 살을 먹힐 것 같아. 어젯밤부터 졸졸 따라다니던 피부병 걸린 개가 나를 도와주지 않을까. 아니면 조금 전에 내 발에 차인 것을 원망해 오히려 개들을 끌어모아온 걸까. 통증이 허벅지를 덮쳤다. 개 두 마리가 승리를 과시라도 하듯 '레미' 위에 올라타 옷을 물어뜯고 있다. '레미'는 재빠르게 몸을 굴려 손발로 개들을 쫓으려 했다. 그러나 그 손을 다른 개가 물어뜯고, 다리를 문 개가 '레미'의 몸을 잡아끌고 있다. 온몸이 아파오고 신음과 눈물과 피가 범벅이 되었다. 피 냄새와 개들의 냄새. 이 새끼들, 살아 있으면서 이미 썩어가고 있군. 하지만 내 피 냄새는 썩지 않았다. 콜레라로 죽을 줄 알았더니, 이런 최악의 죽음이 기다리고 있을 줄이야. 온몸에서 피가 흐른다. 얼마나 많은 피인가. 피가 뜨거워 김이 피어오른다. 개들의 냄새나는 입과 몸뚱이가 내 소중한 피로 붉게 물들고 있다. 이 개들은 내 살을 모조리 먹어치울 생각이다. 어서 도망쳐야 한다. 나는 지금 아켈라가 아닌 단순한 인간으로 전락했기 때문에 이런 개들이 내 살을 뜯고 있는 거다. 아, 콜레라로 죽는 편이 나을 뻔했다. '레미'의 뺨의 살점이 도려져나갔다. 뱃살도 찢겨나갔다. 몸속으로 바람이 불고 체온이 내려간다. 묘지에서 맡았던 피 냄새가 떠올랐다. 같은 피다. 그때도 너무나 많은 양의 피에 놀라고 말았다. 세 사람의 피로 묘지에 늪이 만들어졌다. 그 중 하나는 '카피' 아버지의 피였다. '카피' 아버지의 피가 섞인 피 냄새로 내 인생은 시작되었고, 이제 나 혼자의 피 냄새로 끝이 난단 말인가. 그건 너무 비참하지 않나. 나는 개에게 먹히기 위해 지금까지 살아왔을까. 아버지보다 더 비참한 인생이 아닌가. 이게 대체 무슨 일일까.

'레미'의 귀에 썩은 개들의 무리와는 또다른 개의 울음소리가 한줄기 빛처럼 흘러들어왔다. 늑대의 〈죽음의 노래〉를 닮은 슬프고 청명한 소리가 아침 하늘에 울려퍼진다. '레미'는 그 소리를 더듬어 눈을 돌렸다. 토관 위에 서 있던 '카피'가 하얀 개로 변해 하늘을 향해 슬픔의 노래를 울부짖고 있는 것이 '레미'의 흐릿한 눈에 들어왔다. '카피' 녀석 제법인걸. '카피' 아버지의 피가 섞인 피 냄새로 시작된 내 인생을 이제 '카피'가 배웅하고 있다. 앞뒤가 너무 잘 맞는다. 나는 적어도 외톨이로 죽지 않는다. 나에게는 '카피'가 있다. '레미'가 얼굴에 미소를 띠었다. 통증이 '카피'의 노랫소리에 빨려들어간다.

"우리는 같은 피! 우리는 같은 피!"

노랫소리가 '레미'의 귓가를 울린다. 그 귓불과 코를 개들이 새빨개진 이로 물어뜯었다. 목이 찢기고 다리가 잘려나간 '레미'의 몸이 숨을 다해간다. 토관 위에서 '카피'가 눈물을 흘리며 슬프고도 아름다운 노래를 세상의 하늘로 올려보내기 위해 있는 힘껏 짖어댄다.

"우리는 같은 피! 우리는 같은 피!"

쇼와 22년(1947년) 2월 20일

22세 아가씨가 들개에게 살해되다?

19일 아침 9시경 도쿄 세타가야 구 가라스야마 나카초의 요시카와 료타로 씨의 집 뒤편에 있는 밭에서 20세 정도로 보이는 몸집이 작은 여자가 들개들에게 물려죽은 시체로 발견돼 세이조 경찰서가 조사에 나섰다.

요시카와 씨의 이야기에 따르면, 여자의 시체가 발견되기 전날인 18일 밤, 지진이 있은 직후인 10시 반경에 들개들이 짖는 소리와 여자의 비명이 몇 차례 들렸고, 집 헛간 쪽에 커다란 개 세 마리가 웅크리고 있었다고 한다. 그 부근에는 언제나 여러 마리의 들개가 무리를 지어 다녔고, 여자는 그 들개들에게 습격당한 것으로 보인다.

성과가 좋지 않은 들개 잡기

들개 사냥은 경시청 위생계가 4곳의 업자에게 청탁해 연일 지역별로 행하고 있으나, 그 성과는 작년 12월에 55마리, 올 1월에 78마리, 2월은 19일까지 30마리로, 2인 1조가 하루에 한 경찰서 단위로 담당하기 때문에 철저하지 못하다.

쇼와 22년 7월 3일

들개에 물려 아이가 사망, 요코스카 외에서도 피해

[요코스카 발] 1일 오후 5시경 요코스카 시 헤미초 503호 고토 시로 씨의 장남 히로시 군(8)이 뒷산에서 친구 5명과 놀다가 들개 7마리에게 습격을 당했다. 히로시 군은 전신을 물려 사망했고 다른 5명

은 무사했으나, 들개가 산 아래까지 쫓아내려와 부근에서 놀고 있던 같은 마을 519호 구도 이사무 씨의 삼녀 히데코 양(7)의 복부를 물어 경상을 입혔다.

또 1일 아침 5시경 헤미초 1062호의 호사카 아이코 씨의 장녀 요코 씨(23)가 왼발을 물려 전치 1주의 부상을 입었고, 2일 아침에는 이리야마 235호 오노 시게타로 씨의 장녀 사토코 양(3)이 오른쪽 어깨와 등을 여러 군데 물려 전치 1개월의 중상을 입었다.

그 밖에도 피해자가 있는 것으로 보고되어 요코스카 경찰서에서는 청년단과 협력해 본격적인 들개 잡기에 나섰다.

9
이게 어찌 된 일이죠

느릿느릿한 차내방송이 귓가를 때려 '카피'가 눈을 떴다. '다카라즈카— 다카라즈카—'라는 소리에 어머니 다카라즈카래요, 하고 말을 건네려다가 옆에 앉아 있는 '레미'를 보고 '레미'와의 여행이 아직 계속되고 있음을 간신히 깨달았다. 수염이 자라 미국 너구리 같은 얼굴이 된 '레미'가 입을 벌리고 깊은 잠에 빠져 있다. '카피'는 '레미'가 아팠던 것을 떠올리고 이마에 손을 얹어보았다. 열이 내렸다. 콜레라는 아니었나보다. '카피'는 '레미'의 얼굴과 귀, 팔, 다리를 주의 깊게 살펴본다. 어디에도 개에게 물린 흔적이나 핏자국이 없다. '카피'는 자기 얼굴도 만져보았다. 상처가 없다. 옷도 찢어지지 않았다. 벼룩 때문에 가려웠던 것도 없어졌다. 안심이 되어 기지개를 켜자 배에서 꼬르륵 소리가 났다. 그래, 주머니 속에 감자가 있었지, 하고 어젯밤 신문지에 싸둔 감자를 꺼냈다. 감자를 두 쪽으로 나눈 다음 한쪽을 먹기 시작했다. 감자는 차갑게 굳은데다 물기가 생겼고 신문지 냄새까지 배어 전혀 맛있지 않았다. 금방 삶은 감자에 버터를 발라 먹고 싶다. '카피'는 절로 한숨이 나왔다. 계란에다 비빈 밥, 옥수수도 먹고 싶다. '카피'는 열차 안을 둘러보았다. 이 열차도 혼잡해 통로까지 사람이 북적거렸다. 통로 어딘가에서 금방이라도 어머니와 오빠가 모습을 드러낼 것 같은 기분이었다. 그런 일은 있을 수 없다고 생각하자, 그 사실이 오히려 이상하게 여겨졌다. 대체 어디로 가는 열차일까. '카피'로서는 알 수가 없다. '제비꽃이 필 무렵……' 하는 노래와 '다카라즈카 대극장'이라는 유명한 극장이 있다는 이야기 정도는 들어봤지만, 어째서 이런 먼 지방의 열차를 타고 있는지 알 수가 없다. 언제였을까, 구독하던 소녀 잡지에 제비꽃이 그려진 노트가 부록으로 들어 있었다. 그것을 본 어머니가 '제비꽃이 필 무렵……' 하고 노래를 부르기 시작했다. '카피'는 처음 듣는 노래였다. '카피'는 차창 밖을 바라보며 〈제비꽃 필 무렵〉이라는 노래를 허밍으로 부르기 시작했다. 가사를 모르니까 허밍으로 부를 수밖에. 창밖에 갑자기 산이 모습을 드러냈다. 푸르른 나무들은 가느다란 비에 젖어 빛나고, 풀숲에는 노랗고 파란 꽃들이 피어 있다. 북쪽으로 가지 않아도 꽃은 어디에든 피어 있다. 열차가 기적을 울렸다. 승객들이 일제히 창을 닫기 시작한다. '카피'가 얼떨떨해하는 사이에 열차가 터널 안으로 들어갔다. 감자를 다 먹은 '카피'는 다시 눈을 감았다. 열차 소리와 진동이 졸음을 기분 좋게 부풀려준다. '카피' 주위에 제비꽃이 일제히 피고, 그 다음에는 히아신스가, 노란색과 분홍색의 나리가, 등나무꽃과 붓꽃이 핀다. 향기가 너무 진해 현기증이 난다. 장미가 피고, 동백이 피고, 금목서, 치자나무꽃이 핀다. 꽃향기로 피비린내가 지워지고, 꽃의 밑동에서는 시체들의 희미하게 빛나는 눈이 보였다.

차표를 검사하러 온 차장 때문에 '레미'가 잠에서 깨어났다. '레미'는 셔츠 주머니에서 표 두 장을 꺼내 차장에게 건넸다.

"후쿠치야마는 이제 다음 역이다."

표를 돌려주며 차장이 말했다. '레미'가 표를 들여다보았다. 후쿠치야마라고 씌어 있다. 표를 샀던 것을 잊어버릴 만큼 넋을 잃고 잔 걸까. 후쿠치야마라는 역이 어디쯤인지 전혀 알 수가 없다. '레미'는 크게 하품을 한 뒤 부은 얼굴을 두 손으로 비볐다. 손의 감촉에 깜짝 놀랐다. 그러고 보니 콜레라나 미친 개 무리에게 물려 죽는 줄 알았는데. '레미'는 고개를 갸웃거렸다. 고맙게도 무사한 것 같다. 살아 있다는 증거인지 배가 고파 죽을 것 같다. 와이셔츠 주머니에서 '카피'의 손목시계를 꺼냈다. 한시 반이다. 바깥이 밝으니 당연히 낮 한시 반이겠지. 정말 잘도 잤다. 스스로도 놀라울 뿐이다.

"후쿠치야마에서 내리는 거야?"

갑작스러운 '카피'의 목소리에 순간 '레미'의 심장이 떨렸다.

"아, 너 일어났었니? 일단 내리는 것도 괜찮을 것 같다."

"비가 와. 많이 오는 건 아니지만."

'카피'의 말에 '레미'도 창밖을 바라보았다. 자세히 보지 않으면 그냥 지나칠 정도의 가는 비가 나무와 지붕을 적시고 있다. 아주 멀리까지 온 기분이다. '레미'는 깊게 숨을 내쉬며 생각에 빠졌다. 비가 오는 풍경까지 도쿄하고는 다른 것 같다.

열차가 속도를 줄이고 기적을 울렸다.

둘은 자리에서 일어나 통로의 사람들을 헤치고 승강구로 나왔다. 후쿠치야마에서 내리는 사람이 많은 것 같다. 다른 노선과 환승하는 역인 모양이다. 여전히 커다란 짐을 짊어진 사람들이 대부분이고 몸뻬나 군복 차림의 사람도 있다. 어깨에 수통을 차고 낡은 배낭을 메고 있다. 이제 두 사람은 그런 승객들에게 일일이 놀라지 않았다. 이미 진짜 부랑아처럼 지저분해진 둘에게 공허한 눈을 한 초라한 사람들은 오히려 안심이 되었다.

열차가 크게 흔들리더니 멈춰 섰다. 앞다투어 승강구로 몰려드는 승객들 물결에 끼어 두 사람도 플랫폼으로 쓸려나왔다. 이런 먼 곳까지 와도 원숭이는 역시 원숭이다. '레미'는 혀를 차며 주위 승객들을 바라보았다. 세상 어디를 가도, 진짜 시베리아나 아르헨티나, 아프리카의 희망봉에 가도 원숭이들은 이렇게 천하고 시끄럽게 우글거릴까. 갑자기 몸이 가려웠다. 벼룩에 물렸던 일이 떠올랐다.

"넌 몸이 가렵지 않니?"

'레미'가 배와 가슴을 긁으며 '카피'에게 물었다.

"잘 모르겠어. 가려운 것 같기도 하고."

"열차에서 벼룩이 다른 승객들한테 옮겨갔으면 좋을 텐데…… 아직 한두 마리는 남아 있을지도 몰라. '카피'도 변소에 가서 자세히 살펴봐라."

'카피'가 웃으면서 고개를 끄덕였다. 농담으로 들린 모양이다.

둘은 계단을 올라가 개찰구로 향했다. 역에 도착하면 바로 변소로 간다. 그런 습관이 이미 몸에 뱄다. 역의 변소만큼 두 사람이 편히 쉴 수 있는 곳은 없다. 어느새 두 사람은 그렇게 생각했다.

"아픈 건 어때?"

변소 앞으로 오자 '카피'가 물었다. 변소로 뛰어온 승객들이 긴 줄을 이루어 늘어서 있다. 줄에서 조금 떨어져 사람들이 빠져나가기를 기다릴 생각이다. 서둘러야 할 이유는 하나도 없다.

"아, 조금 나은 것 같아. 이제야 약이 듣나보다."

'레미'가 쑥스러운 듯 말했다. 유감스러운 마음이 없는 것도 아니었다. 좋아질 리가 없지, 콜레라인데, 하고 무심히 대답하는 쪽이 훨씬 떳떳하고 '카피'의 감동도 깊을 것 같았다. 어젯밤 '카피'에게 했던 비통한 말들이 이제 와서 생각하니 후회가 되었다. 그러나 콜레라로 죽고 싶은 생각은 없고, 물론 '카피'에게 거짓말할 생각도 없다.

"그래도 아직은 무리하지 않는 게 좋아. 비를 맞을 테니까 밖에도 나가지 말자."

'카피'가 분별 있는 말투로 말했다.

"음, 그래도 뭔가 먹어야 할 텐데……"

"역에서 파는 도시락을 사. 대합실에서 먹어도 괜찮겠지."

'레미'가 고개를 끄덕였다. 건강한 꼬맹이한테는 당할 수가 없군. 내심 중얼거린다.

"정말 그걸로 괜찮겠어?"

"지금은 이것저것 따질 때가 아니잖아. 나중에 어디서 쉴 수 있게 되면, 그때는 냄비랑 쌀을 사서 밥을 지은 뒤 계란에 비벼 먹고 싶지만…… 하지만 돈도 생각해야지. 이런 식으로 쓰다가는 '레미'의 돈이 금방 바닥날 거야. 저기, 우리도 진짜 레미랑 카피처럼 떠돌이 광대 노릇을 하면서 돈을 벌자. 돈이 모이면 냄비랑 접시를 살 수 있고, 더 모이면 이불이랑 갈아입을 옷 그리고 라디오도 살 수 있을 거야. 그러면 도쿄에는 돌아가지 않아도 돼. 둘이 계속 함께 있을 수 있어."

'카피'의 얼굴이 흥분으로 붉어졌다.

"무슨 말을 하는 거야. 그렇게 많은 짐을 어떻게 들고 다니려고. 그리고 너한테 무슨 재주가 있는데?"

'레미'가 짐짓 심술궂게 말했다. 돈은 아직 제법 남아 있다. 그러나 이대로 여행하다보면 분명 돈이 바닥나 '레미'와 '카피'는 도쿄로 돌아가거나 어디선가 일을 찾아야 할 것이다. 앞으로 어떻게 될까 하는 불안한 마음은 있다. 하지만 그때 일은 그때 가서 생각하자는 마음이었고, 그것은 지금도 마찬가지다. 유행하는 말은 아니지만 '내일은 내일의 바람이 분다' '내일의 푸른 하늘은 지금은 보이지 않는다'는 말대로 모른 척하고 싶다. 어쨌든 지금은 도쿄로 돌아갈 수 없을 것 같다.

"음, 나는 별로 재주가 없어…… 그렇지만 노래 정도라면 할 수 있어."

"네가 하는 예수쟁이 노래 갖고는 안 돼."

"구세군은 찬송가를 부르면서 돈을 받는대."

"그런 건 떠돌이 광대 노릇이 아니야. 사회봉사라고 하지. 아이들 노래도 안 돼. 글쎄…… 나도 이야기를 하는 재주가 조금 있긴 하지만, 아이들한테 들려주는 이야기들뿐이라 안 될 거야."

'레미'도 어느새 떠돌이 광대가 될 가능성을 짚어보고 있었다. '카피'가 순진한 얼굴로 웃으며 '레미'를 바라보았다.

"그럼 그림연극은?"

"본격적인 그림연극도 아이들한테 돈을 받는 거라서 별로 벌이가 안 돼. 우리가 도화지에 그림을 그려 연극을 한다고 해도, 호기심 많은 녀석들이 공짜로 볼 뿐이야."

"그럼 이참에 〈이게 어찌 된 일이죠〉 연극을 해. 나는 영리한 원숭이 주인님이고, '레미'는 멍청한 하인이 되는 거야. 조금 연습하면 돈을 받을 수 있는 연극이 될 거야."

'레미'가 잠시 생각을 하다가 대답했다.

"하지만 너는 원숭이가 아니고 사람이니까, 진짜 〈이게 어찌 된 일이죠〉만큼 재미있는 연극은 안 될 거야. 그것보다는 네가 개 흉내를 내는 게 더 재미있을 거다. 그래, 그게 훨씬 낫겠다. 목줄에 쇠사슬을 달고, 개처럼 오줌을 누거나 앉기도 하고, 시계를 보고 멍멍 짖으면서 시간을 맞히기도 하고…… 음, 그게 좋겠다. 그리고 마지막에는 그릇을 입에 물고 돌면서 관객들한테 돈을 받는 거지. 나는 뽐만 내는 얼간이 감독이 되고."

'카피'가 입을 비쭉이 내밀며 말했다.

"〈이게 어찌 된 일이죠〉는 안 돼? 원숭이 흉내라면 해도 괜찮아……"

"바보 같긴. 지금 당장 정하지 않아도 되니까 천천히 생각해보자고. 얼마든지 더 좋은 아이디어가 나올 거야. 어쨌든 우리는 콤비니까."

'카피'가 생긋 웃으며 고개를 끄덕였다.

"'우리는 같은 피'니까. '레미'의 병도 좋아졌고. 걱정 마, 걱정 마."

변소 앞에 늘어섰던 줄이 어느새 사라졌다. '레미'가 기분 좋게 남자 변소로 향했다. 당연히 따라올 줄 알았던 '카피'가 여자 변소에 들어가려 하자, '레미'는 '카피'를 불러세웠다.

"너, 그쪽으로 가는 거야?"

"어젯밤은 특별이야. 이제는 '레미' 혼자서도 괜찮잖아."

"흥, 알았다."

'레미'는 남자 변소로 들어갔다. '카피'가 자신을 밀쳐낸 것 같아 서운해하는 자신이 부끄러웠다. 냄새로 가득 찬 변소 안에 들어가 변을 보려고 했지만 나오지 않았다. 벼룩이 없는지 바지를 벗고 팬티 안쪽까지 면밀히 살펴보았지만 한 마리도 없었다. 밖으로 나와 세면대에서 약을 먹고 얼굴과 목을 씻은 다음 서둘러 수염을 깎았다. '레미'는 면도질이 아직 서툴러 꼭 상처를 내고 만다. 지금도 입술 위를 베고 말았다. 드문드문 난 부드러운 수염이라 깎기가 어려운데다 여드름도 있다. 뺨과 턱에 여드름이 늘어난 것을 확인하고, 오랜만에 이도 닦았다. 뺨이 패고 생기 없는 거무죽죽한 얼굴이 깨진 거울에 비쳤다. 그야말로 앓고 난 직후의 얼굴이다. '레미'는 거울 앞에서 한숨을 쉰 다음 밖으로 나왔다. '카피'도 마침 여자 변소에서 나왔다. '카피'는 머리도 감았는지 야구모자와 점퍼를 주머니에 찔러넣고 젖은 머리카락에서 떨어지는 물방울을 하나하나 손으로 닦고 있다. '카피'도 벼룩이 없었던 모양이다. 그래서 벼룩에 대해서는 잊기로 했다.

일단 개찰구를 나와 다음에 탈 열차를 정했다. 산인 선과 마이즈루-오하마 선이라는 열차가 있었다. 산인 선은 교토나 돗토리로 간다. 교토는 너무 유명해서 가고 싶은 마음이 안 들었고, 돗토리라는 지명에는 둘 다 두려움을 느꼈다. 돗토리에는 사구(砂丘)가 있다고 했다. 정말 쓸쓸하고 위험한 곳이겠지. 둘은 결국 마이즈루로 가기로 했다. 열차가 출발하기까지 한 시간 반 정도 기다려야 했다. 게다가 그대로 쓰루가까지 가려면 갈아타기 위해 더 기다려야 한다고 했다. 어쨌든 히가시마이즈루라는 역까지 가는 표를 샀다.

여전히 비가 내리고 있다. 여우가 시집을 가는지, 하늘은 밝은데 굵어진 빗줄기는 좀처럼 그칠 줄을 모른다. 개찰구에서 도시락 사 인분과 차를 사 대합실에서 먹기 시작했다. 산인 선 개찰을 기다리는 듯한 사람들이 대합실을 들락거렸다. 비옷을 입은 사람도 있고 온몸이 비에 젖은 사람도 있다. 커다란 마스크를 한 여자아이와 목발을 짚은 상이군인도 있다. 기모노 자락을 동여맨 노부부와 크고 네모난 보따리를 짊어진 중년의 여자들도 있었다.

대합실 창문이 더위 때문에 활짝 열려 있다. 바람의 방향에 따라 때때로 하얗게 빛나는 작은 빗방울이 들이치기도 했다. 창가 쪽 벤치에는 아무도 다가가지 않고, 벽 쪽에 몇 사람이 거북하게 앉아 있다. '레미'와 '카피'는 벽과 창문 중간쯤에 앉았기 때문에 비를 완전히 피하지 못해 뺨과 손이 젖었다.

'카피'는 도시락을 먹으면서도 자기가 개 역할을 하는 연극은 어떤 걸까, 고민하고 있었다. '레미'가 가죽으로 된 목줄과 무거운 쇠사슬을 질질 끌고 간다. '카피'는 네 발로 달려야 한다. 입을 벌려 혀를 늘어뜨리고 숨을 내쉰다. '앉아!' 하는 명령에 '카피'가 혀를 내밀고 앉는다. '엎드려! 일어서! 물구나무!' 코를 킁킁거리던 '카피'가 갑자기 '레미'에게 등을 돌리고 관객들 쪽으로 다가간다. 화가 난 '레미'가 채

찍질을 하며 크게 소리를 지른다. '카피'는 모른 척하고 관객들 발밑으로 가 냄새를 맡더니 한쪽 다리를 올리고 기분 좋게 소변을 본다. 물론 진짜로 하는 게 아니라 흉내만 내고 입으로 쉬쉬, 톡톡, 하고 말한다. '무슨 짓이야, 이 무례한 놈! 그러니까 언제나 바보 취급을 당하는 거야!' '레미'가 과장되게 한숨을 쉬며 소리친다. '카피'가 꼬리를 흔들며 '레미'에게 돌아가 멍멍 짖으며 '자, 감독, 일을 시작합시다' 하고 재촉한다. '뭐야!' '레미'가 눈을 크게 뜬다. '빨리 일을 시작하라고.' 개에게 설교를 듣다니 인간도 끝이다! 할 수 없이 '레미'가 주머니에서—'레미'의 복장은 옛날 네덜란드인처럼 목에는 하얀 주름장식에 까만 망토 그리고 삼각형으로 된 까만 모자를 쓰는 게 좋겠다—커다란 시계를 꺼내 '자, 이게 몇시 몇분인지 맞혀봐'라고 한다. 멍멍멍 하면 세시, 그리고 멍멍 하면 이십분. '카피'는 사람이기 때문에 조금도 어려운 일이 아니다. 관객들을 재미있게 만들려면 가능한 한 '카피'가 개처럼 보이고 감독인 '레미'의 명령을 무시하는 듯 보여야 한다. 시간을 알아맞히던 '카피'가 갑자기 바닥에 뒹굴어버린다. 화가 난 '레미'가 무슨 말을 해도 일어나지 않는다. '레미'는 벌컥 화를 내면서 '카피'를 채찍으로 친다—진짜로 맞는 건 싫으니까 치는 흉내만—. '카피'가 채찍을 빼앗아 입에 물고 관객 속으로 도망친다. 그리고 목줄과 꼬리를 스스로 떼고 일어나 사람으로 변신한다. 이번에는 '카피'가 채찍을 돌리며 '레미'를 꾸짖고 '레미'의 옷을 벗겨 자기가 입는다. '레미'에게는 목줄과 꼬리를 붙여준다. '레미'는 끙끙거리며 같은 자리를 빙빙 맴돈다. '앉아! 손! 일어서!' '카피'의 명령이 날카롭게 울린다. '이 녀석은 머리가 나빠서 안 된다니까! 덩치만 커서는! 그렇지만 이 개는 춤을 추는 작은 재주가 있습니다. 제 노래에 맞춰 여러분이 즐거워하실 만한 춤을 보여드리도록 하겠습니다. 잘 추면 모쪼록 큰 박수를 부탁드립니다. 개이긴 하지만 자존심이 있으니 잘 봐주시기 바랍니다.' '카피'와 '레미'가 함께 고개 숙여 인사를 한다. '카피'는 숨을 깊이 들이쉰 뒤 맑은 보이소프라노로 '하늘 천사 노랫소리 울려퍼져 글로리아 인 엑셀시스 데오……' 하고 노래를 부른다……

'레미'가 두번째 도시락을 먹기 시작했다. 식욕보다는 의무감으로. 먹으면 먹을수록 나쁜 병이 멀어져간다. 앞으로 우리가 어떻게 될지, '레미'의 불안이 몸 안에서 작은 불꽃이 되어 떠돌고 있다. 둘이서 정말로 떠돌이 광대 노릇을 할 수만 있다면, 그나마 행운일 것이다. 떠돌이 광대가 무리라면, 어딘가 노무자 합숙소 같은 곳에 기어들어가도 좋고, 넝마주이나 암거래상의 허드렛일을 해도 상관없다. 그렇지만 그런 자유가 언제까지 허락될까. 신문을 보지 않고 라디오도 듣지 않은 채 며칠을 보냈다. 그리 긴 시간은 아니지만 '카피'의 어머니에게는 충분히 긴 시간이었을 것이다. 보통 어머니라면 그동안 가만히 기다리지 않고 사고가 났을 것을 걱정해 경찰에 수색 의뢰를 했을 것이다. 일본 경찰은 굼뜨고 무능하다고들 하지만, 이런 때만은 재빠르게 움직여 일본 전국에 '카피'의 사진이 배포되고, 이런 소녀를 동반한 '거동이 수상한 사람'을 보면 곧바로 가까운 파출소에 신고하라는 포스터가 나붙고, 라디오에서는 매일 소녀를 찾는 데 협조해줄 것을 시민들에게 호소하고 있을지도 모른다. 몸값을 요구하지 않는 경우는 유괴라고 하지 않는 걸까. 매년 아이들의 유괴사건이 일어나고, 유괴된 아이들은 대부분 살해당했다. 얼마 전에는 '카피'처럼 열두 살 난 여자아이가 '가출소년'에게 살해당하기도 했다. 여덟 살 난 여자아이도 보리밭에서 불쌍하게 살해당했다. 돈을 요구하지 않았어도, 아이를 죽이면 당연히 갈기갈기 찢어 죽여야 한다. 작은 사내아이와 여자아이 세 명을 죽인 악랄한 원숭이도 있었지. '차가운 잠자리'에서는 그런 일이 끊이지 않고 일어난다. 무방비한 아이들을 돈과 바꾸기 위해 혹은 자신의 충동을 만족시키기 위해 살인을 저지르는 원숭이들은 비단뱀 카가 먹어치워야 할 것이다. 그런 '차가운 잠자리'에서 멀리 떨어진 곳으로 가고 싶다. '무리의 권리는 가장 약한 자의 권리'라는 법칙을 지키는 세상은 책 속의 정글뿐일까. '차가운 잠자리'에서는 '레미' 또한 아이를 유괴하는 원숭이가 되고 만다.

'레미'가 두번째 도시락을 무릎에 올려놓았다. 더는 먹을 수가 없다. 반 이상 남은 도시락을 바라보며 '레미'가 문득 생각한다. 뱃속이 텅 비어 있을 때 기운을 회복하기 위해서라며 늘 이렇게 한꺼번에 먹기 때문에 설사를 하는 게 아닐까? 정말 어리석다.

옆에 앉은 '카피'도 두번째 도시락을 삼분의 일쯤 먹고 주체를 못하고 있다. '레미'가 한숨을 쉬며 '카피'에게 말했다.

"무리해서 먹을 것 없어."

'카피'가 고개를 끄덕이며 도시락 뚜껑을 덮더니 말했다.

"그럼 이거 주머니에 넣어두었다가 나중에 먹을게."

"그런 궁상맞은 짓 하지 마. 식중독이라도 걸리면 큰일이니까. 온갖 세균이 득실거리고 있다고."

'레미'가 초조한 목소리로 말했다. 여유를 잃었다는 증거야, 하고 자신을 꾸짖었다.

열차 하나가 출발하자 역이 조용해지고 대합실에 있던 사람들도 사라졌다. 하지만 이내 다시 사람들이 모여들고 개찰구 앞도 떠들썩해졌다. '레미'와 '카피'가 타려는 열차를 기다리는 사람들인지도 모른다. 머리와 손에 더러운 붕대를 감은 남자가 노파의 도움을 받으며 대합실 안쪽에 앉아 있었다. 학교를 마친 교복과 세일러복 차림의 무리가 밖에서 떠들고 있다. '레미'와 '카피' 바로 옆에는 젊은 여자가 흰 천으로 싼 네모난 상자를 무릎에 안은 채 고개를 숙이고 앉아 있다. 여자는 안대를 하고 있다. 혼자서 남편의 유골을 옮기는 걸까.

'카피'가 남은 도시락을 조용히 '레미'에게 건넸다. '레미'가 도시락 네 개를 모아 대합실 쓰레기통에 던져넣고 오랜만에 담배를 피웠다. 맛있지도 않지만 어지럽지도 않았다.

"저기, '레미'는 아이들한테 어떤 식으로 레미 이야기를 들려줬어? 아이들이 슬퍼해서 마지막에 진짜 어머니와 만나는 이야기는 생략했지?"

'카피'가 '레미'에게 몸을 기대며 작은 소리로 물었다.

"음, 특별히 정해놓지는 않았지만…… 예를 들면 레미와 카피는 결국 다시 둘이 돼서 친절한 꽃집 가족들과도 못 만나고 계속 여행을 해. 며칠을 걸어서 둘은 어느덧 인도에 도착해. 레미는 거기서 간디와 만나 그의 제자가 되지. 레미는 간디와 함께 코끼리를 타고 인도를 돌아다녀. 간디는 '정글의 법칙'과 비슷한 사상을 사람들에게 이야기하기 때문에, 가진 게 아무것도 없고 신발도 신지 않아. 천조각을 몸에 두르고 땅콩과 바나나만 먹어. 단식도 자주 하고. 대단하지? 레미가 코끼리에게 재주를 가르쳐 다같이 떠돌이 광대 노릇을 하는데, 간디와 자기가 먹어야 할 만큼만 벌어. 그러던 어느 날, 간디는 그의 사상을 싫어하는 한 남자에게 살해당하지. 하지만 그때 레미는 이미 훌륭한 어른이 되어 있었기 때문에, 2대 간디가 되어, 코끼리와 카피를 거느리고 고독하지만 세계사에 길이 남을 고귀한 성자가 되어 여행을 계속하는 거야…… 이런 식으로 이야기를 날조해. 꽤 감동적이지?"

"카피는 그렇게 오래 살까?"

'카피'가 이야기를 열심히 들으며 혼잣말처럼 중얼거렸다.

"카피는 특별한 개니까 언제까지나 죽지 않아. 내가 이야기를 들려주면 꼬마들도 같은 질문을 했고, 그렇게 대답하면 몹시 기뻐했어. 그런 개가 어딘가에 있을지도 모른다고 생각하면, 부모가 없는 아이들은 안심을 하지."

"흐음…… 그러면 백조호는 더이상 안 나오겠네."

"기분이 내키면 나올 때도 있어. 백조호도 레미와 카피를 뒤쫓아 강에서 강으로 흘러다니다가 멀리 인도까지 가서 간디에게 구원을 청하지. 둘째 아들 병을 고쳐주세요, 갓난아기 때 유괴되어 행방불명된 아들 레미를 찾아주세요, 하고. 그러면 간디가 말해. 자신에게 주어진 삶을 있는 그대로 받아들이세요. 그리고 당신이 갖고 있는 것들을 버리세요. 당신은 당신 자신의 안락만을 빌고 있어요. 병든 아들은 결국 죽고, 레미를 찾는 일도 포기한 백조호의 여자는 머리를 깎고 비구니가 되어 인도의 절에서 신앙을 닦게 돼."

"아아, 어디선가 간디의 사진을 본 적이 있어…… 우에노 동물원에 인도에서 온 코끼리가 있었는데, 인디라 간디에서 이름을 따와서 이름이 인디라였어. 간디하고도 관계가 있을까? 어쨌든 간디는 대단히 훌륭하고 그리스도 같은 사람이구나. 그리스도는 죽은 사람을 살리기도 하고, 물고기 한 마리를 천 마리로 불리기도 하고, 물 위를 걷기도 했대. 그런데도 살해당했어."

"간디는 종교의 교조가 아니라 사상가라 좀 다르지만, 그래도 비슷하겠지. 인디라 간디라는 사람은 네루 수상의 딸 아니었나? 뭐, 신경 쓸 일은 아니야. 내가 하는 건 레미와 카피의 이야기니까."

이야기를 하는 사이 '레미'의 몸이 가려워졌다. '카피'도 무의식중에 어깨와 허벅지를 긁고 있다. 더이상 벼룩은 없을 텐데, '레미'는 걱정이 되었다. 그렇지만 지금 이야기에 나오는 레미처럼 방랑의 성자가 되려면 벼룩이나 빈대 같은 걸 두려워해서는 안 된다. 나 '레미'는 2대 간디가 될 작정은 아니지만 조금은 레미를 본받아야 한다고 생각했다. 그런 생각을 하니 기운이 나는 것 같았다.

마이즈루-오하마 선의 개찰이 시작됐다. '레미'와 '카피'도 개찰구 앞에 서서 플랫폼으로 나왔다. 중학생과 고등학생들이 늘어났다. 근거리 열차라 이 시각에는 통학용으로 이용되고 있는지도 모른다. 둘은 학생들을 피해 벽에 붙은 관광 포스터를 열심히 바라보았다. '아마노하시다테'—이 이름은 들은 적이 있으니 유명한 곳일 것이다. '미카타고호' '게히노마쓰바라' '와카사소토모'—모두 모르는 이름이다. 니시마이즈루에서 홋카이도로 가는 정기항로 포스터도 있다. 와카마쓰에서 출발해 마이즈루와 후시키라는 곳을 경유해서 오타루까지 가는 모양이다. 마이즈루에서 오타루까지는 일주일이 걸리며 배 이름은 '니가타 호', 3등 선실이 224엔이라고 씌어 있다. 여관 광고도 있다.

여기 후쿠치야마에도 여관이 있는 모양이다.

디젤 기관차가 플랫폼으로 들어왔다. '레미'와 '카피'는 찻간으로 들어가지 않고, 연결통로에 서서 가기로 했다. 니시마이즈루까지는 사십 분 정도밖에 걸리지 않는다. 포스터를 본 '레미'는 니시마이즈루에서 오타루까지 배로 갈 수만 있다면 그렇게 하고 싶었다. 겨우 200엔 정도로 갈 수 있다니, 믿기 힘들만큼 싸다. 우에노에서 후쿠시마까지 학생할인도 280엔이나 했다. 2천 엔을 잘못 봤는지도 모른다. 2천 엔이라고 해도 치르지 못할 것은 없다. 둘이 합해 5천 엔으로 갈아타는 번거로움 없이 홋카이도까지 계속 바다를 보며 갈 수가 있다. 도대체 어떤 바다일까. '레미'의 가슴이 설렌다. 커다란 검은 물결이 출렁인다. 물결 소리가 무겁게 울려퍼진다. 얼어붙은 바람이 시베리아로부터 세차게 불어온다. 세상에는 여러 바다가 있다. '레미'는 새삼 자신이 지금까지 너무나 좁은 곳에 묶여 살았다는 생각이 들었다. 정기항로라면 설마 콜레라 배와 같은 사태는 없을 테고, 식당과 목욕탕도 틀림없이 있을 것이다. 오타루까지 가면 돈도 바닥이 나겠지만 원숭이 수가 적은 곳일 테고, '카피'와 둘이서 원시림 속에 들어가 자그마한 오두막을 지을 수도 있다. 해변에 있다보면 시베리아로 갈 기회를 잡을 수 있을지도 모른다. 시베리아까지 가면, 물론 두 번 다시 일본으로 돌아오지 못한다. '레미'와 '카피'는 러시아인이 되어 간디처럼 방랑을 계속하는 것이다. 간디는 맨발로 다녔지만 시베리아는 추우니까 맨발은 무리일 테고, '레미'의 무리에 코끼리를 끼워넣는 것도 포기해야 한다. 대신 개썰매를 탈까?

비가 계속 내려 창밖으로 차가운 풍경이 흐르고 있었다. 커다란 집들의 검은 기와가 빗물에 반짝인다. 집을 둘러싼 대나무 숲이 흔들리자, 그 엷고 투명한 초록색이 둘의 눈길을 끌었다. 도쿄에서는 대나무 숲을 거의 본 적이 없었다.

"이 주변에는 대나무가 많네."

'카피'가 작은 소리로 말했다.

"여름에는 각다귀가 많겠다."

'레미'도 작은 소리로 대꾸한다. 몸 여기저기가 다시 가렵다. 하지만 추운 곳으로 가면 벼룩도 죽을 것이다.

"난 죽순 싫어. 사실 난 가리는 게 많다. 두부도 싫고, 재첩이랑 바지락, 새우, 오징어도 싫어. 콩가루하고 낫토, 마 간 것, 무, 우엉하고 바나나도 싫어. 꽁치도 안 좋아하고, 생선은 대부분 별로야. 하지만 자반연어랑 말린 오징어는 좋아해. 그렇지만 지금부터는 가능한 한 편식 같은 건 하지 말아야지. 뭐든지 잘 먹어야 되겠지?"

"자반연어를 좋아한다면 너무 걱정할 것 없어. 감자하고 카레라이스도 좋아하지? 그럼 됐어. 러시아 사람들은 뭘 먹고 사는지 모르지만, 어차피 자반연어나 감자 같은 걸 거야."

"러시아 사람?"

'카피'가 물어보는 바람에 '레미'는 당황했다. 시베리아 이주 계획은 아직 이야기할 단계가 아니다.

"예를 들면 그렇다는 거지. 그런데 이 근처 사람들은 죽순만 먹을까? 나도 죽순은 별로야. 어차피 앞으로도 대단한 걸 먹을 수는 없을 테니까 걱정할 것 없어. 역에서 파는 도시락이면 다행이지."

다시 가려워진 '레미'가 몸을 비틀었다.

"아직 벼룩이 남아 있나보다. 너는 어때?"

'카피'가 아무렇지도 않게 대답한다.

"아직 몇 마리 남아 있는 것 같아. 하지만 괜찮아. 이러다가 어디론가 가버릴 거야."

"가렵지 않냐?"

"가렵긴 하지만…… 이 정도는 참을 수 있어. 두드러기에 비하면 아무것도 아니야. 오빠는 두드러기가 나서 쓰러지곤 했어. 두드러기가 얼마나 심한지, 귀에서 피가 나고 숨도 제대로 못 쉬었어. 얼굴하고 몸도 풍선처럼 부풀어오르고. 단백질이 많은 걸 먹으면 그렇게 된대. 나는 계란이랑 우유를 먹어도 아무렇지도 않은데."

'어린이집'에도 그런 아이가 있었던 것을 떠올리며 '레미'가 고개를 끄덕였다.

"인간이란 참 이상하지. 두드러기를 일으키기도 하고, 뭔가 작은 일로 머리가 이상해지기도 하고, 개에게 물려도, 세균이 몸속에 들어가도, 열차에서 떨어져도, 너무 춥거나 너무 더워도 쉽게 죽으니 말이야. 그렇게 약한 것 같으면서도 또 질기게 죽지 않을 때도 있고, 정말 모르겠단 말이야. 동물들도 두드러기가 날까?"

"동물들은 보통 정해진 것만 먹으니까…… 사람들은 너무 여러 가지를 먹기 때문에 두드러기가 나는 걸 거야. 달걀도 사실은 먹으면 안 되는 건지도 몰라. 간디처럼 땅콩하고 바나나만 먹으면 좋겠지만, 나는 둘 다 좋아하질 않아서. 그렇지만 땅콩하고 바나나만 먹는 건 왠지 원숭이 같아."

창밖을 바라보며 '레미'가 고개를 끄덕였다.

"원숭이는 탐욕스러워서 뭐든지 먹어. 그리고 인간은, 간디 이외의 사람들 얘기지만, 살기 위해서라면 무엇이든 먹지. 나나 아버지도 흙이나 이끼까지 입에 넣었으니까. 그런가 하면 스스로 죽고 싶어하는 사람들도 있고. 기껏 힘들게 살아왔는데 화엄폭포에 뛰어들거나 너의 아버지처럼 여자 때문에 서로 칼로 죽이거나 하지. 자살하고 싶은 사람들을 위해 구덩이를 준비해두면 좋을 거라고 '카피'가 말했었지? 그건 좋은 생각이지만, 그런 사람들이 왜 어느 시대에나 그렇게 많은지 모르겠다…… 우리 어머니와 가족은 공습 때문에 한꺼번에 다 죽은 것 같아. 우리 아버지는 분명히 그 광경을 봤을 거야. 어쩌다 내가 혼자 살아났기 때문에 그대로 살 수밖에 없었겠지. 그때는 죽으려는 생각 같은 건 하지도 못했을 거야. 머리가 멍해져서 아무 생각도 할 수 없었던 건지도 모르지만, 덕분에 나는 이렇게 살 수 있었어."

"자살한 사람은 지옥에 간다고 종교 시간에 배웠어. 우리 아버지는 지옥에 있을지도 몰라. 그리고 '레미'의 아버지는 분명히 천국에 있을 거야."

'카피'가 마치 계속 죽순 이야기를 하듯 무관심하게 말했다.

"……그렇지는 않겠지만."

'레미'는 우물거리고 말았다.

"천국이 정글이라면 지옥은 어떤 곳일까? 역시 같은 정글일지도 몰라. 비가 전혀 오지 않아 동물들이 죽어버릴 때도 있고 말이야. 정글은 무서운 곳도 많으니까. 말라리아나 독거미, 전갈 같은 것도 있고."

기동차가 빗속을 계속 달려간다. 떠들썩하던 중학생과 고등학생들의 수가 조금씩 줄어간다. 아야베, 우메자코, 마구라……

"뭐, 그렇겠지. 우리 아버지가 '카피'의 아버지라도 좋고, '카피'의 아버지가 우리 아버지라도 상관없다. 누구의 부모든 그건 별 의미가 없어."

문득 '카피'가 미소를 띠며 '레미'의 얼굴을 바라보았다.

"'우리는 같은 피'니까……"

'레미'도 미소를 짓고 고개를 끄덕였다. '카피'의 눈동자가 갈색으로 반짝인다. 순간 '카피'와 떨어지고 싶지 않다는 절절한 바람이 '레미'의 등줄기를 타고 내려와 온몸이 떨릴 뻔했다.

승객들이 한꺼번에 찻간에서 발판으로 쏟아져나왔다. 열차가 브레이크 소리와 함께 속도를 줄이고 니시마이즈루 역으로 미끄러져 들어가더니, 더욱 요란한 브레이크 소리를 내며 앞으로 고꾸라지듯 멈춰 섰다. 문이 열리자 승객들이 일제히 플랫폼으로 내렸다. '레미'와 '카피'도 승객들에게 떠밀려 플랫폼으로 뛰어내렸다. 열차는 히가시마이즈루, 나카마이즈루까지 가지만, 이제는 올라타는 사람이 거의 없었다.

둘은 승객들 틈에 섞여 우선 개찰구로 향했다. 아직도 비가 내리고 있다. 우산이 없으니 역사에서 멀리 떨어지지 않는 게 좋다.

'레미'와 '카피'는 나란히 역사에 서서 정면의 광장을 바라보았다. 전국 어디를 가나 역 앞에는 광장이 있고, 그곳은 대부분 버스의 시발점이다. 역사의 모습도 크고 작은 정도의 차이일 뿐 거의 비슷비슷해 역무원의 얼굴까지 똑같아 보였다.

"아, 저기 봐. 저 버스, 항구로 간다고 써 있다. 부두까지 가는구나. 잠깐 가보자. 보트를 젓는 것도 콜레라 배도 지긋지긋하지만, 정기항로선이라면 타보고 싶지 않니?"

'레미'의 말에 '카피'가 대답한다.

"오타루까지 가는 배 말이지? 아까 포스터가 붙어 있었어. 그걸 탈 생각이야?"

"어, '카피' 너도 눈치챘니? 아직 모르지만 어쨌든 가보자. 괜찮지? 저 버스를 탈 거다."

둘은 빗속을 달려 문을 열어놓고 손님을 기다리던 승합버스에 올라탔다. 이삼 분쯤 숨을 고르자 버스가 경적을 울리며 출발했다. 여자 차장이 둘에게 행선지를 물어본다. 항구까지, 하고 '레미'가 대답한다. 차장에게 요금을 지불하고 표를 받는다. 여기에서는 '레미'의 돈이 통했다. 차 안은 의외로 혼잡해서 자리가 없었다. 손잡이를 잡고 버스가 흔들리는 대로 몸을 앞뒤, 좌우로 흔들었다. 열차를 실컷 탄 다음이라, 버스의 흔들림이나 차 안의 크기, 차창으로 보이는 풍경들이 신선하고 신기했다. 열차와 달리 버스는 시내를 달리기 때문에 자전거를 타는 사람, 거리를 걷는 사람들의 얼굴이 보인다. 길가의 상점이나 집 안을 들여다볼 수도 있다. 처마 밑에서 두 여자가 이야기를 나누고 있다. 어두운 마루에서 노인이 혼자 뭔가를 만들고 있다. 순경이 가게로 들어가 주인에게 말을 건넨다. 검은 우산이 아슬아슬하게 버스 창에 닿았다. 우산을 들고 버스를 배웅하는 사람도 있다. 아이들이 게타를 손에 들고 흙탕물 속을 달린다.

잠시 구불구불한 길을 달리다가 조금 넓은 길이 나왔나 싶더니 바로 항구였다. 집들이 사라진 왼편으로 갑자기 은빛 바다가 보였다. 진짜 바다가 펼쳐져 있다. 버스에서 내린 '레미'와 '카피'는 비를 맞으며 서둘러 승선 대합실을 찾았다. 부두 바로 앞에 대합실로 보이는 건물이 있었다. '오타루-마이즈루-와카마쓰, 와카마쓰-마이즈루-후시키-오타루'라고 적힌 간판이 건물 지붕에 걸려 있다. 군데군데 칠이 벗겨져 궁상맞아 보이는 간판 끝에는 '정기 여객선 니가타 호 승선표 판매'라는 글자도 보였다. 얼른 뛰어들어갔지만, 안에는 사람이 없고 창구도 닫혀 있었다. '레미'는 우선 창구 위에 적힌 운임과 수화물 요금 등을 자세히 읽어보았다. 확실히 3등석은 224엔이라고 씌어 있다. 어린이는 반액이고 학생할인은 없는 것 같다. 통선료라는 것은 본선까지 태워주는 거룻배 요금일까. 모포는 무료로 빌려준다고 씌어 있고, 식사는 한 끼에 10엔, 외식권이 필요하다. '외식권'이 무슨 뜻인지 '레미'로서는 알 수가 없다. 아무리 생각해도 한 끼에 10엔이라는 것도 너무 싸다. 사원식당 같은 곳에서는 식권 한 장에 10엔이 타당한 가격일까. 창구에 직접 물어보지 않고서는 확실한 것을 알 수가 없다. '레미'는 창구에 얼굴을 대고 큰 소리로 불러보았다.

"누구 없어요?"

대답이 없자 창구의 젖빛 유리문을 열고 얼굴을 들이밀어 다시 외쳐보았다.

"아무도 없어요! 배를 타고 싶은데요!"

여전히 대답이 없다.

"안 되겠다. 개미 한 마리 없어."

'레미'가 '카피'를 돌아보자 '카피'가 창구 옆을 가리키며 말했다.

"저기에 '승선 문의는 사무소 본부로'라고 씌어 있어."

'레미'가 안내판을 보지 못했던 것이다. '레미'는 가볍게 혀를 차고 안내판 쪽으로 다가갔다. 길 맞은편에 '선박 운영회'라는 사무소 본부가 있는 모양이다.

"귀찮지만 할 수 없지."

"영업시간이 벌써 지난 걸까? 아까 학교에서 돌아오는 학생들이 있었으니까 일요일은 아닐 텐데."

유리문을 열고 나가 대합실 처마 밑에 섰다. 건물 앞에 꽤 넓은 도로가 있고, 건너편에는 '선원조합'이니 '화물 취급소' '선구 전문' '인양 원호국 사무소' '일본 우선(郵船)'이니 하는 간판을 단 목조 건물과 석조 건물들이 빗속에 늘어서 있었다. 식당도 많았지만, 사람 그림자는 거의 보이지 않았다. '레미'는 와이셔츠 주머니에서 손목시계를 꺼내 시간을 확인했다. 오후 다섯시 십분. 선박 관련 사무소는 다섯시나 네시 반에 일과를 끝내는 걸까. 비는 오지만, 하늘은 아직 충분히 밝았다.

"무슨 볼일이라도 있냐?"

갑자기 건물 뒤편에서 검은 비옷을 입은 노인이 나타나 말을 걸었다. 갑작스러운 소리에 놀란 둘은 얼떨결에 몸을 붙였다.

"뭐하는 거냐? 배에 대해 물어보려고 온 거 아니냐?"

'레미'가 간신히 노인을 향해 입을 열었다. '카피'는 '레미' 뒤에 반쯤 몸을 숨기고 있다.

"오타루까지 가려면 어떻게 해야 하는지 물어보러 왔는데, 아무도 없어서……"

노인은 '레미'와 '카피'의 얼굴을 작은 눈으로 훑어보더니, 금니를 반짝이며 소리 내어 웃었다. 표고버섯처럼 암갈색으로 그을린 얼굴이 주름투성이가 되었다.

"하, 오타루라. 일전에도 너 같은 녀석이 와서는 홋카이도로 가고 싶다고 고집을 부렸지. 참, 기가 막혀서. 니가타 호는 한 달에 두 번밖에 안 와. 다음 배는 16일 밤에 입항해 19일에 출항할 예정이니까, 이주 이상은 기다려야 돼. 게다가 19일에 출항하는 배는 와카마쓰에 가는 거라 오타루에 가려면 30일까지 기다려야 된다고. 열차로 가는 편이 훨씬 좋을 거다. 그러면 아무리 어렵게 간다 해도 이 주면 도착할 테니 말이야. 배는 포기하는 게 좋아."

"……쳇, 이게 뭐람. 일부러 기차역에서 여기까지 왔는데, 다시 돌아가야 하다니."

'레미'가 노인을 향해 투덜댔다. 노인이 고개를 끄덕이더니, 작은 눈을 가늘게 뜨고 히죽히죽 웃으면서 말했다.

"하지만 너희들은 배를 타고 싶은 게지? 오타루에 꼭 가야만 하는 일이라도 있냐? 만약 큰 배를 타고 싶은 것뿐이라면 방법은 얼마든지 있지. 배는 니가타 호뿐만이 아니니까. 항구에는 지금도 화물선이나 수송선이 입항해 있지. 화물선은 당분간 출항하지 않지만, 수송선은 오늘 밤에 출항할 예정이야. 조선으로 가는 배지만, 우선은 시모노세키로 간다. 거기서 다시 조선 사람을 태울 거야. 내가 아는 사람한테 부탁하면, 너희들을 시모노세키까지 태워줄 거다. 이른바 밀항이지. 시모노세키까지 석탄실이나 창고에서 시키는 대로 일을 도와주면 된다고. 일은 얼마든지 있으니까. 어때, 100엔을 내면 내가 알아봐주지. 나쁜 이야기는 아닐걸?"

시모노세키와 오타루는 정반대쪽이지만, 하고 '레미'가 '카피'를 돌아보며 눈빛으로 물었다. 어떻게 할까. 또다시 콜레라 선과 같은 배면 곤란하지만, 100엔에 시모노세키까지 갈 수 있다면 그것도 괜찮은 이야기라는 생각도 들고……

"우리는 오타루로 갈 생각이고 시모노세키에는 아무런 볼일도 없어요. 그리고 굳이 배에 탈 생각도 없고요. 여기서는 배도 안 보이고, 그 이야기, 아저씨한테는 미안하지만 아무래도 구린 냄새가 나네요. 바닷가로 가서 돈을 뺏고는 우리를 바다에 밀어넣을 생각은 아니겠죠? 그런 일은 절대로 없다는 믿을 만한 보장이 있어야지."

'레미'가 주의 깊게 노인을 바라보았다. 노인의 콧구멍에서 삐져나온 하얀 코털이 희미하게 떨렸다.

"흠, 제법이군그래. 보장이라, 어떻게 해야 믿을꼬…… 그래, 여기 무선전화가 있으니까, 그 배와 연락을 할 수가 있다고."

노인이 유리문을 열고 성큼성큼 안으로 들어갔다. 노인은 시모노세키까지 가도 좋을 것 같다는 '레미'의 마음을 이미 간파하고 있었다. 노인 자신이 수상하니 '레미'의 수상한 행동도 전혀 개의치 않는 것이다. '레미'와 '카피'가 노인의 뒤를 따라갔다. '선박 운영회'에서 일하는 사람일까. 아무런 망설임도 없이 사무실 안으로 들어가는 노인을 보고 그런 생각도 들었지만, 그런 사람이 밀항을 도울 것 같지는 않았다. 이런 곳에서는 모두 아는 사이라, 남의 영역에 멋대로 들어갈 수 있는 건지도 모른다. '레미'는 그렇게 해석해두기로 했다.

창구 뒤에 있는 사무실은 다다미 여섯 장 정도의 학교 소사실 같은 작은 방이었다. 한가운데에 석탄난로가 있고, 주위에는 나무 책상들이 있었다. 구석에 낡고 오래된 전화기와 낯선 기계가 보였다. 아마 그것이 무선전화인 모양이다. 그 옆에는 칠판이 걸려 있고 찻잔과 차통, 주전자 등이 놓인 작은 선반도 있다. 싸구려 합판을 붙여 만든 벽에는 노인이 입은 것과 똑같은 검은 비옷 두 벌이 걸려 있다. 노인은 우선 책상 위에 있는 두꺼운 장부를 살핀 뒤, 기계를 만지작거리며 수화기를 머리에 쓰고 작은 나팔 모양의 송화기를 향해 외치기 시작했다.

"여기는 선박 사무소, 여기는 선박 사무소! 누구 있습니까! 누구 있으면 응답하라! 응답하라!"

사무실 입구에 서 있던 '카피'가 소리를 죽이고 웃음을 터뜨렸다. '레미'도 웃음을 참을 수 없었다. 노인의 말투와 모습이 왠지 멍청해 보였던 것이다.

"……아아, 통신담당 우라베 씨인가. 나는 사무소의 와타나베라고 하는데, 정말 미안케 됐지만, 선창(船倉)의 곤도한테 시급히 전달할 말이 있소, 오바…… 아, 곤도한테 부탁받은 것을 이제부터 전달하려고 하니 갑판에서 기다리라고 전해줄랍니까, 오바."

노인이 재빠르게 수화기를 벗어 '레미'의 귀에 한쪽을 갖다댔다.

"……아, 알겠습니다. 류오 호는 지금부터 두 시간 후에 출항하니 서둘러주시오, 오바."

파라핀지를 흔드는 것 같은 날카로운 소리가 '레미'의 귓가를 울렸다. '레미'는 당황해서 수화기를 노인에게 돌려주며 손가락으로 빨리 대답하라는 표시를 했다. 노인은 점잖은 체 고개를 끄덕이며 아무렇지도 않은 듯 대화를 계속했다.

"……아, 알겠습니다. 류오 호는 시모노세키에도 기항하니 큰 문제는 없겠지만서도, 이참에 필요한 것이 있으면 내 가지고 가리다마는, 어떻습니까, 오바…… 알겠습니다. 그럼 조선까지 무사히 항해하시오."

노인이 일어나 수화기를 떼고 '레미'를 돌아보았다.

"어때, 이만하면 믿을 수 있겠냐? 그렇다면 서둘러야겠군. 뭐야, 이제 십오 분이면 류오 호가 도착하니 곤도한테 가서 이야기를 해야 하는데……"

노인이 분주하게 사무실을 나왔다. '레미'가 대답할 틈도 주지 않는다. 어쩔 수 없이 '레미'도 '카피'를 재촉해 그 뒤를 쫓았다. 노인에게 보기 좋게 조종당하고 있는 데 화가 나지만, 조금 전 배에서 들린 소리가 거짓이라는 생각은 들지 않는다. 이렇게 되면 가는 데까지 가보자. '레미'가 마음을 굳히고 '카피'에게 속삭였다.

"이상하게 됐지만 저 아저씨도 저렇게 움직이고 있고, 어쨌든 시모노세키까지 가볼까?"

"좋아, 재미있을 것 같아. 그렇지만 석탄실이나 창고에서 일을 해야 해? 무슨 일을 시킬까?"

'카피'가 얼굴을 붉히며 말했다.

"어차피 잠깐이야. 짐이나 석탄 같은 걸 나르게 하겠지"

건물 밖으로 나오니, 노인이 비옷에 두건을 쓰고 소리를 치며 앞서 걷기 시작했다.

"빗속을 좀 걸어야 된다. 내 배는 저쪽 여울에 있으니까."

'레미'와 '카피'는 비를 맞으며 노인의 뒤를 따라 걷기 시작했다. 고무장화를 신은 노인은 노인답지 않은 걸음걸이로 해안 길을 똑바로 걸어간다. 우산이 없는 '레미'와 '카피'는 지친 터라 노인의 속도를 따라잡지 못해 점점 거리가 벌어졌다. 부두에 다른 사람의 그림자는 없어서 노인을 놓칠 우려는 없었다. 하늘은 땅거미가 져 어두웠지만, 아직 가로등 불빛이 필요할 정도는 아니었다.

100미터 정도 걷던 노인이 작은 부두로 내려갔다. '레미'와 '카피'도 다리를 질질 끌듯이 그 뒤를 쫓았다. 몸이 다시 흠뻑 젖고 말았다. 그렇지만 야마가타만큼 춥지 않아 힘들지는 않다. 그래도 만약 다시 감기라도 걸리면, 그렇게 되면, 시모노세키에서 내리지 말고 그대로 조선까지 갈까. 러시아인이 되나 조선인이 되나 다 비슷할 거다. 열일곱 살 난 '레미'에게는 어떨지 모르지만, 적어도 '카피'에게는 모두 친절히 대해줄 것이다. 일본 사람과 달리 아이를 소중히 여기는 사람들이니까. 그렇다면 조선 사람 이름 정도는 미리 생각해둘 필요가 있지 않을까. 하지만 조선 사람 이름은 전혀 아는 게 없다. 배에 탄 조선 사람들에게 물어볼 수밖에……

둘은 작은 부둣가로 내려가 노인의 낡고 지저분한 배에 올라탔다. 어선이 아닌 갑판이 넓은 거룻배였다. 노인이 시키는 대로 비를 피해 좁은 조타실로 들어가 겨우 한숨 돌렸다. 노인이 엔진 스위치를 넣고 배를 후진시키기 시작한다. 둘은 우선 천 주머니에서 수건을 꺼내 얼굴과 머리를 닦고 옷의 빗물도 대충 털어냈다. 더워진 몸에서 김이 나는 것 같았지만, 실은 시큼하고 단 냄새가 피어올랐다.

노인의 거룻배가 방향을 돌려 엔진 소리를 울리며 미끄러져나갔다. 뒤를 돌아보니 유리창 저편으로 항구의 붉은 불빛이 보였다. 불빛이 소형 백열전구처럼 반짝이며 조금씩 멀어져간다. 빛은 거룻배가 일으키는 물결에 형형색색으로 부서지며 퍼져간다. 왼쪽에는 인가의 불빛이 신사의 초롱처럼 길게 늘어서 있다. 반대쪽의 불빛은 조금 멀고 수도 적었다.

노인이 비옷과 두건을 그대로 걸친 채 앞을 보며 둘에게 말을 건넸다.

“이 만(灣)은 깊숙해서 마침맞은 천연의 은신처지. 안으로 들어가면 물결도 잔잔하고. 하지만 큰 배는 못 들어와. 류오 호는 사천 톤 이상 급이다. 시모노세키에서 부산으로 가는 연락선은 칠천구백 톤이었어. 항공모함은 삼만 톤이 보통이지만 야마토 전함은 칠만 톤이었다고. 아무런 도움도 안 되는 얼빠진 전함이었지…… 저기 보이냐? 저 배가 류오 호다. 훌륭하지? 해군에서 살아남은 배니까 아주 튼튼하다고.”

‘레미’와 ‘카피’는 앞쪽 바다에 솟은 검은 그림자를 바라보았다. 콜레라 선보다 훨씬 큰 배 같았다. 굴뚝에서 이미 회색 연기를 토해내고 있는 것이, 금방이라도 출항할 태세다. 배의 창에서 새어나오는 불빛이 어둠 속에 늘어서 있다. 거룻배는 경쾌하게 류오 호로 다가갔다.

“……나는 너희한테 아무것도 묻지 않았고, 또 아무한테도 말 안 한다. 그러니 너희들도 나에 대해서 입을 다물어야 해. 다들 사정이란 게 있는 법이니까. 그렇지만 너희는 자유로워서 부럽다. 이런 세상에서는 니들 같은 젊은 녀석들이 기운이 좋은 법이지. 하기야 할 수 있는 건 뭐든지 해야지…… 옜다, 저 트랩으로 올라가라.”

거룻배가 트랩 바로 밑에서 멈추었다. 갑판에서 내려진 트랩이 아슬아슬하게 바닷물에 닿아 있었다. 노인은 거룻배의 로프를 그곳에 재빠르게 묶었다. 줄사다리와는 달리 불안하지 않게 오를 수 있었다. 먼저 '카피'가 가볍게 올라가고, 이어서 '레미'가 올라갔다. 마지막으로 노인도 랜턴을 손에 들고 올라왔다.

갑판에 오르니, 노인보다 젊고 키가 큰 남자가 역시 검은 비옷을 걸치고 세 사람을 기다리고 있었다. 까무잡잡한 얼굴에 가는 눈과 붉은 입술이 빛났다. 노인이 남자에게 귀엣말을 하자, 남자가 뭔가를 되묻고 노인이 대답했다. 한동안 대화를 나누던 노인이 갑자기 '레미'를 돌아보며 손을 내밀었다.

"이야기는 이미 끝냈으니, 이제부터는 이 사람 말을 들어라. 약속한 100엔, 둘이 합해 200엔이다. 어서 내."

"네…… 여기요."

'레미'가 바지 주머니에서 100엔짜리 지폐 두 장을 꺼내 노인에게 건넸다. 또 위조지폐라는 말을 듣지 않을까 긴장했지만, 고맙게도 노인은 돈을 제대로 보지도 않고 비옷 밑에 찔러넣고 그대로 트랩을 내려갔다. 아무리 봐도 범죄자가 냉큼 도망치는 것 같은 미심쩍고 비굴한 모습이었다. '카피'가 어느새 '레미'의 팔에 매달려 얼굴을 감추고 있었다.

"흥, 재수 없는 노인네. 너희도 감쪽같이 속았다. 너희처럼 지저분한 부랑아 둘이 사라져봐야 아무도 걱정하지 않을 거야. 그쪽 꼬마는 별로 쓸모가 없을 것 같군. 영양 상태는 좋아 보이지만. 어쨌든 안으로 들어가. 사람들의 눈에 띄면 곤란하니까. 우선 선창까지 내려가자. 할 일은 거기서 설명할 테니까. 승객들한테는 절대로 말을 걸지 마라. 만약 승객들이 말을 걸어도 입 다물고 가만히 있어. 너희들은 밀항하는 귀신들이니까."

남자가 둘을 노려보며 빠른 걸음으로 앞장서서 갑판을 가로지른 다음, 배 뒤쪽의 사다리로 향했다.

"저 원숭이는 뭐야. 정말 지독해 보인다."

'레미'가 얼굴을 찡그리며 '카피'에게 속삭였다.

"우리, 안주와 즈시오*처럼 노예가 되는 거 아니야? 시모노세키에 도착하면 분명히 누군가한테 팔아넘길 거야. 저기, 우리 도망치자. 바다에 뛰어들면 어떻게든 될 거야."

그때, 남자가 둘을 향해 호통을 쳤다.

"꾸물거리지 마!"

둘은 반사적으로 남자에게 달려갔다. 그리고 얼굴을 마주 보며 고개를 떨어뜨렸다. 바보같이 어째서 바로 도망치지 않았을까.

"이제 곧 출항이라 바쁘다. 나도 제 위치로 돌아가야 하고. 여기 계단으로 빨리 내려가."

입술이 붉은 남자가 흰색 페인트를 칠한 철제 계단을 가리키며 말했다. 비 때문인지 갑판에는 승객들의 모습이 보이지 않았지만, 계단을 내려가자 선복(船腹)의 홀쭉한 갑판에서 멍하니 바다를 바라보거나 지친 얼굴로 담배를 피우는 사람들이 있었다. 또한 열 명 남짓 되는 아이들이 계단을 오르내리거나 갑판을 뛰어다니며 놀고 있었다. 남자가 '레미'와 '카피'에게 다가와 등을 떠밀었다. 둘은 계단을 하나 더 내려갔다. 거기에는 더 많은 사람들이 난간에 기대어 항구의 불빛

---

* 일본의 중세 설화집에 나오는 이야기의 주인공들. 산쇼 다유의 책략으로 어머니와 헤어진 후 누나인 안주는 죽고 남동생 즈시오만 어머니와 재회하게 된다.

을 바라보고 있었다. 이 사람들이 바로 자기 나라로 돌아간다는 조선 사람들일까. 제 나라로 돌아가니 기쁠 텐데, 막상 일본을 떠난다니 지난 날들이 떠올라 복잡한 심경인 걸까. '레미'는 등을 밀어대는 남자에게 화를 내며 이 배의 '정식' 승객인 그들에 대해 생각해보지 않을 수 없었다. 일본에는 얼마 동안이나 있었을까. 억지로 끌려와 어떤 일들을 강요당하고 어떤 생활을 했을까. 이들과는 달리 스스로 조선이나 중국, 사할린으로 간 일본인들도 있었다. 군인이 되어 버마나 인도네시아, 아무도 이름을 들어본 적이 없는 섬까지 간 사람들도 있다. 전쟁이 끝나자, 일제히 그들의 이동이 시작되었다. 시베리아까지 끌려간 사람들도 있다. 그리고 최근에는 브라질로 가는 사람들까지. '브라질 호'를 타고 브라질로 간 사람들은 브라질과 일본이 전쟁을 하지 않는 이상 일본으로 돌아올 수 없는 걸까. 그리고 나 '레미'와 '카피'는 어떻게 될까.

둘은 남자에게 등을 떠밀리며 차례차례 계단을 내려갔다. 도대체 몇 층으로 된 배일까. 계단이 끊임없이 계속된다. 남자가 선창이라고 했으니까, 어쨌든 배 밑바닥까지 내려가야겠지. 제 위치라는 곳은 선창이 틀림없다. 노인은 이 남자를 '선창의 곤도'라고 불렀다. 계단이 선복에서 안쪽으로 이어지자 더는 바다가 보이지 않았다. 수면보다 낮은 곳으로 계속 내려간다. 공기가 점점 탁해지고, 온도도 올라가는 것 같다. 천장이 낮아지고 계단의 경사가 심해졌다. 천장의 불빛도 그 수가 줄어들었다. 배 밑바닥에 가까워지자, 승객들의 모습은 사라지고 대신 길이가 짧은 수병복이나 지저분한 속옷 차림의 남자들이 분주히 오가고 있었다. 출항 전의 바쁜 시간이라 '레미'와 '카피'에게 주의를 기울이는 사람은 없었다.

"이 계단이 마지막이다. 복도를 똑바로 걸어가라. 두리번거리지 말고."

계단을 내려간 곳에서 남자가 다시 밀치듯 둘의 등을 떠밀었다. 지금 전속력으로 이 계단을 달려가면 도망칠 수 있을지도 모른다. 순간 '레미'의 머릿속에 경쾌하게 갑판까지 도망치는 자신들의 모습이 스쳐 지나갔다. 그렇지만 남자에게서 도망친들 어떻게 될까. 바다에 뛰어들어도 지금의 체력으로는 해안까지 도저히 헤엄쳐갈 수 있을 것 같지 않다. 승무원 중 누군가에게 도움을 청할 수도 없다. 자신들의 의사에 따라 돈까지 지불하고 밀항하기 위해 올라탔다는 사실이 밝혀질 뿐이다. 자칫하면 경찰서로 끌려갈지도 모른다. 승객들 속에 숨어 있어도 배에서 내릴 때는 밀항했다는 것을 들켜 역시 경찰서로 끌려갈 것이다. '레미'는 숨을 들이쉬고 생각을 고쳐먹었다. 뭐, 당황할 필요는 없다. 혹시 시모노세키에 도착한 뒤 무사히 해방될지도 모르니까.

복도 막다른 곳에 커다란 철제 미닫이문이 있었다. 남자가 그 문을 열고는 턱으로 안에 들어가라고 재촉했다. 체육관처럼 천장이 높은 창고가 눈앞에 나타났다. 흙먼지 같은 안개가 자욱하고, 갓을 씌우지 않은 전등도 어두워 구석 쪽은 잘 보이지 않았다. 웃통을 벗은 남자들이 커다란 나무상자를 옮기고 있다. 개 짖는 소리가 들려 둘은 깜짝 놀랐다. 승객들이 자기 나라로 데리고 가는 개들이 여기에 갇혀 있는 모양이다. 크기도 다양하고 모양도 각각인 나무상자들이 어수선하게 창고 벽을 따라 쌓여 있다. 개가 어디에 있는지 금방 찾아낼 수는 없을 것 같았다.

남자가 그때까지 입고 있던 비옷을 벗고 얼굴의 땀을 닦았다. 그리고 눈을 가늘게 뜨고 둘을 노려보며 낮은 소리로 말했다.

"앞으로 한 시간 후면 출항이니까, 그때까지는 너희들이 할 일은 없다. 내가 말하는 곳에서 아무한테도 들키지 않도록 숨어 있어라. 특별히 중요한 짐을 지키고 있으면 된다. 누가 와서 물으면 승객의 아이들인데 놀러온 척해. 겉보기에는 구별이 안 가니 걱정할 건 없다. 만약 3등 선실로 데려가면 그대로 점잖게 따라가서 서 있다가 다시 여기로 돌아와라. 출항하면 석탄을 나르고 변소나 샤워실 청소를 해야 한다. 승객들에게 나눠줄 모포나 음식 재료도 나르도록 해. 승객이 토하면 그걸 치우는 것도 너희들의 일이다. 아침까지 일하고, 낮에는 여기서 잔다, 알았나? 겨우 사흘 밤이다. 시모노세키까지는 금방이야. 그동안에는 내 지시 없이는 절대로 움직이지 마라. 좋아, 이리로 와. 그 짐 뒤가 너희들이 잘 곳이다. 멋대로 한 걸음도 떼어서는 안 돼. 소리도 내지 마라."

남자는 다른 나무상자에 비해 까맣게 보이는, 길이 30센티미터 정도의 정사각형 상자가 다섯 단씩 쌓인 더미를 가리켰다. '레미'와 '카피'는 그 안에 뭐가 들어 있는지 묻지도 못하고 남자를 따라 그곳으로 갔다. 옆에는 식료품이 들어 있을 듯한 마대 더미가 있었다. 산처럼 쌓인 두 무더기 사이를 빠져나가 나무상자 뒤로 가자, 사방 1미터 정도의 공간이 있었다.

"거기에 앉아 있어. 누가 와도 일어서면 안 된다."

'레미'가 좁은 틈새로 남자의 얼굴을 들여다보자, 남자가 신경질적으로 내뱉고는 이내 사라졌다. '카피'와 '레미'는 어깨를 들썩이며 얼굴을 마주 보았다.

"제기랄, 그래, 어쨌든 앉자."

둘은 나무상자에 등을 기대고 바닥에 주저앉았다. 가루 같은 거칠거칠한 것이 바닥을 뒤덮었고 못과 잘린 밧줄도 떨어져 있다.

"좁고 더워. 이상한 냄새도 난다. 기름 냄샐까?"

'카피'가 눈살을 찌푸리며 속삭였다.

"여기는 기관실과 가까울 거야. 이 짐 밀수품이겠지? 저 자식 정말 나쁜 놈일지도 몰라."

'레미'가 다시 한번 한숨을 내쉬고 세운 무릎에 턱을 얹었다.

"여기서 움직이지 말고 가만히 있으라고 했으니까 변소에도 못 가지? 밥은 줄까? 배고프다. 밥이라도 먹고 타면 좋았을걸."

"아무것도 안 주지는 않겠지. 어쨌든 지금은 이렇게 가만히 있어야 되나봐, 제기랄."

"……쥐가 있을지도 몰라. 쥐에 물리면 콜레라가 아니라 티푸스나 페스트였나? 그런 무서운 병에 걸릴 거야."

'카피'의 말에 '레미'는 그만 코웃음을 쳤다.

"이번엔 페스트 배냐. 될 대로 되라지. 말라리아든 천연두든, 그리고 뭐지? 황열병이든 방사능이든, 뭐든 상관없어. 정말이지 세상에서 제일 무서운 것은 '인간의 둥지'야. 물론 방사능이나 세균도 무섭지만, 인간들처럼 뭔가 나쁜 짓을 생각해내 괴롭히지는 않는다고."

나무상자 저편에서 분주한 발소리가 들려와 둘은 잠자코 몸을 움츠렸다. 여러 사람이 주위를 오가며 짧은 이야기를 주고받고 있다. 이봐, 이쪽이야, 살짝 내려놔, 좀더, 아니야, 좀더 조금 더……

커다란 나무상자가 쌓인 벽 쪽에서 갑자기 큰 소리가 밀려왔다. 동시에 바닥이 떨리기 시작했다. 나무상자 저편에서 일하는 사람들은 그 소리에는 아랑곳 않고 계속 몸을 움직였다. 덕분에 '레미'와 '카피'의 두려움도 사라졌다. 배가 부서진 것이 아니다. 아마 출항을 앞두고 엔진이 가동하기 시작한 것일 게다. 이 정도의 배라면 엔진도 어마어마하게 크겠지.

선창에서 사람들이 사라지고 이십 분, 그리고 삼십 분이 지났다. '레미'와 '카피'는 허기를 달래며 눈을 감고 나무상자 사이에서 몸을 움츠렸다. 승객이 북적거리는 열차의 연결통로에 앉아 있는 것과 별로 다를 것 없는 기분이다. 열차 연결통로에서는 사람의 몸이 등에 부딪혔다면, 여기서는 딱딱한 나무상자가 부딪히는 게 다를 뿐, 가만히 있으면 똑같이 잠 속으로 빠져들어간다. 엔진 소리와 진동도 익숙해지면 오히려 기분 좋은 자장가로 바뀐다. '카피'는 여전히 쥐가 나올까봐 걱정을 하고—'카피'는 어머니가 쥐덫에 걸린 쥐를 양동이의 물속에 빠뜨리는 것을 지켜본 적이 있다. 쥐는 입을 벌려 비명을 지르고, '카피'를 바라보고, 물 속에 가라앉았다 떠올랐다 하며 춤을 추듯 발버둥쳤었다—'레미'는 시모노세키에 도착하면 재빨리 남자의 손에서 도망칠 방법을 궁리하면서—시모노세키에 도착하면 다른 승객들이 탈 것이다. 그리고 짐 싣는 작업도 시작될 것이다. 남자는 그 혼란한 틈을 타서 '레미'와 '카피'를 상륙시킬 것이다. 그대로 놓아줄 리는 없고, 분명히 노예업자에게 팔아넘길 것이다. 마지막 순간까지 남자가 시키는 대로 바보처럼 굴어야 한다. 그러다가 전속력으로 달아

나는 거다. 지그재그로 가게와 집들 사이를 빠져나가 툇마루 밑으로 들어가기도 하고, 철도역으로 뛰어들어 아무 열차에나 올라타는 거다. 그러면 열차는 기적을 울리며 바로 출발하겠지. '레미'와 '카피'는 화물열차의 돼지우리 속에 있다. 남자와 노예업자가 마을을 샅샅이 뒤지는 모습이 보인다. 돼지가 '레미'와 '카피'의 몸을 코로 간질여 둘은 큰 소리로 웃으며 뒹군다—조용히 '카피'에게 몸을 기댄 채 졸았다.

멀리서 뱃고동 소리가 들린다. 둘은 계속 잠을 잔다. 엔진 소리가 한층 커지고 진동이 격렬해진다. 그래도 둘은 눈을 뜨지 않았다. 남자도 아직 모습을 나타내지 않았다.

사천 톤급의 류오 호는 '레미'와 '카피'가 알지 못하는 사이 밤바다를 완만하게 미끄러져갔다. 배는 졸리기라도 한 듯 어디로 가면 좋을지 방향을 잡지 못한다. 그러다가 갑자기 기억을 되찾은 것처럼 만을 벗어나기 시작한다.

그것은 어두운 바닷속을 해파리처럼, 아니면 장난치기 좋아하는 돌고래처럼 무심히 가라앉았다 떠올랐다 하는 것을 즐기고 있는 걸까.

배가 점점 **그것**에 가까이 다가간다.

물에 흐름이 생기고, **그것**도 앞뒤로 흐르더니, 이윽고 커다란 소용돌이에 말려들어 곧바로 배로 밀려갔다. 배 밑바닥에 부딪히는 많은 해파리처럼. 큰 물고기, 작은 물고기 혹은 유목(流木)이나 찢긴 해초나 무수한 플랑크톤처럼.

하지만 **그것**은 플랑크톤도 아니고 해파리도 아니었다. '어뢰'라고 불리는 **그것**은 배 바닥에 부딪히는 동시에 폭발해, 가 닿은 물체를 산

산조각 내며 파괴시킨다……

몇 개나 되는 번개가 동시에 떨어진 것 같은 소리와 충격이 '레미'와 '카피'의 몸을 덮쳤다. 쌓여 있던 나무상자가 머리 위로 쏟아지고, 천장의 전구가 꺼져 어둠이 밀려들었다. 나무상자에 깔린 두 사람이 신음하는 사이 바닥이 기울기 시작했고, 상자들이 둘의 몸에서 조금씩 미끄러져 경사가 낮은 곳으로 밀려갔다.

"아, 깜짝이야. 대체 무슨 일이지?"

'카피'가 어둠 속에서 '레미'의 팔에 매달렸다.

"몰라…… 뭔가에 부딪힌 걸까? 제기랄, 다리를 접질렸다."

선창에 고여 있던 공기에 균열이 생기고 있었다. 선창 벽에 구멍이 뚫린 것 같다. 무슨 말인지 알아들을 수 없는 남자들의 외침도 귓가에 들려왔다. 머리 위에서는 뭔가 떨어지는 소리, 부딪히는 소리가 소용돌이치고 있다.

"도망치는 게 좋을 것 같아. 저기 저쪽에 뭔가 이상한 것이 반짝거려. 어떡하지. 다리 많이 아파?"

'카피'가 일어나 '레미'의 팔을 잡아당기며 떨리는 소리로 말했다.

"아, 물이야! 세상에, 바닷물이 이쪽으로 들어오고 있어!"

"일어나, 빨리! 도망쳐!"

'카피'가 필사적으로 '레미'의 팔을 잡아당겼다. 어딘가에 불빛이 있는지, 바닷물이 어둠 속에서 둔한 잿빛으로 희미하게 반짝이며 둘을 향해 순식간에 밀려온다. 나무상자 몇 개가 물 위로 떠오르더니, 재빠르게 회전하면서 물 안쪽으로 빨려들어간다. 둘의 발밑에도 물이 차오르기 시작한다. '레미'가 신음 소리를 내며 일단 일어섰다.

"하지만 어디로 도망쳐야 하지?"

"아까 들어왔던 철문 쪽으로 나가봐. 아, 철문이 어느 쪽이었지?"

다시 엄청난 소리와 함께 선창이 흔들리더니 바닥이 더욱 기울었다. 사람들의 비명 소리도 들린다. 둘의 몸이 주위의 나무상자들과 함께 경사진 곳으로 밀려가고 있다. 몸을 틀려고 해도, 오히려 가속도가 붙어서 회색의 물속으로 점점 더 다가가는 꼴이 된다. '레미'가 바지에서 벨트를 뽑아 '카피'의 오른손을 묶은 다음 다시 자기 벨트 고리에 묶었다.

"이렇게 하면 적어도 헤어지진 않을 거야. 우리, 이제 끝인지도 몰라. 살 수 있을지 어떨지 모르지. 어떻게 될지는 모르지만, 언제나 함께인 것은 변함이 없다."

"응, 언제나 함께……"

순간, 커다란 물결이 '레미'와 '카피'를 덮쳤다. 둘의 몸이 커다란 물결에 빨려들어가 무겁게 소용돌이치는 물속을 회전하더니 다시 쓸려나간다.

'어째서 이렇게 되는 거야!'

'레미'는 온몸으로 분노하며 물소리에 귀를 기울였다. 정글 깊은 곳의 동물들의 소리처럼 사방팔방으로 퍼지는 물소리에 '레미'는 몸을 떨었다. '레미'의 팔에 매달린 '카피'는 눈을 뜨고 굽이치는 파도를 응시했다. 뿌옇고 하얀 거품 같은 것밖에 보이지 않았다. 무슨 일이 일어난 건지 알 수가 없다. 이대로 죽다니, 이렇게 간단히 죽다니, 거짓말이야! 두려워할 여유조차 없이 죽다니! 숨이 막힌다. '레미'! 하나님! 순간 '카피'는 의식을 잃었다.

선창으로 밀려든 바닷물은 커다란 소용돌이를 일으키며 역류해, 배 밑바닥에 생긴 거대한 구멍을 통해 둘의 몸을 작은 쓰레기처럼 바닷속으로 토해냈다. 둘의 몸은 바닷속에서 춤을 추고 빙글빙글 돌면서 가라앉아갔다. 주위에서 다른 사람들의 몸도 춤을 추고, 나무상자와 목재, 기계들도 천천히 가라앉았다.

이윽고 마지막 커다란 소리와 함께 류오 호의 선체가 수직으로 우뚝 솟더니, 바닷속으로 가라앉기 시작했다. 사람들이 선체에서 바닷속으로 떨어지고, 가벼운 짐과 모포, 신발, 판자, 식기, 종이, 헝겊 등 모든 것이 바다 위로 흩뿌려졌다가 선체 주위에 생긴 커다란 소용돌이 속으로 휘말려들어간다.

배가 수면에서 사라지고 소용돌이가 가라앉는 데는 삼십 분도 걸리지 않았다. 널빤지와 보트, 튜브에 매달린 채 바다 위에 남겨진 사람들은 쥐 죽은 듯 조용히 구조를 기다렸다.

쇼와 20년(1945년) 8월 24일

귀국하는 조선인 징용자 등을 싣고 가던 구(舊)해군 수송선 우키시마 호(4730t)가 기항지인 교토 마이즈루 만에서 어뢰에 부딪혀 침몰했다. 549명 사망. 쇼와 29년 선체는 인양했으나 원인조사는 이루어지지 않았다.

쇼와 20년 10월7일

간사이 기선 벳푸 항로 무로토 호(1,257t)가 오사카 항을 출발한 후 고베 시 우오자키 앞바다에서 어뢰에 부딪혀 침몰. 355명 사망, 227명 중경상.

쇼와 20년 10월 14일

규슈 기선 다마 호(800t)가 쓰시마 이즈바라에서 하카타로 항해중 이키카쓰모토 앞바다에서 어뢰에 부딪혀 침몰. 구조된 사람은 54명, 사망 246명.

10
물의 아이

…………………새벽하늘을 닮은 차가운 군청색이 주위에 퍼져 있다. 위아래를 구별할 수 없다. 멀리서 하얀 빛이 반짝이고 눈 같은 빛의 알갱이들이 쏟아진다. 거기가 위쪽 세상인지도 모른다. 벌거벗은 사내아이가 해초 사이에 떠 있다. 그 아이와 손을 잡은 또 한 명의 아이, 사내아이보다 작은 여자아이이다. 두 아이의 몸이 아름다운 진줏빛으로 반짝인다. 작은 여자아이는 그 아름다움이 황홀하고 기뻐 웃었다. 웃음소리 대신 진줏빛 거품이 방울 소리를 내며 멀리 하얀 빛 속으로 달려간다. 여자아이가 아직 자고 있는 사내아이의 손을 잡고 작은 해초 사이를 헤엄치기 시작한다. 사내아이는 놀라서 눈을 뜨고 주위를 둘러보다가 여자아이를 발견하고는 비로소 미소를 띠었다. 이름은 생각나지 않지만, 친근하고 너무나 좋아하는 얼굴. 사내아이의 입

에서도 진줏빛 거품이 쏟아져나와 춤을 추듯 주위를 돌다가 하얀 빛 속으로 빨려들어간다. 벌거벗은 두 아이는 서로의 몸을 어루만지고, 얼싸안고, 물어보고, 핥아보기도 했다. 서로의 몸이 너무도 마음에 들어 그것이 두 아이를 기쁘게 했다. 두 아이의 몸은 같은 곳도 있고 다른 곳도 있다. 둘 다 서로 반할 만큼 아름다웠다. 은빛의 작은 물고기 떼가 몰려오다가 두 아이를 피해 가느다란 해초 덤불 쪽으로 방향을 틀어 헤엄쳐갔다. 빨간 물고기 떼가 하얀 빛을 받으며 머리 위를 헤엄쳐간다. 진한 빛깔의 무성한 해초와 붉은빛을 띤 해초가 소리 없이 흔들리고, 그 사이로 푸른 물고기와 바다뱀, 작은 새우, 조개, 소라, 바늘투성이의 성게가 나타났다가 사라졌다. 벌거벗은 두 아이는 손을 잡고 웃으며 진한 쪽빛 바다 밑을 헤엄치고, 빨갛고 파란 물고기를 쫓다가 곰치를 만나 도망치고, 자기 입에서 나오는 거품을 잡아보려 하기도 했다. 아무리 놀아도 피로를 느끼지 않았고 졸리지도 않았다. 배도 고프지 않았고 질리지도 않았다. 바다 아래쪽에 커다란 바위가 튀어나와 있었다. 그곳으로 다가간 두 아이가 고개를 갸웃했다. 그것은 바위가 아니라 '사람'이 만든 것이었다. '사람'들은 그것을 타고 바다를 건넌다. 그렇지만 지금은 바다 밑에 가라앉아 물고기들이 놀고 조개들이 사는 '차가운 잠자리'가 되었다. 갑자기 슬퍼진 두 아이가 그곳에서 떨어져 해초 숲으로 돌아왔다. 둘러보니, 주위에는 아이들과 마찬가지로 벌거벗은 채 진줏빛으로 반짝이는 사람들이 한가롭게 헤엄을 치고 있었다. 바닷속에서 움직이는 모습이 물고기 같다. 그 사람들 역시 두 아이를 물고기로 보는지도 모른다. 한 여자가 물고기 등에 앉아 갓난아기에게 젖을 물리고 있다. 새우의 수염을 잡고 노는 아이도 있다. 바다뱀과 술래잡기를 하는 남자들도 있다. 바다 저편에 있는 자기 나라로 돌아가던 사람들이었지. 두 아이가 어렴풋이 기억을 떠올렸다. 이제 이 사람들은 물고기처럼 떼를 지어 자기 나라 바다로 헤엄쳐가겠지. 그럼 우리는 어디로 가면 좋을까. 두 아이가 서로 얼굴을 바라보았다. 아무리 떠올리려고 해도 생각이 나질 않았다. 그래서 두 아이는 다시 조금 슬퍼졌다. 두 아이는 손을 잡고 헤엄치며 작은 은빛 물고기의 뒤를 쫓고, 바다 밑 불가사리나 말미잘을 놀려대고, 기묘한 모양의 해파리들에게 인사를 했다. 그리고 하얗게 반짝이는 먼 곳을 바라보았다. 은빛 해파리 한 마리가 그 빛에 이끌려 눈 같은 빛의 알갱이로 변하더니 어디론가 사라져갔다. 두 아이는 미소를 지었다. 저기로 가면 아마 뭔가 알 수 있을 거야. 얼른 해파리의 뒤를 쫓아 하얀 빛을 향해 곧장 헤엄쳐갔다. 순간 빛이 강렬해지면서 두 아이의 눈을 찔렀다. 물속의 부드럽고 깊은 빛에 익숙한 두 아이의 눈이 예리하게 아파오기 시작했다. 몸도 아파왔다. 그렇지만 다시 바다 밑으로 돌아갈 수가 없다. 두 아이는 계속 빛 속으로 나아가다가, 마침내 풍선이 터지는 것 같은 소리와 함께 공중으로 튀어올랐다. 그곳에서는 하얀 빛이 비통한 울부짖음과 함께 거칠게 일렁이고 있었다.

*

……………………밤. 전등 불빛. 아세틸렌 등 불빛. 가선(架線)에 불꽃을 튀기며 전차가 바로 옆을 달려간다.

"……덥다. 멱 감고 싶어."

여자의 목소리가 들렸다. 두 아이가 여자 옆에서 손을 잡고 걷고 있다. 뒤에서 갓 변성기가 지난 소년의 목소리가 들려왔다.

"하나도 안 더워……"

또다른 소년의 목소리도 들렸다.

"엄마, 어디로 가는 거야?"

작은 아이를 업은 여자는 들은 척도 하지 않고 계속 중얼거린다.

"……덥다. 도쿄는 정말 더워."

두 아이가 뒤를 돌아보았다. 빡빡 깎은 머리에 학생모를 쓰고 반소매 셔츠와 색이 바랜 교복 바지를 입은 소년들이 두 아이를 보고는 웃지도 않고 고개를 끄덕였다. 검게 탄 두 소년 모두 눈이 작고 입술이 터 있다. 키가 작은 소년의 눈이 빨개지더니 눈물이 고였다.

"엄마…… 엄마아……"

두 아이도 무거운 다리를 끌며 현기증을 느꼈다. 목이 마르고 귀에서 벌레의 날개 소리 같은 것이 들렸다.

여자는 새파란 얼굴에 입을 벌리고 눈만 반짝이며 계속 걷는다. 등에 업은 아이 때문에 똑바로 걷지도 못하고 오른쪽으로 왼쪽으로 다리가 얽혔다가 몸이 기울었다가 한다. 흐트러진 머리카락이 땀에 젖은 얼굴에 달라붙어 있다.

"덥다…… 멱을 감으면 개운할 텐데."

두 소년이 속삭이는 소리가 두 아이의 귀에 와 닿았다.

"……엄마는 어떻게 할 생각이지?"

"조용히 해. 엄마도 어떻게 해야 좋을지 몰라 저러잖아. 이러다가 어디서 노숙이라도 하겠지."

"도쿄에 오면 아주머니가 어떻게든 해준다고 했던 거 거짓말이었어?"

"도쿄는 엄청 커서 금방 못 찾는 거야."

"도치기에서도 못 살고, 도쿄에서도 못 살면…… 아부지라도 살아 있으면 좋았을 텐데."

"시끄러워. 그런 계집애 같은 소리 하지 마. 이제부터는 너하고 내가 아버지 대신에 일한다고 했던 약속 잊었냐?"

키가 작은 소년이 고개를 숙이고 눈을 비볐다.

길가에서는 술 취한 남자들이 벌건 얼굴로 비칠비칠 걷고 있었다. 유카타에 소매가 달린 앞치마를 입은 여자들이 쾌활하게 웃으며 달려간다. 입에 담배를 문 원피스 차림의 여자가 건물 사이에 서 있다. 개가 고개를 늘어뜨린 채 배회하고, 고양이가 길을 가로질러간다. 전차가 조금 전과는 반대 방향에서 달려왔다. 가선에 흩어지는 불꽃이 눈부시다. 몸집이 커다란 미국 병사 둘이 신기한 듯 주위를 바라보며 걸어간다. 때가 낀 아이들이 그 주위를 둘러쌌다.

여자는 계속 걸었다. 네 명의 아이도 하는 수 없이 다리를 끌며 뒤를 따랐다. 길 양쪽에 아세틸렌 등을 밝히고 늘어선 포장마차에서 갖가지 맛있는 냄새가 피어올라 아이들을 덮친다. 아이들의 눈이 흐려진다. 아침부터 아무것도 먹지 못했다. 소년들이 짊어진 배낭 속에 먹을 것은 들어 있지 않았다. 여자가 들고 있는 보따리에도 먹을 것이라고는 하나도 없다. 도치기의 산골을 떠난 첫날에 모자 여섯이서 모두 먹어치웠다. 조금 가지고 있던 돈도 열차 표와 아이들 옷값으로 다 써버리고 말았다.

"……덥다. 여기 강에서 멱을 감았으면."

여자가 중얼거리며 입술을 깨물었다. 몇 번이나 깨문 입술에서 피가 났다. 여자가 신고 있는 게타도 발가락에서 흐른 피로 붉게 젖어 있었다. 두 아이가 마주 잡은 손을 꼭 쥐고 서로 얼굴을 보았다. 그러자 두 아이의 뺨에서 눈물이 흘렀다.

오른쪽에는 커다란 강이 반짝이고 있다. 금색과 빨간색의 작은 빛들이 어둠 속에서 일렁이며 춤을 추니, 강이 아니라 벌레들이 왁자지껄 군집해 있는 들판처럼 보였다. 한밤중에 그런 들판에 발을 디디면 빛들이 일제히 공중으로 날아올라 아이들의 몸을 비춘다.

여자 등에 업혀 자던 작은 여자아이가 칭얼대기 시작했다.

"맘마 먹고 싶어. 맘마, 맘마……"

"그래, 그래. 울지 마라. 우선 멱부터 감고. 시골에서도 강에서 놀았지? 분명히 기분 좋을 거다."

여자가 강을 바라보며 혼잣말처럼 중얼거렸다. 두 아이도 눈물을 흘리며 반짝이는 강물을 바라보았다. 지친 발은 뜨겁고 무거운 쇠뭉치 같다. 강물에 발을 적시면 슈욱 하는 소리를 낼 것 같다.

"엄마, 나 이런 데서 멱 감기 싫어."

"멱 감는 사람이 아무도 없는데……"

뒤쪽의 소년 둘이 작은 소리로 말했다.

여자가 비로소 소년들을 돌아보며 미소를 지었다.

"신경 쓸 것 없다. 여기는 도쿄니까 아무도 신경 안 써…… 니들도 개운하게 씻고 싶지?"

여자는 먼저 두 소년에게 말하고 나서 두 아이를 보며 다정하게 웃었다. 여자의 눈동자 속에는 빨간색과 금색의 빛이 반짝이고 빰은 새

파랗게 질려 있다. 두 아이는 눈물에 젖은 얼굴로 여자에게 미소를 지으며 고개를 끄덕였다.

여자와 네 아이는 다리 위에 서 있다. 콘크리트 제방 밑에 강물이 작은 물결을 이루며 밀려왔다가 밀려간다. 전차가 다리 위를 지나지 않아 인적도 드물었다. 오른쪽에 또다른 다리가 보였다. 전차가 지나는 다리여서 사람들도 많았다. 강이 반짝이고 전차 소리가 울린다. 멀리서 기적 소리도 들려온다. 강물 위로 습기를 머금은 바람이 희미하게 불어온다.

"자, 엄마랑 같이 가자."

두 아이가 다시 한번 고개를 끄덕였다. 순간 여자가 등을 떠밀어 둘은 함께 강물로 떨어졌다.

"자, 너희들도!"

여자가 두 소년의 등을 다시 힘껏 밀었다. 소년들은 망설이면서도 어머니를 거역하지 않고 강으로 떨어졌다. 여자가 게타를 벗고 아이를 업은 채 강으로 뛰어내렸다. 나무아미타불, 나무아미타불, 여자가 중얼거렸다.

콘크리트 제방에 몸을 부딪힌 두 아이가 물속에서 아픔을 호소했다. 저녁 강물 속은 어두웠고, 강물 위에서 금색과 빨간색으로 빛나던 빛이 파란색과 보라색으로 바뀌어 강바닥을 달리고 있었다. 작은 여자아이를 업은 여자는 머리를 아래쪽으로 향한 채 하늘하늘 가라앉으며, 두 아이에게 잔물결 같은 미소를 지었다. 파랗게 빛나는 머리카락과 기모노의 소맷자락이 어두운 물결에 끌려들어가고, 여자의 몸이 서서히 원을 그리며 파란색과 보라색 빛 속으로 떠내려갔다. 강물 위에서는 두 소년이 손발을 허우적거리며 하얀 물보라를 일으키고 있다. 그렇지만 이윽고 두 소년도 물결에 떠내려간다. 두 아이는 어두운 물속에서 얼싸안고 눈물을 흘리며 여자의 뒤를 쫓아, 소용돌이치는 강물에 몸을 맡긴다.

도시의 강물에서는 탁하고 비릿한 냄새가 났다.

쇼와 22년

……7월 16일 밤 10시경 혼조 근처의 고토토이 다리 부근에서 일가 여섯 명이 스미다 강에 뛰어들어 동반자살을 기도, 어머니와 아이 셋이 사망했다.

이들은 도치기 현 사노시의 오시다 야스 씨(43)와 장남 G군(15), 차남 S군(12), 삼남 아키라 군(10) 사남 야스오 군(7), 장녀 데루코 양(4) 여섯 사람으로, 아이들의 부친은 2년 전에 사망했다고 한다.

야스 씨는 15일 아는 사람을 의지해 상경했지만 만나지 못해 살아갈 길이 막막해지자, 16일 아사쿠사 주변을 돌아다니다가 아이들에게 더우니 멱이라도 감자며 고토토이 다리 부근으로 가 아이들을 차례차례 어두운 강물에 밀어넣고 자신도 뛰어들었다.

장남 G군과 차남 S군은 헤엄을 칠 수 있어 어머니를 구하려 했으나, 만조에 밀려 5백 미터 상류에 있는 축석으로 기어올라갔고, 밤 11시경 스미다 구 스사키마치에 사는 세키구치 교코 씨의 도움으로 구조되었다. 모친 야스 씨의 시체는 데루코를 업은 채 하라모리 다리 부근에서, 삼남 아키라 군의 익사체는 침교 부근에서 발견되었으나, 사남 야스오 군의 행방은 여전히 알 수 없다……

……7월 16일 오전 9시 반 경 스미다 구 혼조 이시하라초 오요코 강가에서 44, 45세 정도로 보이는 남자의 익사체가 발견되어 혼조 경찰서에서 조사중이다. 자살한 것으로 보이나 소지품이 없어 신원불명.

……7월 16일 아침 10시 주오 구 긴자 4-5 공동변소 맨홀에서 생후 5개월 정도 된 여아의 시체가 발견되었다. 사후 2주 정도가 지난 것으로 추정.

……7월 16일 저녁 8시경 분쿄 구 기쿠자카초 H의원 현관 앞에서 젊은 모친과 어린아이가 쓰러진 채 발견되었다. 동 병원에서 처치를 했으나 독을 마신 여아는 사망했다. 중태에 빠진 젊은 모친이 죽어가는 소리로 다음과 같이 고백했다.

도치기 현 아시오마치 S코 씨(28)와 장녀 다키코 양(3). 아내는 아시오 광산의 여공으로 일하며 전선에서 중병의 몸이 되어 돌아온 남편을 4년 동안 간병했으나, 남편이 지난달에 사망했다. 한동안 망연해 있다가, 아이를 업고 일을 찾아 지난 13일 상경, 결혼 전에 8년간 간호사로 일했던 병원을 찾았으나, 전화로 불타 사라지고 없었다. 대도시의 바람은 모녀에게 너무도 차가웠다.

희망을 잃은 모친은 16일 아침 마지막으로 사준 빨간 게타를 보고 기뻐하는 아이에게 쥐약을 바른 빵을 먹이고 자신도 먹고 함께 죽으려 했으나, 아이가 괴로워하는 것을 보다 못해 아이라도 살리려는 마음에 지나가던 길가 병원으로 달려가 쓰러졌다는 것이다.

*

……………………솜옷을 입은 여자가 괴로운 듯 기침을 하고 있다. 여자의 무릎에서는 작은 사내아이가 자고 있다. 탕파 세 개를 안은 노파가 미닫이를 열고 거실로 들어왔다.

"탕파가 됐으니까 이제 얼른 자거라."

두 아이는 여자와 함께 고타쓰*에 다리를 넣고 오래된 신문지에 크레용으로 그림을 그리고 있다. 큰 아이는 은색 늑대를, 작은 아이는 파란 코끼리를 그렸다. 노파가 화로 옆에 앉아 뜨거운 주전자 물을 조심스럽게 탕파에 부은 다음, 낡은 담요로 돌돌 말았다. 노파는 탕파 하나를 두 아이 사이에 두고, 여자에게도 하나를 건네면서 말했다.

"너도 감기가 더 심해지기 전에 푹 자는 게 좋겠다. 오늘도 정말이지 춥구나. 생강차를 만들어오마. 너희들도 마시고 싶으냐?"

두 아이가 얼굴을 들고 신이 나서 고개를 끄덕였다.

노파가 다시 미닫이를 열고 밖으로 나갔다.

"아이고, 춥다. 눈이라도 올라는갑다."

복도에서 들려오는 노파의 목소리에 두 아이가 얼굴을 마주 보며 킥

---

* 실내 난방장치의 일종. 나무틀에 화로를 넣고 그 위에 이불 등을 씌운 뒤 손과 발을 넣어 몸을 녹인다.

킥 웃었다.

"뭐가 이상하니?"

여자가 코를 훌쩍거리며 물었다.

큰 사내아이가 대답했다.

"할머니는 매일 밤 똑같은 이야기만 하는걸."

작은 여자아이도 거들었다.

"분명히 내일도 똑같은 말을 할 거야."

여자가 미소를 지으며 무릎에서 자고 있는 사내아이의 머리를 쓰다듬는다.

"오빠는 내일 학교 가야지. 숙제는 다 했니?"

"응, 시간표도 다 챙겼어. 아, 맞다. 모레는 절분*이야. 절에서 콩을 뿌린대. 가도 되지?"

"나도 갈래!"

작은 여자아이가 파란 크레파스를 움켜쥐고 여자를 바라보았다.

"할 수 없군. 그렇지만 이 꼬맹이한테는 비밀이다. 들으면 분명히 자기도 간다고 할 테니."

두 아이가 함께 고개를 끄덕였다.

"빨리 감기가 나으면 좋을 텐데. 그러면 나, 꼬맹이한테 줄넘기 가르쳐줄 거야."

단발머리 여자아이의 말에 여자가 한숨을 쉬며 중얼거렸다.

"어서 날이 풀리면 좋으련만. 봄이 되면 이런 감기는 금세 떨어질

* 節分, 입춘 전날. 볶은 콩을 뿌리며 잡귀를 쫓는 풍습이 있다.

텐데…… 이번 겨울은 탄도 부족하고, 타돈*도 연탄도 구할 수가 없으니. 더 추운 지방 사람들은 도대체 어떻게 지내는지."

사내아이가 늑대 그림에 마지막으로 검은 테두리를 그려넣으며 중얼거렸다.

"규슈는 더 따뜻하지? 그리고 우리 아버지는 탄광에서 일하니까, 석탄은 얼마든지 있어."

"글쎄다, 잘은 모르지만 규슈는 여기보다는 따뜻하겠지. 하지만 산속이라 별로 다르지 않을 거야."

말을 마치기도 전에 여자가 하품을 했다. 그러자 무릎에서 자던 꼬마가 칭얼대기 시작했다. 여자가 아이의 얼굴을 들여다보고 이마에 손을 얹으며 중얼거린다.

"아직도 열이 있네. 내일은 병원엘 가야 할 것 같다. 형이랑 누나는 오늘 일요일이라고 아침부터 나가 놀았는데, 꼬맹이는 불쌍하게 엄마랑 집에서 잠만 자네."

복도에서 다리를 끄는 발소리가 들리더니, 노파가 차가운 공기와 함께 거실로 돌아왔다. 둥근 쟁반에 찻잔 다섯 개가 올려져 있다.

"자, 생강차 마시거든 얼른들 자거라."

노파가 화로에 놓인 주전자에서 뜨거운 물을 찻잔에 따라 나눠주었다.

"여기 꼬맹이 것도 있단다. 특별히 만든 거라 맛있을 게야."

두 아이가 입을 모아 불평을 한다.

---

* 숯가루에 청각채 풀을 섞어 동그랗게 뭉친 연료. 고타쓰 연료로 주로 사용했다.

"그런 게 어디 있어. 꼬맹이한테는 뭘 넣었는데?"

"나도 그거 마실래."

"바보 같은 소리 하지 말고 얼른 마셔. 꼬맹이는 지금 환자잖아."

두 아이는 고개를 숙이고 서로 얼굴을 보며 한숨을 쉬었다. 그리고 들고 있던 뜨거운 생강차를 입으로 불어가며 홀짝거리기 시작했다. 생강과 우메보시에 된장을 조금 푼 것뿐이다. 그렇지만 자기 전에 마시는 뜨거운 생강차는 두 아이에게 호사로운 기분이 들게 했다. 꼬맹이의 생강차는 아마도 뜨거운 물을 미지근하게 식힌 것뿐일 게다. 두 아이는 그렇게 생각하기로 했다. 여자와 노파, 꼬마가 후후 불며 조용히 생강차를 마시고 있다.

벽시계가 울리기 시작했다. 두 아이는 땡, 땡, 하는 시계 소리를 세기 시작한다. 하나, 둘, 셋…… 일곱, 여덟.

"여덟시다!"

단발머리 여자아이가 놀랄 일이라도 되는 것처럼 큰 소리로 외쳤다.

"자, 이제 정말로 자야지……"

여자의 목소리와 함께 불이 꺼졌다.

"또 정전이다! 어제는 일곱시에 꺼졌는데, 오늘은 일요일이니까 서비스한 거야."

큰 아이가 어둠 속에서 중얼거렸다. 노파가 익숙한 손놀림으로 고타쓰 위에 준비된 초에 성냥불을 붙였다. 고타쓰 주위로 크고 작은 얼굴들이 발갛게 떠올랐다. 노파와 아이를 안은 여자가 읏쌰, 하며 동시에 일어섰다. 노파가 고타쓰 이불을 테이블 위로 올리고 안에서 연탄을 꺼냈다. 항아리 속에 든 연탄은 거의 재로 변해 있었다. 노파가 미닫이를 열고 연탄을 복도로 내놓은 뒤 화로에 놓인 주전자의 뜨거운 물을 끼얹었다. 한편 여자는 안고 있던 아이를 일으켜 세우고는 방 한쪽에 있는 불단으로 가서 두 손을 모았다.

"부디 아버지가 무사하도록 살펴주세요. 탄광에서 사고가 나지 않도록…… 너희들도 어서 와서 빌어야지."

따뜻한 고타쓰에서 내몰린 두 아이가 늑대와 코끼리 그림을 손에 든 채 꼬마의 어깨를 누르며 불단 앞에 서 있고, 노파는 뒤에서 화롯불을 끄고 있다.

"아버지, 안녕히 주무세요……"

두 아이가 그림을 옆구리에 끼고 손을 모은 뒤 작은 소리로 말했다.

스웨터 위에 솜옷을 껴입고 털실로 짠 노란 머플러를 목에 감은 꼬마가 불단의 금색 위패를 바라보며 중얼거렸다.

"그렇지만 아버지는 여기 없어. 아버지한테는 안 들려."

"조상님이 멀리 있는 아버지한테도 다 전해주신다."

노파가 뒤에서 꼬마의 머리를 감싸며 자기도 입을 다물고 손을 모았다.

여자가 촛불을 들고 탕파를 안았다. 역시 탕파를 안은 두 아이가 그 뒤를 따르고, 마지막으로 노파가 꼬마의 손을 끌고 차가운 복도로 나섰다. 오른쪽으로 가면 부엌과 목욕탕이 있다. 그렇지만 장작이 부족해 벌써 열흘째 목욕을 못 했다. 왼쪽에는 가게로 나가는 문이 있다. 빗자루와 소쿠리 같은 잡화를 취급하는 가게지만 지금은 물건을 사들이지 못해 문을 닫고, 대신 아이들의 놀이터가 되고 말았다. 복도 맞은편에 방 두 개가 나란히 붙어 있다. 여자가 방으로 들어가 두 방을 나눈 장지문을 열고 안으로 들어간다. 방에는 이미 이불이 펴져 있었다.

두 아이는 탕파와 그림을 이불 곁에 두고, 하얀 입김을 내쉬며 서둘러 플란넬로 된 잠옷으로 갈아입었다. 머리맡에는 천으로 된 책가방 두 개가 나란히 놓여 있다. 빨간 책가방은 올 4월에 초등학생이 된 단발머리 여자아이를 위해 여자가 고심하여 이불보로 만든 것이다. 그 안에는 리본과 그림책과 설날에 사준 하고이타*가 들어 있다. 두 아이가 떨면서 이불 속으로 들어가자, 여자가 아이들의 발밑에 탕파를 밀어넣어주었다. 그 옆 이부자리에는 잠옷 차림의 꼬마와 여자가 탕파를 안고 들어간다. 앞쪽 방에서는 노파가 혼자 이불 속으로 들어가 촛불을 껐다.

두 아이는 차가운 손발을 서로 갖다대며 킥킥 웃었다. 이불 속은 탕파의 온기가 전해지지 않아 아직 차가웠다.

"……조용히 자지 않으면 도깨비가 와서 머리를 갉아먹는다."

여자의 목소리가 들렸다.

매일 밤 듣는 이야기인데도 두 아이는 무서워하며 작은 베개를 끌어안고 숨소리를 죽이고는 몸을 꼭 붙였다. 눈을 감으나 뜨나 똑같은 어둠이다. 여자의 기침 소리가 어둠 속을 계속 두드렸다. 이윽고 이불 속이 따뜻해지자 몸이 부드럽게 어둠 속으로 녹아들어갔다. 두 아이는 어느새 잠이 들었다.

꿈속에서 두 아이는 도깨비들이 쇠방망이를 휘두르며 집으로 다가

* 배드민턴과 비슷한 일본의 전통놀이 기구.

오는 것을 지켜보고 있다. 도깨비는 모두 세 마리다. 냄새를 맡은 도깨비들이 여기서 먹음직스러운 아이 냄새가 난다, 하면서 송곳니를 드러내고 입술을 핥았다. 쇠방망이로 가게의 덧문과 안쪽 유리문을 부수고 집 안으로 들어온다. 그와 동시에 얼어붙을 듯한 찬 바람이 몰아쳤다. 두 아이의 몸도 얼음 속에 갇혀 머리카락이 하얗게 곤두섰다. 도깨비 세 마리가 냄새를 맡으며 복도로 오고 있다. 창고 문을 열고 거실을 들여다본다. 두 아이와 다른 세 사람이 자고 있는 방 문이 열렸다. 도깨비들이 손전등을 들고 이불 속에서 자고 있는 머리 다섯 개를 센다. 얼음 같은 바람이 방 안을 가득 채워, 노파가 추위에 끙 하며 몸을 뒤척였다. 도깨비들이 검은 그림자가 되어 방으로 들어온다.

그때 두 아이가 잠에서 깨 눈을 떴다. 꿈에서 깼을 텐데도, 방 안에는 여전히 세 마리 도깨비가 돌아다니고 열어젖힌 문으로 얼음 같은 바람이 휘몰아쳐 들어왔다. 두 아이는 꼼짝도 않고 도깨비들의 움직임을 지켜보았다. 크레파스로 그린 늑대와 코끼리가 그림 속에서 튀어나와 도깨비들을 물어뜯고 밟아 부숴주기를 간절히 빈다. 그렇지만 늑대와 코끼리는 나타나지 않았다. 세 마리 도깨비는 군인들이 입는 오버코트로 몸을 감싸고 지카타비에 각반을 차고 있다. 도깨비 한 마리가 노파가 자고 있는 이불 쪽으로 가더니, 벗어둔 기모노 속에서 흰 끈을 주워들고 손전등과 쇠방망이를 다른 도깨비에게 맡겼다. 그리고 재빨리 노파의 목에 끈을 감고 양쪽으로 힘껏 잡아당겼다. 노파의 몸이 이불 속에서 크게 출렁이고 거품 같은 낮은 소리가 나는가 싶더니, 이내 잠잠해졌다. 또다른 도깨비가 여자의 목에 똑같이 끈을 감고 말없이 힘껏 잡아당겼다. 여자의 목에서 피리를 닮은 소리가 흘러나왔다. 같은 이불에서 자던 꼬마가 갑자기 큰 소리로 울기 시작했다. 잠이 깨서 도깨비들의 그림자를 본 모양이다. 다른 도깨비가 얼른 꼬마의 입을 틀어막더니 목에 감고 있던 머플러를 힘껏 잡아당겼다.

두 아이는 이불 속에서 움직이지 않고, 소리도 내지 않고, 그저 크게 뜬 눈에 눈물만 흘리고 있었다. 도깨비들은 전혀 힘들이지 않고 무표정한 얼굴로 이불 속에서 자던 여자와 꼬마를 죽였다. 이제 드디어 두 아이 차례다. 목이 졸려 죽는 것은 얼마나 아픈 걸까.

도깨비 세 마리가 두 아이가 누워 있는 이불 주위로 모여들었다. 도깨비들은 각각 손에 끈을 들고 있다. 도깨비 세 마리가 두 아이의 얼굴을 들여다보았다. 두 아이의 눈에서 귓가로 흐르는 눈물에 도깨비들의 눈이 반짝인다. 두 아이는 눈도 깜박이지 않고 계속 눈물을 흘렸다. 둘의 목에 붉은 끈을 돌린 도깨비들이 얼굴이 새빨개지도록 끈을 잡아당겼다. 두 아이는 소리도 내지 않고, 몸도 움직이지 않고, 너무도 싱겁게 꿈속 세계로 가라앉아갔다. 도깨비들은 두 아이의 목을 따기라도 할 듯이 붉은 끈을 계속 잡아당겼다.

숨이 끊긴 두 아이의 눈에서는 아직도 눈물이 흐르고 있었다.

쇼와 22년

……2월 3일 오전 9시경 시즈오카 시 신토리 7번 잡화상 K·S씨 집에서 할머니(53)와 어머니 가나 씨(26), 장남 아키히토 군(8), 장녀 후미 양(6), 차남 하루토 군(2) 다섯 명이 교살된 시체로 발견되었다. 현 형사과의 조사에 따르면, 이 흉악한 범죄는 전날 한밤중에 일어난 듯하며, 피

해자들 모두 목이 졸려 죽은 것과 집 안이 상당히 어지럽혀진 것으로 보아 범인은 둘 이상으로 보인다. 이 가정은 토지를 소유한 유복한 가정이나, 주인 S씨(36)가 작년 말부터 후쿠오카 현 오오미네 탄광으로 돈을 벌러 간 상태였다.

……◇교과서 용지=월 평균 1500만 파운드를 만들어내지 않으면 4월부터 시작되는 신학기에 물량을 맞추지 못한다. 이를 위해서는 한 달에 1만 톤의 석탄이 필요하다. 이에 신문용지 중 절반을 가져와 무리하게 변통했다. 그래도 겨우 150만 톤밖에 확보되지 않는 것은 이미 보도한 바이다. 6·3·3제로 새로 발족되는 올해 학기 초에는 10명에 1권 비율로 새 교과서가 배포된다. ◇일반용지, 종이제품=편지지, 공책, 봉투 등도 교과서 용지의 절반인 700만 파운드가 필요하지만, 4·4분기(1월~3월)에는 학습용 공책에 주력하기로 했다. 그럼에도 학기마다 학생 1명당 1권이라는 계획은 무너지고, 1년에 1권도 어려운 상황이다.

*

…………………두 아이는 낮익은 집 앞에 서 있었다. 조금 기운 판자벽에 나무로 된 대문이 있고 옆에는 문패가 달려 있다. 오래된 나무에 먹으로 씌어 있어서, 어두운 밤에는 볼 수가 없다.

"이 집에는 개도 없고 남자도 없다. 이미 알아봤으니까 안심해도 돼."

스무 살 정도의 청년이 네모난 얼굴을 두 아이에게 갖다대고 속삭였다. 청년은 어른들이 쓰는 군모를 쓰고 얼굴 아랫부분은 지저분한 수건으로 감추었다. 두 아이도 같은 방법으로 얼굴을 숨기고 있다. 발에는 운동화가 아니라 구멍 난 지카타비를 신었다.

"……그렇지만 이 집, 잘 아는 집 같아."

세 명 중에서 가장 작은 열두 살 난 아이가 중얼거렸다.

"응, 나도 그래. 아는 집은 안 되잖아."

큰 아이도 대문을 바라보며 청년에게 말했다.

"걱정 없어. 어디에나 있는 흔한 집이야. 그리고 너희들은 이 동네 애들이 아니잖아."

청년의 말에 두 아이는 그랬었나, 하고 고개를 끄덕였다.

"어두워서 아무것도 안 보이는데 왜 반가운 기분이 들까? 이상하다."

작은 아이가 큰 아이에게 작은 소리로 말했다.

"이런 시간에 돌아다니다보니 머리가 이상해졌는지도 모르지."

큰 아이가 말했다.

"야, 그렇게 한가한 소리 하고 있을 때가 아니잖아. 안에 들어가면 발소리는 물론 재채기도 해서는 안 돼. 자고 있는 녀석들을 깨우지 않는 게 제일 좋은 방법이니까. 그래서 일부러 새벽 두시라는 시간을 택한 거라고. 그렇지만 재수 없게 누군가 잠에서 깨 소란을 피우면 내가 부엌칼로 위협을 할 테니까, 너희들은 그 사이에 쓸 만한 것들을 챙겨. 최악의 경우에는 이 칼로 푹 찌를 수밖에. 어쨌든 무슨 일이 있어도 너희들은 내 지시에 따르도록. 제멋대로 움직였다가는 혼날 줄 알아."

"알았어. 하지만 사람을 죽이지는 마. 그것만은 안 돼."

큰 아이가 말했다.

"그래, 사람을 죽이는 건 도깨비들이나 하는 짓이야. 우리는 도깨비가 되기 싫어."

작은 아이도 진지하게 덧붙였다.

"나도 죽이고 싶지는 않아. 이래 봬도 나는 평화주의자라고. 좋아, 그러면 간다. 조심해서 내 뒤를 따라와."

청년이 헝겊으로 싼 부엌칼을 셔츠 안에서 꺼내 바지춤에 조심스럽게 찔러넣고, 판자벽 위에 두 손을 올렸다. 발을 굴러 상반신을 벽에 싣고 한 발씩 끌어올려 안쪽으로 뛰어내렸다. 이어서 자물쇠를 만지작거리는 소리가 들리더니 대문이 열렸다. 두 아이가 안으로 들어간다. 청년이 상자 모양의 손전등을 들고 현관 유리문 쪽으로 다가간다. 앞마당에는 남천과 팔손이가 우거져 있다. 아무리 봐도 두 아이에게는 너무나 익숙한 집이다. 철쭉이 우거진 왼쪽에 부엌문으로 통하는 좁은 골목이 보인다. 금이 간 현관 유리문에는 창호지가 붙어 있다. 현관 앞에는 굵은 새끼줄로 묶은 나무상자가 방치되어 있었다. 새끼줄을 끌면 그것은 아이에게 썰매도, 마차도, 자동차도 되었다. 그 상자를 끌던 어린 시절 자신의 모습에 작은 아이는 숨이 막혔다. 상자 속에는 부서진 서양 인형이나 동그란 얼굴의 오빠가 승객으로 앉아 있다. 대여섯 살 난 여자아이가 무거운 상자를 질질 끌면서 수건으로 얼굴을 감춘 열두 살 난 여자아이를 노려보고 있다.

청년이 바지 주머니에서 작은 줄을 꺼내 현관 자물쇠 부근의 유리에 대고 신중하게 줄질을 시작했다. 큰 아이가 손전등을 들고 있다. 청년이 숙달된 도둑인지 어떤지 두 아이는 알 수가 없었고, 언제 어떻게 청년과 알게 되어 함께 도둑질을 하게 되었는지도 전혀 생각이 나지 않았다. 어쩌면 그저 두세 시간 전에 지하도 부근에서 말을 걸어온 걸까. 두 아이는 몹시도 배가 고픈 상태였다.

희미하고 날카로운 소리가 울렸다. 청년의 오른손에서 작은 삼각형의 젖빛 유리가 빛났다. 청년은 그것을 열두 살 난 아이에게 주고 유리문에 생긴 구멍에 오른손을 집어넣어 안쪽에서 열쇠를 돌리기 시작했다. 문은 간단히 열렸다. 작업을 끝낸 청년이 손전등을 받아들고 크게 심호흡을 한 다음, 천천히 유리문을 열었다. 도망갈 때를 대비해 현관문은 일부러 활짝 열어두었다. 자갈과 황토를 개어 만든 현관 바닥 왼쪽에 신발장이 있고, 그 위에는 민들레와 떡쑥이 우유병에 꽂혀 있다. 아이가 꺾어 모은 초라한 화병이었다.

세 사람은 지카타비를 신은 채 현관 마루 위로 올라가 곧바로 복도를 따라 걸었다. 열두 살 아이가 눈을 감고도 걸을 수 있는 복도였다. 폭과 길이, 어느 판자가 삐걱거리는지도 분명히 알고 있다. 오른쪽에는 2층으로 올라가는 좁은 계단, 왼쪽에는 다다미 세 장짜리 방. 거기는 반첩짜리 붙박이장이 달린 '식모방'이었다. 계속해서 목욕탕과 부엌, 반대쪽에는 다다미 여섯 장짜리 방. 거기서 어머니와 아이들이 이불을 나란히 깔고 자고 있을 것이다. 이어지는 다다미 넉 장 반짜리 식당. 거기에는 발밑을 파낸 호리고타쓰*가 있고, 벽 쪽에는 찬장과 라디오가 놓여 있다. 그렇지만 오늘 밤은 다다미 여섯 장짜리 방에 있는 장롱 속이 목적이었다. 청년은 아직 의류를 취급하는 암거래상밖

---

* 다다미와 마루의 일부를 파내고 그 자리에 고타쓰를 놓아 의자처럼 앉을 수 있게 만든 것.

에 몰랐다.

큰 아이도 막연하나마 이 집의 배치를 알고 있는 것 같았다. 가족이 어디서 자고 있는지도 안다. 그렇지만 앞서 가는 청년에게는 아무 말도 하지 않았다. 알린다고 해서 이들 가족에게 무슨 차이가 있을까. 그렇게 한다 한들 그들의 목적이 바뀌는 것은 아니다.

청년은 우선 복도의 막다른 곳까지 가 왼쪽에 부엌이 있는 것을 확인했다. 다음에는 오른쪽의 널빤지 문을 살짝 열고 아무도 없는지 확인한 후, 문을 활짝 열고 다다미 넉 장 반짜리 식당으로 들어갔다. 먼저 찻장 속을 들여다본다. 삶은 고구마로 만든 경단이 있다. 청년은 수건으로 가린 입속에 연달아 두 개를 집어넣고, 두 아이는 하나씩 먹었다. 어린 날 느꼈던 감촉과 함께 달고 부드러운 맛이 입안에 퍼진다. 네다섯 살 무렵 마당에서 해바라기를 할 때의 달콤하고 따뜻했던 느낌. 큰 아이는 그 따뜻함을 직접 알지는 못했다. 그러나 지금은 열두 살 아이의 추억을 자신의 추억으로 받아들일 수가 있다.

서둘러 먹은 고구마 경단 때문에 열두 살 아이는 기침이 날 뻔했다. 그것을 참기 위해 두 손으로 입을 누르려다가 찻장 위에 놓여 있던 차통을 건드렸다. 차통이 다다미 바닥으로 굴러떨어졌다. 순간 세 사람은 숨을 멈추고 집 안의 기척을 살폈다. 아무 일도 일어나지 않았다. 청년은 조용히 숨을 내쉬고는 다다미 여섯 장짜리 방으로 연결된 문을 5센티미터쯤 열고 손전등으로 안을 비추며 살폈다. 그리고 10센티미터, 30센티미터, 문을 조금씩 열고 안으로 들어갔다. 두 아이도 뒤따랐다. 이불 두 채와 그 사이에 깔린 작은 이불. 거기에는 갓난아기가 자고 있었다. 앞쪽 이불에는 여자 어른이 자고 있다. 반대쪽 이불에는 네 살 정도 된 사내아이가 반듯하게 천장을 바라보고 누워 있다. 두 아이는 크고 작은 세 사람의 머리를 주저하며 바라보았다. 그것이 누구의 머리인지 추측하기가 두려웠다.

문득 복도에서 소리가 들렸다. 청년과 두 아이는 꼼짝 않고 어중간한 자세로 복도에서 들리는 소리에 주의를 집중했다. 누군가 복도를 걸어온다. 부엌에 물을 마시러 가는 걸까. 발소리가 부엌에서 잠시 멈췄다가 이번에는 이쪽 방으로 향한다. 가슴이 철렁하는 순간, 청년과 두 아이는 눈을 감았다. 셋은 서둘러 한데 모였고, 청년은 헝겊으로 싼 부엌칼을 꺼냈다. 헝겊을 바닥에 버리고 번뜩이는 식칼을 내밀고 경계했다. 순간 무서운 비명이 집 안에 울려퍼졌다. 화재 경보기 같은 그 소리에 어머니가 벌떡 일어나고, 갓난아기가 울기 시작했다. 사내아이는 멍한 얼굴로 일어나 이불에 앉았다.

"조용히 해! 입 다물어!"

청년은 낮은 소리로 비명을 질러대는 젊은 여자에게 식칼을 흔들어 보였다. 짧은 잠옷을 입은 젊은 여자의 곱슬머리가 우스울 정도로 흐트러져 있고, 하얀 가슴팍도 칠칠치 못하게 벌어져 있다.

"너도 이 방으로 들어가! 여기 앉아!"

비명 대신 여자가 소리를 내며 울기 시작했다. 그리고 방에 있는 어머니 곁으로 가 그 팔에 매달렸다. 어머니는 야위었고 젊은 여자는 뚱뚱했다.

청년이 식칼을 휘두르며 요란하게 울어대는 갓난아기에게 다가가 한 손으로 아기를 안아올렸다. 그리고 갓난아기의 뺨에 칼끝을 세웠다. 어머니와 젊은 여자가 동시에 외마디 비명을 질렀다.

"소리 내지 마! 조금이라도 이상한 짓을 하면 이 아기가 불쌍하게 될 테니, 얌전히 시키는 대로 해. 우선 그 아이가 방해되니 손발을 묶겠다…… 너, 그 끈으로 묶어!"

큰 아이가 어머니의 베개 맡에서 끈 두 개를 찾아 아직 반쯤 잠든 얼굴로 앉아 있는 사내아이의 손을 뒤로 묶고 이불에 눕힌 뒤 다리도 묶었다. 아프지 않게, 그렇지만 쉽게 풀 수 없도록 세심하게 묶었다.

"이봐, 잘 들어. 이 돼지 같은 년은 식모구먼. 좋아, 식모는 부엌으로 가서 남은 밥으로 가능한 한 주먹밥을 많이 만들어와. 달걀이 있으면 삶고, 단무지도 있는 대로 전부 내와…… 네가 가서 감시해. 이 녀석, 보기에는 쪼끄매도 복원병(復員兵)한테 날치기한 권총을 가지고 있으니 조심하는 게 좋을 거야."

열두 살 아이가 사전에 했던 모의를 떠올리고는 당황스러워하며 점퍼 주머니에서 수건에 싼 것을 꺼내 식모를 향해 겨누었다. 수건 속에는 이 빠진 찻주전자가 들어 있었다. 찻주전자의 주둥이만 조금 보이게 수건을 말았다. 식모가 울면서 부엌으로 향했다. 열두 살 아이가 그 뒤를 따라간다.

"너는 버들고리를 꺼내 거기다 옷들을 챙겨넣어. 우물쭈물하지 마!"

청년이 어머니에게 명령을 하고는, 팔이 아픈지 갓난아기를 방바닥에 내려놓고 자기도 앉아 식칼을 아기 가슴에 들이대며 계속 지시를 했다. 큰 아이가 어머니의 작업을 도왔다.

붙박이장을 열고 버들고리를 끌어내 안에 있는 것들을 점검한다. 쓸 만한 물건은 보이지 않았다. 두번째와 세번째 버들고리를 꺼내 안의 것들을 모두 쏟아내고, 매물이 될 만한 겨울코트와 정장, 핸드백을 골라 빈 버들고리에 넣었다. 다시 방에 있는 장을 열고 안에 있는 것들을 모조리 끄집어내 역시 돈이 될 만한 것들을 골라냈다. 블라우스, 스웨터, 바지, 스커트, 기모노, 오비*. 작은 서랍에서는 예금통장과 모자수첩, 탯줄을 넣은 상자, 반지와 목걸이가 나왔다. 반지와 목걸이만 골라 버들고리에 던져넣었다. 농 위에는 허술한 불단이 놓여 있다. 불단에 있는 서랍도 열어보았다. 생각했던 대로 현금이 들어 있었지만 대단한 금액은 아니었다. 불단에 놓인 사진과 눈이 마주쳤다. 사진 속의 남자가 뭐하는 거냐, 넌 누구냐, 하며 화를 내는 것 같기도 했고, 어리석은 짓을 하는구나, 하며 슬퍼하는 것 같기도 했다. 기억에 있는 얼굴이다. 신문에서 오려내 매일같이 봤었다. 아버지 다음으로 친근한 얼굴. 나를 모르겠느냐, 전에는 묘지에서 나를 격려해주더니. 그런 생각이 들자 아이도 슬퍼졌다. 그러고 보니 예전에 오려둔 신문기사는 어디로 사라져버린 걸까. 기사에 실린 사진과 불단에 놓인 사진을 비교해보고 싶었다.

"빨리 해! 멍하니 있지 말고!"

청년이 갈라진 목소리로 외쳤다. 순간 큰 아이는 꿈에서 깨어난 듯 허둥지둥 다시 손을 움직이기 시작했다.

식모가 작은 주먹밥 다섯 개와 삶은 계란 세 개 그리고 단무지를 접시에 담아 부엌에서 돌아왔다. 열두 살 아이가 그 뒤를 따라왔다. 식모가 떨리는 손으로 계란을 삶고 남은 밥으로 주먹밥을 만드는 동안, 열두 살 아이는 입을 꼭 다물고 있었다. 모든 것이 그리웠다. 무심코

---

* 기모노 허리에 두르는 띠. 또는 띠 모양의 것.

입을 벌려 수미 언니, 하고 부르면 곧바로 소리를 내며 바닥에 쓰러져 울고 말 것 같았다. 나무로 된 냉장고, 마룻바닥의 구멍, 민달팽이가 기어다니는 개수대. 부엌 뒷문 토방에서는 꼽등이가 튀었다. 가스풍로에는 주전자와 냄비가 얹혀 있었다. 흙으로 만든 풍로가 좁은 토방에 놓여 있다. 열두 살 아이는 오로지 배고픔에만 정신을 집중하려고 했다. 다른 생각은 목 안으로 밀어넣었다. 자칫 잘못하여 입이나 코로 넘어오지 못하게 숨조차 조심조심 눌러앉혔다.

큰 아이가 버들고리 세 개를 가득 채운 뒤 준비해온 끈으로 동여맸다. 이불 위에 누인 작은 사내아이가 어느새 잠이 들었고, 갓난아기도 울다 지쳤는지 자기 주먹을 빨기 시작했다. 어머니 옆에서 식모가 지친 얼굴로 흐느껴 울고 있다. 어머니는 이불 위에 무릎을 꿇고 앉아 식칼을 든 청년을 계속 노려보고 있다. 긴 머리카락이 위로 곤두서고 입술까지 창백한 모습이, 어두운 방 안에서 마치 망령처럼 보인다.

청년이 갓난아기에게 부엌칼을 들이댄 채 입으로 주먹밥을 가져갔다. 두 아이도 서둘러 먹기 시작했다. 청년과 큰 아이가 두 개씩 먹었다. 삶은 달걀은 사람 수대로 하나씩 먹을 수 있었다. 어머니와 식모가 바라보는 데서 먹는 것이 부끄러웠지만, 공복을 채우는 것이 훨씬 절실했다. 특히나 일을 마치고 하는 식사는 황홀할 정도로 만족스러웠다.

접시가 비자 세 사람은 일어섰다. 청년이 갓난아기에게 부엌칼을 들이대고 있는 동안, 두 아이가 버들고리를 하나씩 대문 밖으로 날랐다. 마지막 버들고리를 들자, 청년이 갓난아기를 왼손에 안고 오른손으로 식칼을 내민 채 뒷걸음질치기 시작했다.

"갓난아기를 현관까지 데리고 간다. 그러니 가만히 있어."

이불 위의 두 여자는 아무 대답도 하지 않았다. 버들고리를 옮기며 복도로 나올 때, 열두 살의 아이가 뒤돌아 어머니를 바라보았다. 어머니는 투명한 눈으로 두 아이를 바라보고 있었다. 온갖 격렬한 감정을 바닥에 가라앉힌, 맑고 투명한 눈이었다.

열두 살 아이는 바로 등을 돌려 복도로 나왔다. 목이 메고 코와 눈이 뜨거워졌다. 현관 밑으로 내려올 때는 눈물 때문에 앞이 보이지 않았다. 지나간 일은 이제 되돌릴 수 없다. 어머니도 그리고 나도.

청년이 현관 마룻바닥에 갓난아기를 내려놓았다. 마루가 차가워 갓난아기가 울기 시작했다.

"달려! 내가 그 버들고리를 들 테니, 너희들은 밖에 있는 두 개를 날라."

청년이 숨가쁘게 말했다. 그리고 현관 밑에 있던 버들고리를 끌고 대문 쪽으로 달려가려 했다. 하지만 생각보다 무거워 빨리 달릴 수가 없었다.

현관에 남겨진 두 아이는 서로 마주 보고는 마루에서 우는 갓난아기를 바라보았다. 집 안은 쥐 죽은 듯 조용했다. 그렇지만 어머니는 금방이라도 갓난아기를 찾으러 나올 것이 틀림없고, 식모는 숨을 헐떡이며 밖으로 나와 전찻길을 달려 교차로에 있는 파출소에 가 울며 쓰러질 것이다. 갓난아기가 손발을 비틀며 울고 있었다. 오른쪽 뺨에 칼끝에 베인 상처가 났다. 상처에서 난 피가 목을 타고 흘러내려 잠옷 깃에 거무스름한 얼룩이 생겼다. 울음소리가 더욱 커져 두 아이의 몸을 흔들었다. 갓난아기의 울음소리라고는 믿기지 않는 커다란 소리가 집 안팎으로 울려퍼졌다. 늑대의 무리, 아니, 코끼리의 무리가 일제히 짖어대는 것 같은 울음소리였다.

"도망가……"

"빨리 도망치자."

열두 살 아이는 벌써 울고 있었다. 얼굴을 가린 수건을 떼고 눈가를 거칠게 비벼댔다. 큰 아이도 얼굴을 가린 수건을 치우고 작은 아이의 손을 잡았다. 큰 아이의 눈에서도 이유를 알 수 없는 눈물이 복받쳤다.

"단숨에 달리는 거야. 저 녀석한테는 우리보다 버들고리가 더 중요하니까, 어차피 오래 쫓아오진 않을 거야."

두 아이는 손을 잡고 밖으로 달려나갔다. 남천과 팔손이 잎이 달빛을 받아 창백하게 빛나고 있었다. 대문 앞에는 세 개의 버들고리가 나와 있고, 수건으로 얼굴을 가린 청년이 가로막고 있었다.

"기다려! 어딜 가는 거야! 바보 새끼들, 도망칠 생각이냐!"

두 아이는 온 힘을 다해 뛰었다. 전차가 다니는 길까지 오니 청년의 목소리는 들리지 않았다. 이젠 괜찮을 거야. 그런데도 두 아이는 계속 달렸다. 파출소가 있는 교차로와 반대 방향으로 뛰었다. 선로가 반짝이고 알몸을 드러낸 가로등이 반짝였다. 전차는 아직 달리지 않았고, 사람들의 모습도 보이지 않았다. 내리막길이 나타나자 다리에 가속도가 붙었다. 두 아이는 너무도 무서웠다. 어쩌다 이런 일을 하게 되었는지 알 수가 없다. 어머니의 투명한 눈빛과 갓난아기의 울음소리가 등뒤를 쫓아왔다. 아무리 배가 고파도 해서는 안 되는 일이 있다. 비탈길을 내려와 십자로를 건너면 길은 다시 오르막이 되고 철길 둑과 맞닿게 된다. 두 아이는 숨이 턱까지 차고 눈앞이 가물가물했지만 후들거리는 다리를 끌고 둑으로 기어올라갔다. 둑 위에 주저앉아 철길을 내려다본다. 희미해진 눈앞에 파랗게 반짝이는 선로들이 떨고 있다. 열차는 아직 달리지 않았다. 선로를 비추는 전구가 멀리서, 가까이서 깜박인다. 둑 비탈에는 흰 꽃이 피어 있다. 꽃그늘에는 도마뱀과 뱀, 개구리와 벌레들이 잔뜩 숨어 있을 것이다. 정글이 아니기 때문에 늑대는 없다. 곰이나 비단뱀도 없다. 그렇지만 둑 아래를 흐르는 개골창에는 가재와 미꾸라지, 물방개와 물장군이 자고 있을 것이다.

"저 철길을 따라 역으로 가자."

"그럼 저 아래까지 굴러가야겠네."

"응, 분명히 기분 좋을 거야."

두 아이가 몸을 옆으로 뉘어 얼싸안고 둑 아래로 구르기 시작한다. 젖은 풀잎이 몸에 달라붙었다. 벌레들이 놀라서 튀어오른다. 도마뱀이 울고, 뱀이 빙글빙글 춤을 춘다. 개구리가 이상한 소리를 지르며 개골창으로 떨어진다. 두 아이는 흰 꽃이 피어 있는 사면을 울면서 그리고 웃으면서 하나가 되어 굴러간다.

쇼와 21년

……4월 28일 오전 2시경 오다와라 시 에호소다의 스기모토 치요 씨 집에 12, 13세로 보이는 아이를 포함한 3인조 도둑이 들어 버들고리에 의류를 채운 뒤 밥을 먹고 도주했다.

……4월 28일 오전 2시 요도바시 구 시모오치아이의 교바시 교산 씨 집에 6인조 도둑이 들어 현금 800엔과 의류 30점, 구두 3켤레를 가지고 도망쳤다.

……4월 29일 오전 0시경 가와사키 시 가시마다에 있는 도시바 특수 합금공장에 권총을 든 강도가 들어와 수위와 숙직중이던 21명의 직원을 결박하고, 합금용 설탕을 트럭에 가득 싣고 현금 5천 엔을 강탈했다.

……4월 29일 오후 7시 반 기타타마 군 다나시초의 후타구치 히데요시 씨(27)가 아카사카 구 히카와 신사 앞에서 2명의 남자에게 협박을 당해 입고 있던 양복과 시계를……

……같은 날 밤 10시 같은 구 다이마치에서 시타야 구 시모타니마치에 사는 다나카 고타로 군(17) 외 1명이 2명의 남자에게 120엔을……

……오우지 구 아카바네 시마무라 시게키 씨 집에 지난 25일 밤 3인조 권총 강도가 들어 시가 4만 엔 상당의 진주 650개와 트렁크 한 개를 빼앗아 달아났다.

……5월 4일 오후 11시 50분 간다 구 아사히마치에 있는 다방 다카야나기 요시오 씨 집에 2명의 도둑이 침입, 곤봉으로 협박하여 의류와 1만 엔짜리 수표 그리고 800엔을……

……같은 날 오전 2시 반 미나미타마 군 이나기무라 야구치의 쓰노다 고키치 씨 집에 3인조 도둑이 들어 낫으로 협박, 소맥분 3섬과 백미 3두, 의류 18점, 손목시계 2개, 자전거 1대 그리고 650여 엔을 빼앗아 도주했다.

……같은 날 저녁 7시 반 시부야 구 요요기 하츠다이초에서 같은 구 요요기 니시하라초의 마쓰미 노부요시 씨(38)가 3명의 남자에게 구타를 당하고 560엔을……

……같은 날 11시 아라카와 구 오구초 6초메 도영 전차 정류소에서 오우지 구 오우지초의 노하라 야스코 씨(25)가 45세가량의 남자에게 목을 졸리고 200엔과 배급표를 빼앗겼다.

……30일 오후 2시 요코하마 시 호토가야 구 후타마타가와의 주민 약 천 명이 배급이 10일 이상 지연된 것을 참지 못해 '먹게 하라, 2홉 1작' '배급지연 해결하라' 등을 적은 멍석을 장대에 달고 현청까지 시위를 했다. 이토가와 니이치로 씨, 사토 쇼헤이 씨 등 대표위원 10여 명이 지사실에서 고토 내무부장과 회견을 갖고 주민 대부분이 야생부추나 미나리 등을 뜯어먹으며 가까스로 연명하고 있다고 상황을 호소한 뒤, 즉시 비상미를 방출하되 지연된 분량만큼 소급해 배급하라고 요구했다.

이에 대해 현은 현재의 식량사정으로는 도저히 무리라고 대답했고, 참지 못한 시위 군중이 아이를 업은 부인들을 앞세워 지사실을 점거하여 사태는 일순 험악해졌다. 시위 군중이 '우리는 아침부터 아무것도 못 먹었다. 뭐든 좋으니 먹을 것을 달라' 고 요구, 결국 현에서는 비상용 건빵 5백 봉을 배급했다……

*

…………………두 아이는 좁고 어두운 곳에서 끌어안고 떨고 있었다. 두 아이는 벌거벗은 갓난아기였다. 두 아이는 한꺼번에 누더기와 신문지로 싸여 있었다. 둘의 손발로는 거기에서 벗어나 밖으로 기어나갈 힘이 없다. 손발을 떨며 이따금 가냘픈 소리로 울고, 서로의 몸을 젖꼭지 대신 빠는 것이 고작이었다. 두 아이가 자고 있는 곳이 한동안 계속 흔들렸다. 누군가의 손에 들려 어디론가 옮겨지는 것 같았다. 기묘한 소리와 함께 크게 흔들려 두 아이의 몸이 서로 부딪쳐 소리를 내어 울었다. 바퀴가 움직이는 진동이 전해지고, 기름 냄새 때문에 숨이 막히기도 했다. 갑자기 날카로운 빛이 흘러들어 깜짝 놀라기도 했고, 돌연 차가운 공기가 눈사태처럼 밀어닥쳐 숨을 쉬기가 힘들기도 했다. 여러 소리가 들렸다. 여자와 남자 소리, 자전거 벨 소리, 버스의 경적과 브레이크 소리, 아이들의 노랫소리, 교회 혹은 학교의 종소리, 길거리의 발소리, 순경의 호루라기 소리, 라디오 소리, 스피커에서 흘러나오는 음악 소리.

두 아이가 들어가 있는 곳에서 흐릿한 귤 냄새가 났다. 귤즙 냄새가 아니라 시든 껍질 냄새다. 그래서 두 아이는 거기가 귤 상자인지도 모른다고 미루어 생각했다. 귤 상자로 된 요람이라고 생각하고 싶지만, 버려지는 강아지 같다는 생각을 하지 않을 수 없다. 우리를 버리려는 걸까. 이 귤 상자를 옮기는 사람은 두 아이의 어머니일까. 두 아이의 체중 때문에 귤 상자는 꽤 무거울 것이다. 바깥의 소리가 두 아이의 귀에 들린다는 것은 두 아이의 울음소리도 밖으로 새어나간다는 뜻이 아닐까. 귤 상자에서 갓난아기 울음소리가 들리면 분명 의심스럽게 생각하는 사람이 있을 것이다. 그렇지만 두 아이의 울음소리는 너무나 가냘프고, 또 밖으로 새어나간다 해도 고양이 울음소리로밖에 들리지 않는지도 모른다. 그것도 아니면—두 아이는 서로 얼굴을 바라보았다. 귤 상자와 신문지, 누더기로 겹겹이 쌓인 이곳은 어두워서 얼굴도 확인할 수가 없다—, 그것도 아니면 두 아이는 이미 죽은 걸까. 살아 있을 때처럼 울고 있지만, 그건 울고 있다고 생각하는 것뿐인지도 모른다. 떨고 있다고 생각하는 것뿐인지도 모른다. 소리가 들리고 냄새가 난다고 느끼는 것뿐인지도 모른다. 그럴지도 모르고, 아닐지도 모른다.

귤 상자가 규칙적으로 흔들리기 시작했다. 상자를 옮기는 사람이 다시 걷기 시작한 모양이다. 자동차의 경적이 들린다. 딸랑딸랑 노면전차가 출발하는 소리. 이윽고 축축한 흙냄새가 귤 상자 안으로 풍겨온다. 달콤한 나무 냄새. 그리고 거리의 떠들썩한 소리가 사라져갔다. 두 아이는 젖냄새 대신 흙과 나무 냄새를 마음껏 들이마셔 배를 채우려 한다. 까마귀 울음소리가 들린다. 물새가 울어대는 소리도 들린다. 연못이 근처에 있을지도 모른다. 귀를 기울이면 상자를 옮기는 사람의 자갈 밟는 소리도 들린다. 지친 사람이 자갈길을 걷는 것은 힘든 일이다. 무거운 다리가 더욱 무거워진다. 자갈 밟는 소리가 조금씩 처지는 것이 두 아이에게도 느껴지고, 이따금 신발이 자갈 속으로 빠지는 소리도 들린다. 그에 따라 상자가 비스듬히 기울기도 하고, 처진 상자를 다시 올려 드는지 위아래로 크게 흔들리기도 했다. 그때마다 두 아이는 좁은 상자 속에서 몸이 눌리고 머리나 가슴이 서로 부딪쳤다.

바로 위에서 괴로워하는 듯 희미한 소리가 들렸다. 두 아이는 그 소리에 귀를 기울였다. 한숨 소리, 신음 소리, 허덕이는 소리, 한탄하는 소리, 그 어느 것이라고도 할 수 없는 조각난 소리. 여자 목소리 같기도 하지만 확실치는 않다.

갑자기 귤 상자가 좌우로 크게 흔들리더니 둔한 소리와 함께 뭔가에 부딪혔다. 그리고 조용해졌다. 풀냄새가 흘러들었다. 두 아이를 덮고 있던 뚜껑이 열리고, 신문지와 누더기도 벗겨졌다. 햇빛이 곧바로 비쳐들었다. 두 아이는 눈이 부셔 몸을 움츠리고 신음 소리를 냈다. 그렇지만 이내 동그란 그림자에 싸여 시원해졌다. 여자의 얼굴 같았다. 흐트러진 머리카락이 그림자 주위에서 해초처럼 흔들리고 있다. 입이 초록빛으로 반짝였다. 눈도 초록빛으로 반짝이더니 초록색의 커다란 물방울이 연달아 소리를 내며 떨어졌다. 두 아이는 열심히 여자의 얼굴을 바라보았다. 이 사람이 우리의 어머니일까. 그림자가 져서 어떤 표정을 하고 있는지 알아볼 수가 없다. 뒤쪽에서 비치는 햇빛을 받아 머리카락이 하늘하늘 춤을 추며 반짝였다. 눈이 다시 초록빛으로 반짝였다. 초록색 물방울이 떨어져 두 아이의 팔과 이마를 적신다. 여자가 긴 숨을 내쉰 다음, 서둘러 두 아이의 몸을 누더기와 신문지로 싸더니 귤 상자도 다시 덮어버렸다.

익숙한 어둠이 온몸으로 찾아들어, 두 아이는 몸의 힘을 빼고 서로 마주 보았다. 어머니일지도 모르는 그 여자는 이제 이곳을 떠난 걸까.

두 아이는 이곳에 버려져 조금씩 죽어가는 걸까. 여자는 울고 있을까. 어떤 슬픈 일이 있었을까. 두 아이를 버릴 수밖에 없다고 혼자서 결정한 것일까. 두 아이 대신 무엇을 선택해 살아가려는 걸까. 두 아이의 살갗은 아직도 여자의 눈물로 젖어 있다. 여자는 지금도 울고 있을까. 그렇지 않으면 이제부터 어떻게 살아가야 할지, 그것만 골똘히 생각하고 있을까. 그것도 아니면 두 아이를 버리고 오랜만에 홀가분하게 햇빛을 받으며 생긋 웃고 있을까. 두 아이는 이제껏 여자가 짊어졌던 괴로움을 자기들 것으로 받아들이고 여자를 대신해 눈물을 흘렸다. 소변도 흘렸다. 귤 상자 안이 젖어옴에 따라 몸이 점점 차가워졌다. 두 아이는 추위와 배고픔에 가느다란 소리로 울었다. 아니면 울고 있는 것처럼 느낄 뿐일까. 이미 죽었고, 귤 상자 속에는 두 구의 갓난아기 시체가 버려져 있는 것뿐인지도 모른다. 여자는 두 아이를 베개로 눌러 죽인 다음 귤 상자에 집어넣었을까. 도대체 세상에 태어나 얼마 동안이나 살았을까. 단 하루? 일주일? 한 달? 그것은 여자가 괴로워한 기간이기도 했다. 여자는 지금부터 어디로 가는 걸까. 팽팽하게 아픈 젖가슴에서 앞으로도 계속 젖을 짜내야 한다. 그 젖을 변소나 부엌에 흘려보내야 한다.

두 아이는 눈을 감고 서로 끌어안았다. 몸이 차갑고 딱딱하게 변해 있다. 이제 추위도 느껴지지 않는다. 배고픔과도 인연이 없다. 두 아이는 기분 좋게 조용한 잠 속으로 빠져들어간다. 개가 와서 그 몸을 물어뜯어도, 까마귀에게 쪼여도, 혹은 몸이 썩어 문드러져도, 두 아이에게는 이미 무의미한 일이었다.

쇼와 20년

……12월 들어 양육원에 수용된 기아는 남아 18명, 여아 14명이다. 생후 10일에서 25일 정도 된 아이도 있으나, 젖을 빨 기운도 없어 13명의 영아가 사망했다. 현재 도쿄 도의 양육원에 있는 고아는 314명이다.

쇼와 21년

……1월 2일 오후 2시경 아다치 구 나가토마치 조반 선 전철 나카가와 철교 아래에서 생후 7개월 된 영아의 시체(여)가 발견되었다.

……1월 4일 오전 9시 오모리 구 덴엔초후 2초메 도로에서 사망한 지 2~3개월이 지난, 생후 7일쯤 된 영아의 시체(남)가 마대에 싸여 유기된 채 발견되었다.

……1월 19일 오후 3시경 아사쿠사 공원 6구 전기관 3층 흡연실에 생후 20일 정도로 보이는 빨간 솜옷을 입은 영아(남)가 유기되어 있었다.

……1월 27일 오후 1시경 요도바시 구 쓰노하즈 2-68에 있는 공동변소에 죽은 지 일주일 정도 된 영아(남)의 시체가 버려져 있었다.

……1월 28일 오후 2시 교바시 구 쓰키지 3-14 도쿄극장 3층 복도에 생후 1개월가량 된 영아(여)가 유기되었고, 같은 날 오후 5시 반 우에노

역 대합실에는 생후 40일 정도 된 영아(남)가 버려져 있었다.

……2월 3일 저녁 7시 혼고 구 네기시 4의 산원 앞에서 생후 1개월 정도 된 영아가 유기된 것이 발견되었다.

……2월 6일 아침 아사쿠사 공원 후지관 내 좌석에 생후 20일 정도 된 남아가 버려져 있었다.

……4월 13일 아침 아다치 구 센주하시도초 74 아라카와 강 기슭에 무명천과 기름종이, 신문지 등으로 싸인 생후 일주일 정도 된 영아(남)의 시체가 표착했다. 사후 10일쯤 지난 것으로 보인다.

……4월 21일 아침 8시경 요츠야 구 와카바초 3초메 6-5, 도요쓰야 보호소 옆 공터에 갓 태어난 영아(남)가 오른쪽 등에서 가슴까지 칼에 찔린 채 숨져 있었다.

……4월 23일 아침 9시 반 세타가야 구 와카바야시초 543 앞 하수구에서 영아(남)의 시체가 발견되었다. 타살 의혹이 짙다.

쇼와 22년

……7월과 8월 들어 기아가 눈에 띄게 늘었다. 경시청에 신고된 것만도 8월 들어 거의 매일 1명꼴이라고 한다. 이 아이들은 경찰에서 구청을

거치면서 시타야 하나코와 같은 이름이 지어져 이타바시에 있는 도쿄도 양육원 부속병원 육아실로 보내진다. 8월 23일 현재 부모를 알 수 없는 42명(남아 12명, 여아 30명)의 갓난아기가 자라고 있는데, 생후 2개월에서 5개월가량 된 영아가 많다. (중략)

여의사 야스노 씨의 말에 따르면, 갓난아기의 대부분은 표준체중의 8할에도 미치지 못해, 정상적인 생활을 유지하기 힘들다는 진단이 내려졌다고 한다. 사망률이 50퍼센트에 이르러, 이틀에 1명꼴로 죽어가고 있다.

11
마지막 날

그날, 우리 머리 위에는 파란 하늘이 빛나고 있었다. 깊은 파랑. 빛으로 채워진 순수한 파랑. '파랑'이라는 색의 근원은 이런 것이었구나. 우리는 눈을 가늘게 뜬 채 넋을 잃고 파란 하늘을 바라보고 있었다. 우리에게는 파란 하늘이라는 말이 그날 이후 변해버리고 만 것 같은 생각이 든다. 적어도 지금은 그렇게 이야기하고 싶다.

그날, 우리는 이이다 선 열차를 타고 있었다. 6월 초였는데도 따가운 여름 햇살이 선로 주위의 풍경을 눈부시게 비추기 시작했다. 기차가 아니었기 때문에 활짝 열어놓은 차창으로 훈훈한 바람이 들어와 차 안을 맴돌았고, 몸이 벌꿀처럼 녹아든 우리는 그 달콤함을 만끽하며 졸고 있었다. 출발역인 다쓰노에서 탔기 때문에 둘이 나란히 앉을 수 있었다. 두 량밖에 안 되는 오후의 완행열차는 빈자리투성이였고,

다른 승객들도 초여름 바람을 맞으며 꾸벅꾸벅 졸고 있었다. 그래서 우리는 경계하는 것을 잊고 있었다.

우리는 피로에 전 무거운 몸을 단단한 의자에 맡긴 채 서로 몸을 기대고 졸았다. 어떤 경로로 이이다 선을 타게 되었을까. 아마도 마이즈루에서 바다를 따라 계속 동쪽으로 가다가 나오에쓰 부근에서 내륙으로 들어온 것 같지만, 분명치는 않다. 아무 계획 없는 '여행'에 하나하나 행선지를 확인해야 할 의무는 없었다. 도쿄를 떠나 육칠 일이 지나는 동안 열차를 갈아타는 것 자체가 우리의 목적이 되어, 어디로 가는 열차인지, 어디를 지나는 열차인지에 대해서는 점차 무관심해졌다. 멍하니 열차에 몸을 맡기는 것만으로도 충분히 중요한 의무를 완수하고 있는 것 같은 기분이 들어, 나는 불안함마저 느끼지 않게 되었다. 피로가 하루하루 무겁게 몸에 가라앉아, 눈을 움직이는 것조차 귀찮아졌다. 이불 속에서 잘 수 없는 날들. 목욕도 못 하고 옷을 갈아입지도 못했다. 아직 열흘까지는 안 되었으니 그리 대단한 일은 아닐 텐데도, 당시 열두 살이었던 나에게는 그런 피로를 물리칠 만한 체력이 없었다. 혹은 마음이 강하지 못했다.

그렇지만 열일곱 살의 '미쓰오'는 어땠을까. '미쓰오'는 결코 튼튼한 편이 아니었고, 일을 대충대충 하는 성격도 아니었다. '미쓰오'에 비하면 내가 더 느긋하고 병에 대한 저항력도 더 강했던 것 같다. 그저 어린아이였던 나는 그만큼 둔감했다고나 할까. 아니면 동물적인 힘이 있었는지도 모른다. 하지만 '미쓰오'는 나와 달리 시간이 지날수록 지쳐가고, 그와 더불어 불안도 더해갔을 것이다. 이이다 선을 타고 계속 달리면 도요하시에 도착한다. 거기서 어디로 갈지 '미쓰오'는 생각하지 않고 있었다. 이이다 선 어딘가에서 내려, 거기서 둘이서 조촐하게 살 수 있으면 좋겠다, '미쓰오'는 그런 농담 같은 이야기를 했었다. 비현실적인 이야기라는 것을 알면서도 나는 들떠서 그렇게 하자고 웃으며 대답했다. 뭐든 시작해보는 게 중요해. 괜찮아, 분명히 떠돌이 광대가 될 수 있을 거야. 그렇다면 관광지 쪽이 낫겠다. 관광객들은 마음이 후할 테니까.

그렇다면 덴류 협곡 역에서 내릴까, 하고 '미쓰오'가 중얼거렸다. '덴류 협곡 유람선'은 나도 들은 적이 있으니까 꽤 유명한 데가 아닐까.

다쓰노에서 우리는 관광 포스터를 보았다. 그래서 한동안 이이다 선은 덴류 강을 따라 남쪽으로 내려가는 철도라고 생각했다. 고마가다케라는 산 이름도 외웠다. 그렇지만 차창으로 중앙알프스를 볼 수 있다는 것까지는 몰랐다.

덴류 협곡이라는 데는 원숭이가 많잖아, 내가 신이 나서 '미쓰오'에 말했다. 원숭이를 한 마리 잡아서 재주를 가르쳐서 데리고 다니자.

그런 거 못 하는 거 알잖아, '미쓰오'가 갑자기 언짢아하며 나무라듯이 말했다. 그리고 자기는 원숭이를 싫어한다고 했다.

'미쓰오'는 심각한 얼굴로 잠자코 있었다. 나도 입을 다물었다. 갑자기 앞날에 대한 불안감 때문에, 떠돌이 광대라는 어린아이 같은 상상이 짜증스러워진 것 같았다. 어딘가에서 둘이 조용히 살고 싶다고 아무리 소원해도, 열일곱 살 된 '미쓰오'의 상식은 그것이 실현 불가능한 일이라고 깨우치고 있었다. 어떻게 하면 좋을까. '미쓰오'는 어찌할 바를 몰랐다. 그리고 내가 그런 불안감에 무심한 것이 화가 나는 모양이었다. 깊고 깊은 산속으로 숨어들면 언제까지라도 들키지 않으려나. 깊은 산속에 버려진 시체도 우연한 기회에 발견되고 만다. 일본은 좁고 사람은 많다. 그리고 산속에서 어떻게 연명할 수 있을까. 네 살 때 묘지에서 지낼 때도 아버지와 거리로 나와 뭔가를 먹었다. 동물을 잡고 열매를 따먹는다? 우리 둘이 그런 생활을 견딜 수 있을 리가 없다. 외국으로 도망치면 어떨까? 그것 또한 성공할 가능성이 희박하다. 일본은 섬나라이기 때문에, 히틀러에게서 도망치기 위해 밤중에 스위스 국경을 넘는 유대인들과는 사정이 다르다. 혹은 간디를 흠모해 프랑스에서 멀리 인도까지 걸어간다는 레미와 카피 이야기처럼 할 수도 없다.

어쩌면 '미쓰오'는 내가 눈치채지 못하는 사이에 신문을 보고 있었는지도 모른다. 당시 행방불명된 나에 대한 기사가 크게 보도되었다. '수수께끼의 행방' '또다시 소녀 유괴인가?' 같은 값싸고 호들갑스럽고 상투적인 표제가 크게 인쇄된 것을 나는 한참 뒤에야 볼 수 있었다. 그것을 보자 웃음이 나왔다. 그리고 몸이 떨려왔다. 처음으로 바위처럼 무거운 공포를 온몸으로 느꼈다. 유괴범을 자극하지 않기 위해 보도를 보류한다든가 하는 배려가 없던 시절이었다. 그리고 내가 느낀 공포심은 그후 '미쓰오'의 삶에서 드러나게 될 것이 분명한, 세상에 넘쳐나는 '원숭이들'의 얼음 같은 눈빛에 대한 것이었다. 그 눈빛이 내 몸에도 날카롭게 박혀왔다. 특징 없는 내 사진이 신문에 실린 것을 '미쓰오'는 알고 있었을까.

그날, 하늘은 맑게 개었고, 초목이 반짝였으며, 햇볕에 달아오른 나뭇잎과 습기를 머금은 흙냄새가 풍겨왔다. 아침부터 기온이 쑥쑥 올라가 낮에는 땀이 날 정도로 더웠다. 우리 몸에서도 냄새가 올라오고 머리와 몸이 가려웠다. 나는 야구모자를 쓰고 있을 수가 없었다. 때때로 머리를 박박 긁고는 손가락의 냄새를 맡아보았다. 손톱 밑에는 때가 까맣게 끼어 있었다. '미쓰오'도 나와 비슷하게 지저분했기 때문에 부끄러운 마음은 들지 않았다. 오히려 점점 같은 냄새가 남으로써 내가 안전하게 보호되는 것 같았다.

그날 아침, 우리는 다쓰노에서 아침을 먹었다. 무엇을 먹었을까. 언제나 비슷한 식당에서 별로 다를 것 없는 음식을 먹었기 때문에, 그때쯤엔 언제 무엇을 먹었는지 구별이 되지 않았다. 중화소바, 카레라이스, 백반, 역에서 파는 도시락. 어디선가 오므라이스를 먹은 적이 있었지만 다쓰노는 아니었던 것 같다. 이이다 선은 어느 역에서도 도시락을 팔지 않았다. 오전에 다쓰노에서 전철을 타고, 도중에 배가 고프면 적당한 역에서 내려 식당을 찾을 생각이었다. 무엇 하나 정해진 것 없는 매일이 계속되다보니 식사 시간과 횟수도 적당해졌다. 그래도 아무런 문제가 없다는 것을 알게 되자, 마음이 편해져서 오히려 식욕이 더했다.

창밖에는 모든 것이 눈부시게 빛나고 있었다. 파란 하늘이 끝없이 펼쳐져 있고, 푸른 나무들과 강물이 반짝이고, 흙길조차 예리하게 반짝였다. 집들의 지붕과 작은 논에 댄 물이 반짝이고, 흰 나비도 반짝였다. 여기저기 철쭉이 피어 있고, 노랗고 붉은 꽃들이 변덕스럽게 한데 모여 있었다. 보기 드문 극채색의 새는 보이지 않았지만, 그리고 코끼리와 비단뱀도 보이지 않았지만, 나는 아무런 불만 없이 선로 주변의 경치를 바라보았다. 그리고 파란 하늘 아래에 생각지도 않게 중앙알프스의 봉우리들이 빛의 덩어리처럼 나타났다. 봉우리 꼭대기부터 사면까지 잔설로 치장하고 있었다. 흰 눈이 파란 하늘과 푸른 산그늘을 눈부시게 갈라놓았다. 파란색이 산기슭을 향해 조금씩 초록빛으로 변해, 앞쪽의 나지막한 산들의 짙고 옅은 초록빛으로 이어졌다.

"봐! 엄청난 산이야! 저기에는 아켈라 같은 늑대가 있을지도 몰라."

내가 흥분해서 외치자, '미쓰오'도 창밖으로 얼굴을 내밀고 낮은 소리로 말했다.

"와…… 굉장하다. 저런 산을 보면 왜 신(神)이라는 말이 떠오를까. 이 세상 모든 질문에 대한 답이 저기 있는 것 같다. 내가 왜 살고 있는지에 대한 답도……"

"저것 좀 봐, 산이 쫓아와! 내가 놓칠 줄 알아? 하고 화를 내고 있어."

장난처럼 한 내 말에 '미쓰오'가 자세를 고쳐 앉으며 중얼거렸다.

"시시한 말 하지 마. 모처럼의 감동이 엉망이 되니까."

나도 그런 생각이 들어 고개를 끄덕이고, 아켈라가 뛰어다니는 모습을 상상하며 파란 하늘에 우뚝 솟은 산들을 바라보았다.

그 연산, 중앙알프스의 산들을 삼십 분 정도 보았을까. 잔설이 덮인 봉우리가 보이지 않게 된 뒤에도 낮은 산은 계속되었다. 반대편 창으로도 잔설로 반짝이는 푸른 산 그림자가 보였다. 열차는 중앙알프스와 남알프스의 산들 사이로 달리고 있었다. 이윽고 산이 멀어지자 선로를 따라 청록색 강이 흐르고, 강물에 반사된 빛이 열차 안까지 들어오기 시작했다. 그 빛을 바라보던 나는 잠에 이끌려 다시 졸기 시작했다. '미쓰오'의 어깨에 머리를 기대고 가볍게 눈을 감았다. 내 머리는 이미 '미쓰오'의 어깨에 친숙해졌고 '미쓰오'의 냄새를 맡는 데도 익숙해져 있었다. 불결한 냄새와는 다른, 마른 나뭇잎 같고 비 오는 날의 풀숲 같은 냄새. 처음부터 '미쓰오'의 옷에 배어 있던 냄새였다. 마찬가지로 '미쓰오'도 내 냄새에 익숙해져 있었을까. 그저 아이에 지나지 않았던 내 몸에서는 아직 아무 냄새도 나지 않았는지 모른다. 열두 살의 나는 '미쓰오'한테서 도망치려는 생각 같은 건 하지도 못했던 걸까. 내가 기억하는 것은 버려지지 않을까 하는 두려움, 여기까지 왔으니 이제는 예전의 생활로 돌아갈 수 없다는 자포자기의 심정 그리고 자기 자신에 대한 책임감 같은 것들뿐이다. 나 말고는 이 세상에 의지할 곳이 없는 '미쓰오'를 오히려 내가 지켜줘야 한다는 생각까지 하고 있었다. 그런 무모한 자부심을 갖고 있었다는 것은, 결국 내가 세상물정 모르는 철부지였다는 뜻일까. 나는 예전에 지적장애를 가진 오빠를 평생 '아내'처럼 '어머니'처럼 돌보겠다고 마음먹었던 것과 비슷한 유치한 책임감으로, 나 자신과 '미쓰오'가 도망갈 길을 마련하고자 했다.

꿀처럼 달콤한 잠 속에서, 나는 나오는 대로 콧노래를 부르기 시작했다. 그것은 중학교에서 얼마 전에 배운 성가 같기도 하고, 초등학교 때 배운 〈여름이 왔네〉나 〈제비꽃 필 무렵〉 같은 노래의 한 소절 같기도 했다. 양쪽 귀를 막고 내 콧노래에 귀를 기울이면 감미로운 피리 소리처럼 들려 스스로 좋아라 하던 때가 있었다. 엉터리 소절을 계속 이어가면 아름다운 노래가 얼마든지 만들어졌다. 그렇지만 콧노래만큼 싫은 것도 없다, 그만해, 다시는 부르지 마라, 하고 어머니가 심하게 꾸짖어 그 이후로는 콧노래를 부르는 기쁨을 잃고 말았다.

그러고 보니 근처 공터에서 파란 유리 조각을 주운 적이 있었다. 무슨 조각이었는지는 모른다. 꽤 두껍고 표면이 거칠거칠해서 부예진 파란색이었다. 나는 그 색과 감촉에 마음이 사로잡혔다. 『눈의 여왕』에 나오는 얼음 궁전의 조각 같다고 아이처럼 생각하기도 했다.

지금 이 순간, 그렇게 사소한 일까지도 떠올리지 않을 수 없다. 물론 그 유리 조각은 어느새 내 손에서 사라져버렸다. 단순한 유리 조각이었으니 어딘가에 버렸을 것이다. 그런데도 하얗게 자욱했던 파란색과 그 감촉을 떠올리면 지금도 거기서 뭔가가 시작될 것 같은 작은 설렘이 느껴진다.

눈을 뜰 때마다 '아켈라' 혹은 '레미'라고 자칭하는 '미쓰오'가 반드시 곁에 있었다. 그렇게 잠이 깼을 때의 기쁨도 지금 떠오른다. 그 전에는 아침에 일어나면 이제부터 긴 하루가 또 시작되는구나 하고 낙담했다. 그런 아침이 반복되었다. 아침이 되면 일어나야 한다는 피할 수 없는 의무에 한숨을 쉬었다. 그러나 '미쓰오'와 여행을 하면서 나는 그런 낙담을 잊었다.

콧노래에 맞추어 아련히 비치는 강물이 빛과 모양을 바꾸며 지나쳐갔다.

그리고 꿀처럼 달콤한 잠 속에 빠져 있던 나를 누군가가 갑자기 난폭하게 안아올렸다.

경찰이다! 이 새끼, 터무니없는 녀석이군! 하는 남자들의 고함 소리가 우리를 덮쳤다. 유키코지? 어디 다친 데는 없니? 다행이다, 이젠 안심해도 된다, 라고 속삭이는 소리가 동시에 내 귀를 간질였다. 나는 있는 힘을 다해 발버둥치며 '미쓰오'를 바라보았다. '미쓰오'는 까만 옷을 입은 인상 나쁜 남자들에게 붙들려 두 손에 수갑이 채워진 채 핏기가 가신 얼굴로 나를 바라보고 있었다. '미쓰오'의 큰 눈이 파랗게 빛나고 있었다. 그때 '미쓰오'는 무슨 말을 했을까. 나는 뭐라고 소리쳤을까. '미쓰오'의 이름을 부르며 뭐하는 거야, 하지 마! 놔줘! 하고 저항했을까. 아마 나도 '미쓰오'도 아무 말도 못 하고 서로 바라보기만 했을 것이다. 그리고 내가 울기 시작했을 것이다. 둘 다 몰래 두려워하던 일이 마침내 일어나고 말았다. 나는 순간적으로 상황을 이해했고, '미쓰오'와의 갑작스러운 이별에 온몸이 가루가 되는 것 같은 절망을 맛보았다. 이제 두 번 다시 '미쓰오'와 만날 수 없게 된다. 그것은 사별과 다르지 않은 절망이었다. 남자들이 '미쓰오'를 일으켜 세워 거칠게 통로로 밀어낸 뒤 등을 밀치거나 걷어차며 걸어갔고, '미쓰오'가 뒤돌아 나를 바라보았다. '미쓰오'는 눈물을 흘리지 않았다. 그 얼굴은 공포로 가득했다. '미쓰오'의 파랗게 빛나는 눈이 늑대의 눈을 떠올리게 했다. 그것이 내가 본 '미쓰오'의 마지막 얼굴이다.

'미쓰오'의 체포 때문인지 전철은 역에 계속 정차해 있었다. 나도 누군가에게 안겨 '미쓰오'와 다른 승강구로 내렸다. 나는 흐느껴 울며 플랫폼에서 '미쓰오'의 모습을 찾았다. 나의 '미쓰오'를 어디에 숨겼는지, 보이질 않았다. 역 앞에서 기다리던 경찰차에 이미 실려간 걸까. 불쾌한 냄새가 나는 누군가의 팔에 안겨 몸부림을 치고 소리를 지르며 울던 나도 마치 나쁜 사람들에게 납치당하는 것처럼 역 앞에서 기다리던 승용차에 태워졌다. 사복형사와 여경 사이에 앉아 그대로 도요하시까지 이송되었다. 멀리서 경찰차의 사이렌 소리가 들렸다. '미쓰오'를 태운 경찰차였을까. 내가 탄 차는 사이렌을 울리지 않았고, 보통 속도로 좁은 시골길을 달렸다. 바깥세상은 여전히 눈부시게 반짝이고 있었다. '미쓰오'에게 배운 '우리는 같은 피'라든가 '법칙을 지키는 자에게는 좋은 사냥감이 주어진다' '정글의 법칙' '레미'와 '카피', 간디는 어디로 사라진 걸까. 나는 어찌할 바를 몰랐다. '정글의 법칙'을 잃은 지금부터는 어떤 시간이 흐르게 되는 걸까. '미쓰오'도 나도 이렇게 다시 외톨이가 되고 말았다.

이이다 선에서 우리를 본 현지 승객이 신문에 실린 사진과 내가 꼭 닮았다는 것을 알아차리고 얼른 차장에게 이야기를 했고, 차장은 가까운 역의 역무원에게 그 사실을 전했으며, 역무원이 다시 경찰에 통보했다. 우선 현지 경찰들이, 이어서 도요하시에서 달려온 형사들이 우리가 타고 있던 차량에 올라탔고, 몇 명은 아무렇지도 않게 통로를 오가며 우리가 '진짜'인지 확인했다. 그리고 우리를 체포할 역을 정해 경찰차를 배치시킨 뒤, 열차가 역에 멈춰 서자마자 형사들이 우리를 덮친 것이다. 우리는 그렇게 붙들렸다고 했다. 도요카와라는 역이었다. 하지만 우리는 그런 움직임을 전혀 눈치채지 못한 채 산을 바라보며 넋을 놓고 기분 좋게 졸고 있었다. 그런 사실을 전혀 모른 채 감시당했던 그 시간을 떠올리면, 그후에도 나는 오랫동안 두려웠다. 우리는 진짜 위험을 알아차리지 못한다.

나는 도요하시 경찰서에서 간단한 조사를 받았다. 나는 '미쓰오'를 위해 내가 유괴된 것이 아니라 내 의사에 따라 '미쓰오'를 따라간 거라고 분명히 주장했다. 그렇지만 그들은 본격적인 사정청취는 도쿄에서 하니까, 하며 넘겨버리고 말았다. 그리고 내가 갖고 있던 소지품인 점퍼와 야구모자, 천 주머니를 건네주었다. 열차에서 갑자기 안겨 나오느라, 자리에 그대로 두었던 것이다. 그들이 주머니 속을 확인해보라고 했다. 더러워진 수건과 눅눅해진 두루마리 휴지, 칫솔, 양은 컵, 사탕 캔 등이 있었다. '미쓰오'가 소중히 간직하던 신문기사를 오려붙인 두꺼운 종이도 있었다. 언제 내 주머니에 넣었을까. '미쓰오' 가 일부러 내게 맡긴 걸까, 아니면 어쩌다 우연히 들어간 걸까. 어쨌건 나는 그것을 받아두기로 했다. 아마 '미쓰오'도 불평하지 않을 것이다.

나는 종이를 펴보았다. 묘지와 우리 아버지의 사진이 실린 신문기사 말고도 스무 장 정도의 신문기사 스크랩이 서류봉투 속에 들어 있었다. 모두 '미쓰오'가 묘지에서 지내던 무렵, 그러니까 내가 갓난아기였을 무렵, 그리고 우리 아버지가 죽었을 무렵의 사건을 다룬 기사들이었다. 도서관에서 축쇄판을 마음대로 잘라냈을 것이다. 이래서는 도서관의 축쇄판이 모두 구멍투성이겠다 싶은 생각이 들자 나는 그만 웃고 싶어졌다. 버려진 아이들에 대한 기사와 가족의 동반자살 기사, 들개, 콜레라에 대한 기사, 그것들은 이른바 '미쓰오'의 또하나의 세계, 원숭이들의 '차가운 잠자리' 의 입구였다.

소지품을 확인한 나는 여경을 따라 시내에 있는 병원으로 갔다. 경찰서 어딘가에 '미쓰오'도 있었을 텐데, 나는 그 기척조차 느끼지 못했다. 내가 아무리 '미쓰오'를 범인 취급하지 말라고 애원해도, 나는 '보호'되고 '미쓰오'는 '체포'되었다는 사실을 바꿀 수는 없었다. 열두 살인 나도 그 차이를 알고 있었다. 그 차이 앞에서 아무리 '미쓰오'와 만나게 해달라고 애원해도 혹은 '미쓰오'의 이름을 큰 소리로 불러보아도 아무런 의미가 없다는 것도 이해하고 있었다. 그래서 나는 '미쓰오' 를 만나고 싶다고 울면서 소란을 피우지 않고 주위의 지시에 따랐다. 그 정도로 비통한 마음이 몸 깊숙한 곳에 얼어붙어 있었다.

나는 아픈 곳도 없는데 병원 침대에 누워 진찰을 받았다. 간호사들이 옷을 벗기고 몸을 닦아주었다. 흰 잠옷을 입고 눕자 몸이 무거운 돌처럼 느껴지고 졸음이 몰려왔다. 나는 깊은 잠에 빠졌다. 오랜만에 잠자리다운 잠자리였다.

그리고 눈을 뜨자, 지겨울 만큼 익숙한 어머니의 얼굴이 제일 먼저 눈에 들어왔다. 어머니는 내 얼굴을 유심히 바라보고 있었다. 나는 당황해서 다시 눈을 감았다. 어머니는 그런 나를 더욱 주의 깊게 들여다보았다. 그때부터 나는 다시 어머니의 시간 속으로 돌아갔다.

도쿄로 돌아온 것은 그로부터 이틀쯤 지나서였을까. 분명한 기억이 없다. 나는 계속 자고 그리고 먹었다. 그랬던 것 같다. 뭔가 생각할 수도 느낄 수도 없었다. 아마 갑자기 '가미카쿠시'*되었던 아이와 비슷했을 것이다. 도쿄에서 경찰의 조사도 꽤 받았을 텐데, 그에 대한 기억도 없다. '미쓰오'와 어떤 시간들을 보냈는지 주위 사람들을 이해시킬 만한 능력이 열두 살의 나에게는 없었다. '미쓰오'는 아무런 나쁜 짓도 하지 않았어요. 마음대로 따라간 나한테 아주 친절하게 잘해줬어요. 돈도 전부 '미쓰오'가 냈어요. 무서운 일 같은 것도 전혀 없었어요. 나는 '미쓰오'를 위해 그 정도의 변호는 해줬을까. 내가 기억하는 것은 사정청취를 하던 형사가 원숭이와 꼭 닮은 얼굴로 웃으면서, 그 녀석이 '미쓰오'라고 부르라던? 그 녀석 이름은 '미쓰오'가 아니야, 라고 했던 일이다. 나는 놀라서 어찌할 바를 몰랐다. 그러면 '아켈라'

---

* 神隠し, 어린아이나 처녀들이 갑자기 행방불명이 되는 것을 가리키는 말로, 예전에는 이를 신령의 소행으로 믿었다.

나 '레미'가 진짜 이름이었어요? 라고 얼떨결에 되물을 뻔했다. 어째서 '미쓰오'는 '니시다 미쓰오'라는 가짜 이름까지 지어가며 자기 자신을 숨겨야만 했을까. '유키코'라는 내 이름도 가짜일지 모른다는 의심이 들 정도였다. 나에게 지어주었던 '모글리'라는 이름, '카피'라는 이름도 '아켈라'와 '레미'에게 조롱당한 것만 같았다. 나는 '미쓰오'를 '미쓰오'라고 부를 수 없게 되었다. '그 사람'이라고밖에 부를 수 없었다. 그래서 화가 났다. 나에게는 '스기 유키코'라는 이름이 지어져 '스기 유키코'로밖에 살아갈 수 없는데 말이다. 경찰을 시작으로 해서 '인간의 둥지'가 그 사람에게 지우려 했던 죄는 물론 그 사람의 죄가 아니었다. 어머니도 똑같이 주장해 '인간의 둥지'를 시끄럽게 한 책임만을 추궁했고, 결국 그 사람은 석방되었다. 그렇지만 '인간의 둥지'에서 살기 위한 이름을 끝까지 숨겼다는 죄가 여전히 남아 있다는 생각에 나는 계속 원망스러웠다. 그 사람은 낡은 신문기사에 적힌 '묘지에서 지내던 부랑자 아버지와 그 아들'의 이름 없는 '아이'로 내 곁을 조용히 지나쳐갈 뿐이었다. 아버지와 벌거벗은 새까만 네 살 난 사내아이가 고개를 떨어뜨리고 등을 구부린 채 물 위를 미끄러지듯 멀어져간다.

어머니가 가지고 온 원피스로 갈아입고 도쿄로 돌아온 나는 여전히 천 주머니를 어깨에 메고 있었다. 그 사람이 사준 옷은 도요하시에서 쓰레기가 돼버린 모양이었다. 어머니와 여경 그리고 두 명의 형사가 도쿄까지 동행했다. 도요하시에서 탄 특급 2등 열차는 지금까지 탔던 완행과는 달리 청결하고 너무나 빨라서 멀미가 날 뻔했다. 도쿄 역에서 곧바로 자동차로 갈아타고 사쿠라다몬에 있는 경시청으로 가 첫번째 사정청취를 받고 저녁이 돼서야 풀려났다. 어머니는 택시를 타고 이치가야를 지나 내가 다니던 학교로 갔다. 학교에 인사를 가는 건 다음날로 미뤄도 괜찮을 텐데, 꼼꼼한 성격의 어머니는 그날 안에 모든 것을 끝내버리고 싶었던 것 같다. 교장과 담임 수녀가 나를 보고 눈물을 흘렸다. 입학한 지 얼마 되지 않아 나를 잘 알지도 못할 텐데. 오히려 내가 당황하여 교장과 담임을 바라보았다. 다른 선생님들과 아직 학교에 남아 있던 몇 안 되는 학생들까지 주위에 모여들었다. 교정과 교사 모두 기억 속에 있었지만, 내가 정말 이 학교 학생이었나, 하는 이상한 기분이 들어서 나는 우두커니 서 있었다. 어머니는 몇 번이나 고개를 숙이며 오늘은 우선 인사만 드리려고요, 한 뒤 내 손을 끌고 학교를 나왔다.

교문 앞에서 기다리고 있던 택시를 타고 이번에는 신주쿠로 향했다. 어머니가 근무하는 고등학교가 거기에 있었다. 직장에도 인사를 할 필요가 있었다. 교사의 아이가 신문을 떠들썩하게 했고, 어머니도 며칠이나 학교를 쉬었기 때문이다. 사람의 왕래가 많고 형형색색의 간판이 요란하다 싶더니, 인적이 드물고 조용한 좁은 길로 들어섰다. 여섯시가 가까운 시각이었지만, 아직도 긴 해가 거리를 비추고 있었다.

그날 나는 점심을 먹지 못해 배가 고픈 상태였다. 어머니도 마찬가지였을 것이다. 단둘이 되고서도 어머니는 나에게 아무 말도 하지 않았다. 『집 없는 아이』에 나오는 어머니처럼 나를 끌어안고 뺨을 비비는 것 같은 흉내도 내지 않았다. 안 그래도 야윈 어머니의 눈가와 뺨이 더욱 움푹 패었고 안색도 나빠 보였지만, 내가 먼저 그런 이야기를 할 수는 없었다. 어머니가 맛보았을 불안과 공포, 비탄이 어떤 것이었는지 나로서는 상상하기 어려웠고, 이제 다시 곁으로 돌아온 나에 대한 어머니의 노여움과 원망, 미움을 건드리는 것도 두려웠다. 그렇지만 어쨌든 어머니와 딸이다. 쓸데없는 배려나 엉뚱한 말을 무리하게 할 필요는 없었다. 그래서 어머니와 나는 개의치 않고 각자의 피로와 혼란 속에 몸을 가라앉히고 있었다. 어머니와 나는 그렇게 예전의 시간을 회복해가고 있었다.

어머니가 다니는 공립 고등학교는 남녀공학이어서 남자 선생님들이 눈에 띄었다. 야간부 학생들이 신발장 앞을 달려갔다. 주간부 학생들은 이미 학교에 없었다. 복도에는 전구가 밝혀져 있고 벽은 지저분했다. 어머니의 직장에 가본 것은 그때가 처음이었다. 남자 선생님들이 많은 교무실을 지나 교장실로 들어갔다. 이번 일로 폐를 끼쳐서…… 어머니는 그 말밖에 모르는 사람처럼 몇 번이고 같은 말을 되풀이하며 고개를 숙였다. 거기서는 아무도 나를 보고 눈물을 흘리지 않았고, 선생님들도 모여들지 않았다. 어머니는 내일은 토요일이니까 하루만 더 쉬고 월요일부터 출근하겠습니다, 라며 인사를 끝냈다. 그동안 요일도 잊고 있었다는 사실을 새삼 깨달았다. 어머니와 내가 교사를 나올 때, 야간부 수업을 알리는 종이 울렸다.

다시 택시에 올라탔다. 겨우 해가 지려 하고 있었다. 하늘의 붉은 빛깔이 땅을 붉게 물들이고 있었다. 이이다 선을 탔을 때의 파란 하늘을 문득 떠올렸다. 야마가타에 피어 있던 노란 나팔수선, 또다른 곳에 피어 있던 흰 꽃, 산의 모습…… 그 모든 것이 마치 꿈속처럼 흐릿하게 떠올랐다. 물론 지금도 꿈속에 있는 것만 같다. 어느 쪽도 다 꿈같다. 그렇다면 이런저런 꿈을 꾸는 나는 지금 대체 어디에 있고 무엇을 하고 있는 걸까. '모르겄다, 모르겄다…… 모르겄당께! 멍텅구리에 뚱딴지! 얼간이 깡똥바지! 얼뜨기니 모르겄당께!' 어딘가에 있을 내 목소리가 귓가에 들려왔다. 그러자 '아켈라'와 '레미'의 기척이 되살아나고 동시에 오빠의 기척도 가까이 다가와, 나는 숨이 막혀 주머니를 꼭 끌어안았다.

사람들에게 둘러싸여 택시가 움직이질 못했다. 신주쿠 역 근처의 넓은 대로였다. 뭔가 특별한 일이 있는 게 아니라, 그 거리를 오가는 사람들이 터무니없이 많기 때문이다. 하루 일과나 공부를 마친 뒤 술을 마시고, 음식을 즐기고, 영화나 연극을 보는 곳들이 그곳에 모여 있다. 밤늦은 시간이면 남자들을 자극하는 현란한 술집과 카지노 등이 떠들썩해진다. 그러나 지금은 '아켈라'='레미'와 비슷한 젊은 사람들이 오가고 있다. 머리카락이 까만 사람은 적고 금발에 하양, 파랑, 빨강 등 색색이 물들인 머리카락이 수은등과 네온 불빛을 받아 반짝이고 있다. 은색 팔찌를 낀 남자의 팔이 택시 유리창에 부딪혔다. 그저 소리를 지르는 것만 같은 영어 노랫소리가 택시 위로 쏟아진다. 어디선가 드럼 소리도 울린다. 염가판매 가게에서 손님을 부르며 악을 쓰는 남자의 목소리가 택시 주위에 물결쳤다.

택시가 전혀 앞으로 나가지 못했다. 어머니는 한숨을 내쉰 뒤, 택시에서 내려 야마노테 선을 타고 집으로 가기로 결정했다. 내가 먼저 주머니를 안고 택시에서 내린 다음 어머니가 내렸다. 그리고 걷기 시작했다. 그 시간에는 역으로 가는 사람보다 역에서 내려 이곳 가부키 초로 향하는 사람들이 압도적으로 많다. 어머니와 나는 그 사람들을 거슬러 걸어가야 했다. 두세 걸음 앞으로 걸어가다가 멈추고, 방향을 옆으로 틀거나 뒤로 물러서기를 반복해야 했다. 온갖 색깔의 머리들이 밀려온다. 일본인인지 어떤지도 알 수가 없다. 가끔 몸집이 지나치게 큰 남자도 나타났다. 눈 빛깔, 피부색이 다른 사람들이 지나간다. 그리고 한 번도 들어본 적이 없는 신기한 말들이 들려온다. 중국어, 태국어, 한국어, 영어, 베트남어. 물론 일본어도 들린다. 카메라를 목에 건 백인 관광객들도 지나간다. 눈가가 눈이 부실 정도로 번쩍이고 입술과 귓불도 번쩍이는 젊은 여자들. 헐렁한 바지를 입은 고양이처럼 등이 굽은 청년들. 모두 다리를 질질 끌듯 걷고 가느다란 몸이 휘어져 있다. 수영복 같은 짧은 스커트, 그런가 하면 발뒤꿈치까지 끌리는 긴 스커트, 다양한 문자가 적힌 티셔츠. 화장 때문인지 모두 같은 얼굴로 보인다. 머리 위의 거대한 스크린에서는 남북한의 수뇌가 악수를 하고 있다. 다른 스크린에서는 홋카이도 화산이 연기를 뿜고 있다. 그 밑을 사람들이 입을 크게 벌린 채 웃으며 지나간다. 킥킥거리며 웃는 사람, 노래를 부르는 사람, 소리치는 사람도 있다. 모두 흔들리고 있다. 가느다란 몸이 떨리고 삐걱거린다. 울음소리도 들린다. 여자의 울음소리, 갓난아기의 울음소리. 길 위에 버려진 갓난아기가 울고 있다. 남자들의 귀에 걸린 귀걸이가 흔들린다. 진한 화장을 한 여자들이 마치 인형처럼 보인다. 흰 입술, 검은 입술, 파란 입술. 여자들은 게타처럼 바닥이 두꺼운 샌들과 뒤꿈치가 높은 샌들을 신고 있다. 스니커즈를 신은 사람도 많다. 극단적으로 짧은 교복 치마의 고등학생도 있다. 머리에 전선 같은 것을 감은 사람, 반짝거리는 작은 휴대전화를 귀에 대고 혼자서 이야기를 하는 사람도 있다. 모든 사람의 몸이 흔들리고, 젤리처럼 떨면서 녹아간다. 윤곽이 확실하지 않다. 갓난아기가 울고 있다. 거대한 스크린에는 남북한 수뇌의 웃는 얼굴이 클로즈업된다. 늑대 소리가 들린다. 정글에 울려퍼지는 늑대의 〈죽음의 노래〉. 비단뱀이 살그머니 지나간다. '차가운 잠자리'의 원숭이들이 짖어대는 소리가 소용돌이친다. 코끼리를 탄 간디와 슬픔으로 파랗게 얼어붙은 백조호가 하늘을 천천히 흘러간다. 구멍투성이 담요를 끄는 작고 벌거벗은 아이와 그 아버지의 검은 그림자가 빌딩 뒤로 살며시 사라져간다.

갈색으로 부예진 밤하늘에 발갛게 달이 떠올랐다. 흔들리는 사람들의 입이 벌어졌다. 모든 사람들이 웃고 있는 듯 보였다. 붉은 달마저 웃고 있었다.

쇼와 21년 9월 23일

기기 고타로 씨의 담화

……기요코 양이 교토에서 돈을 받아 "잠깐만 기다려" 하고는 모습을 감추더니 히구치에게 건네주고 돌아왔다. "저 사람은 누구지?"라고 묻자, "아주 좋은 오빠니까, 엄마, 체포 같은 거 하면 안 돼"라고 말했다고 경시청의 친구에게 들었다.

유괴된 대상이 12세에서 14, 15세의 소녀일 경우, 유괴한 남자와 이렇듯 친근하거나 익숙한 관계가 되는 것이 보통이다. 기요코 양과 어머니의 이야기로 미루어보면, 히구치와 기요코 양은 충분히 이야기를 나눠왔고, 히구치가 기요코 양을 회유했음을 상상할 수 있다. 기요코 양에게 묻는다 해도 반년 동안의 소식을 제대로 이야기할지 의문이다. "모른다"고 하면 그것으로 끝날 수 있는 나이이기 때문이다……

기요코 양 오빠의 이야기

……도쿄 역으로 마중을 나간 나는 그 아이가 예전보다 얼굴도 까맣고 건강한 모습이어서 안심했다. 허약체질이었던 몸이 반년간의 유랑생활로 튼튼해졌고, 뭐든지 할 수 있다는 자신감을 갖게 된 것 같았다. 그 뒤로는 집안일을 돕겠다고 늘 먼저 나섰다. 그 기간 동안 일기라고는 할 수 없지만 늘 메모를 했던 것 같다. 그 메모는 지금 집에 없지만 아버지가 읽었다고 한다. '나보다 아랫사람에게 나쁜 말을 써서는 안 된다고 생각했다' 든가 '집에 돌아가면 청소는 혼자서 해야지' 하는 반성의 글이었다고 한다.

힘든 생활에 단련이 되면서 자신의 작은 삶을 올바르게 지켜가려 했을까, 하고 생각하니 눈물이 났다. 지금 떠 있는 달님은 누구나 똑같이 비춰준다, 는 와카*도 한 수 적혀 있었다고 한다……

* 和歌, 일본 고유의 시.

쇼와 21년 9월 28일

유혹당하는 소녀의 심리

시키바 다카사부로

……유괴된 소녀들은 아직 확실히 성(性)에 눈뜨지는 않았지만, 선구적 현상으로서 이미 남성에 대한 호기심을 지니고 있었다. 히구치를 오빠라고 부르며 따랐다는 기요코 양의 심리는 스미토모 구니코 씨에게도 어느 정도 있었다고 본다. 즉, 이성에 대한 사랑에 눈뜨기 전에 오빠나 사촌들에게 끌리는 것이다. 사회에 대한 가정교육이 부족했다는 지적도 있으나, 그와 함께 그 또래 소녀들이 갖고 있는 미지의 세계에 대한 모험적인 흥미가 모르는 남자와 함께 여행을 떠날 용기를 갖게 만들었다고 봐도 좋다.

……아직 진짜 세상을 알지 못하는 소녀들은 히구치를 통해 여자들의 생활을 엿보게 되고, 사회견학을 하면서 일종의 경이와 즐거움을 맛보았을 것이다. 구니코 씨의 경우는 동거 기간이 충분치 못했으나, 기요코 양의 경우는 마치 한 가족처럼 살뜰한 아내 역할을 해냈는데, 그것도 히구치의 순육에 의한 것이다. 그는 좀더 돈이 생기면 기요코 양을 아내로 맞으려 했다고도 말했다.

히구치의 유괴나 고다이라의 살인이나, 세상은 소녀나 젊은 여성들이 그토록 쉽게 걸려든 점을 의아하게 생각하지만, 그들의 수법이 대단히 부드러웠고 여자들의 호기심을 교묘하게 이용했던 점을 생각하면 당연한 일이다. 가나자와에서 찍은 히구치와 기요코 양의 기념사진을 보더라도 마치 사이좋은 남매가 여행을 즐기는 듯한 분위기이다. 예전의 유괴범들처럼 협박을 하지 않고, 소녀들이 두려움을 느끼지 않도록 조용한 태도로 꼬여낸 것도 이번 범죄의 특징이다. 단순하고 순진한 어린 소녀들이 유혹에 빠졌던 이유가 여기에 있다. 고다이라는 사디스트였다. 그러나 히구치는 소녀와 함께 고생을 하면서 즐기는 경향도 있어서, 성격상으로는 오히려 마조히스트적 요소를 지니고 있었다.

'가족'이라는 신화를 넘어

쓰시마 유코가 처음 문단의 주목을 받게 된 것은 1969년 대학 4학년 때 발표한 「레퀴엠-개와 어른을 위하여(レクイエム-犬と大人のために)」를 통해서다. 지능이 모자라는 열두 살 오빠와 그를 돌보는 여동생이 죽은 애견을 묻어주는 하루를 그린 작품으로, 감상적인 분위기를 배제한 채 남매의 심리를 서정적으로 그려낸 작품이다. 화가인 아버지는 소녀가 한 살 때 죽었고, 어머니도 두 달 전에 세상을 떠나면서 남매가 친척집에 맡겨졌다는 설정으로 부제의 '어른'은 등장하지 않는다. 개를 묻고 난 뒤 두 아이가 풀밭에 누워 서로 끌어안는 장면에서 오빠는 어린 동생에게서 모성을 구하고, 여동생은 무력하지만 몸집이 큰 오빠에게서 아버지의 허상을 구하고 있음을 짐작할 수 있다. 그런 점에서 이 작품은 살아간다는 것에 대한 아이의 불안을 사랑

으로 감싸주어야 할 부모를 잃은 남매의 레퀴엠인 것이다.

일본 독자라면 쓰시마가 이런 작품을 쓰게 된 동기로 아버지 다자이 오사무를 대뜸 떠올릴 것이다. 쓰시마 유코의 경력에 늘 따라다니는 다자이 오사무의 딸이라는 꼬리표는 그녀가 아버지와 똑같이 소설가가 된 이상 어쩔 수 없는 일인지도 모른다. 그러나 그녀가 한 살 때 세상을 떠난 아버지는 작품 속에서 어디까지나 '부재'의 형태로 존재할 뿐이다.

쓰시마 유코 작품 속의 아버지는 자살이나 사고로 인해 늘 부재한다. 세 편의 단편으로 이루어진 『우리 아버지들(我が父たち)』(1975)은 조금은 예외적인 제목이 붙었으나, 「화장터(火屋)」에서 어머니가 열일곱 딸에게 자신의 남편이 실은 개였다고 털어놓는 삽화에서 보이듯 그 존재감은 지극히 희박하다.

쓰시마 유코의 소설에는 처음부터 부재했던 아버지보다는 작가가 열세 살 때 폐렴으로 세상을 떠난 다운증후군인 오빠가 구체적인 모티프로 등장하는데, 데뷔작을 시작으로 「여우를 임신하다(狐を孕む)」『아이의 그림자(童子の影)』『기쁨의 섬(歓びの島)』『총아(寵児)』 등 여러 작품에서 이를 발견할 수 있다. 남편을 잃고 세 아이를 키우느라 필사적인 어머니와 무엇이든 척척 해내며 어머니의 기대에 보답하는 여섯 살 위의 언니 때문에 느낀 소외감과 열등감에 사로잡혀 있던 유년시절, 어린 자신의 도움을 필요로 하는 순수하고 다정한 오빠는 그녀에게 더없이 소중한 존재였다. 쓰시마는 오빠와의 관계를 통해 '커뮤니케이션은 물론 인간의 가치가 두뇌에만 있는 게 아니라는 걸 느

낄 수 있었고, 그런 오빠를 인격적으로 존경했다'고 기회가 있을 때마다 밝히고 있는데, 이렇듯 오빠는 세상에 대한 포용력과 타자에 대한 인식에 커다란 영향을 미친 존재였다.

아버지와 오빠가 부재하는 집에 남겨진 모계가족 또한 작품의 중요한 모티프가 된다. 작품 속의 어머니는 아이인 '나'를 향해 미소 짓거나 포옹해주지 않는다. 「덩굴풀 어머니(葎の母)」의 '덩굴'이 상징하듯, 남편과 아들을 잃기 전의 시간 속에 갇혀 있는 어머니는 늘 불만스럽고 곤혹스러운 표정으로 '나'를 바라보고, '나'는 그런 어머니로부터 벗어나려 한다. 「풀숲(草叢)」과 「총아」 「불타는 바람(燃える風)」 「한낮으로(真昼へ)」 등을 거치면서 어머니는 '나'를 내치는 동시에 철저히 자기관리하에 두려는 모습으로 그려지고, '나'는 그런 어머니로부터 벗어나려 하면서도 무의식중에 어머니를 찾고 갈구하는 관계로 변해간다.

이후 쓰시마 유코가 결혼과 임신, 출산 등을 겪으면서 작품 속 '나'의 어머니에 대한 인식에 새로운 요소가 가미된다. 「여름학교(林間学校)」에서는 아버지와 오빠의 상실로 어머니가 입었을 상처가 암시되고, 「그 집(あの家)」에서는 어머니가 아직 어린아이였던 시절의 밝고 충만한 가정과, 어머니가 된 뒤의 결핍된 가정을 대비시키고 있다. 또한 어머니의 경직된 태도가 오빠를 잃은 슬픔을 직시하지 못하는, 도피적이고 자기방어적인 태도였다는 '나'의 인식은 쓰시마 자신이 아들을 잃음으로서 새로이 얻어진 인식이자 새로운 어머니 상이기도 하다.

1996년 발표한 『불의 산(火の山)』은 어머니의 고향인 야마나시 현 고후 후지산의 자연풍광을 배경으로, 1868년 메이지유신 이래 100여 년에 걸친 아리모리 가(家)의 변천을 각기 다른 개성의 네 자매를 통해 그리고 있다. 전쟁을 겪고 전후를 살아간 사람들의 모습을 통해 일본의 근대화를 새로이 조명하는 것이다. 기록과 일기, 전설과 작품 속 작품 등 다양한 형태의 서술이 동원되고, 일본을 떠나 프랑스, 미국 등지로 무대가 확장된다는 점에서 원숙기에 접어든 쓰시마 유코의 대표작으로 평가된다. 이 작품은 작가의 어머니가 쓰러진 일이 직접적인 집필동기가 되었다고 한다. 구상에서 집필까지 5년여가 걸린 대작으로, 연재 도중에 어머니가 타계하면서, 어머니께 바치는 진혼곡이 되기도 하였다.

자신의 존재에 위화감을 느끼며 바깥세상에 적의를 품은 초기작들의 주인공 소녀 '나'는 작가의 체험을 바탕으로 작품 속에서 결혼과 출산, 육아 등을 경험하게 된다. 하지만 『산을 달리는 여자(山を走る女)』 『총아』 『기쁨의 섬』 「묵시(黙市)」 등에서 보이듯 쓰시마는 여성을 종래의 '모성'과는 구별되게 '아이를 낳는 성'으로 규정하나, 이를 특권화하지는 않는다. 연작집 『빛의 영역(光の領分)』은 어머니로서의 '나'의 이미지가 가장 잘 드러난 작품이지만, '나'가 이룬 가족에서는 여전히 남자주인공의 존재감이 희박하거나 남편의 부재가 두드러져, '아버지를 필요로 않고 아이를 키우는 어머니를 그리는 작가'라는 평가를 받기도 했다.

1985년 초봄, 불의의 사고로 쓰시마 유코에게 또 한 명의 '부재'자가 생겨난다. 아홉 살 아들이 집 욕실에서 호흡발작으로 사망한 것이다. 정신적 위기를 초래하는 압도적인 현실 앞에서, 글쓰기를 생업으로 하는 작가는 언어에 대한 회의와 무력감에 빠지게 된다.

연재 준비 때문에 아이를 제대로 돌보지 못했다는 자책감에 시달리면서도 작가는 『밤의 빛에 쫓겨(夜の光に追われて)』를 예정대로 연재하지만, 그 내용은 애초의 구상과 크게 달라진다. 주인공 '나'는 미혼모로, 하나뿐인 아들을 잃고 고통스러워하다가 『요루노네자메(夜の寢覚)』라는 작품을 쓴 헤이안 시대의 작가에게 자신의 심정을 토로하는 편지를 쓴다. '나'가 쓴 세 통의 편지가 소설의 토대를 이루고, 또다른 시간을 축으로 천 년 전의 작품이 새로이 쓰이며 이야기가 전개된다. 아이를 잃은 현재의 여성과 한 남자를 사이에 두고 있는 천 년 전의 자매 사이에서 공통점을 찾기는 쉽지 않다. 그러나 쓰시마는 천 년이라는 시공을 초월한 세계에 자신을 투영함으로써 비통한 개인적 체험을 이야기 속에서 보편화시키려는 피나는 노력을 보여준다. 그 결과, 『밤의 빛에 쫓겨』에서 과거와 현재를 사는 두 여성의 운명은 절묘하게 연결되며, 언어를 매개로 두 시간대는 하나로 녹아든다.

『한낮으로』와 『꿈의 기록(夢の記録)』에서 작가는 아들을 중심으로 소중한 사람들에 대한 기억과 감정을 환기하며 실생활과 꿈의 세계 사이에서 위태롭게 균형을 유지하고 있다. 그 버거운 현실에 대한 집요한 응시를 통해 인간에게 시간이란 그저 과거에서 현재로 직선적으로 흐르는 불가역적인 것이 아니라 소용돌이치고 굴절되며 신축되는 것이라는 생각에 다다른다. 마찬가지로 공간도 삶과 죽음, 꿈과 현실이란 이분법적인 세계가 아니라, 서로 교차하고 얽힌 혼재된 세계라는 생각에 다다른다. 『위대한 꿈이여, 빛이여(大いなる夢よ、光よ)』에서는 현재의 시간에 비현실적인 시간이 끼어들고, 아이였던 과거의 시간이 현재가 되어 하나로 포개지기도 한다. 이로써 주인공 '나'는 꿈과 의식 저변에 흐르는 시간과 공간을, 지금은 사라진 그들과 공유하게 되고, 꿈의 밀실에 갇혀 있던 빛은 서서히 바깥으로 흘러나와 현실의 삶을 비추며 작가가 삶의 새로운 국면을 맞이하고 있음을 예감하게 한다.

4년 후에 발표한 『빛나는 물의 시대(かがやく水の時代)』는 같은 테마의 무대를 파리로 옮겨 보다 넓은 세계로 보편화시키고자 한다. 어머니로부터 아이에게로 전해지는 모어(母語)라는 환상. 그 환상에 사로잡힌 이상, 아이를 잃은 어머니는 '모어' 속에서 비탄에 잠겨 있을 수밖에 없다. 그러나 '외국어'를 사용하는 사람들과 함께 지냄으로써 그러한 비탄을 치유하고, 공동환상에서 벗어나 자신만의 고유한 체험으로 또다시 세상을 바라볼 기회를 마련하게 된다.

등단 이후 오늘날까지 쓰시마 유코는 출생과 가족이라는 혈연을 응시하고, 그 모티프와 이미지를 집요하리만치 반추하며 작가로서 확고하게 자리 잡아왔다. 쓰시마의 작품은 작가의 성장배경과 경위, 가족 구성원의 변화, 그녀가 현재 놓인 상황 등을 가늠하게 하여, 가십적인 비평과 사소설로 해석되는 경우도 적지 않았다.

그러나 아무리 인물을 작가의 실제 현실과 가깝게 설정했다 하더라도, 작품인 이상 그것은 허구일 뿐이다. 혈연이나 가족은 근거 없는 망상 내지 공동의 신화라 여겨지기도 하지만, 실제로 그것이 현실을 움직인다는 사실을 어떻게 받아들이고 이해할 것인가에 대한 그녀의 깊은 성찰의 결과라고 보아야 할 것이다. 아버지와 오빠의 부재에 대한 응시를 통해 작가가 서고자 하는 곳은 환상처럼 존재하는 가족상에서 한 발 떨어진 곳, 토착적인 혈연관계의 신화로부터 자유로운 곳이다.

자신의 작품을 사소설로 몰아가는 것에 대한 거부감, 그리고 사소설의 전통과 그 애매한 개념 때문에 일본 독자가 사실과 허구를 구별하는 것에 서툰 게 아닌가 하는 생각에서 작가는 의식적으로 '나'를 화자로 삼은 단편시리즈를 발표한다. 1999년에 발표해 한국에서도 소개된 『나』이다. 이 작품에서 '나'는 무당이나 샤먼이 누군가를 대신해 이야기할 때 사용되는 '나'로서, 자기 자신을 가리키는 일인칭과 구별된다. 아이누의 신요(神謠)인 카무이유카라에서 힌트를 얻은 '나'는 구전문예 세계에서는 '사인칭'이라 불린다.

쓰시마의 구전문예에 대한 관심은 아이누와 같은 소수민족이나 약자에 대한 관심, 그리고 천황 중심의 일본문화인 농경문화 이전의 수렵채집문화에 대한 친근감에서 비롯된 것이다. 근대문학의 시작이 개인인 '나'를 확립하는 데서 출발하였다는 점을 감안하면, 이는 현재의 문학 상황에 대한 도전이라고도 볼 수 있다. 세계 각국 작가들과의 활발한 교류를 통해, 각지에 전래되어온 구전문예가 문화의 고유성을 간직한 채 오늘의 소설 속에 담기는 움직임이 싹트고 있음을 확인한 쓰시마가 적극적으로 그 실험에 동참하고 있는 것이다. 이는 과거의 이야기들을 오늘에 재현시키는 종적 상통이자 글로벌적 횡적 상통이라 할 수 있다.

쓰시마 유코의 이런 깊고 폭넓은 성찰은 최근에 발표한 장편 『너무나 야만스러운(あまりに野蛮な)』과 단편집 『전기마(電気馬)』에서도 확인할 수 있다. 『너무나 야만스러운』은 2년여 동안 문예지에 연재한 대작으로, 1930년대 일본 통치하의 대만을 무대로 한다. 식민지 대만에 고교 교사로 부임해간 남편을 따라 주인공 미차는 새로운 삶을 꿈꾸며 바다를 건너간다. 그러나 남편의 몰이해와 아이의 죽음 등 불행이 겹치면서 그녀는 점차 고립되고 자폐적으로 변해간다. 오늘을 사는 미차의 조카 리리 또한 아이를 잃고 자기 자리를 찾지 못한 채 오십대 후반을 맞이한다. 어머니의 유품에서 자신과 꼭 닮은 백모 미차의 편지와 일기를 발견한 그녀는 2005년 여름, 도쿄를 떠나 홀로 대만을 여행하며 미차의 짧고 슬픈 인생과 자신의 삶을 조명한다. 그 과정에서 두 사람의 쓰라린 경험은 1930년에 일어난 대만 원주민의 항일봉기인 우서사건(霧社事件)을 통해 객관화된다.

아이를 잃은 어미의 고통은 이미 많은 작품에서 그렸지만, 그 무대를 대만으로 옮김으로써 소설은 새롭게 문명 비판적 양상을 띠게 되었다. 쓰시마는 스스로를 훨씬 문명화되었다고 여기며 원주민들을 지배했던 일본제국주의를 통해 진정 '야만스러운' 것은 어느 쪽인지를 묻는다. 과거 일본의 식민지였던 대만은 현재도 국제법상 국가로 인정받지 못하고 있지만, 다양한 민족과 언어가 혼재하며 많은 전래 신화를 간직한 곳이기도 하다. 그 혼돈과 강인한 에너지를 발판으로 작품 속 그녀들의 비극은 미래를 향한 길로 전환되고 있다.

2009년에 출간된 『전기마』는 인신매매와 인신공양 등 여러 설화와 민담을 모티프로 부모와 자식, 남녀간의 원초적인 감정을 그린 열 편의 단편을 엮은 소설집이다. 유일하게 설화를 바탕으로 하지 않은 표제작 「전기마」는 전기장치로 돌아가는 유원지의 회전목마에서 뛰쳐나온 말의 이야기다. 고정된 채 뜻대로 움직일 수 없던 말이 사람의 마음속에 뛰어들어 광기의 충동을 일으킨다. '전기마'라는 인간도 동물도 로봇도 아닌 이형(異形)의 질주는 인간이 더이상 억압을 견디지 못할 때 폭발하는 충동적인 힘을 상징한다. 골격과 발상의 원천은 옛이야기이지만, 작가가 그 작은 씨앗 하나하나에 애정을 쏟아 싹을 틔우고 가지와 잎이 무성한 절절한 이야기로 키워낸, 산문시와 같은 아름다운 작품이라 평가받고 있다.

웃는 늑대

2000년 4월부터 9월까지 『신초(新潮)』에 연재한 후 출간된 『웃는 늑대』는 그해 오사라기 지로 상을 수상한다. 쓰시마 유코의 소녀시절인 1960년대 초반과 아버지 다자이 오사무가 죽은 패전 직후의 일본사회를 정면으로 응시하며 당시 일어났던 사건들로 이야기를 풀어낸 첫 작품이다.

패전 직후 도쿄의 한 공동묘지에서 동반자살 사건이 일어난다. 묘지에서 아버지와 함께 살던 네 살짜리 소년이 세 남녀의 죽음을 목격한다. 그로부터 십여 년이 지난 1959년, 열일곱 살이 된 소년 미쓰오는 그 사건으로 아버지를 잃은 소녀 유키를 찾아간다. 그리고 둘은 자연스럽게 함께 여행길에 오른다. 소년은 이 세상의 끝인 시베리아를, 가족과 여행을 가본 적이 없는 소녀는 어머니와의 그다지 즐겁지 않은 생활과 규율로 가득한 학교로부터의 일탈을 꿈꾸며 떠난 '진짜 여행'이다.

열차에 올라탄 두 사람은 러디어드 키플링의 『정글북』에 등장하는 대장 늑대 '아켈라'와 숲에 버려진 인간 소년 '모글리'가 되어 '정글의 법칙'을 가슴에 품고 이기적이고 천박한 '원숭이'들로 가득한 인간사회인 '차가운 잠자리' 속으로 들어간다. 어머니를 모르고 아버지마저 잃은 소년과 아버지를 모르고 오빠마저 병으로 잃은 소녀. 그들의 여정 내내 역병, 강도와 살인, 유괴사건과 열차사고 등 극한상황이 펼쳐지고, 태어나면서부터 죽음과 친숙한 두 아이는 이 여행에서 온몸으로 죽음을 체험한다.

그들이 여행을 떠나는 시기는 고도 성장기에 접어든 일본이 불과 십여 년 전에 끝난 전쟁의 상흔을 잊고 앞으로만 매진하던 시절이다. 남편의 자살소식이 실린 신문기사를 들고 찾아온 미쓰오를 유키의 어머니가 "과거보다 미래를 위해 열심히 공부하라"는 말로 내쳤듯이 오로지 밝은 미래를 향해 매진할 것만 요구되던 시절이다. 그러나 미래 지향적이어야 할 두 아이는 어른들이 묻어두고자 하는 '과거'와 '죽음'으로부터 자유롭지 못하며, 그것은 두 사람이 서로에게 끌린 이유였을 것이다.

여행을 통해 서로가 서로에게 더없이 소중한 존재가 되자, 둘은 이별을 예감하게 하는 '아켈라'와 '모글리'란 이름을 버리고, 엑토르 말로의 『집 없는 아이』의 '레미'와 '카피'가 된다. 두 이야기 모두 황야에 버려진 아이들이 주인공이다. 하지만 '아켈라'나 '카피'처럼 인간이 아닌 다른 동물의 이름으로 불릴 때 그들의 행동은 더욱 당당하다. '차가운 잠자리'인 인간세계의 악영향에서 벗어나기 위해서는 인간의 것이 아닌 이름이 필요했던 것일까.

북쪽으로 향하던 여행이 다시 도쿄에 가까워지자 '레미' 미쓰오는 불안을 느끼기 시작한다. 고열과 설사도 견뎌낸 '레미'가 가장 두려워하는 것은 잘 알지 못하는 누군가와 떠나는 여행이 아니라, 그들의 여행을 감시하는 거대한 세력(경찰)이며 '인간의 둥지'이다. 결국 둘의 여행은 미쓰오가 당시 빈번히 일어났던 유괴사건의 범인으로 몰려 체포되면서 끝난다.

소설 후반부에 첨부된 당시의 신문기사는 두 아이의 여정이 시간을 거슬러 패전 직후 일본의 풍경 속으로 들어가는 과정이었음을 알려준다. 겹겹이 쌓인 죽음과 부조리. 두 아이는 그 사건들을 직접 겪으며 그들의 아픔을 담아내고 상처 입은 사람들, 죽어가는 사람들의 혼과 동화되어 눈물을 흘린다. 그 무구한 눈물이야말로 황야를 살아가기 위한 진정한 '법칙'일 것이다.

소설 첫 부분에 배치된, 일본 늑대가 멸종에 이르기까지의 경위와 민속학적 배경은 쓰시마가 얼마나 늑대에게 매료되어 있는지 짐작케 한다. 그런 고고하고 용감한 늑대의 정신을 빌려 패전 일본이란 황야를 조망하고, 황야에서 쫓겨나 멸종될 수밖에 없었던 늑대의 통한과

시대의 부조리를 담아내고 있다. 늑대는 오늘날 일본이 잃어버린 것들의 상징이며 또한 그러한 현 사회를 다시 일으킬 생명력인 것이다.

여행에서 반복적으로 그려지는 먹고 배설하는 장면은 인간의 가장 기본적인 행위이나, 몇몇 작가들의 작품을 제외하면 소설 속에서 묘사되는 경우는 극히 드물 것이다. 그러나 이 소설에서 소년과 소녀의 최대 고비는 배설을 둘러싸고 벌어지며, 그 반복은 점차 패전기의 일본에서 살아남기 위해 필사적이었던 사람들과 그로 인해 발생한 죽음과 살인의 기억으로 선명하게 되살아난다. 먹고 배설하는 행위가 되풀이되면서 그들이 여행하는 시간은 애매해지고, 성별도 바뀐다. 사람인지 개인지조차 애매하며, 살아 있는지 죽었는지조차 분별하기 어려워진다. 마침내 소년과 헤어진 소녀가 어머니 곁으로 돌아왔을 때, 시간은 1959년이 아닌 작가가 글을 쓰는 2000년대의 시대와 풍경으로 훌쩍 뛰어넘어 있다. '차가운 잠자리'에서 '늑대의 눈'을 가졌던 소년이 오늘날 어떤 삶을 살고 있을지 상상해본다.

김훈아

1947년	3월 30일 현재의 미타카 시인 도쿄 기타타마 군 미타카초에서 아버지 다자이 오사무(본명 쓰시마 슈지津島修治 1909~1948)와 어머니 미치코의 차녀로 태어났다. 본명은 쓰시마 사토코. 언니 소노코(6세)와 오빠 마사키(3세)가 있다.
1948년	6월 19일 아버지가 전쟁 미망인인 야마자키 도미에와 다마가와 강에서 동반자살 한다. 12월 물리학과 교수인 어머니의 남동생에게 의지해 가족이 도쿄 분쿄 구로 이사. 이때의 상황은 1981년에 발표한 「새」 등 여러 작품에서 그려진다.
1949년	삼촌의 도미로 가족이 같은 구내로 이사. 이 '낡은 집'은 『불의 강가에서(火の河のほとりで)』와 「울음소리」 등 여러 작품에 등장한다.
1950년	사립 고마고메 유치원 입학. '어린이를 위한 음악교실'에 다니기 시작.
1953년	도쿄학예대학 부속 오이와케 초등학교 입학.
1956년	초등학교 4학년 때 학교 도서관에 비치된 인명사전을 통해 아버지 다자이 오사무의 사인을 처음으로 알게 된다. 『나의 시간(私の時間)』에서 '범죄자의 아이도 아니면서 그런 마음을 품게 되었으며', 후에 소설을 쓰게 된 동기 중 하나가 '자신을 쫓아다니는 비밀을 그 누구의 것도 아닌 것으로 만들어버리겠다'는 의도도 있었다고 고백한다.
1958년	초등학교 6학년 때 가족이 분쿄 구 혼코마고메에 있는 집을 구입해 이사. 이 '어머니의 집'은 그녀가 독립할 때까지 살

왔고, 그리고 현재 살고 있는 곳이기도 하다. 「그 집」「묵시」「울음소리」「한낮으로」 등 작품 속 공간으로 자주 등장한다.

1959년 사립 시라유리학원 중학교 입학. 이 가톨릭계 여학교에서 중고등학교와 대학을 다닌다.

1960년 2월 다운증후군인 오빠가 폐렴으로 사망. 오빠의 죽음으로 '인간 생존의 불완전함'과 자신과 타인의 삶에 대해 생각하게 되었으며, 오빠와 함께 보낸 유년시절은 작가의 마음속 풍경으로 자리잡는다.

1965년 시라유리 여자대학 영문학과에 입학. 5월 아오모리 현 가나키마치 아시노 공원에서 열린 아버지 다자이 오사무의 문학비 제막식에 참가한다. 대학시절, 출구를 찾기 위해 독서회나 강연회 등을 열고, 포크송 그룹을 결성하기도 한다.

1966년 대학 2학년 때 소설을 쓰기 시작한다. 등사판 동인지인 『요세아쓰메』를 발간. 「손의 죽음」과 「밤의……」를 발표하나 2호를 끝으로 폐간된다. 10월 대학제 현상논문에 「현대와 꿈」이 당선, 시라유리 여자대학 신문에 게재된다. 동인지 『분게슈토』의 동인이 되어 평생의 라이벌이자 맹우인 작가 나카가미 겐지와 만난다. 이 무렵부터 혼자 일본 각지를 여행하기 시작한다.

1967년 『분게슈토』에 「어느 출생」을 발표. 아버지와 언니를 작품에 등장시켜 '나'의 출생을 그린 그녀의 문단 데뷔작으로 평가된다.

1968년 『분게슈토』에 「매미를 먹다」「유리그림 세계」를 발표.

1969년 『미타문학』에 발표한 「레퀴엠-개와 어른을 위하여」에서 처음으로 쓰시마 유코라는 필명을 사용. 이 작품은 그녀가 즐겨 그리는 오빠와 여동생의 원풍경을 모티프로 한 첫 작품이다. 3월 시라유리 여자대학 영문학과를 졸업하고 4월 메이지대학 대학원 영문학과에 입학하나, 학원분쟁으로 수업이 거의 진행되지 않아 아르바이트를 하면서 창작에 전념한다. 시부야 구 요요기에서 자취생활을 시작, 2년 후 대학원을 자퇴한다.

1970년 재단법인 방송센터에 취직하나 11월 결혼을 계기로 퇴사한다. 「에우리디케의 나무」「비의 정원」「마지막 수렵」 등을 발표.

1971년 신주쿠 구 와세다로 이사. 11월 첫 작품집 『사육제』를 출간.

1972년 1월 분쿄 구에 있는 '어머니의 집'으로 이사. 4월 『문예』에 발표한 「여우를 임신하다」가 아쿠타가와 상 후보에 오른다. 5월 장녀를 출산.

1973년 「병 속의 아이」와 「화장터」가 각각 아쿠타가와 상 후보에 오른다. 단편집 『아이의 그림자』와 장편 『생물이 모이는 집(生き物の集まる家)』을 출간. 12월 '어머니 집'에서 나와 같은 분쿄 구로 이사. 한동안 거의 매년 이사를 반복한다.

1975년 단편집 『우리 아버지들』과 『덩굴풀 어머니』(다무라 도시코 상 수상) 출간. 여름에 파리로 첫 해외여행을 떠난다.

1976년 「비둘기」「빙원」「여름학교」「어슴푸레한 배경」「풀숲」「기지」「수조」 등을 발표. 8월 장남을 출산, 이혼.

1977년 4월~5월 어머니, 딸과 함께 미국에 있는 삼촌을 방문. 단편집 『풀의 침상』(이즈미 교카 상 수상)과 수필집 『투명한 공간이 보일 때』를 출간.

1978년 단편집 『기쁨의 섬』과 『총아』(여류문학상 수상) 출간. 『군조』에 『빛의 영역(光の領分)』(노마문예신인상 수상)을 연재(1978년 7월~1979년 6월).

1979년 수필집 『밤의 티파티』와 단편집 『빙원』, 장편 『빛의 영역』과

초기 단편들을 모은 『마지막 수렵』 등을 출간.

1980년 장편 『불타는 바람(燃える風)』 『산을 달리는 여자(山を走る女)』와 수필집 『밤과 아침의 편지』를 출간.

1982년 수필집 『소설의 속의 풍경』과 『나의 시간』, 단편집 『수부』를 출간.

1983년 「묵시」로 가와바타 야스나리 상을 수상. 『불의 강가에서』를 출간. 「욕실」 「국화벌레」 「어린 시절의 살인」 등을 발표.

1985년 3월 장남이 호흡발작으로 사망. 10월부터 다음해 6월까지 『밤의 빛에 쫓겨(夜の光に追われて)』를 도쿄신문과 홋카이도신문, 주니치신문에 연재.

1986년 수필집 『어린 날들에게』와 장편 『밤의 빛에 쫓겨』(요미우리 상 수상)를 출간. 「꿈의 기록」 「사람의 소리」 「메이지의 장례」 「죽음과 말」 「30년 전의 크리스마스」 「아이의 망령」 등을 발표.

1987년 「울음소리」 「자카 도프니-여름 집」 「봄 밤」 「꿈의 몸」 「슬픔에 대해」 등을 발표.

1988년 아들에게 보내는 진혼곡이라 할 수 있는 단편집 『한낮으로』 (히라바야시 다이코 상 수상)와 『꿈의 기록』을 출간. 「반짝이는 한 점을」 등을 발표하고 문예지 『파도』에 『넘치는 봄(溢れる春)』을 연재(1988년 9월~1990년 2월).

1989년 소녀를 테마로 한 독서 수필집 『책 속의 소녀들』과 『풀숲-쓰시마 유코 자선단편집』을 출간. 『군조』에 『위대한 꿈이여, 빛이여(大いなる夢よ、光よ)』를 연재(1989년 1월~1990년 11월). 핀란드와 벨기에에서 열린 '국제작가회의'에 참가한다.

1990년 와카(和歌)와 떠나는 기행문 『이세이야기·도사일기』, 장편 『넘치는 봄』과 영국 소설가 마거릿 드래블과의 대담을 엮은

『캐리어와 가족』을 출간. 샌프란시스코에서 열린 '국제작가회의'에 참가.

1991년 『문학계』에 『모래 바람(砂の風)』을 연재(신년호~11월호). 2월 걸프전에 반대하는 '문학자의 토론집회'에 참가하고, 멕시코에서 열린 '문학자와 과학자 공동 국제회의'에서 아이누의 구전문예를 묵살해온 일본문학의 문제점에 대해 연설한다. 10월부터 다음해 6월까지 파리대학 국립동양언어문화연구소에서 일본 근대문학을 강의하며 대학원생들과 아이누 서사시의 불역을 시작한다.

1992년 8월 친구인 나카가미 겐지 사망 비보를 접하고, 9월 파리를 떠나 미국에 있는 삼촌을 방문한다. 고전 『쓰쓰미추나곤이야기·우츠보이야기』를 히카리 아가타와 공저로 출간.

1993년 『문학계』에 『모래의 바람』 연재를 재기(신춘호~1994년 7월호). 「모든 죽은 이의 날」「돌, 내리다」「불의 시작」 등을 발표. 제주도에서 열린 '한일문학심포지엄'에 참가해 한국 작가들과 교류를 시작한다. 스위스에서 개최된 '독일어권 일본학회' 총회에서 기조 강연을 하고 돌아오는 길에 파리를 방문, 학생들과 재회한다.

1994년 『빛나는 물의 시대(かがやく水の時代)』를 출간.

1995년 『모래의 바람』을 가필한 『바람이여, 하늘을 달리는 바람이여(風よ、空駆ける風よ)』로 이토 세이 상 수상. '한일문학심포지엄 in 시마네'에 참가. 파리대학 대학원생들과 함께 번역한 『은 물방울 내리다, 내린다-아이누의 노래』를 프랑스 갈리마르 사에서 출간. 일본경제신문에 「아이누서사시 번역사정」을 24회에 걸쳐 게재(1월 10일~6월 26일). 「매미소리」「스무 살」「달의 만족」「물의 힘」 등을 발표.

1996년 8월부터 다음해 8월까지 『불의 산(火の山)』을 『군조』에 연

재, 다니자키 준이치로 상과 노마문예상을 수상한다. 이 작품은 2006년 4월부터 방송된 NHK 연속TV소설 『순정 반짝』의 원안으로 사용되었다. 「새의 눈물」 「빛나는 눈」 등을 발표하고 캐나다에서 열린 '국제작가페스티벌'에 참가한다.

1997년 2월 어머니가 85세로 타계한다. 「개인적인 감상」 「어머니의 장소」 등을 발표한다. 캐나다 작가 마거릿 애투드와 '여성의 일인칭'에 대해 대담한다.

1998년 국제교류기금이 주최하는 심포지엄 '신세대의 한국문학-전환기의 사회와 개인'에 참가해 신경숙과 대담. 뉴질랜드에서 열린 '국제예술제'에 참가한다. 「루모이에서」 「가타카나 제목」 「마법의 끝」 「산불」 등을 발표.

1999년 단편집 『나』와 수필집 『오빠의 꿈 나의 목숨』을 출간. 뉴델리, 카이로, 런던 등에서 강연한다.

2000년 아사히신문의 「문예시평」을 담당하며(~2002년 3월) '한일문학심포지엄 in 아오모리'에 참가한다. 『웃는 늑대』(오사라기 지로 상 수상)를 출간.

2001년 '일중 여성작가 심포지엄 in 베이징'과 '일본-인도 작가 캐러밴'에 단장으로 참가하여 중국과 인도 각지를 여행한다. 「사요히메」 등을 발표.

2002년 요미우리문학상, 가와바타 야스나리 상, 쓰보이 사카에 상 심사위원을 맡는다. '제2회 일본-인도 작가 캐러밴'과 '한일문학심포지엄 in 원주'에 참가. 프랑스를 방문해 강연을 하고 낸시 휴스턴과 대담한다.

2003년 독서 수필집 『쾌락의 책장』을 출간. 『나라 리포트(ナラ·レポート)』를 연재하며(2003년 10월~2004년 4월) 가와바타 야스나리 상, 쓰보이 사카에 상, 오사카여성문예상, 노마문예상 등의 심사위원을 맡는다.

2005년 『나라 리포트』로 문부과학대신상, 무라사키 시키부 상을 수상. 7월 '자전적인 것과 픽션'이란 제목으로 작가 신경숙과 대담. '일본·대만-문학 캐러밴'에 참가한다. 작품 취재를 위해 3주간 대만에 머물며 여행한다.

2006년 3월부터 다음해 2월까지 한국의 『현대문학』과 일본의 『스바루』에 신경숙과의 왕복서간 『산이 있는 집 우물이 있는 집』을 1년간 동시 연재. 르 클레지오와 함께 삿포로 대학에서 열린 심포지엄에 참가한다. 수필집 『여자라는 경험』을 출간. 1930년대 일본 통치하의 대만을 무대로 한 『너무나 야만스러운(あまりに野蛮な)』을 『군조』에 연재(2006년 9월~2008년 5월). 이 작품은 대만에서 번역 출간되어 2011년 2월 대만에서 열리는 국제북페어의 대표 작품으로 선정되었다.

2008년 '제1회 한중일문학포럼 in 서울'에 참가한다.

2009년 설화와 민담을 모티프로 한 「버려진 아이 이야기」「늑대 돌」 등 10편의 단편을 모은 『전기마』를 출간. 마이니치신문에 『갈대 배, 날다(葦舟、飛んだ)』를 연재(2009년 4월~2010년 5월).

2010년 장편 『황금의 꿈 노래(黄金の夢の歌)』 출간.

문학동네 세계문학전집 발간에 부쳐

세계문학은 국민문학 혹은 지역문학을 떠나 존재하는 문학이 아니지만 그것들의 총합도 아니다. 세계문학이라는 용어에는 그 나름의 언어와 전통을 갖고 있는 국민문학이나 지역문학의 존재를 인정하면서 그것을 넘어서는 문학의 보편적 질서에 대한 관념이 새겨져 있다. 그 용어를 처음 고안한 19세기 유럽인들은 유럽문학을 중심으로 그 질서를 구축했지만 풍부한 국민문학의 전통을 가지고 있는 현대의 문학 강국들은 나름의 방식으로 세계문학을 이해하면서 정전(正典)의 목록을 작성하고 또 수정한다.

한국에서도 세계문학 관념은 우리 사회와 문화의 변화 속에서 거듭 수정돼왔다. 어느 시기에는 제국 일본의 교양주의를 반영한 세계문학 관념이, 어느 시기에는 제3세계 민족주의에 동조한 세계문학 관념이 출현했고, 그러한 관념을 실천한 전집물이 출판됐다. 21세기 한국에 새로운 세계문학전집이 필요하다는 것은 명백하다. 우리의 지성과 감성의 기준에 부합하는 세계문학을 다시 구상할 때가 되었다.

문학동네 세계문학전집은 범세계적으로 통용되는 고전에 대한 상식을 존중하면서도 지난 반세기 동안 해외 주요 언어권에서 창작과 연구의 진전에 따라 일어난 정전의 변동을 고려하여 편성되었다. 그래서 불멸의 명작은 물론 동시대 세계의 중요한 정치·문화적 실천에 영감을 준 새로운 작품들을 두루 포함시켰다.

창립 이후 지금까지 한국문학 및 번역문학 출판에서 가장 전문적이고 생산적인 그룹을 대표해온 문학동네가 그간 축적한 문학 출판 경험을 바탕으로 새로운 세계문학전집을 펴낸다. 인류가 무지와 몽매의 어둠 속을 방황하면서도 끝내 길을 잃지 않은 것은 세계문학사의 하늘에 떠 있는 빛나는 별들이 길잡이가 되어주었기 때문이다. 우리가 자부심과 사명감 속에서 그리게 될 이 새로운 별자리가 독자들의 관심과 애정에 힘입어 우리 모두의 뿌듯한 자산이 되기를 소망한다.

문학동네 세계문학전집 편집위원

민은경, 박유하, 변현태, 송병선, 이재룡, 홍길표, 남진우, 황종연

지은이 **쓰시마 유코**
1947년 도쿄 교외 미타카에서 태어났다. 본명은 쓰시마 사토코(津島里子). 소설가 다자이 오사무의 딸이다. 시라유리 여자대학 영문과 재학중에 동인지 『요세아쓰메』를 창간하고 첫 작품 「손의 죽음」을 발표했다. 여성과 어린이 등 사회적 약자에 대한 관심, 새로운 표현과 다양한 소재로 일본 현대문학을 대표하는 작가로 자리매김했다. 주요 작품으로는 『풀의 침상』 『총아』 『빛의 영역』 『밤의 빛에 쫓겨』 등이 있다.

옮긴이 **김훈아**
성신여자대학교와 동대학원 일어일문학과를 졸업하고 일본 센슈 대학에서 일본 현대문학으로 박사학위를 받았다. 지은 책으로 『재일조선인여성문학론在日朝鮮人女性文学論』(作品社, 일본)이 있고, 옮긴 책으로는 『일요일의 석간』 『츠지 히토나리의 편지』 『비와 꿈 뒤에』 등이 있으며, 신경숙과 쓰시마 유코의 『산이 있는 집 우물이 있는 집』과 공지영과 츠지 히토나리의 『사랑 후에 오는 것들』을 양국 언어로 번역하였다. 『웃는 늑대』로 제1회 판우번역상을 수상했다.

세계문학전집 060
웃는 늑대

양장본 초판 인쇄 2010년 12월 3일
양장본 초판 발행 2010년 12월 10일

지은이 쓰시마 유코 | 옮긴이 김훈아 | 펴낸이 강병선
책임편집 홍지은 | 편집 장선정 박여영 | 독자모니터 박미진
디자인 윤종윤 송윤형 한충현 김민하 | 저작권 김미정 한문숙
마케팅 정민호 김도윤 장선아 박보람 | 온라인 마케팅 이상혁 한민아 정진아
제작 안정숙 서동관 정구현 김애진 | 제작처 한영문화사(인쇄) 우진제책사(제본)

펴낸곳 (주)문학동네
출판등록 1993년 10월 22일 제406-2003-000045호
주소 413-756 경기도 파주시 교하읍 문발리 파주출판도시 513-8
전자우편 editor@munhak.com | 대표전화 031) 955-8888 | 팩스 031) 955-8855
문의전화 031) 955-3576(마케팅), 031) 955-8863(편집)
문학동네카페 http://cafe.naver.com/mhdn

ISBN 978-89-546-1326-2 04830
978-89-546-1020-9 (세트)

www.munhak.com

문학동네 세계문학전집

1, 2, 3 안나 카레니나 레프 톨스토이 | 박형규 옮김

4 판탈레온과 특별봉사대 마리오 바르가스 요사 | 송병선 옮김

5 황금 물고기 르 클레지오 | 최수철 옮김

6 템페스트 윌리엄 셰익스피어 | 이경식 옮김

7 위대한 개츠비 F. 스콧 피츠제럴드 | 김영하 옮김

8 아름다운 애너벨 리 싸늘하게 죽다 오에 겐자부로 | 박유하 옮김

9, 10 파우스트 요한 볼프강 폰 괴테 | 이인웅 옮김

11 가면의 고백 미시마 유키오 | 양윤옥 옮김

12 킴 러디어드 키플링 | 하창수 옮김

13 나귀 가죽 오노레 드 발자크 | 이철의 옮김

14 피아노 치는 여자 엘프리데 옐리네크 | 이병애 옮김

15 1984 조지 오웰 | 김기혁 옮김

16 벤야멘타 하인학교 – 야콥 폰 군텐 이야기 로베르트 발저 | 홍길표 옮김

17, 18 적과 흑 스탕달 | 이규식 옮김

19, 20 휴먼 스테인 필립 로스 | 박범수 옮김

21 체스 이야기 · 낯선 여인의 편지 슈테판 츠바이크 | 김연수 옮김

22 왼손잡이 니콜라이 레스코프 | 이상훈 옮김

23 소송 프란츠 카프카 | 권혁준 옮김

24 마크롤 가비에로의 모험 알바로 무티스 | 송병선 옮김

25 파계 시마자키 도손 | 노영희 옮김

26 내 생명 앗아가주오 앙헬레스 마스트레타 | 강성식 옮김

27 여명 시도니가브리엘 콜레트 | 송기정 옮김

28 한때 흑인이었던 남자의 자서전 제임스 웰든 존슨 | 천승걸 옮김

29 슬픈 짐승 모니카 마론 | 김미선 옮김

30 피로 물든 방 앤절라 카터 | 이귀우 옮김

31 숨그네 헤르타 뮐러 | 박경희 옮김

32 우리 시대의 영웅 미하일 레르몬토프 | 김연경 옮김

33, 34 실낙원 존 밀턴 | 조신권 옮김

35 복낙원 존 밀턴 | 조신권 옮김

36 포로기 오오카 쇼헤이 | 허호 옮김

37 동물농장 · 파리와 런던의 따라지 인생 조지 오웰 | 김기혁 옮김

38 루이 랑베르 오노레 드 발자크 | 송기정 옮김

39 코틀로반 안드레이 플라토노프 | 김철균 옮김

40 어두운 상점들의 거리 파트릭 모디아노 | 김화영 옮김

41 순교자 김은국 | 도정일 옮김

42 젊은 베르테르의 슬픔 요한 볼프강 폰 괴테 | 안장혁 옮김

43 더블린 사람들 제임스 조이스 | 진선주 옮김

44 설득 제인 오스틴 | 원영선, 전신화 옮김

45 인공호흡 리카르도 피글리아 | 엄지영 옮김

46 정글북 러디어드 키플링 | 손향숙 옮김

47 외로운 남자 외젠 이오네스코 | 이재룡 옮김

48 에피 브리스트 테오도어 폰타네 | 한미희 옮김

49 둔황 이노우에 야스시 | 임용택 옮김

50 미크로메가스 · 캉디드 혹은 낙관주의 볼테르 | 이병애 옮김

51, 52 염소의 축제 마리오 바르가스 요사 | 송병선 옮김

53 고야산 스님 · 초롱불 노래 이즈미 교카 | 임태균 옮김

54 다니엘서 E. L. 닥터로 | 정상준 옮김

55 이날을 위한 우산 빌헬름 게나치노 | 박교진 옮김

56 톰 소여의 모험 마크 트웨인 | 강미경 옮김

57 카사노바의 귀향 · 꿈의 노벨레 아르투어 슈니츨러 | 모명숙 옮김

58 바보들을 위한 학교 사샤 소콜로프 | 권정임 옮김

59 어느 어릿광대의 견해 하인리히 뵐 | 신동도 옮김

60 웃는 늑대 쓰시마 유코 | 김훈아 옮김

● 문학동네 세계문학전집은 계속 출간됩니다